このDVDは……

NEO編集部が映像を集めて制作した、おどろきがいっぱいのイモムシとケムシの自然映像集（75分）です。みんなの人気者「ドラえもん」といっしょに、70種以上のイモムシとケムシの生態を学んでいきましょう。

小学館の図鑑NEO
ドラえもん のび太の びっくり イモムシとケムシ DVD

DVDの目次
5つのチャプターに分かれています。

❶ 摩訶不思議！ イモムシ・ケムシの世界
エビガラスズメ、キアゲハ、ホソバセダカモクメ、シロヒトリ、モンシロチョウ、ヤママユ、コムラサキ、カギバアオシャク、ナガサキアゲハ、アトジロエダシャク、ウストビイラガ、オオムラサキ、クロメンガタスズメ、クチバスズメ、ケンモンキリガ、トビモンオオエダシャク、ウスイロオオエダシャク、キエダシャク、ホシミスジエダシャク、オオアヤシャク　など

❷ イモムシ・ケムシ 凄ワザ大捜査！
ドクガ、タケカレハ、イワサキカレハ、イラガ、シロシタホタルガ、ジャコウアゲハ、アカモンドクガ、アカヒゲドクガ、マイマイガ、オオクワゴモドキ、オオモクメシャチホコ、ウラギンシジミ、キガシラオオナミシャク、フクラスズメ、シャチホコガ、ヒメノコメエダシャク、アオバセセリ、モンキクロノメイガ、コウモリガ、ダイミョウセセリ、オオミノガ　など

❸ 華麗なる変身！ アゲハの一生
アゲハ（ナミアゲハ）、クロアゲハ、ジャコウアゲハ

❹ 世にも珍しい イモムシ・ケムシ大集合
ヨナグニサン、シロモンフサヤガ、ハンノケンモン、スミナガシ、ウコンカギバ、マダラカギバ、クロコノマチョウ、ヘリスジシャチホコ、シロスジシャチホコ、ニッコウフサヤガ

❺ 人の役に立つイモムシ カイコ
カイコ、クワコ、ヤママユ

70種以上のイモムシとケムシが登場！

DVD破損及び不具合等に関するお問合せ
● ディスクサポートセンター　フリーダイヤル 0120-500-627
● 受付時間＝10:00～17:00（土・日・祝休日、年末年始除く）
● サポート受付期間＝2025年5月14日まで

＊上記期間以外は下記で受け付けます。
● 小学館制作局コールセンター　フリーダイヤル 0120-336-340
● 受付時間＝9:30～17:30（土・日・祝休日、年末年始除く）
● DVD盤面デザイン：タイムマシン

凄ワザの映像がもりだくさん！

ふんを飛ばすダイミョウセセリ

© 藤子プロ・小学館・テレビ朝日・シンエイ・ADK
【図書館の方へ】このDVDは、映像が含まれているため、館内・館外貸出をお断りします。

NATURE EARTH ORIGIN

小学館の図鑑 NEO

イモムシとケムシ

チョウ・ガの幼虫図鑑

DVDつき

【執筆・写真・幼虫飼育】

鈴木知之
（昆虫写真家）

横田光邦
（日本鱗翅学会）

筒井 学
（群馬県立ぐんま昆虫の森）

【監修】

広渡俊哉
（九州大学 大学院農学研究院 教授）

矢後勝也
（東京大学 総合研究博物館 助教）

【監修協力】

杉本美華
（九州大学 総合研究博物館 専門研究員／アヤミハビル館 専門員）

NATURE EARTH ORIGIN

目次

クロヒカゲ

小学館の図鑑 NEO

イモムシとケムシ
チョウ・ガの幼虫図鑑 DVDつき

アカマツの葉によく似たマツキリガの幼虫

びっくりイモムシとケムシDVDと内容の紹介
.... 前見返し
この本の使い方 4
むずかしい言葉がよくわかる 用語集 145
生き物の名前や言葉で引ける さくいん 146
イモムシ・毛虫と、にらめっこ！..... 後ろ見返し

イモムシ・毛虫の基本がよくわかる特集
- イモムシ・毛虫の世界へ 6
- イモムシ・毛虫は変身する 8
- イモムシ・毛虫の体のひみつ 10
- イモムシ・毛虫は食べる 12
- イモムシ・毛虫のなかま分け 14
- イモムシ・毛虫を採集して育てよう 49
- アゲハやモンシロチョウを育てよう 61
- イモムシの護身術――かくれる 69
- 小蛾類のなかま分け 144

ヒメヤママユ

表紙の写真　表…コムラサキ
　　　　　　うら…ナガサキアゲハ
　　　　　　背…ヒメジャノメ
扉の写真…キアゲハ

コバネガ科など 16
スイコバネガ科、コウモリガ科、モグリチビガ科、
ツヤコガ科、ヒゲナガガ科

ヒロズコガ科など 17
マガリガ科、ムモンハモグリガ科

ミノガ科 18

ホソガ科、チビガ科 20

スガ科、クチブサガ科など 22
コナガ科、アトヒゲコガ科、ホソマイコガ科

ハモグリガ科など 24
ホソハマキモドキガ科、マイコガ科、ヒルガオハモグリガ科

ヒラタマルハキバガ科 25

ヒゲナガキバガ科など 26
ヒロバキバガ科、キヌバコガ科、メスコバネキバガ科、マルハキバガ科、
ホソキバガ科、ニセマイコガ科、ツツミノガ科、ミツボシキバガ科、
エグリキバガ科、カザリバガ科

キバガ科など 28
スヒロキバガ科、クサモグリガ科、ネムスガ科

セミヤドリガ科、イラガ科 30

マダラガ科 32

スカシバガ科など 34
ヒロハマキモドキガ科、ボクトウガ科

ハマキガ科 36

ハマキモドキガ科、トリバガ科など 44
ニジュウシトリバガ科、ニセハマキガ科、マドガ科、セセリモドキガ科

メイガ科 46

ツトガ科 50

マダラカギバ

脱皮直後のシャチホコガの幼虫

アゲハの終齢

ヒメクロイラガの亜終齢の集団

アゲハチョウ科	●56
シロチョウ科	●60
シジミチョウ科	●62
タテハチョウ科	●64
セセリチョウ科	●68
カギバガ科 など イカリモンガ科、アゲハモドキガ科	●70
ツバメガ科	●74
シャクガ科	●75
カレハガ科	●90
ヤママユガ科 など イボタガ科	●92
カイコガ科 など オビガ科	●94
スズメガ科	●95
シャチホコガ科	●101
ドクガ科	●112
コブガ科	●115
ヒトリガ科 など ヒトリモドキガ科	●118
ヤガ科	●122

イモムシ・毛虫にくわしくなるコラム

マインってなに？	●16
携帯巣とみの	●17
巨大なみのを発見！	●18
みの虫のみの図鑑	●19
過変態	●21
小蛾類は新種の宝庫！	●23
クズの葉はマインだらけ	●24
毒とげ	●31
3種に分かれたテングイラガ	●31
イモムシの護身術——液体を出して身を守る	●33
イモムシの護身術——警告色と擬態	●35
「虫こぶ」とは？	●37
ふんを発射する器官、尾叉	●39
帯をかけて帯蛹になる	●57
ミカン科の木でアゲハ類の幼虫をさがそう	●59
蛹をくらべてみよう	●59
集団で育つ毛虫	●60
キャベツの葉で青虫をさがそう！	●60
アリをあやつる	●62
ぶら下がって蛹になる	●64
分布を広げる移入種	●66
越冬幼虫をさがそう！	●66
イモムシ・毛虫のそっくりさん？大集合！	●74
またの名は「土びんわり」	●79
野生では生きていけないイモムシ	●94
シャチホコってなに？	●105
レアもの？ 変わりもの？	●106
サクラケムシは悪くない!?	●108
幼虫をさがす目印、食痕	●109
森の植木屋さん	●111
毒針毛	●114
イモムシ・毛虫が好きな植物は？	●117
毛虫の護身術	●120
ロゼットで冬の幼虫さがし	●131

ニッコウフサヤガ

オオゴマダラ

オオアヤシャク
スミナガシ

この本の使い方

この図鑑では、約1100種の日本のチョウ目（鱗翅目）の幼虫を紹介します。原始的なグループから始まり、16〜55ページは小さなガの小蛾類、56〜143ページは大蛾類（そのうち、56〜68ページはチョウ類）を、グループ（科）ごとに取り上げています。

図鑑ページの見方

【色分けされたツメ】
生き物を分類する階級の科や上科（科をまとめたグループ）などによって色分けしています。

【リード解説】
このページに登場する科の特ちょうを、わかりやすく説明します。

【ものしりコラム】
もっとくわしくなれる、いろいろな情報がいっぱいです。

【やってみようコラム】
身近でできる観察や調べ学習のヒントを紹介しています。

【関連ページをしめす矢印】… ➡
関連する情報がほかのページにあるときは、矢印マークでそのページをしめしています。

【ひとこと情報】… 😊
用語の解説や豆知識などです。

この本に出てくる日本の地名

宮古列島と八重山列島を合わせて先島諸島とよぶこともあります。

種の解説の見方

【種名】
よく使われている和名をのせています。（ ）の中は主な別名です。学名（世界共通の名前）は、146〜158ページの「さくいん」にのせています。未記載種の可能性のあるものには、和名（新称）をつけ、その種が属するグループ（属や科など）の学名をのせています。

拡大した写真　　ほぼ実際の大きさ

シロシタホタルガ
はでな色彩で、葉の上にいるため目立ちます。夏にふ化した幼虫は葉のうらの表皮を食べ、2齢になると樹皮のすき間などに移動し、夏眠、越冬し、翌年の春に活動を再開します。成熟すると葉の上にまゆをつくります。
● 22〜30mm　● 北海道〜九州
● 初夏〜翌春（1化）　● サワフタギなど（ハイノキ科）
❌ ねん液にふれると、皮ふ炎を起こすことがある。

成虫◆25〜30mm
サワフタギのつぼみを食べる終齢

【生態の写真】
幼虫のおもしろい行動など生態写真や頭部の拡大、まゆや蛹などその種にかかわる写真をのせています。

【幼虫の写真】
小さな幼虫の場合、ほぼ実際の大きさの写真に加えて、拡大した写真をのせています。同じ見開き（ページ）内でひかく的大きな幼虫の場合は「原寸」のマークをつけ、ほぼ実際の大きさの写真のみをのせています。この図鑑の取材で発見し、初めて紹介する幼虫もいます。

原寸

【解説】
似た種との見分けポイントや生活のし方、さがし方などをくわしく解説しています。この図鑑の取材で明らかになった新情報ものせています。

【データ】
● は、科名です。見開き（ページ）内がすべて同じ科の場合、省略しています。
● は、終齢幼虫の体長です。
● は、分布です。連続して分布する場合は「〜」でつないでいます（例：「北海道、本州、四国、九州」は「北海道〜九州」）。離島は、南西諸島の主な島以外は省略しています。
● は、幼虫が見られる時期です。（ ）内は、成虫の化性で、1年に1回あらわれるものを「1化」、3化以上するものを「多化」ともいいます。1化以上で化数がわからないものは「数化」としています。化性がよくわかっていない種は省略しています。
● は、幼虫の食べ物（食草）です。（ ）は、その植物などの科名です。この図鑑の取材で食草が明らかになった種もいます。
❌ は、危険な部分や人間への害を説明しています。
◆ は、成虫の大きさ（前ばねの長さ）です。

【成虫の写真】
オス、メスがわかる場合、オスは「♂」、メスは「♀」と写真内にのせています。

*白バックの幼虫写真は、ほぼ実際の大きさです。

「*白バックの幼虫写真は、ほぼ実際の大きさです。」の表記がある見開き（ページ）は、ほぼ実際の大きさの写真のみをのせています。同じ見開き（ページ）内で、きょくたんに小さな幼虫の場合は「拡大」のマークをつけ、ほぼ実際の大きさの写真に加えて、拡大した写真をのせています

拡大

大きさの表し方

【終齢幼虫の体長】
頭部の先から腹部の先までの長さです。ただし、下の写真のように、同じ個体でも、じょうたいによって、ずいぶん長さがことなります。また、野外個体と飼育個体、春型と夏型などの季節、オスとメスでもことなります。

体長
イブキスズメ（→p.99）の老熟幼虫

【成虫の大きさ（前ばねの長さ）】
この図鑑では、成虫の大きさを前ばねの長さ（前翅長）で表しています。前ばねのつけ根から先端までの長さです。

前ばねの長さ（前翅長）
前ばね（前翅）
後ろばね（後翅）
シタベニスズメ（→p.100）の成虫

イモムシ・毛虫の世界へ

チョウやガの幼虫を、イモムシ・毛虫といいます。同じチョウ目のなかまの幼虫ですが、形や色はおどろくほど変化に富んでいて、小さくても恐竜みたいにかっこうのよいものや、頭部がネコの顔に似ていてかわいいものもいます。さあ、イモムシ・毛虫をさがしに出かけましょう。きっとみんなが気に入るイモムシ・毛虫に出会えます。

イモムシ・毛虫って?

イモムシ(芋虫) 元々は、サツマイモなどのイモ畑でよく見つかるスズメガ科(→p.95)の幼虫のことを「芋虫」とよんでいたようです。それが、毛の少ない幼虫全体を意味するようになったといわれています。
毛虫 名前のとおり、毛の生えた幼虫のことを毛虫といいます。
青虫 緑色をしたイモムシは青虫とよばれます。昔から「青々としている」のように、緑色のことも「青」といいます。

みずみずしい葉がしげる初夏の林では、たくさんのイモムシ・毛虫が見つかります。イモムシさがしに出発しましょう。

イモムシ・毛虫は変身する

イモムシや毛虫は、卵からかえって育ちます。大きくなると蛹へとすがたを変え、はねをもつ成虫に変身します。このようにすがたを変えることを「変態」といい、蛹の時期がある変態の仕方を「完全変態」といいます。

ヤママユの一年

春に生まれた幼虫は、クヌギやコナラの葉を食べて成長します。初夏にまゆをつくって蛹になり、夏に成虫があらわれます。ヤママユ（→p.92）のように、年に1度だけ成虫があらわれることを「1化」といいます。

卵
食草の枝や幹にまとめて産みつけられ、そのまま冬をこします。冬をこすことを「越冬」、卵で冬をこすことを「卵越冬」といいます。

ふ化
卵から幼虫がかえることを「ふ化」といい、かえった幼虫は1齢または初齢とよびます。ヤママユは、春、クヌギが芽ぶくころにふ化します。1齢は黄色っぽい体色で、ふ化直後は体長6mmほどです。

4齢（亜終齢）
終齢のひとつ前の齢のことを亜終齢といいます。ヤママユは5齢が終齢なので、4齢が亜終齢となります。写真の4齢は、ふんをしているところです。

……ふん

クヌギの若葉を食べる2齢
1齢は、体長10mmほどに育つと脱皮し、2齢になります。3齢まで、頭部は茶色です。

育ち方の用語解説

齢 ふ化した幼虫を1齢といい、その後、脱皮するごとに2齢、3齢……となります。ヤママユやチョウでは齢の数が調べられていますが、多くの種では、まだわかっていません。

若齢 1齢や2齢など、初期の成長段階のこと。野外観察のときや齢数がわからない種では、よく使います。

中齢 中ぐらいの成長段階のこと。

前蛹 蛹化が近く、体がちぢんで移動できないじょうたいの終齢幼虫のこと。

蛹室 蛹になるために、葉をつづったり、土の中などにつくったりする空間のこと。樹皮のかけらなども利用し、主に糸だけでつくられた空間は「まゆ」といいます。

眠
脱皮前の幼虫は、じっとして動かなくなります。このじょうたいを「眠」といいます。

頭部の後ろがのびて、新しい頭部がうっすらと見えます。

4齢の時の頭部のぬけがら（最後にぬぎ落とします）

脱皮
体を大きくするために、皮をぬぐことを「脱皮」といい、脱皮ごとに頭部が大きくなります。胴体はちぢんでいますが、脱皮後に葉を食べて大きくなります。

成虫（メス）
成虫になることを「羽化」といいます。ヤママユの成虫には口がなく、なにも食べません。メスは、オスと交尾したのち、食草に産卵します。

蛹
終齢の脱皮がら

まゆの中で蛹に変身
数まいの葉の間に糸をはいて、まゆをつくり、中で蛹になります（蛹化）。蛹の内部では、少しずつ成虫の体がつくられていきます。

5齢（終齢）
蛹になる前の齢期を終齢といいます。たくさん葉を食べ、体長は脱皮直後の約2倍になります。成熟して十分に育った終齢は「老熟幼虫」とよばれます。その後、体内の要らないものを水っぽいふんとして出すと、体がちぢみ、間もなくまゆづくりを始めます。

イモムシ・毛虫には敵がたくさんいる！

イモムシ・毛虫は、たくさんの動物からねらわれていて、それらの動物のことを天敵といいます。成虫がたくさん卵を産んでも、無事に成長できるのは数頭ぐらいといわれています。

フタモンアシナガバチ
働きバチが、モンシロチョウ（→p.60）の幼虫をおそったところです。かみくだいて丸いだんご状にし、巣へ持ち帰って、幼虫にあたえます。

エゾカタビロオサムシ
イモムシ・毛虫をつかまえて食べるコウチュウです。ヒトリガ科（→p.118）の幼虫がつかまってしまいました。

コマユバチの一種
オオシマカラスヨトウ（→p.135）の体から、寄生していたコマユバチのまゆがたくさん出てきました。体の小さなコマユバチは、1頭の幼虫の体内で何びきも育つことができます。

ブランコヤドリバエ
体長10mmほどのハエで、大型のイモムシ・毛虫に寄生します。右の写真は、アゲハ（→p.58）の蛹から脱出する、寄生バエの幼虫です。

菌類
菌類にとりつかれて、全身をカビに包まれて死んでしまったヤガ科と思われる幼虫です。また、病気になって死んだり、台風などの強い風で木から落下して食草にもどれずに死んでしまう幼虫もいます。

イモムシ・毛虫の体のひみつ

イモムシ・毛虫の体は、頭部・胸部・腹部の3つに大きく分かれています。頭部には個眼や触角などの感覚器官や、葉をかみくだくための大あごなどがあります。胸部だけでなく、腹部にも歩くためのあしをそなえています。

刺毛 体の表面に生える毛で、生え方や長さ、量は種によってちがいます。

気門 呼吸のためのあなで、前胸と、第1〜第8腹節の側面に1対(2こ)ずつあります。

ヤママユ(終齢)の体のつくり

胸部 　**腹部** 10節からなり、前から順に第1腹節〜第10腹節といいます。

中胸　後胸　　1　2　3　4　5　6　7　8　9　10

肛上板 第10腹節の背面は皮ふがかたく、肛上板といいます。

頭部　前胸　　気門　　　　　　　　　　　　　　尾脚

前脚　中脚　後脚

胸脚 胸部の各節にそれぞれ1対(2本)ずつあります。退化している種もいます。

腹脚 ふつう第3〜第6腹節と第10腹節に1対(2本)ずつあり、第10腹節のあしは尾脚とよびます。先端にかぎづめがならんでいます。

大あご 左右に動かすことができ、とてもがんじょうで、葉などを切り取ります。

個眼 ふつう、左右に6こずつあります。種によって退化して数がへることもあります。

触角 ふつう3節からなります。

吐糸管 糸を出すための器官で、大あごの下のほうにあります。

かぎづめ 腹脚先端にある、かぎ状のつめで、幼虫がはく糸を引っかけたり、枝をつかんだりするなど歩行に使います。ヤママユは、たくさんのかぎづめで、枝をしっかりつかんでいます。

ヤママユ(終齢)の体内

背脈管 背中を通る1本の管で、心臓と似た働きをもちます。昆虫には血管がなく、体内は液体で満たされています。背脈管の動きによって、体の後方の体液が前方へ送られ、体内をめぐっています。

マルピーギ管 栄養分と排せつ物を区別する役わりがあります。

気管 気門からとりこんだ空気を体内の組織にとどけるための管です。細かく枝分かれしています。

いろいろな幼虫の体を見てみよう

日本で6000種以上も知られているチョウ目の幼虫であるイモムシ・毛虫は、グループや種によって、さまざまな特ちょうをそなえています。いろいろな幼虫のすがたや形を見てみましょう。

眼状紋

目玉に似たもようのことを眼状紋といいます。スズメガ科（→p.95〜100）などの幼虫に、よく目立つ眼状紋をもつ種がいます。イモムシをとらえる小鳥の敵であるヘビの目に似せて、小鳥をこわがらせる効果があると考えられています。

ミスジビロードスズメ（→p.100）
眼状紋がつき出ています。

刺毛のいろいろ

植物の葉の表など目立つ場所でくらす種には、刺毛が発達したものが多く、敵から身を守ったり、風や温度などを感じる機能を高めたりするのに役立っています。コウモリガ（→p.16）など、植物の内部で育つ種には、刺毛が少ししかありません。

モンシロチョウ（→p.60）
拡大してみると、短い刺毛がたくさん生えているのがわかります。

マメドクガ（→p.112）
いくつもの毛束（刺毛の束）をもっています。

腹脚の数のいろいろ
一部の腹脚が退化して小さくなったり、なくなったりしている種がいます。

腹面側

すべて退化
イラガ科（→p.30〜31）の幼虫は、すべての腹脚が退化してなくなっています。ナメクジのように、腹面を波打たせて前進します。写真はウストビイラガ（→p.30）の腹面側です。

ルーパー型
シャクガ科（→p.75〜89）の幼虫は、第3〜第5腹節の腹脚が退化しています。輪（ループ）をえがくようにして歩くので、ルーパー型幼虫とよばれています。写真はカバシタムクゲエダシャク（→p.80）です。

セミルーパー型
ヤガ科（→p.122〜143）の幼虫には、第3、第4腹節の腹脚が退化したグループがあります。シャクガ科の幼虫に似た歩き方をするのでセミルーパー型とよばれています。写真はエゾギクキンウワバ（→p.131）です。

とっきのいろいろ

体の一部を出っぱらせ、少し変わった体形をした幼虫がいます。とっきの位置や数、形は、グループや種によってさまざまです。

尾のようなとっき
カギバガ科（→p.70〜73）の幼虫の中には、肛上板が変形して、長い尾のようになっている種がいます。写真はアカウラカギバ（→p.71）です。

尾角
スズメガ科（→p.95〜100）やカイコガ科（→p.94）の幼虫は、第8腹節の背面に「尾角」とよばれるとっきをもっています。写真はクロホウジャク（→p.99）です。

枝分かれしたとっき
タテハチョウ科（→p.64〜67）やイラガ科（→p.30〜31）、トリバガ科（→p.44〜45）などの幼虫には、枝分かれしたとげのようなとっきをもつものがいます。写真はキタテハ（→p.64）です。

肉質とっき
アゲハチョウ科（→p.56〜59）やタテハチョウ科、ヤママユガ科（→p.92〜93）などの幼虫には「肉質とっき」というやわらかいとっきをもつ種がいます。写真はジャコウアゲハ（→p.57）です。

特殊な器官

アゲハチョウ科の幼虫がもつ肉角のように、特定のグループの幼虫だけがもつ特殊な器官があります。

とび出したところ
（ヤクシマドクガ→p.112）

へこんだところ
（モンシロドクガ→p.114）

背腺
ドクガ科（→p.112〜114）の幼虫がもつ器官で、第6、第7腹節の背面にあり、へこんでいて液体がたまっています。反転してとび出しているときもあり、敵がいやがるにおい物質を出しているのではないかといわれています。

蜜腺
シジミチョウ科（→p.62〜63）の多くの幼虫の第7腹節にあり、アリが好むみつを出します。

ムラサキツバメ（→p.62）の蜜腺から出るみつをなめるアリ

11

イモムシ・毛虫は食べる

たくさん食べて大きく育ち、無事に成虫になることが、イモムシ・毛虫の役わりです。多くの種は、木や草の葉を食べますが、新しく出たやわらかい葉が好きなものや、十分に成長した葉しか食べないものなど、好みはさまざまです。なかには、ほかの昆虫を食べるイモムシもいます。

オオエグリシャチホコ(→p.109)
フジの葉をもりもり食べています。

木や草のいろいろな場所を食べる

花や果実、幹の内部を食べるものや、枯れた葉を食べるものなど、種によって、食べる場所の好みがちがっています。ノシメマダラメイガ(→p.47)のように、貯蔵された米などを食べる種もいます。

単食性・狭食性・広食性

植物を食べる種は、食べる植物のはんいのちがいによって、大きく3つに分けられています。

単食性 1種、または、ごくかぎられた植物しか食べないこと。カジカエデしか食べないハネブサシャチホコ(→p.111)など。

狭食性 数種類または、小さなグループの植物を食べること。ウマノスズクサ科のカンアオイ類だけを食べるギフチョウ(→p.57)など。

広食性 多くの科にまたがっていろいろな植物を食べること。100種以上の木や草を食べるアメリカシロヒトリ(→p.120)など。

＊単食性を1種の植物のみとするなど、研究者によっていろいろな考え方があります。

ミカンコハモグリ(→p.21)

葉の内部
モグリチビガ科(→p.16)やホソガ科(→p.20〜21)など、小型の種の中には、葉にもぐりこんで内部を食べる種がいます。

幹や茎の内部
コウモリガ科(→p.16)やスカシバガ科(→p.34〜35)、ボクトウガ科(→p.35)、ヤガ科のキリガ亜科(→p.137〜141)など、多くのグループの幼虫が、幹や茎の中にもぐって、内部で食べています。

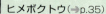

ヒメボクトウ(→p.35)

フタスジシマメイガ(→p.46)

枯れ葉
メイガ科(→p.46〜48)やヤガ科のクルマアツバ亜科(→p.124〜125)などの幼虫に多く、くさった枯れ葉を好むものもいます。

トラフシジミ(→p.63)

花やつぼみ
ツトガ科(→p.50〜55)やシジミチョウ科(→p.62〜63)など、いろいろなグループの幼虫が、好んで花やつぼみを食べます。キアゲハ(→p.58)のように、葉も花も食べる種もいます。

木や草以外の食べもの

木や草以外のものを食べる種は少数派ですが、食べ物の種類は多種多様です。

キスジシロヒメシャク(→p.87)

コケ植物
葉・茎・根のはっきりした区別がない原始的な植物です。花はさかず、種子のかわりに胞子でふえます。苔類と蘚類、ツノゴケ類に大きく分けられています。コバネガ科(→p.16)や、シャクガ科(→p.75～89)などの幼虫に食べる種がいます。

ムジホソバ(→p.118)

藻類
ワカメやコンブなどをふくむグループで、ほとんどは水中や海水中にみられます。ヒトリガ科(→p.118～121)などの幼虫は、樹皮や岩、ガードレールなどについている粉状の藻類を食べます。

マエヘリモンアツバ(→p.123)

菌類
きのこやカビなど、菌類を食べる種もいます。くち木やくさった枯れ葉は、菌類によって分解されたもので、これらを食べるものは、菌類もいっしょに食べています。ヒロズコガ科(→p.17)、ミノガ科(→p.18～19)、ヤガ科(→p.122～143)などの幼虫が菌類を食べます。

シロスジシマコヤガ(→p.123)

地衣類
藻類といっしょになって体をつくっている特殊な菌類です。菌類は、藻類にすみかと水をあたえ、藻類が光合成によってつくった栄養を利用します。ミノガ科(→p.18～19)、ヒトリガ科(→p.118～121)、ヤガ科(→p.122～143)などの幼虫が食べます。

ゴイシシジミ(→p.62)

ほかの昆虫など
ゴイシシジミはアブラムシを、マダラマルハヒロズコガ(→p.17)は、アリを食べます。ボクトウガ(→p.35)も、ほかの昆虫をつかまえて食べます。ジャコウアゲハ(→p.57)やオオタバコガ(→p.136)などでは、幼虫が共食いをすることが知られています。

セミヤドリガ(→p.30)

寄生
ほかの生物の体内に入ったり、体の表面についたりして、その生物から栄養を得ることを寄生といいます。日本では、セミヤドリガ科(→p.30)のセミヤドリガとハゴロモヤドリガの2種が知られています。

知っていると役立つ植物用語

広葉樹 はばが広い葉をもつ木のこと。広葉樹が主になっている林を広葉樹林といいます。

照葉樹 常緑の広葉樹のうち、葉が光を受けてかがやいて見えるもの。照葉樹を主体とした照葉樹林は、あたたかい地域に多くみられます。

針葉樹 マツなど、細長い葉をもつ木のこと。針葉樹を主体とした針葉樹林は、山地や寒い地域に広がっています。

落葉樹 コナラなど、冬に葉を落とす木のこと。

常緑樹 ツバキなど、一年中葉をつけている木のこと。

花柄 花を支えている枝のような部分のこと。

花序 小さな花の集団のこと。花のつき方によって形はさまざまで、穂のようになる花序は花穂といいます。

新梢 その年にのびたばかりの新しい枝のこと。やわらかい新芽がたくさんついています。

葉鞘 葉のつけ根がさやのようになって、茎を包んでいる部分。イネ科の植物などで見られます。

葉脈 葉にあるすじ。水分や栄養分の通り道になっています。

葉柄
葉を支えている柄の部分

主脈
葉の中心にある太い葉脈のこと

サワシバ(カバノキ科)の葉

イモムシ・毛虫のなかま分け

近い関係にある科をまとめたグループを「上科」といい、日本のチョウ目は33の上科に分けられています。これらの上科は、体の大きさや幼虫の習性などから、「小蛾類」と「大蛾類」の2つに大きくまとめられています。

＊上科や科のなかま分けは、主に成虫の特ちょうをもとに区別しているため、幼虫だけを見ると、すべての種に共通した特ちょうがないものも少なくありません。

小蛾類

原始的なグループからメイガ上科まで、日本では25の上科をふくみます。幼虫の多くは小型で、葉をつづったりまいたりした巣の中にかくれたり、葉、果実、幹、根などの中にもぐりこんでいます。胴体の色は緑や黄白色などで、あまり目立ちません。この図鑑では、16～55ページで紹介している種が、小蛾類です。

コバネガ上科
最も原始的なグループで、コバネガ科（→p.16)だけをふくみます。日本の種はコケ植物を食べます。

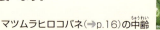
マツムラヒロコバネ（→p.16）の中齢

マダラガ上科
日本では、以下の3科が知られ、セミヤドリガ科（→p.30）は、ほかの昆虫に寄生します。イラガ科（→p.30～31)とマダラガ科（→p.32～33）は、小蛾類ではめずらしく、ほとんどの種が巣をつくらず、はでな色です。

マダラガ科のシロシタホタルガ（→p.33）

メイガ上科
ヤガ上科、シャクガ上科に次いで、3番目に大きなグループで、メイガ科（→p.46～48)とツトガ科（→p.50～55）をふくみます。葉をつづって巣をつくる種が多いです

ツトガ科のモンキクロノメイガ（→p.55）

チョウとガはどこがちがうの？

いっぱんに、成虫が昼間に活動し、美しいはねをもつものを「チョウ」、夜活動し、地味なはねのものを「ガ」とよんでいます。ところが、ガの中にも、昼間に飛ぶきれいな種がいます。とまり方や、細部の形態のちがいなどで分ける方法も提案されましたが、どれも例外が多く、結局は、「チョウとガに生物学的なちがいはない」ということで落ち着いています。日本では、アゲハチョウ上科とセセリチョウ上科の種が、チョウと名づけられています。

きれいなはねをもつサツマニシキ（→p.33）の成虫

大蛾類

大型で、植物の上で生活する幼虫が多く、毛やとっきが発達した種や、はでな色やもようをもつ種がいます。この図鑑では、56～143ページで紹介している種が大蛾類です。

アゲハチョウ上科
多くの種は、巣をつくらず、葉や茎の上にいます。以下の4科がふくまれます。

アゲハチョウ科（→p.56～59）
すべての幼虫が、胸部に臭角(肉角)をもっています。

アゲハ（→p.58）

シロチョウ科（→p.60）
体がつつ形で、肉質とっきなどはありません。

モンシロチョウ（→p.60）

シジミチョウ科（→p.62～63）
やや平たい体をしていて、ふつう蜜腺（→p.11）をそなえています。巣をつくる種もいます。

ベニシジミ（→p.62）

タテハチョウ科（→p.64～67）
頭部や体にとっきをもつものが多く、巣をつくる種もいます。

コムラサキ（→p.66）

セセリチョウ上科
セセリチョウ科（→p.68）だけをふくみます。葉をつづって巣をつくります。

イチモンジセセリ（→p.68）

イカリモンガ上科
イカリモンガ科（→p.70）だけをふくみます。巣をつくり、シダ類を食べます。

イカリモンガ（→p.70）

カギバガ上科
以下の2科をふくみます。

カギバガ科（→p.70～73）
胸部や腹部にとっきをもつ種がいます。

ヤマトカギバ（→p.70）

アゲハモドキガ科（→p.73）
白いろう物質を体にまとっています。

アゲハモドキ（→p.73）

シャクガ上科

ヤガ上科に次いで大きなグループです。日本には、2科が知られています。

ツバメガ科のギンツバメ(→p.74)

ツバメガ科(→p.74)
日本の種は小型種が多いです。

シャクガ科(→p.75〜89)
第3〜第5腹節の腹脚が退化していて、独特な歩き方をするので、「尺取虫」とよばれます。

シャクガ科のトンボエダシャク(→p.77)

カレハガ上科

日本ではカレハガ科(→p.90〜91)だけが知られています。体が短い毛でおおわれた毛虫で、毒針毛(→p.114)をもつ種がいるので注意が必要です。

ギンモンカレハ(→p.90)

カイコガ上科

まゆをつくって蛹化する種が多く、日本では、以下の5科が知られています。

イボタガ科(→p.93)
日本では、イボタガだけが知られています。

イボタガ科のイボタガ(→p.93)の3齢

カイコガ科(→p.94)
第8腹節に尾角とよばれるとっきをもちます。多くはまゆをつくります。

カイコガ科のクワコ(→p.94)

ヤママユガ科(→p.92〜93)
蛹化するときにまゆをつくります。

ヤママユガ科のオオミズアオ(→p.93)

オビガ科(→p.94)
長い毛をもつ毛虫です。

オビガ科のオビガ(→p.94)

スズメガ科(→p.95〜100)
大型種が多く、第8腹節に尾角とよばれるとっきをもちます。

スズメガ科のイブキスズメ(→p.99)

ヤガ上科

チョウ目では最大のグループで、日本では7科が知られています。この図鑑では以下の6科を紹介しています。

シャチホコガ科(→p.101〜111)
とっきが発達した種や、毛の発達した種など、いろいろな形態の幼虫がいます。

ヒメシャチホコ(→p.106)

タテスジシャチホコ(→109)

ヒトリモドキガ科(→p.121)
あたたかい地域にすむグループです。

キイロヒトリモドキ(→p.121)

ドクガ科(→p.112〜114)
毛が発達した毛虫で、毒針毛をもつものがいるので注意が必要です。

ドクガ(→p.114)

ヒトリガ科(→p.118〜121)
毛が発達した毛虫。多くは毒針毛をもちませんが、一部、毒のあるものもいます。

ヤガ科(→p.122〜143)
チョウ目で最大の種数をふくむ科で、さまざまな形態や習性をもつ幼虫がいます。

アケビコノハ(→p.126)

ホソバセダカモクメ(→p.135)

コブガ科(→p.115〜117)
蛹化のときに、ボート形のまゆをつくるのがとくちょうです。

リンゴコブガ(→p.115)

ヒトリガ(→p.120)

ウスベリケンモン(→p.132)

ハマオモトヨトウ(→p.143)

コバネガ科など

コバネガ科は最も原始的なグループで、日本の種はコケ（苔類）を食べます。コウモリガ科の幼虫は、茎や幹に食い入り、スイコバネガ科やツヤコガ科などは葉にもぐります。ヒゲナガガ科やツヤコガ科は、切り取った葉などで携帯巣（ポータブルケース）をつくります。

マツムラヒロコバネ
低山地の水がしみ出た暗いがけなどにすみ、ジャゴケの上で見つかります。終齢で越冬し、翌春にまゆをつくって蛹化します。

- コバネガ科 ●4mm前後 ●本州
- 夏～翌春（1化） ●ジャゴケ（ジャゴケ科）

ジャゴケの上の終齢

成虫◆5.5～7mm

幼虫／マイン

ズグロモグリチビガ
とても小さな種です。マインは、初めは細い線状で、成長するとはば広い線状かまだら状になります。ふんはマインの中に残します。

- モグリチビガ科 ●3mm前後 ●本州、九州 ●秋～翌初夏 ●カシワ、クヌギ、クリ（ブナ科）

成虫◆3mm前後

マインってなに？
マインは、英語で「鉱山」という意味で、葉にもぐる習性をもつ幼虫の食べあとのことです。「絵かき虫」として知られる葉にもぐる虫は、英語で「リーフマイナー」といいます。リーフは「葉」、マイナーは「鉱員」という意味で、鉱山をほる鉱員のように、葉にもぐって食べ進むようすから、こうよばれています。

イッシキスイコバネ
ブナ林にすみます。あしがなく、新葉にもぐって葉の内部を食べ、ひも状に連結したふんを残します。マインは線状かまだら状です。成熟すると地表におり、土でかたいまゆをつくり、翌春まで土の中ですごします。

- スイコバネガ科 ●8mm前後
- ●本州 ●春（1化）
- ●ブナ（ブナ科）

腹面

成虫◆5mm前後

マイン

キンモンツヤコガ
低山などにすみ、春、葉にもぐって内部を食べます。4齢（亜終齢）は葉をだ円に切り取って携帯巣をつくり、巣内で終齢となり越冬します。

- ツヤコガ科 ●4～5mm
- ●北海道、本州、九州 ●晩春
- ●ミズキ、クマノミズキ（ミズキ科）

携帯巣の長さは6mmほどです。

成虫◆4.5mm前後

マイン内の亜終齢／切り取る前の携帯巣

マインと携帯巣の材料を切り取ったあと

原寸

コウモリガ
茎や幹にトンネルをほり、植物のかけらで出口の外をドーム状におおいます。成熟すると出口の内側に糸で丸いおおいをつくって蛹化します。羽化の時は、おおいから蛹が乗り出します。幼虫期間は1～2年です。

- コウモリガ科 ●50～85mm ●北海道～屋久島
- ●一年中 ●ヤナギ科、トウダイグサ科、タデ科など
- 成虫◆31～40mm

ドーム状のおおい（カワヤナギ）／トンネルの中の終齢

クロハネシロヒゲナガ
河原の土手などの草地にすみます。1齢は食草を食べ、2齢からは地上におり、枯れ葉のかけらで携帯巣をつくり、枯れ葉を食べます。携帯巣の中で蛹化します。

- ヒゲナガガ科 ●6.5～8mm ●本州～屋久島
- ●春～翌早春 ●スズメノカタビラ、ネズミムギ（イネ科）、枯れ葉

携帯巣／成虫◆6mm前後

ゴマフヒゲナガ
平地の河川じきなどにすみます。1齢は、ヤナギ類の花の子房を食べます。2齢になると花のわた毛で携帯巣をつくり、食草をはなれて、地表などで枯れ葉を食べて育ちます。翌春に蛹化します。

- ヒゲナガガ科 ●8mm前後 ●北海道～九州
- ●春～翌春（1化） ●ヤナギ類（ヤナギ科）、枯れ葉

終齢の携帯巣

成虫◆7.5mm前後

●科名　●終齢幼虫の体長　●分布　●幼虫が見られる時期　●幼虫の食べ物　◆成虫の大きさ（前ばねの長さ）

ヒロズコガ科など

ヒロズコガ科の幼虫には、きのこやくち木を食べる種や、鳥の羽やアリを食べる肉食性の種がいます。平たい携帯巣をつくるものもいます。

ホソバネマガリガ（ヒメホソバネマガリガ）
林でふつうに見られ、秋に葉の上で携帯巣内に入った終齢が見つかります。葉の表側を葉脈を残して食べ、だ円形の食痕を残します。
●マガリガ科 ●7.5mm前後 ●北海道〜九州 ●秋〜翌早春 ●コナラ、クヌギなど（ブナ科）

成虫◆4〜5mm

コナラの葉の上の携帯巣と食痕

携帯巣のうら側。2まいの葉を合わせた上に、ひと回り大きな葉をかぶせています。

クヌギキムモンハモグリ（クヌギキハモグリガ）
葉にもぐり、マインは手のひら状になります。マインの中に糸でうら打ちした円ばん状のひなん場所をつくります。ふんはあなからマインの外に出し、夏、ひなん場所の中で蛹化します。
●ムモンハモグリガ科 ●6mm前後 ●北海道〜九州 ●初夏〜秋 ●コナラ、クヌギなど（ブナ科）

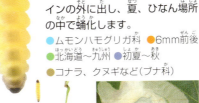
マインとひなん場所（コナラ）／マインの中の終齢／成虫◆4.4mm前後

ウスマダラオオヒロズコガ
林や緑地公園などで見られ、倒木に生えたオオミダレアミタケの内部に食い入ります。
●ヒロズコガ科 ●18mm前後 ●北海道、本州、九州 ●夏 ●オオミダレアミタケ（タマチョレイタケ科）
成虫◆8mm前後

ウスイロコクガ
サルノコシカケ類のきのこに食い入ります。冬、サクラの老木に生えた乾燥したカワウソタケをわると、よく見つかります。
●ヒロズコガ科 ●8mm前後 ●北海道、本州、九州 ●秋〜冬 ●ヒトクチタケ（タマチョレイタケ科）、カワウソタケ（タバコウロコタケ科）など

カワウソタケの中にいた終齢

成虫◆4.4〜6.8mm

マダラマルハヒロズコガ
「ツヅミミノムシ」とよばれ、平たい携帯巣をつくります。ケアリ属やアミメアリ属の巣に入り、アリを捕食します。倒木のうらや石がきのすき間など、アリの巣の外でもよく見つかります。
●ヒロズコガ科 ●10mm前後 ●全国 ●一年中 ●アリの卵や幼虫、死がいなど

腹面　　成虫◆6〜12mm

トビイロケアリの巣内の携帯巣と幼虫

クロスジツマオレガ
くち木の樹皮の下で見つかります。糸でふんなどをつづってトンネルをつくり、その中にいて、周辺のくち木を食べます。
●ヒロズコガ科 ●10〜20mm ●本州〜九州、沖縄島、八重山列島 ●一年中 ●くち木、枯れ木の樹皮

成虫◆6〜8mm
樹皮の下のトンネル内にいた終齢

携帯巣とみの
ツヅミミノムシは「つづみ（鼓）」のような形の「みの（蓑）」をもつ虫という意味で、鼓は日本の打楽器のひとつです。みのは、幼虫が植物のかけらなどでつくる巣で、そのまま移動ができるので「携帯巣」「ポータブルケース」ともいいます。蓑は、昔、カヤやスゲなどの植物の葉をあんでつくった雨具のことです。

鼓　　蓑

イガ
家の中にすみ、毛織物のせんいなどで携帯巣をつくります。巣は成長に合わせて大きくなり、成熟すると巣の一端を固定してぶら下げ、頭部を下にして蛹化します。野外では鳥の巣から見つかっています。
●ヒロズコガ科 ●8〜9mm ●本州、九州、沖縄島 ●一年中（2〜3化）●毛織物、羽毛、毛皮、魚粉など

毛織物の上の携帯巣

成虫◆14mm

ウスモンツマオレガ
雑木林にすみ、枯れたエゴノキやシデ類の樹皮の下でよく見つかります。糸やふんなどでトンネルをつくります。
●ヒロズコガ科 ●10〜20mm ●本州〜九州 ●一年中 ●くち木

ふんのトンネル内にいた中齢

成虫◆7mm前後

ヒロズコガは、漢字で書くと「広頭小蛾」です。成虫の頭の毛がさか立ち、はばが広く見えることから名づけられました。

ミノガ科

植物のかけらやすなつぶなどを糸でつづって携帯巣（みの）をつくり、中にひそんで移動して生活します。木や草の葉を食べる種のほか、きのこやコケ、地衣類を食べるものもいます。成熟すると、みのの中で蛹化します。

オオミノガ
街中の並木や緑地公園など、人の手の入った所にすみ、葉や小枝でみのをつくります。老熟幼虫で越冬し、翌春、何も食べずに蛹化、夏に羽化します。●♂20mm前後、♀35mm前後 ●本州〜南西諸島 ●夏〜翌春（1化）●主に各種の広葉樹

成虫◆♂15〜19mm、♀はねとあしはなく、体長25〜35mm

キノコヒモミノガ
ハカワラタケが生えたくち木の上で、樹皮ときのこのかけらでひも状の巣をつくります。巣の中は空どうで、根もとはくち木の中にほった浅いあなにつながっています。先端部から乗り出して、きのこを食べます。●8mm前後 ●本州、九州 ●晩夏〜翌初夏（1化）●ハカワラタケ（タバコウロコタケ目所属科未確定）

成虫◆8mm前後

みのから頭部を出した終齢

ハカワラタケが生えた立ち枯れの幹からぶら下がるみの

越冬幼虫が入ったみの。大きなものは長さ50mmほどになります。

みのから乗り出す終齢

♂の蛹

長さ105mmのみの

アキノヒメミノガ
地衣類のついた木の幹や石かべの上で見つかります。ふんや地衣類のかけらをつづってみのをつくります。秋に蛹化し、晩秋に羽化します。卵で越冬します。●6mm前後 ●本州〜九州 ●春〜秋（1化）●地衣類

チャミノガ
若齢では、葉のかけらをつけた円すい形のみのをつくり、成長すると小枝をつけた円とう形のみのをつくります。若齢で越冬し、翌春、さかんに食べて成長して蛹化、夏に羽化します。●♂17mm前後、♀23mm前後 ●本州〜南西諸島 ●夏〜翌夏（1化）●さまざまな木

みのを背負って歩く幼虫

成虫◆♀

みのを背負って歩く幼虫

石どうろうについていたみの

成虫◆♂6〜7mm、♀はねなく体長3〜5.5mm

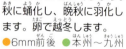

トゲクロミノガ（トミナガクロミノガ）
林のほか街路樹などでも見られます。三角ぼうしのように底が広がったみのをつくります。●6mm前後 ●八重山列島 ●初夏〜翌早春（1化）●地衣類

みの

成虫◆♂7mmほど、♀はねとあしはなく、体長7〜8.5mm

古い空みの（→）と、越冬中の若齢のみの（→）

成虫◆♂12〜13mm、♀はねとあしはなく、体長20〜25mm

ニトベミノガ
林や庭木などで時々、見られ、ぼうすい形のみのに葉をつけます。脱皮ごとに頭部のからをみのにつける習性があります。中齢で越冬し、夏に蛹化、羽化します。●♂17mm前後、♀22mm前後 ●本州〜沖縄島 ●夏〜翌夏（1化）●さまざまな木、ときに草

みのについた頭部のから

越冬幼虫のみの

成虫◆♂11〜13mm、♀はねなく、あしは小さなとっきになる。体長17mm前後

巨大なみのを発見！

与那国島に生息するオオミノガは、本州などのものとくらべ、とても大きなみのをつくります。メスで8cm近いものもあり、道路ぞいの低木にふつうに見られます。しかし、成虫の大きさには、ほとんど差がありません。

終齢 原寸

♂ 原寸

みの　成虫

●終齢幼虫の体長　●分布　●幼虫が見られる時期　●幼虫の食べ物　◆成虫の大きさ（前ばねの長さ）

クロツヤミノガ
都市部の公園などで見られ、みのは細長いぼうすい形です。石かべや木の幹、ガードレールなどにみのを固定させて蛹化します。
- ●20mm前後 ●本州～南西諸島 ●夏～翌春（1化） ●木や草、コケ、緑藻など

成虫◆♂9～11mm、♀ははねはなく、あしは小さなとっきになる。体長17mm前後

みの

アシシロマルバネミノガ
林などにすみ、みのは円すい形で、表面に食草の葉を円くかじりとって平らにつけます。
- ●6mm前後 ●沖縄島、小笠原父島、弟島 ●秋～翌早春、春～夏（2化以上） ●アベマキ（ブナ科）、ゲットウ（ショウガ科）など

成虫◆♂6～7mm、♀ははねはなく、あしは小さなとっきになる。体長6～9mm

ネグロミノガ
道ばたや草地、あれ地などにすみ、細長いつつ形のみのにイネ科の植物の茎や葉柄などを短く切ってつけます。かべやくい、ガードレールなどで蛹化します。
- ●15～20mm ●本州～九州 ●春～初秋（1化） ●さまざまな草

成虫◆♂9～12mm、♀ははねはなく、あしは小さなとっきになる。体長14～16mm

メドハギにぶら下がったみの

キタクロミノガ
みのは細い葉や茎の片側だけを固定してあるため、広がったように見えます。越冬後の初夏、草や周りの建物のかべに、みのを固定させて蛹化します。
- ●15～20mm ●北海道～四国 ●夏～翌春（1化） ●イネ科など草

葉にぶら下がったみの

成虫◆♂8～8.5mm、♀ははねはなく、あしは小さなとっきになる。体長13mm前後

枯れ葉の上を歩く終齢

■ みの虫のみの図鑑
みの虫のみのは、種によって大きさや形、材料の使い方に特ちょうがあります。ここで紹介するものは、人家の周辺でも見られるみの虫です。身の回りで、いろいろなみのをさがしてみましょう。
*[ ]は、みのの大きさです。

オオミノガ [40～70mm]
数まいの落ち葉や枝を使い、最も大きなみのをつくります。最近は、オオミノガヤドリバエに寄生され、北関東以外ではあまり見られません。

ネグロミノガ [25～30mm]
5mm前後の細い枝がだんだんについています。木の上や建物のかべで見つかります。

キタクロミノガ [20～25mm]
約1cmの細い植物のかけらが、かさ状についています。草地の植物の上や建物のかべで見つかります。

クロツヤミノガ [25～40mm]
枯れ葉など、植物の一部を数mmに切り取ったかけらでできています。木の幹などについています。

ニトベミノガ [30～55mm]
大きな枯れ葉のかけらをかさ状につけ、みののつけ根近くには頭部の脱皮がらがついています。木の上でよく見つかります。

チャミノガ [30～40mm]
直径2mm前後の枝が、みのからはみ出しています。低い庭木などで見られます。

ミノガ科のメスの成虫は、はねが退化したものが多く、オオミノガやチャミノガではあしもありません。成虫になっても、みのの中ですごします。

ホソガ科、チビガ科

ホソガ科のほとんどの種は、発育とともに体形や習性が変わります（過変態）。初期は平たい体であしはなく、葉にもぐって液体をすいます（吸液型）。その後、体が円とう形になり胸脚と腹脚（ただし第6腹節の腹脚はありません）をもち、マイン（→p.16）内にとどまるか、外へ出て葉をまき、葉をかじって食べます（そしゃく型）。蛹化前に、まゆづくりに特化する型（吐糸型）をもつ種もいます。

そしゃく型
第6腹節の腹脚がありません。

エノキハマキホソガ
林や緑地公園で見られます。2齢までは吸液型で葉にもぐり、そしゃく型になると、葉先をまいて巣をつくります。成熟すると巣を出て、葉のうらにまゆをつくります。
●ホソガ科 ●4.5mm前後 ●本州、九州 ●春～秋（2化）●エノキ、エゾエノキなど（アサ科）

巣内の幼虫（そしゃく型） 成虫◆5mm前後
古いマイン 巣 まゆ

そしゃく型

ナラウススジハマキホソガ
2齢までは吸液型で葉にもぐっています。そしゃく型になると葉の先から根もとに向かって葉をまきます。成熟すると巣を出て、ボート形のまゆをつくります。●ホソガ科 ●9mm前後 ●北海道～九州、種子島、奄美大島、沖縄島 ●春～秋（2化）●クリ、シイ類など（ブナ科）

巣（アラカシ）

成虫◆6mm前後

そしゃく型
マダラハマキホソガ
林にすみ、2齢までは吸液型で葉にもぐっています。そしゃく型になると、葉を主脈から上方に折った巣をつくり、内部を食べます。●ホソガ科 ●8mm前後 ●北海道～九州 ●夏 ●ヤシャブシ、ハンノキなど（カバノキ科）

巣（ヤシャブシ） 成虫◆6mm前後

そしゃく型

タデキボシホソガ
河川じきや公園などの草地にすみます。2齢まで吸液型、3齢からそしゃく型になります。3齢までは葉にもぐっていて、4齢で外に出て、葉のふちを切って円すい形にまきます。成熟すると巣を出て、ぼうすい形のまゆをつくります。
●ホソガ科 ●6mm前後 ●北海道～九州 ●夏～秋（2～3化）●ギシギシなどのタデ類（タデ科）、クサレダマ（サクラソウ科）

成虫◆4mm前後

マイン（ギシギシ） マイン内の若齢

終齢の巣（ミゾソバ）

吸液型（背面）

クズマダラホソガ
人家周辺に生えたクズで見つかります。3齢までは吸液型で、4～5（終）齢はそしゃく型です。終齢まで葉にもぐり、手のひら状のマインを残します。成熟すると外に出て葉のうらなどでまゆをつくります。
●ホソガ科 ●4mm前後 ●北海道、本州、九州 ●夏（おそらく2化）●クズ（マメ科）

成虫◆3mm前後 終齢のマイン（クズ）

成熟した幼虫（そしゃく型）

ウスズミホソガ
マインは白く、中にふんをためます。成熟すると体色が赤くなり、外に出て葉のうらなどでまゆをつくります。
●ホソガ科 ●6mm前後 ●本州～九州 ●夏～秋 ●クヌギ、アカガシなど（ブナ科）
成虫◆4.5mm前後

成熟した幼虫（そしゃく型）

フジホソガ
林縁などで見られ、マインは白く、火ぶくれ状になります。成熟すると体色が赤みを帯び、外に出て葉のうらなどでまゆをつくります。
●ホソガ科 ●5mm前後 ●本州～九州 ●夏 ●フジ（マメ科）

マイン（フジ）

成虫◆3.5mm前後

マイン（コナラ） マイン内の終齢

●科名 ●終齢幼虫の体長 ●分布 ●幼虫が見られる時期 ●幼虫の食べ物 ◆成虫の大きさ（前ばねの長さ）

成熟した幼虫(そしゃく型)

ヤブニッケイホソガ
海辺の照葉樹林などにすみます。新葉にもぐり、マインは白く、火ぶくれ状になります。
- ホソガ科 ●5mm前後
- 本州〜南西諸島 ●秋
- クスノキ、ニッケイなど(クスノキ科)

マイン内の終齢

マイン(ヤブニッケイ)

そしゃく型

ニセクヌギキンモンホソガ
林や緑地公園でよく見つかります。3〜4齢まで吸液型で、マインは、葉の表に点状の食痕があるテント状です。5〜6齢でそしゃく型となり、マイン内で蛹化します。
- ホソガ科 ●6mm前後
- 北海道〜九州 ●夏〜秋(2化)
- クヌギ、ミズナラなど(ブナ科)

成虫◆3.5mm前後

マイン(葉の表側)

マイン(葉のうら側)

マイン内の終齢(そしゃく型)

蛹

そしゃく型 / 吸液型 / 腹面

キヅタオビギンホソガ
雑木林やスギの植林などにすみます。終齢まで葉にもぐり、若齢は吸液型、後に吐糸型となり、マイン内の末端でまゆをつくります。
- ホソガ科 ●5mm前後
- 本州〜九州 ●夏〜翌春(1化)
- キヅタ(ウコギ科)

成虫◆4mm前後

マイン内の若齢(吸液型)

マイン

蛹

ヒサカキホソガ
神社の林などで見つかります。マインは、ふくらんだ虫こぶ状です。成熟すると赤くなり、外に出て葉のうらなどでまゆをつくります。
- ホソガ科 ●4mm前後
- 本州〜九州 ●夏〜翌春
- ヒサカキ、ハマヒサカキ(サカキ科)

マイン(葉の表側)

成虫◆4mm前後

ミカンコハモグリ
(ミカンハモグリガ)
庭のミカンなど、人里周辺にすみます。3齢までは吸液型、4齢で吐糸型となり、マイン内の末端でまゆをつくります。
- ホソガ科
- ●4mm前後
- 本州〜南西諸島 ●春〜冬(多化)
- ミカン類、キンカンなど(ミカン科)

吐糸型 / 吸液型

成虫◆2.5mm前後

だ円形のまゆをつくる4齢(吐糸型)

マイン内の3齢(吸液型)

マインはくねくねと曲がり、線状に残されたふんが目立ちます。

ナシチビガ
街路樹や庭木のサクラ類で見られ、1〜2齢は葉にもぐります。2齢の終わりごろに葉の外に出て脱皮し、3〜4(終)齢は葉の表面をパッチワーク状に食べ、成熟するとまゆをつくります。
- チビガ科 ●6mm前後
- 北海道〜九州 ●春〜秋(数化)
- ナシ、サクラ類など(バラ科)

若齢のマイン(ソメイヨシノ)

成虫◆3.2mm前後 / まゆ

過変態
幼虫時代に体形と習性がまったくことなる、2つ以上の発育型に変態をするものを「過変態」といいます。チョウ目では、ホソガ科やセミヤドリガ科(→p.30)で知られています。ホソガ科では、吸液型、そしゃく型、吐糸型などがあります。ほぼすべての種で、最初(1齢)は吸液型で、その後、1つか2つの発育型に過変態します。セミヤドリガ科では、1齢は細長く、長い胸脚と腹脚をもち、歩行やセミにとりつくのに適したすがたをしていて、セミに寄生する2齢からは、うじ状の体形で胸脚や腹脚は退化します。

吸液型
体形は平らで、丸のこ(円形ののこぎり)状の大あごで植物の細胞を切り開き、わき出た液体をすいます。

そしゃく型
体形は円とう形で、多くのほかの科の幼虫のように、大あごで葉をかじって食べます。

吐糸型
体形は円とう形で、胸脚や腹脚のないものも多く、何も食べず、まゆづくりだけをします。

ホソガは、漢字で「細蛾」と書きます。成虫が、細長い姿勢でとまることから名づけられました。

21

スガ科、クチブサガ科など

スガ科の幼虫は、葉や花に糸で巣をはり、群れる種もいます。成熟すると、巣の中や周辺にまゆをつくって蛹になります。クチブサガ科の幼虫の多くは、葉を糸でつづった巣の中にいます。コナガ科とホソハマキモドキガ科の幼虫は、レース状のまゆをつくります。

オオボシオオスガ
山地にすみ、集団で大きな巣をつくります。マユミオオスガに似ていますが、蛹で区別できます。1齢で越冬します。
●スガ科 ●17～30mm ●北海道～九州 ●秋～翌初夏(1化) ●マユミ(ニシキギ科)など

マユミオオスガ
葉のすき間にはった糸の上や葉を丸めた巣の中にいます。多数が群れ、複数の巣がくっついていることもあります。夏にふ化し、芽の中にもぐり1齢で越冬します。●スガ科 ●20～25mm ●北海道、本州、九州 ●夏～翌春(1化) ●マユミ(ニシキギ科)

葉を食べつくされたマユミではたくさんの終齢が見つかりました。

成虫 ◆12～14mm

巣。水てきがついて、糸が白く見えています。

成虫 ◆14mm前後

ニシキギスガ
葉にはった糸の上にのっています。巣は幼木でよく見つかり、小さな集団になっています。
●スガ科 ●13～15mm ●北海道～四国 ●春～初夏(1化) ●ニシキギなど(ニシキギ科)

成虫 ◆10～12mm
巣内の終齢

ツリバナスガ
幼虫は単独で、2まいの葉の間や、1まいの葉の上に糸で巣をつくります。
●スガ科 ●15～20mm ●北海道～九州 ●春～初夏 ●ツリバナなど(ニシキギ科)

成虫 ◆10.5mm前後
巣内の終齢

ホソスガ
山地に多く、幼虫は群れになって葉に巣をはります。成熟すると、たがいにせっしたじょうたいで白いまゆをつくって蛹化します。
●スガ科 ●16～21mm ●北海道、本州、九州 ●春、夏 ●ニシキギなど(ニシキギ科)

成虫 ◆9mm前後
巣内の若齢集団

ホソバコスガ
葉の表側や2まいの葉の間にはった糸の上にいます。体色には変異があります。●スガ科 ●12～15mm ●北海道～九州、沖縄島、与那国島 ●春～秋 ●ツルウメモドキなど(ニシキギ科)

食痕
糸の上から頭だけ出して葉を食べる若齢
成虫 ◆7.5mm前後

アトベリクチブサガ
野外での生態は不明ですが、写真の幼虫はカラマツの枝で発見して、すぐに蛹化しました。●クチブサガ科 ●16mm前後 ●北海道、本州 ●初夏 ●ハルニレ(ニレ科)、ヨーロッパではニレ科、ブナ科、スイカズラ科など

成虫 ◆10mm前後

まゆ(カラマツ)

スイカズラクチブサガ
枝先の新葉をつづって巣をつくり、中で葉を食べます。1つの巣に2～3頭いることもあります。●クチブサガ科 ●11mm前後 ●北海道、本州 ●春～初夏 ●スイカズラなど(スイカズラ科)

蛹をしげきすると、おしりをまゆの外に出して反らし、威嚇します。

まゆの背面には2つのとっきがあります。

成虫 ◆7mm前後
巣内で新葉を食べる終齢

●科名 ●終齢幼虫の体長 ●分布 ●幼虫が見られる時期 ●幼虫の食べ物 ◆成虫の大きさ(前ばねの長さ)

オオキクチブサガ
林床に生えた食草の幼木にいましたが、くわしい生態は不明で、巣はつくらないようです。
●クチブサガ科
●17mm前後 ●北海道、本州、四国 ●春
●ハヤザキヒョウタンボク(スイカズラ科)

巣

成虫◆10mm前後　枝に静止する終齢

ギンスジクチブサガ
単独または2~3頭で、新葉を2~3まい丸めて糸をはり、糸にふんをつけます。
●クチブサガ科 ●16mm前後 ●北海道~九州
●春 ●ツルウメモドキ(ニシキギ科)

成虫◆10mm前後　巣内の終齢

ヤマノイモコガ
中齢から終齢は、葉のうらから表皮を残して食べます。●ホソハマキモドキガ科
●8mm前後 ●北海道~九州 ●春
●オニドコロ、タチドコロなど(ヤマノイモ科)

食痕は葉の一部が半とうめいになり、よく目立ちます。

葉のうらの幼虫

成虫◆4mm前後

コナガ
アブラナ科の作物の害虫です。土手や河川じきに生えたアブラナ(菜の花)でも見つかります。
●コナガ科 ●10~15mm ●全国 ●一年中(多化) ●キャベツ、タカナなど(アブラナ科)

食痕

まゆ

葉のうら側から表皮を残して食べます。

成虫◆6~7.5mm

ヒロバコナガ
アブラナ科の野菜やワサビの害虫です。若齢は葉のうら側から表皮を残して葉を食べます。
●コナガ科 ●10mm前後 ●全国
●一年中(多化) ●キャベツ、ブロッコリー、ハクサイなど(アブラナ科)

まゆ

終齢は葉脈を残して葉を食べつくします。

成虫◆5mm前後

ネギコガ
ネギや土手に生えたノビルで見つかります。ネギでは葉の中空の部分、ノビルでは葉の間にもぐり、内側から表皮を残して葉を食べます。
●ホソハマキモドキガ科 ●7~10mm ●北海道~九州 ●春~夏 ●ネギ、ノビルなど(ヒガンバナ科)

葉の外でレース状のまゆをつくります。

ネギの葉を食べる終齢

成虫◆5mm前後

小蛾類は新種の宝庫!

小さな小蛾類は、食草や分布、生態など、まだまだ知られていないことがたくさんあります。これまで知られていなかった「新種」を発見するチャンスもあります。こうした種は研究者によって調べられ、学名がついて正式な論文として専門誌などに発表されること(新種の記載といいます)で、初めて新種としてみとめられます。正式な学名があたえられるまでは、「未記載種」とよびます。右の2種は、これまで国内で知られておらず、未記載種の可能性があります。

ヒイロギンスジコガ (新称) *Digitivalva* sp.
伊豆の海岸近くの照葉樹林にすみ、春、林床に生えたやわらかい新葉にもぐり内部を食べます。マイン(→p.16)は、葉先や葉のふちにあり、かっ色でしおれたようになっています。
●アトヒゲコガ科 ●7mm前後 ●静岡県下田市で発見 ●春 ●ホタルブクロ(キキョウ科)

成虫◆4.5mm前後　マインと幼虫

シダシロコガ (新称) Schreckensteiniidae gen.sp.
低山の林道ぞいなどに生えるヒメワラビの葉のうらで見つかります。成熟すると葉のうらでまゆをつくります。
●ホソマイコガ科 ●4mm前後 ●埼玉県飯能市で発見 ●夏 ●イワヒメワラビ(コバノイシカグマ科)

成虫◆4mm前後　まゆ

コナガは、漢字で「小菜蛾」と書きます。菜っ葉(キャベツなど葉菜類)を食べる小さなガという意味です。

ハモグリガ科など

ハモグリガ科は、頭部は平らで体は円とう形、ほとんどが葉にもぐるリーフマイナー（→p.16）です。単食性か狭食性（→p.12）で、マイン（→p.16）の形はさまざまで、成熟するとマインから出てハンモック状やH字形のまゆをつくります。ヒルガオハモグリガ科は日本に2種だけが知られ、ヒルガオ科の植物を食べます。マイコガ科は、日本には1種だけ記録があります。

ヒルガオハモグリガ
若齢は葉にもぐり、終齢は葉のうらにはった糸の上に静止し表皮を残して食べます。成熟すると糸の上で蛹化します。●ヒルガオハモグリガ科 ●7～8.5mm ●北海道～九州、沖縄島 ●夏～秋 ●ヒルガオ、サツマイモなど（ヒルガオ科）

終齢と食痕（ヒルガオ）　成虫◆4.8mm前後

気門

ツマキホソハマキモドキ
平地の湿地でよく見つかります。葉のつけ根の重なった部分（葉鞘）にもぐって内部を食べます。第8腹節の気門は背面にあります。●ホソハマキモドキガ科 ●16mm前後 ●北海道～九州 ●春～夏 ●ショウブ、セキショウ（ショウブ科）

第8腹節の気門

ハリギリマイコガ
平地の林に多く、葉のうらにうすく糸をはり、葉のうらの表皮を食べます。食痕は目立ち、かんたんに見つかります。●マイコガ科 ●10mm前後 ●北海道、本州 ●春～夏 ●ハリギリ（ウコギ科）

成虫◆8～9.5mm

食痕（ハリギリ）　葉のうらの終齢

成虫◆4.2～5mm

ダイズギンモンハモグリ
若齢は、若葉にもぐって葉先を横断するように、または、ふちからふちまで半円形に線状に食い進んで葉を黄色くしおれさせます。葉のふちにそってマインを広げ、H字形のまゆをつくります。●ハモグリガ科 ●5～8mm ●本州、九州、沖縄島 ●夏～秋（3化） ●クズ、ダイズ（マメ科）　成虫◆2.8mm前後

サルトリイバラシロハモグリ
頭部は平たく、体はつつ形で2齢までは胸脚がありません。葉の内部を食べ、マインはかっ色になります。成熟するとマインを出て葉のうらにH字形のまゆをつくります。●ハモグリガ科 ●8mm前後 ●本州、九州、石垣島 ●初夏～翌春 ●サルトリイバラ（サルトリイバラ科）

マイン（クズ）

成虫◆3.4mm前後

マイン（サルトリイバラ）　まゆ

ヒサカキハモグリガ
マインは、初めは線状で、やがて広がっていきます。葉のうら側にはふんを出すあながあります。成熟するとマインを出て、ハンモック状に糸をはり蛹化します。●ハモグリガ科 ●7～8.5mm ●本州、九州、南西諸島 ●夏～翌早春 ●ヒサカキ（サカキ科）

ふんを出すあな

成虫◆4.6mm前後

マイン（ヒサカキ）　まゆ

クズの葉はマインだらけ
クズはリーフマイナーにとても人気がある植物で、クズノチビタマムシ（コウチュウ目）やハモグリバエのなかま（ハエ目）など、チョウ目以外の幼虫も葉にもぐりこんでいます。クズマダラホソガ（→p.20）やダイズギンモンハモグリをクズの葉でさがしていると、こうした昆虫のマインも見つかります。

ツルウメモドキシロハモグリ
葉の内部を食べます。1つのマインに複数個体がいることもあります。葉のうらにH字形のまゆをつくります。●ハモグリガ科 ●6～8mm ●北海道、本州、九州 ●夏～秋 ●ツルウメモドキ（ニシキギ科）

ふんを出すあな

マイン内の終齢

クズノチビタマムシのマイン（上）と中の幼虫（右）

成虫◆2.5mm前後　マイン（ツルウメモドキ）

●科名　●終齢幼虫の体長　●分布　●幼虫が見られる時期　●幼虫の食べ物　◆成虫の大きさ（前ばねの長さ）

ヒラタマルハキバガ科

幼虫は葉を食べ、葉をつつ状にまいたり、2〜3まいの葉をまいたりして巣をつくります。多くの種で、幼虫の動きはとても速く、巣を開くと、はねて落下する種も少なくありません。

ウラベニヒラタマルハキバガ
（フキヒラタキバガ）
山地の道ぞいなどで見られます。葉をよせてトンネル状にしわをつくって巣にし、葉のふちを食べます。
- 17〜19.5mm
- 北海道〜九州
- 春 ●フキなど（キク科）

成虫◆11.5mm前後

巣（フキ）　巣内の中齢

サンショウヒラタマルハキバガ
（サンショウヒラタキバガ）
5月ごろ、小さい葉をつつ状にまいた巣をつくって中にひそみ、周囲の葉を食べます。
- 17mm前後 ●北海道、本州、九州
- 春〜初夏
- イヌザンショウなど（ミカン科）

成虫◆12mm前後　巣（サンショウ）

デコボコマルハキバガ
幼虫は、新葉のふちをかんたんなつつ状にまいて巣をつくり、内側に糸をはって静止しています。
- 18〜21mm
- 北海道、本州
- 春
- コナラ、ミズナラ（ブナ科）

成虫◆11mm前後

シロズヒラタマルハキバガ
（シロズツママルキバガ）
あたたかい地域の照葉樹林の林床にすみます。葉をたてに折り、葉のうらに糸をはいて巣をつくります。
- 11mm前後
- 本州、四国
- 春〜初夏
- コウヤボウキ（キク科）

成虫◆6〜7mm

頭部　巣内の終齢（コウヤボウキ）

イヌエンジュヒラタマルハキバガ
初夏、2〜3まいの小さい若葉をつづって巣をつくります。動きはとても速く、巣を開くとはねて落下します。
- 11mm前後 ●北海道〜九州 ●初夏
- イヌエンジュ（マメ科）

巣（イヌエンジュ）　成虫◆14mm前後

コクサギヒラタマルハキバガ
（コクサギヒラタキバガ）
若齢は葉のふちに切れ目を入れ、折り返して中にひそみます。中齢から終齢では、1まいの葉の先端をろうと状にまき上げて内部を食べます。
- 14mm前後 ●本州 ●春
- コクサギ（ミカン科）

ふん

巣（コクサギ）　成虫◆9mm前後

チャグロマダラヒラタマルハキバガ
海辺に生えるイソギクの葉を2〜3まいつづります。幼虫の動きは、このなかまの中ではゆっくりしています。
- 16mm前後
- 本州（東京都・静岡県）、九州 ●春
- イソギク（キク科）

成虫◆9.5mm前後　巣（イソギク）

チャマダラマルハキバガ
山地性で、高原などにすみます。葉のうらの主脈にそって糸をはき、トンネル状の巣をつくってひそみます。
- 10mm前後
- 北海道、本州
- 夏
- オトギリソウ（オトギリソウ科）

成虫◆7mm前後

巣内の終齢（オトギリソウ）

アセビヒラタマルハキバガ（新称）
山地にすみます。アセビの新葉をつづって巣をつくり、中にひそみます。
- 14mm前後
- 本州〜九州
- 初夏
- アセビ（ツツジ科）

頭部

成虫◆8.5mm前後　巣（アセビ）

イハラマルハキバガ
セリが生えたしめった場所にすみ、葉を折り返してかんたんな巣をつくり、周囲の葉を食べます。
- 18mm前後
- 北海道、本州
- 春〜初夏
- セリ（セリ科）

成虫◆10.5mm前後

巣（セリ）　巣内の終齢

ヨモギセジロマルハキバガ
（ヨモギセジロヒラタキバガ）
先端部の数まいの葉をつづります。白いヨモギの葉のうらが目立つため、巣はかんたんに見つかります。
- 12〜17mm
- 北海道、本州
- 春〜初夏
- ヨモギ（キク科）

成虫◆9.5mm前後　巣と終齢（ヨモギ）

ヒラタマルハキバガは、成虫が平たい姿勢でとまることや円みを帯びたはねをもつこと、口のとっきがきばのように見えることから名づけられました。

ヒゲナガキバガ科など

ヒゲナガキバガ科は、多くの種がさまざまな植物を食べ、葉をまいたり、葉に切りこみを入れて折り曲げたりして巣をつくるほか、枯れ葉やくち木を食べるものもいます。ツツミノガ科は、初めは葉にもぐり、成長すると携帯巣（→p.17）をつくるもの、茎にもぐる種などがいます。カザリバガ科は、多くが平たい体形で、葉にもぐったり、くち木などを食べたりします。

メスコバネキバガ
（メスコバネマルハキバガ）

葉を2まい合わせた巣をつくります。ふれるとふくらんだ後脚の脛節にある太い刺毛を葉の表にこすりつけ、「キシキシ」と音を出します。巣ごと地上に落ち、蛹で越冬します。
●メスコバネキバガ科 ●13〜18mm ●北海道〜九州 ●晩春〜秋（1化） ●ヤナギ科、ブナ科など

巣（クリ）　成虫◆8mm前後

ツガヒロバキバガ

山地性の種で、秋に、ふんと葉のかけらを糸でつづり、トンネル状の巣をつくってひそみます。幼虫で越冬し、初夏に巣内で蛹化、羽化します。●ヒロバキバガ科 ●15mm前後 ●北海道〜屋久島 ●秋〜翌春（1化） ●トウヒ、ツガ、モミなど（マツ科）

巣（ツガ）　成虫◆10mm前後

ヨツモンキヌバコガ

低地の道ばたなどでふつうに見られ、新葉や花柄、若い茎の間に数頭の集団で糸をはってひそみ、葉を食べます。動きが速く、ふれるとはった糸の中ににげこみます。
●キヌバコガ科 ●12mm前後 ●北海道〜九州 ●初夏〜秋（2化） ●シロザ、アカザ（ヒユ科）

終齢（シロザ）　成虫◆7〜10mm

フタクロボシハビロキバガ
（フタクロボシキバガ）

ユリやヒオウギズイセンなどからよく見つかり、葉のふちを切って2つ折りにして中にひそみます。成熟すると葉をつつ状にして、頭を下にして蛹化します。●ヒゲナガキバガ科 ●16mm前後 ●全国 ●晩春〜夏（2化） ●ユリ科、アヤメ科、ヤナギ科、バラ科など多数の科

成虫◆8〜10mm

ヤシャブシキホリマルハキバガ
（ホソバキホリマルハキバガ）

ヤシャブシが生えた海岸林や湿地のハンノキ林にすみ、えんぴつほどの細い枝に食い入り、枝が短いときは幹の樹皮の下に食い入ります。●マルハキバガ科 ●30〜40mm ●北海道、本州、九州、屋久島 ●夏〜翌春（1〜2年で1化） ●ハンノキ、ヤシャブシなど（カバノキ科）

終齢（ハンノキ）　成虫◆15mm前後

クロマイコモドキ

低山地にすみ、沢や林道ぞいでよく見つかります。葉をたてに折ってふくろ状の巣をつくり、中から葉の表皮を食べます。
●マルハキバガ科 ●15mm前後 ●北海道〜九州 ●春（1化） ●イタドリ、オオイタドリ（タデ科）

巣（イタドリ）　成虫◆11mm前後

巣（サルトリイバラ）　蛹室（ヤマユリ）

ゴマフシロハビロキバガ
（ゴマフシロキバガ）

葉を折り曲げたり、重ねたり、つつ状にしたりして巣をつくります。
●ヒゲナガキバガ科 ●13mm前後 ●北海道〜九州、奄美大島 ●秋〜翌春（数化） ●マツ科、カバノキ科、ブナ科など多数の科

成虫◆8.5mm前後

巣（ミカン科のサンショウ）　巣内の終齢

ムモンハビロキバガ
（ムモンヒロバキバガ）

人里近くの雑木林でよく見つかる種で、植物の新葉をつづったりまいたりします。幼虫の動きはとても速いです。●ヒゲナガキバガ科 ●18〜23mm ●本州〜九州、石垣島 ●春〜初夏 ●ブナ科、バラ科、グミ科など多数の科

成虫◆8.5〜9.5mm

巣（コナラ）　巣内の終齢

フタテンハビロキバガ
（フタテンヒロバキバガ）

山地の林道ぞいなどでよく見つかります。葉のふちを切って2つ折りにした巣にひそみ、巣の周辺の葉を食べます。●ヒゲナガキバガ科 ●15〜21mm ●北海道〜九州、奄美大島、沖縄島 ●夏 ●ムクロジ科、スイカズラ科、バラ科、ブナ科、カバノキ科など多数の科

成虫◆10.5mm前後

若齢の巣（タニウツギ）　巣（ヤマハンノキ）

マエチャオオハビロキバガ
林にすみ、リンゴの害虫としても知られています。葉を2つ折りにして巣をつくり、周辺の葉を食べます。成熟すると葉のふちを折って蛹室をつくります。
- ヒゲナガキバガ科 ●17〜20mm ●北海道〜四国 ●初夏 ●バラ科、アケビ科、ブドウ科など多数の科

成虫◆12mm前後

カキノヘタムシガ
庭先のカキノキで見つかります。若齢では芽を食べ、後にへたから果実にもぐり、内部を食べます。●ニセマイコガ科
- ●10〜14mm ●本州〜奄美大島、石垣島 ●夏、秋〜翌春(2化) ●カキノキ類(カキノキ科)

成虫◆6〜7.5mm

果実のへたから出たふん

果実内の終齢

エンジュミツボシキバガ
カミキリムシの幼虫の食害部など、くち木のはがれた樹皮の下にすみます。糸をはいてつくったトンネル内にひそみ、周囲のくち木を食べます。●ミツボシキバガ科 ●14〜16mm ●本州 ●秋〜翌初夏 ●ネムノキのくちた樹皮の下、エンジュやウメのさび病の所

成虫◆7.5mm前後

ネズミエグリキバガ
(ネズミエグリヒラタマルハキバガ)
平地の林や緑地公園などでよく見つかります。1まいの葉の表やうら側にうすく帯状に糸をはき、糸の下にできた空間にひそみ、周辺の葉を食べます。●エグリキバガ科 ●12.5mm前後 ●本州〜九州、沖縄島、西表島 ●春〜初秋 ●マメ科、ブナ科、バラ科など多数の科

巣内の中齢(フジ)

成虫◆6.5mm前後

カクバネヒゲナガキバガ
林にすみ、枯れ葉を食べます。林床の落ち葉より、木の枝や葉の上に積もった枯れ葉や、枯れたマダラメイガ類(→p.47)の古巣の中などからよく見つかります。
- ヒゲナガキバガ科 ●10mm前後 ●本州以南 ●一年中(2化以上) ●樹木の枯れ葉

終齢(ウバメガシの枯れ葉)　成虫◆6mm前後

カラマツツツミノガ (ムジツツミノガ)
初夏、ふ化した幼虫は針葉にもぐって内部を食べて育ち、8月ごろに空どうになった針葉を切ってつつ状の巣とし、移動しながら葉を食べて成長します。巣を固定して越冬し、翌春、葉を食べ続けて巣を大きくつくりかえ、初夏に巣を固定して蛹化します。
- ツツミノガ科 ●4〜5mm ●北海道、本州 ●夏〜翌春(1化) ●カラマツ(マツ科)

巣(カラマツ)

成虫◆4〜5mm

成熟した幼虫

カラムシカザリバ
道ばたなどで見られる種で、主脈にそって白くのびるマイン(→p.16)はとても目立ちます。はいた糸で補強したひなん場所をマイン内につくります。成熟すると赤紫色のたてじまがあらわれ、マインを出てまゆをつくります。
- カザリバガ科 ●6mm前後 ●北海道〜沖縄島 ●初夏〜秋(2化) ●カナムグラ、カラハナソウなど(アサ科)

成虫◆3.2〜4mm

ひなん場所　マイン(カナムグラ)　マインの中の中齢

ヤブミョウガスゴモリキバガ
主脈近くの葉のうらにテント状の巣をつくってひそみ、巣から葉の表に通じるあなをあけ、表側にはチューブ状のひなん場所をつくります。表皮を残して葉のうら側を食べ、きけんがせまると表のひなん場所ににげこみます。
- ホソキバガ科 ●4.5mm前後 ●本州、九州、沖縄島 ●夏〜翌春(数化) ●ヤブミョウガなど(ツユクサ科)

成虫◆4.5mm前後

葉の表のひなん場所　葉のうらの巣(ヤブミョウガ)

アカザフシガ
ユーラシア大陸起源の外来種で、幼虫は道ばたや畑わきなどに生えたアカザの茎に食い入ります。その部分はふくれて「アカザクキツトフシ」とよばれる虫こぶになります。
- ツツミノガ科 ●6mm前後 ●北海道、本州、九州 ●春(1化) ●アカザ、ハマアカザ(ヒユ科)

成虫◆6mm前後

虫こぶ(アカザ)　虫こぶ内の中齢

ウスイロカザリバ
林にすみ、ササ、タケ類にトランペット形のマインをつくります。5齢で越冬し、翌年に7齢をへて蛹化するため、幼虫は、ほぼ一年中見つかります。成熟するとマインの中で蛹化します。●カザリバガ科 ●8〜10mm ●北海道〜沖縄島 ●ほぼ一年中(1化) ●ササ、タケ類(イネ科)

マイン(アズマネザサ)

成虫◆5〜7mm

カラムシカザリバのように、成熟すると赤みを帯びるという現象は、ホソガ科(→p.20)などの幼虫でもよく見られます。

キバガ科など

キバガ科の幼虫は細長い体形で、色あざやかな種もいます。動きが速い種では、ふれるとはねて落下したり、いきおいよくバックしたりします。葉や茎にもぐるものや葉をまいて巣をつくるものがいて、腹端に尾叉（→p.39）がある種は、ふんをいきおいよく飛ばします。

キボシクロキバガ
雑木林にすみ、2まいの葉を重ねてつづり、内側の表皮を食べます。
- キバガ科 ●8mm前後
- 本州 ●秋 ●カシワ（ブナ科）。コナラで飼育可能
- 成虫◆4.8mm前後

イノコズチキバガ
林や緑地公園などにすみます。マイン（→p.16）は、最初は線状で、後に円く広がります。葉がうすいため、日にすかすと幼虫やふんが見えます。成熟するとマインを出て、葉のすき間などで蛹化します。
- キバガ科 ●4〜7mm
- 本州〜九州 ●夏
- イノコズチ（ヒユ科）
- 成虫◆3.8mm前後　マイン（イノコズチ）

ハスモンキバガ
（新称）Gelechia sp.
山地にすみます。写真の個体は、マメザクラの葉をまいて蛹室をつくり始め、間もなく蛹化しました。
- キバガ科 ●11mm前後
- 山梨県鳴沢村で発見 ●初夏 ●不明
- マメザクラの葉にいた終齢　蛹室　蛹　成虫◆6mm前後

ナラクロオビキバガ
低地の雑木林にふつうに見られる種で、かたい葉を2まい合わせてつづり、内側の表皮を食べます。成熟すると、うす紫色になります。
- キバガ科 ●10mm前後
- 北海道、本州、九州
- 初夏、秋
- コナラ（ブナ科）
- 成虫◆5mm前後
- 巣（コナラ）　巣内の終齢

成熟した幼虫

クルミシントメキバガ
人里周辺にすみ、クルミ類の新しい枝や葉柄の根もとに食い入ります。部屋のような空間をつくり、成熟するとその中で蛹化します。ふんを外に出すので、ふんをさがせば、かんたんに見つかります。
- キバガ科 ●8〜12mm
- 北海道〜九州 ●春〜秋（2化以上）
- オニグルミ、サワグルミ（クルミ科）
- 葉柄内の終齢　ふん（オニグルミ）　成虫◆7mm前後

サクラキバガ
山地の林道ぞいなどでよく見つかる種で、葉をまいて巣をつくり、巣内の葉を食べます。
- キバガ科 ●14mm前後 ●北海道〜九州 ●初夏
- サクラ類、スモモなど（バラ科）
- 蛹　巣（シダレザクラ）　成虫◆7mm前後

イモキバガ（イモコガ）
サツマイモ畑や道ばたのヒルガオで見られ、葉を折って巣をつくり、内側から表皮を食べます。動きは素速く、ふれるとはねたりバックしたりします。巣内で蛹化します。
- キバガ科 ●15mm前後
- 全国 ●晩春〜秋（3〜4化） ●サツマイモ、ヒルガオ、ハマヒルガオ（ヒルガオ科）
- 成虫◆7〜8mm
- 巣内の幼虫とふん　巣（ヒルガオ）

チャマダラノコメキバガ
低地の雑木林でふつうに見られ、葉をたてに折って巣をつくります。巣の内部や周りを食べ、ふんは外に飛ばします。
- キバガ科 ●9〜12.5mm ●本州、九州、石垣島、西表島 ●初夏、初秋 ●アラカシ、ウバメガシ、コナラ（ブナ科）
- 成虫◆7.5〜8mm
- 巣（コナラ）　巣内の終齢

フタモンキバガ
山地にすみ、林道ぞいなどで見つかります。やわらかい新葉をつづって巣をつくります。動きはゆったりしています。
- キバガ科 ●10mm前後
- 北海道〜四国 ●初夏
- イヌエンジュ（マメ科）
- 成虫◆7.8mm前後　巣内の終齢

オオフサキバガ
低山地の林道ぞいなどで見つかり、葉を内側に折って巣をつくります。成熟すると、巣を出て別の葉をつづって蛹室をつくります。
- キバガ科 ●19mm前後 ●本州、四国
- 春〜初夏 ●クヌギ、コナラ、カシワ（ブナ科）

巣をつくり始めた終齢（コナラ）

成虫◆9.5〜10mm

クルミオオフサキバガ
平地の緑地公園などでよく見られ、葉のふちを折り曲げて巣をつくり、その周りを食べ、ふんは巣の外に飛ばします。
- キバガ科 ●19mm前後 ●本州〜九州 ●夏
- オニグルミ、サワグルミ（クルミ科）

巣（オニグルミ）

成虫◆9.5mm前後

フジフサキバガ
林にすみ、1まいの葉を折ったり、2まいの葉を合わせたりして巣をつくります。動きは活発で、成熟すると巣をはなれ、いろいろな植物の葉を2まい合わせて蛹室をつくります。
- キバガ科 ●22mm前後 ●北海道〜九州
- 初夏 ●フジ、ナツフジなど（マメ科）

成虫◆10.5〜11mm

巣（フジ）

巣内の終齢

ウスグロキバガ
草地や道ばたなどに生息し、ヨモギの葉をつつ状にたてにつづって、中にひそんでいます。動きは活発で、ふんは巣の外に飛ばし、成熟すると葉をつづって蛹化します。
- キバガ科 ●15mm前後 ●北海道〜九州
- 春〜秋（3化）●ヨモギ（キク科）

巣内の終齢（ヨモギ）

成虫◆7mm前後

カバイロキバガ
林や城址公園などのサクラ類でよく見つかります。新葉をたてに折ったり、数まいをつづったりして巣にし、ふんは巣の外に飛ばします。
- キバガ科 ●16mm前後 ●北海道〜九州
- 春〜初夏 ●サクラ類、ウメなど（バラ科）

巣（ヤマザクラ）

成虫◆9.5mm前後

巣内の中齢

ゴマダラノコメキバガ
平地から山地の林にすみ、やわらかい新葉のふちを折ってふくろ状の巣をつくり、内側から円く、くりぬいて食べます。動きはゆったりで、巣内にふんはためません。
- キバガ科 ●10〜12.5mm ●北海道〜九州
- 初夏 ●コナラ、アラカシなど（ブナ科）

成虫◆7.5mm前後

巣内の終齢

巣（コナラ）

クヌギクロボシキバガ
（新称）*Cerpatolechia* sp.
平地の林にすみ、かたい葉を重ねて巣をつくり、内側の表皮を食べます。食痕はよく枯れて目立ちます。
- キバガ科 ●10mm前後
- 埼玉県熊谷市で発見
- 秋 ●クヌギ（ブナ科）

成虫◆6.5mm前後

巣（クヌギ）

チシャノキオオスヒロキバガ
黄色と黒のあざやかな色をしています。若齢は、集団で新葉や花の間に糸をはってひそみ、成長するにつれ単独で生活します。
- スヒロキバガ科 ●22mm前後 ●本州〜屋久島、沖縄島、八重山列島
- 初夏〜秋（2化）●チシャノキなど（ムラサキ科）、アワブキ（アワブキ科）

成虫◆13mm前後

ネムスガ
平地の林にすみます。葉の間に糸をはりめぐらし、小さい葉を内側にまいてつつ状の巣をつくります。集団でいる場合が多く、巣の一部が枯れて目立ちます。
- ネムスガ科 ●11〜14mm
- 本州〜九州、奄美大島
- 夏（2化）●ネムノキ（マメ科）

成虫◆6.8mm前後

巣内の終齢 / 巣（ネムノキ）

ヒラズササノクサモグリガ
主に山地にすみ、ササ類の葉にもぐります。体は平らで、第2〜8腹節の側部がとげ状につき出し、その先端に気門があります。●クサモグリガ科 ●7mm前後 ●北海道〜九州
●秋〜翌初夏（1化）●クマイザサ、ネザサなど（イネ科）

成虫◆5mm前後 / マイン

ネムスガという名は、幼虫がネムノキに巣をつくる習性からつけられました。ネムスガ科は日本にネムスガの1種だけ記録があります。

セミヤドリガ科、イラガ科

セミヤドリガ科の幼虫は、ウンカやセミに寄生（→p.13）します。過変態（→p.21）し、1齢には発達した胸脚がありますが、セミなどにとりついた後の2齢以降は胸脚が短くなります。イラガ科の幼虫は、腹脚と尾脚がなく、腹部をうねらせて動きます。頭部は胸部にかくれます。毒とげや毒針毛（→p.114）をもつ種が多く、注意が必要です。かたいまゆをつくります。

＊白バックの幼虫写真は、ほぼ実際の大きさです。

セミヤドリガ
スギ林など暗い林にすみ、ヒグラシの腹部でよく見つかります。夏にふ化した1齢は、幹で待ちぶせしてセミに取りつき、体液をすって育ちます。2週間ほどで成熟してセミからはなれ、白い分泌物を糸でつづって、まゆをつくり蛹化します。
- ○セミヤドリガ科 ●10mm前後 ●本州〜屋久島 ●夏（1化） ●セミ類（セミ科）

ハゴロモヤドリガ
ハゴロモやウンカの腹部に寄生します。体液をすって育ち、成熟すると葉のうらなどで、白い長方形のまゆをつくって蛹化します。卵で越冬します。
- ○セミヤドリガ科 ●7mm前後 ●本州〜九州、沖縄島、石垣島 ●夏〜秋（2化）
- ●スケバハゴロモ（ハゴロモ科）、テングスケバ（テングスケバ科）、オオヒシウンカ（ヒシウンカ科）など

ヒメクロイラガ
平地の公園や雑木林でよく発生し、集団で葉を食べます。成熟すると葉を食いちぎってパラシュートのように地面に落下し、土に浅くもぐってまゆをつくり、越冬します。
- ○イラガ科 ●25mm前後 ●本州〜九州 ●夏、秋（2化） ●ブナ科、バラ科、ニレ科など ✕幼虫の毒とげ

イラガ
人里周辺にすみ、いろいろな木の葉を食べます。先端に毒とげをもった肉質とっきがあります。成熟すると、ウズラの卵に似た、とてもかたいまゆをつくり、その中で幼虫のまま越冬します。
- ○イラガ科 ●23mm前後 ●北海道〜九州 ●夏（1化） ●ブナ科、ヤナギ科など ✕幼虫の毒とげ

イラガのなかまの多くは、体中にたくさんの毒とげがあります。

ナシイラガ
山里の庭木や並木、果樹園などで見られ、葉の表にいます。秋にまゆをつくり、その中で幼虫のまま越冬します。
- ○イラガ科 ●21〜25mm ●北海道〜屋久島 ●夏〜初秋（2化） ●ブナ科、カキノキ科、モチノキ科など ✕幼虫の毒とげ

亜終齢の集団（クヌギ）
土の中のまゆ（飼育）
成虫◆14〜17mm
終齢は行列をつくって移動します。（ケヤキ）

ウストビイラガ
低山から山地の沢ぞいなどでよく見つかり、エイに似た外見で、愛好家にとても人気があります。葉脈を残さず葉を食べます。
- ○イラガ科 ●17mm前後 ●北海道〜九州 ●夏〜初秋（1化） ●ムクロジ科、フサザクラ科、アワブキ科など

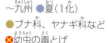

かっ色の終齢（フサザクラ）

成虫◆13〜15mm

タイワンイラガ
林にすみます。集合性はなく、ふつう1頭で見つかります。まゆの中で前蛹になり越冬します。
- ○イラガ科 ●23〜32mm ●本州〜九州 ●夏、秋（2化） ●ブナ科、マメ科、クルミ科など ✕幼虫の毒とげ

葉の上の終齢（カキノキ）
成虫◆13〜18mm

終齢（コナラ）
成虫◆14mm前後

○科名 ●終齢幼虫の体長 ●分布 ●幼虫が見られる時期 ●幼虫の食べ物 ✕注意 ◆成虫の大きさ（前ばねの長さ）

ムラサキイラガ

庭木でも発生し、葉のうらについています。ウスムラサキイラガに似ていますが、背面の黒い毛の根もとのとっきが細長いことで区別できます。まゆの中で蛹化して越冬します。
● イラガ科 ● 11〜12mm ● 北海道〜九州 ● 夏〜初秋(2化) ● サクラ類(バラ科)、ナツツバキ(ツバキ科)など ✖幼虫の毒とげ
成虫◆10.5〜12.5mm

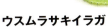

ウスムラサキイラガ

公園のサクラ並木などでよく見つかります。ムラサキイラガに似ていますが、背面の黒い毛の根もとのとっきが短いことで区別できます。まゆの中で幼虫のまま越冬します。
● イラガ科 ● 15〜20mm ● 北海道〜九州 ● 初夏〜秋(2化) ● ニレ科、ブナ科、バラ科など ✖幼虫の毒とげ

成虫◆12.5〜15.5mm 葉のうらにとまる幼虫(ケヤキ)

アカイラガ

人里周辺でもよく見られる種です。体表をおおう赤く太い肉質とっきは、ふれるとかたまりごと取れてしまいます。成熟すると、このとっきはすべて取れ、浅い土の中にもぐってまゆをつくり、幼虫で越冬します。
● イラガ科 ● 18mm前後 ● 北海道〜屋久島 ● 夏、秋(2化) ● カバノキ科、ブナ科、ツバキ科など ✖幼虫の毒とげ

肉質とっきを落とした幼虫
成虫◆10〜12mm

アオイラガ

先が黒いとっき

ヒロヘリアオイラガに似ていますが、第1腹節のとっきの先が黒いことなどで区別できます。成熟すると幹などにかっ色でだ円形のまゆをつくり、前蛹で越冬します。● イラガ科 ● 25mm前後 ● 本州〜九州、西表島 ● 夏、秋(1〜2化) ● ブナ科、バラ科、ヤナギ科など ✖幼虫の毒とげ、幼虫とまゆの毒針毛

成虫◆16.5〜19mm

背に赤い線のある個体　背に青い線のある個体

クロシタアオイラガ

平地の公園から山地のブナ林まで見られます。若齢は集合して葉を食べ、成長すると分散します。秋に多く、成熟するとまゆをつくり、その中で前蛹になり越冬します。
● イラガ科 ● 18mm前後 ● 北海道〜九州 ● 夏、秋(2化) ● ブナ科、バラ科、カキノキ科など ✖幼虫の毒とげ、幼虫とまゆの毒針毛

ヒロヘリアオイラガ

オレンジ色のとっき
拡大
毒針毛

インドまたは中国原産の外来種で、都市部のサクラ並木や街路樹に多く見られます。秋の終わりごろに、幹や樹木の名前を書いたプレートのうらなどにまゆをつくり、前蛹で越冬します。
● イラガ科 ● 18〜27mm ● 本州〜九州、沖縄島、宮古島 ● 夏、秋(2化) ● バラ科、クスノキ科、ムクロジ科など ✖幼虫の毒とげ、幼虫とまゆの毒針毛

若齢の集団(アワブキ)
成虫◆14〜18mm　まゆ

成虫◆12〜15mm
葉のうらにいた中齢(サクラ類)

■ 毒とげ

イラガ類の幼虫がもつ毒とげ(毒棘)は、先端が細く、ささりやすい形をしています。内部にはヒスタミンなどの毒があり、とげがささると毒が注入されます。ふれると激痛が走り、皮ふ炎を起こすこともあります。

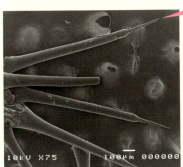 
イラガの毒とげのけんび鏡写真
細くなった毒とげの先端部には細長い切れ目があり、ここから毒が注入されます。

■ 3種に分かれたテングイラガ

テングイラガの成虫には、体色のちがうものがいて、個体によるちがいと考えられていましたが、2016年に3種に分けられました。これまでテングイラガとよばれていた種はクロフテングイラガという名前になり、ほかの2種は新種として、ウスイロテングイラガ、キマダラテングイラガと名づけられました。

クロフテングイラガの成虫

拡大　拡大

テングイラガ類の幼虫。幼虫の体色やもようにもいくつかのタイプが知られています。幼虫での区別点はまだわかっていません。

イラガは漢字で「刺蛾」と書きます。「刺」はとげのことで、さされると電気が走ったようないたみがあることから「電気虫」ともよばれます。

マダラガ科

体はナマコ形で、頭部は胸部にかくれ背面からは見えません。
体内に毒をもち、毒針毛（→p.114）をもつ種や、体表の小さなあなから毒を
ふくむねん液を出す種がいるので注意が必要です。

ヤホシホソマダラ

河川じきや湿地、草地などにすみ、イネ科の植物の葉を食べます。成熟すると、だ円形の平たいまゆをつくります。●12mm前後 ●北海道〜九州 ●初夏（1化）●ササ類、タケ類、ヨシなど（イネ科）❌ふれると、かぶれることがある。

成虫◆8.5〜11mm

葉の上の中齢（ススキ）

まゆ（ススキ）

ヒメクロバ
林床や林縁のササでよく見つかります。葉のふちから主脈に向かって食べ、四角形の食痕を残します。●12mm前後 ●北海道〜九州 ●夏〜秋（1〜2化）●ササ類（イネ科）❌ふれると、かぶれることがある。

成虫♂◆9.5mm前後

幼虫と食痕（アズマネザサ）

ブドウスカシクロバ
ブドウの害虫で、街中の庭のブドウでも発生します。集団で葉のうら側から円いあなをあけて葉を食べ、成熟するとまゆをつくって、蛹で越冬します。●20mm前後 ●北海道〜九州、奄美大島、沖縄島 ●初夏（1化）●ブドウ、エビヅルなど（ブドウ科）❌ふれると、かぶれることがある。

成虫◆10〜15mm

キスジホソマダラ
平地から山地まで見られ、林縁などに生えたネザサでよく見つかります。●12mm前後 ●北海道〜九州 ●夏（1〜2化）●ササ類、ススキ（イネ科）❌ふれると、かぶれることがある。

成虫♀◆10〜11.5mm

ウメスカシクロバ
ウメの害虫で、梅林やサクラ並木でよく見つかります。成熟すると、あながあいた特ちょう的なまゆをつくって蛹化します。●13〜18mm ●北海道〜九州 ●春〜初夏（1化）●サクラ類、ウメなど（バラ科）❌ふれるとかぶれて、かゆみが続く。

まゆ（プラム）

成虫◆10〜11.5mm

ルリイロスカシクロバ
里山の林にすみ、住宅のかべをおおうツタで大発生することもあります。集団で葉を食べ、成熟するとまゆをつくり、蛹で越冬します。●19〜25mm ●本州、九州 ●初夏（1化）●ヤマブドウ、ツタ、ヤブガラシなど（ブドウ科）❌ふれると、かぶれることがある。

成虫♀◆13〜15mm

ツタの葉のうらにとまる幼虫

タケノホソクロバ
タケの害虫で、庭や植えこみなどで発生します。若齢は集団で葉の表面を食べ、食痕は白く目立ちます。成長すると葉脈まで食べるようになります。植木ばちの下などでまゆをつくり、幼虫または前蛹で越冬します。●17〜20mm ●北海道〜九州、奄美大島〜八重山列島 ●初夏〜秋（2〜3化）●ササ類、タケ類（イネ科）❌ふれるとかぶれて、かゆみが続く。

成虫♂◆9〜10.5mm

若齢の集団と食痕　まゆ

リンゴハマキクロバ
リンゴやナシの害虫で、「ナシノホシケムシ」とよばれます。葉をふくろ状にまいて巣をつくります。夏、ふ化した幼虫は、秋に枝のすき間などに、まゆをつくり若齢で越冬します。●15〜20mm ●北海道〜九州 ●夏〜翌初夏（1化）●リンゴ、ナシ、ズミなど（バラ科）❌ふれると、かぶれることがある。

巣内の幼虫（ナシ）　成虫♂◆12.5〜14mm

ミヤマスカシクロバ（オオスカシクロバ）
山地の林道ぞいなどでよく見つかり、集団で葉のうらにとまり、葉脈を残して若葉を食べます。成熟すると、平らなだ円形のまゆをつくり、蛹で越冬します。●13〜15mm ●北海道、本州 ●晩春〜初夏（1化）●ヤマブドウ（ブドウ科）❌ふれると、かぶれることがある。

成虫◆11〜12.5mm　集団で葉を食べる中齢（ヤマブドウ）

32　●終齢幼虫の体長　●分布　●幼虫が見られる時期　●幼虫の食べ物　❌注意　●成虫の大きさ（前ばねの長さ）

シロシタホタルガ
はでな色彩で、葉の上にいるため目立ちます。夏にふ化した幼虫は葉のうらの表皮を食べ、2齢になると樹皮のすき間などに移動し、夏眠、越冬し、翌年の春に活動を再開します。成熟すると葉の上にまゆをつくります。
- 22〜30mm ●北海道〜九州
- 初夏〜翌春（1化） ●サワフタギなど（ハイノキ科）
- ✕ねん液にふれると、皮ふ炎を起こすことがある。

ホタルガ
神社などのうす暗い所でよく見つかり、葉の上にいます。若齢は葉のうらから表皮をけずり取るように食べ、小さな円い食痕を残します。
- 20〜25mm ●本州〜九州
- 夏〜初秋、晩秋〜翌初夏（2化）
- ヒサカキ、サカキなど（サカキ科） ✕ねん液にふれると、かゆくなる。
- 成虫◆25mm前後

クロツバメ
原生林から街中まで見られ、葉のまん中から食べます。成熟すると葉を折り曲げて、まゆをつくり、ふんを1つぶつけます。この習性はホタルガやサツマニシキにも見られます。
- 22〜25mm ●奄美大島〜与那国島
- 一年中 ●アカギ（コミカンソウ科）
- ✕ねん液にふれると、皮ふ炎を起こすことがある。
- 成虫◆33〜38mm

成虫◆25〜30mm
サワフタギのつぼみを食べる終齢

終齢（ヒサカキ）

若齢の食痕は、冬にも見つかります。（ヒサカキ）

幼虫と食痕（アカギ）

まゆ　蛹

石垣島産　沖縄島産（原寸）

オキナワルリチラシ
照葉樹林から亜熱帯林にすみます。秋にふ化した幼虫は、葉のうらを食べてゆっくりと成長して、若齢で越冬します。成長すると葉の上にとまり、葉脈を残さず葉を食べます。
- 25〜30mm ●本州〜南西諸島
- 秋〜翌夏（1〜2化）
- サカキ科、ツバキ科、ハイノキ科、ノボタン科
- ✕ねん液にふれると、皮ふ炎を起こすことがある。

ミノウスバ
マサキの害虫で、庭木でよく発生します。春にふ化した幼虫は、集団で若葉を食べます。中齢はしげきを受けると糸をはいて落下します。成熟すると葉や生けがきで、まゆをつくって蛹化します。若齢の食痕は赤茶色でよく目立ちます。
- 15〜20mm ●北海道〜九州
- 春〜初夏（1化）
- マサキ、ニシキギなど（ニシキギ科） ✕ねん液にふれると、かぶれることがある。
- 成虫◆14〜15mm

葉の上の終齢（ノボタン）

成虫◆27〜37mm

若齢の食痕と中齢（マサキ）

若齢の集団（マユミ）

成虫◆37〜44mm

終齢（ヤマモガシ）（原寸）

サツマニシキ
照葉樹林にすみ、若齢で越冬します。ホタルガと同じような、表皮を残した白く円い食痕はよく目立ちます。●30mm前後 ●本州（三重県以西）〜南西諸島 ●春〜秋（2〜3化） ●ヤマモガシ（ヤマモガシ科） ✕ねん液にふれると、皮ふ炎を起こすことがある。

イモムシの護身術——液体を出して身を守る
マダラガ科の幼虫は、体内に毒（青酸配糖体）をもっていて、しげきを受けると、各体節の表面にある小さなあなから、ねばり気のある液体を出します。この液体にふくまれる毒は少量で毒性は弱く、ねばり気によって、寄生性のハチやハエ、捕食者のアリなどをからめとる効果が大きいと考えられています。人がふれてもそれほど被害を受けませんが、食中毒の危険があるので絶対になめたりせず、よくあらいましょう。一方、モンシロチョウ（→p.60）の幼虫は、体表の毛の先から油分をふくむ液体を出します。この液体がついたアリは体のそうじに時間がかかり、攻げきどころではなくなります。

毒をふくむねん液を出す、シロシタホタルガの幼虫

毛の先から液体を出すモンシロチョウの幼虫

マダラガ科の幼虫は、はでな警告色（→p.35）で外敵に毒をもっていることを知らせるため、かくれることなく葉の表にいます。

スカシバガ科など

スカシバガ科の幼虫は、木の幹や根に食い入ります。細い枝やつるにもぐると、虫こぶ（→p.37）になります。樹皮の下にひそむ種は、樹液にうもれていることが多く、樹液をすって育つと考えられています。蛹化前に、もぐった木の表皮だけをうすく残した羽化のための出口（羽化孔）をつくります。ボクトウガ科の幼虫は、円とう形で胸部がかたく、幹に食い入って材を食べます。

原寸

セスジスカシバ
茎の中に食い入ります。若齢で越冬し、翌年の夏に終齢になります。夏に、山地の明るい斜面で、前年に生えたクマイチゴの茎の中をさがすと、終齢や蛹が見つかります。
●スカシバガ科 ●30～35mm ●本州～九州 ●晩夏～翌夏（1化）●クマイチゴ、モミジイチゴなど（バラ科）

茎内の終齢（クマイチゴ）

成虫◆13～18.5mm

カシコスカシバ
クリ園や林にすみ、樹皮の下に食い入り、木くずを出します。幼虫で越冬し、翌初夏から秋にかけて蛹化し、蛹は樹皮から半分出たじょうたいで羽化します。
●スカシバガ科 ●20～25mm ●本州～屋久島 ●ほぼ一年中 ●コナラ、カシ類、クリなど（ブナ科）

成虫◆11～12.5mm

樹皮からつき出た蛹のぬけがら（クリ）

フクズミコスカシバ
ヨシ原や河川じきにすみ、細い枝に食い入ります。ゴマダラカミキリやコウモリガの幼虫が食べた部分の周りの樹皮の下でよく見つかり、終齢で越冬します。
●スカシバガ科 ●20mm前後 ●本州、九州 ●夏～翌春（1化）●ヤナギ類（ヤナギ科）

成虫◆9～10mm

アシナガモモブトスカシバ
水辺にすみ、ゴキヅルの果実や茎に食い入ります。幼虫が食い入った茎は、ふくらんで虫こぶになります。
●スカシバガ科 ●18～21mm ●本州～九州 ●秋～翌初夏、夏～秋（2化）●ゴキヅル（ウリ科）

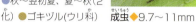

成虫◆9.7～11mm

果実（ゴキヅル）　ふん

果実内の終齢

キオビコスカシバ
海岸のマツ林などに生えたグミ類の枝でよく見つかります。食い入った部分の枝や幹はふくれて虫こぶとなり、ふんや多量のやにが出ます。●スカシバガ科 ●20mm前後 ●北海道～九州 ●夏～翌春（1化）●ツルグミ、アキグミなど（グミ科）

成虫◆11mm前後

虫こぶ内の終齢

虫こぶだらけの枝（アキグミ）

モモブトスカシバ

アマチャヅルの茎にもぐって虫こぶをつくります。終齢が枯れた虫こぶ内で越冬し、翌初夏に蛹化、羽化します。●スカシバガ科 ●15～17mm ●北海道～九州、奄美大島 ●夏～翌春（1化）●アマチャヅル（ウリ科）

成虫◆9.5～12mm　虫こぶ

虫こぶ内で越冬する終齢

第8腹節の気門は大きく、背面にあります。

コスカシバ
都市部に多い種で、植えられたサクラ類などの樹皮の下に食い入り、ゼリー状の樹液とふんを出します。多くは樹液にうもれたじょうたいで見つかります。●スカシバガ科 ●20～28mm ●北海道～九州 ●一年中（終齢は春から夏に多い）●ソメイヨシノ、ウメなど（バラ科）

樹皮の下の終齢（ウメ）

成虫◆11.5～13.5mm

ヒメコスカシバ
カキノキの害虫で、細い枝が分かれた部分に好んで食い入ります。ほかの樹木の枝や虫こぶ内にももぐり、成熟すると樹皮の下で、まゆをつくって蛹化します。
●スカシバガ科 ●11～19mm ●北海道～九州 ●夏～翌春（1化）●ブナ科、カキノキ科、マメ科など

成虫◆8～9mm

虫こぶ内の終齢

ナラエダムレタマフシとよばれる虫こぶ（ミズナラ）

●科名　●終齢幼虫の体長　●分布　●幼虫が見られる時期　●幼虫の食べ物　◆成虫の大きさ（前ばねの長さ）

ブドウスカシバ
細い枝の中に食い入り、虫こぶをつくります。幼虫で越冬し、翌春、虫こぶの中で蛹化します。幼虫は「エビヅルムシ」とよばれ、魚つりのえさとして知られます。●スカシバガ科 ●28〜32mm ●北海道〜九州 ●夏〜翌春（1化）●エビヅル、ノブドウなど（ブドウ科）成虫◆12.5〜16mm

ニシキヒロハマキモドキ
ハマキモドキガ科（→p.44）の幼虫と同じように葉の上にまくをはり、成熟すると、ぼうすい形の白いまゆをつくります。●ヒロハマキモドキガ科 ●7mm前後 ●屋久島、沖縄島、石垣島、与那国島 ●秋（3化）●ガジュマル（クワ科）成虫◆8.5mm前後

ボクトウガ
樹皮の下にトンネルをほってひそみ、木の中をかじって樹液を出し、樹液を食べにきた昆虫を捕食します。終齢は、樹皮のすき間などで、まゆをつくって越冬します。●ボクトウガ科 ●60mm前後 ●北海道〜九州 ●夏〜翌春（1化）●クヌギ、コナラ（ブナ科）、リンゴ（バラ科）などと昆虫類 成虫◆19〜29mm 捕食のため幹の上に出てきた終齢

ヒメアトスカシバ
住宅地などで見られ、「ヘクソカズラツルフクレフシ」とよばれる虫こぶをつくります。一部は夏に蛹化、羽化しますが、多くは秋に虫こぶの中で、まゆをつくって終齢で越冬し、翌初夏に蛹化します。●スカシバガ科 ●16〜17mm ●本州〜九州 ●夏〜翌春（1〜2化）●ヘクソカズラ（アカネ科）虫こぶ内のまゆ 蛹 成虫◆10.5〜12.6mm

ヒメボクトウ（コガタボクトウ）
湿地に生えたヤナギ類でよく見つかるほか、リンゴやナシの害虫としても知られています。木に集団で食い入り、内部を食べます。●ボクトウガ科 ●30〜40mm ●本州〜九州 ●夏〜翌春（1化）●リンゴ（バラ科）、ヤナギ類（ヤナギ科）など 成虫◆18mm前後 カワヤナギの幹内の終齢の集団

ハイイロボクトウ
ヨシ原にすみます。とても細長い体形で、ヨシの茎の中から地下の部分に食い入ります。春に茎の中で蛹化します。●ボクトウガ科 ●50mm前後 ●北海道〜九州 ●一年中（2年で1化）●ヨシ（イネ科）成虫◆18〜20mm 茎内の終齢 茎内の蛹

イモムシの護身術——警告色と擬態
体内に毒をもつマダラガ科（→p.32）や毒針毛をもつドクガ科（→p.112）などの幼虫は、はでで目立つ色をしています。これは、警告色（警戒色ともいいます）とよばれ、外敵に対して「毒があるよ！」と知らせる効果があります。警告色をもつ虫を食べて、おなかをこわしたり、さされていたい思いをした動物は、次からは、はでな虫をさけるようになります。そして、毒はないのに警告色をもつ虫もたくさんいます。こうした虫は、毒をもつ虫に擬態することで、外敵から攻げきをされにくくなるという利益を得ているのです。このページで紹介したスカシバガ科は、成虫が毒針をもつハチに擬態しています。

毒針毛をもつモンシロドクガの幼虫（→p.114）

ドクガ科の幼虫に擬態したリンゴケンモンの幼虫（→p.133）

毒針をもつキイロスズメバチ　左のキイロスズメバチに擬態したセスジスカシバ

ゴマフボクトウ
林や緑地公園などにすみます。木の根ぎわから根にトンネルをほり、根ぎわからふんを出します。●ボクトウガ科 ●50〜60mm ●北海道〜奄美大島 ●一年中（2年で1化）●各種の樹木

根の中の終齢（ヒサカキ）　成虫◆20〜35mm

根ぎわから出たふん

木の幹にもぐるスカシバガ科などの幼虫が、外に出す木くず状のふんを「フラス」といいます。フラスを見つければ、中に幼虫がいることがわかります。

ハマキガ科 ①

さまざまな植物を食べ、葉をまいて巣をつくるほか、新芽や果実、茎などにもぐったりします。体は細長く、ふつう活発に動きます。葉をまく種の多くは、腹端に尾叉（→p.39）という器官をもち、ふんをいきおいよく飛ばします。

クロトラフハマキ
低山の林縁などにすみます。春、数まいの新葉をまとめてつづり、巣をつくります。●10mm前後 ●北海道、本州 ●春（1化）●カマツカ（バラ科）

成虫◆7mm前後

巣（カマツカ）

巣内の終齢

プライヤハマキ
人里周辺の林に多く、2～3まいの葉を重ねて中にひそみ、内側から葉をかじります。●11mm前後 ●北海道～九州 ●春～初夏、秋（2化）●コナラ、アラカシなど（ブナ科）

越冬型♀

成虫◆6～8mm

巣（クヌギ）

ホソバハイイロハマキ
林縁や河原などに生える草でよく見つかります。葉をつづってボール状の小さな巣をつくり、ふんを巣内の1か所にためます。しげきすると体を丸めます。●14～16mm ●北海道～九州 ●春～初夏 ●さまざまな草木

成虫◆7～10mm

ふん

巣内の終齢（ホタルブクロ） 巣（タツナミソウ）

ツヅリモンハマキ
山地にすみます。さまざまな木の新葉をたてにつづって巣をつくり、周辺の葉を食べます。●17mm前後 ●北海道～九州 ●春（1化）●クスノキ科、バラ科、ブナ科など

頭部

蛹

巣内の終齢（ノブカシ）

成虫◆9mm前後

ツヤスジハマキ
山地の林道でよく見つかります。葉脈を切って葉をしおれさせ、折ったり丸めたりして巣をつくります。巣内、または別の葉をつづり、まゆをつくります。●18mm前後 ●北海道、本州、九州、屋久島 ●初夏（1化）●モクレン科、バラ科、マタタビ科など15科以上

切った部分

成虫◆7～9mm

巣（サルナシ） まゆ内の蛹

アトキハマキ
平地の林にふつうに見られます。春、さまざまな植物の葉を折ったり、数まいつづったりして巣をつくります。●22～26mm ●北海道～屋久島 ●冬～翌初夏（2化）●バラ科、ブナ科、ミズキ科など10科以上

成虫◆9.5～17mm

蛹

巣（ミズキ）

オオアトキハマキ
平地から亜高山にすみます。さまざまな植物の葉をかんたんにつづり、中にひそみます。●25mm前後 ●北海道～九州 ●初夏（1～2化）●バラ科、グミ科、イラクサ科、ドクダミ科、キク科など12科以上

原寸

淡色型♂

成虫◆10.5～15mm

巣内の終齢（キク科の一種）

マツアトキハマキ
山地にすみます。若齢が葉をつづった中で越冬し、翌春、新葉をつづります。蛹化時には、葉をぼうすい形につづります。●22mm前後 ●北海道～屋久島 ●夏～翌春（1～2化）●マツ科、ヒノキ科など針葉樹

成虫◆10～11mm

クロシオハマキ
広葉樹では2まいの葉を重ね合わせ、針葉樹では数まいをつづります。冬、都市部の緑地公園で、若齢がよく見つかります。●17mm前後 ●本州～西表島 ●晩秋～翌春 ●アオキ科、マキ科、ユズリハ科、サクラソウ科など

巣内の若齢

巣（アオキ）

成虫◆9～14.5mm

リンゴモンハマキ（ホソアトキハマキ）

広葉樹の葉を1〜数まいつづったり重ねたりして巣をつくります。若齢で越冬します。リンゴの害虫です。
●25mm前後 ●北海道〜九州 ●初夏、夏〜翌春(2化) ●バラ科、カバノキ科、マメ科など

頭部　蛹　成虫◆12〜13.5mm

カクモンハマキ

山地に多く、さまざまな木の葉をつつ状にまきます。リンゴなどの果樹やクワの害虫です。卵で越冬します。
●17mm前後 ●北海道、本州、九州 ●春〜初夏(1化) ●バラ科、マンサク科、ニレ科、クワ科など

成虫◆9〜10.5mm

ムラサキカクモンハマキ

山地にすみ、1まい、または2〜3まいの葉をつつ状にまき、巣内の葉を食べます。成熟すると巣の中で蛹化します。●25mm前後 ●北海道、本州 ●春〜初夏(1化) ●ニレ科、バラ科、ブナ科、エゴノキ科など13科以上

巣(ケヤキ)
巣内の終齢(ケヤキ)
蛹(クリ)　成虫◆8.5〜11.5mm

シリグロハマキ

平地から山地にすみます。2〜3まいの葉をたてにまいて巣をつくり、ふんは巣の外に飛ばします。果樹の害虫です。卵で越冬します。
●25mm前後 ●北海道〜四国、奄美大島 ●春〜初夏(2化) ●ムクロジ科、アサ科、ブナ科、マメ科、バラ科、ヤナギ科など

成虫◆7〜12.5mm

巣内の終齢(クヌギ)

ミダレカクモンハマキ

都市部でも山地でも見つかります。動きはとても速く、葉をざつにまきます。ナシやダイズの害虫です。卵で越冬します。
●18〜25mm ●北海道〜屋久島、沖縄島 ●春〜初夏(1化) ●さまざまな草木

巣内の終齢(イタドリ)　蛹　成虫　8〜12mm

タテスジハマキ

山地にすみます。1齢は葉にもぐりこんで食べ、その後、葉をつづります。2〜3齢で越冬し、翌春、新芽を食べ、芽ぶくと葉をつづります。●21mm前後 ●北海道〜屋久島 ●秋〜翌春 ●トドマツ、モミなど(マツ科)、イチイ(イチイ科)

頭部　蛹
巣(モミ)　成虫◆9〜10mm

アトボシハマキ

平地から山地にすみます。新葉をかんたんにつづり、巣の中で蛹化します。ナシやリンゴの害虫です。若齢で越冬します。
●20mm前後 ●北海道〜九州 ●冬〜翌夏(1〜2化) ●アサ科、バラ科、ブナ科など

頭部　蛹　成虫◆7.5〜13mm

原寸

リンゴオオハマキ（オオフタスジハマキ）

リンゴの害虫で、山地でよく見つかり、葉をかんたんにつづっています。成熟すると、葉を重ねたりつづったりした中で蛹化します。若齢で越冬します。●27mm前後 ●北海道〜九州 ●冬〜翌夏 ●バラ科、ニレ科、カバノキ科、ヤナギ科、マメ科、キク科など

蛹(ヤマハンノキ)　成虫◆12〜13.5mm

終齢(キク科アザミの一種)

コスジオビハマキ

関東では山地に多く、リンゴの害虫です。広葉樹の葉を2〜3まいつづってひそみ、ふんは外に飛ばします。●20mm前後 ●北海道、本州 ●初夏(1化) ●さまざまな広葉樹

蛹　頭部　8〜11mm　成虫◆

「虫こぶ」とは？

昆虫が寄生することで、植物組織の一部がいじょうに生長してこぶのようになったものを「虫こぶ」といいます。虫こぶには名前がついていて、アブラムシやタマバチなどがつくるものには有名なものも多いです。

エゴノネコアシアブラムシがエゴノキにつくるエゴノネコアシフシ

クリタマバチがクリにつくるクリメコブズイフシ

ぼうすい形とは、まん中が太い円柱の両端をとがらせた形で、マグロの体やサツマイモのような形です。

ハマキガ科 ②

チャハマキ
平地の公園や林などでよく見つかります。2まいの葉を重ね、中に台座をつくってひそみ、周辺の葉を食べます。チャノキ(茶)の害虫です。
- ●30mm前後 ●全国
- ●ほぼ一年中
- ●さまざまな草木

成虫◆9〜15.5mm 原寸

巣(シロダモ)

巣内の終齢

カラマツイトヒキハマキ
山地にすみ、終齢は枝や葉の上にクモの巣状に糸をはり、ふんは巣の外に飛ばします。成熟すると葉の上などでまゆをつくります。若齢で越冬します。
- ●15〜17.5mm ●北海道、本州 ●秋〜翌初夏(1化) ●カラマツ(マツ科)

蛹

成虫◆9〜10.5mm

枝葉のすき間にはった糸の上の終齢

オオギンスジハマキ (オオギンスジアカハマキ)
山地にすみます。夏、ふ化した幼虫は葉を食べた後、幹のくぼみで夏眠します。秋にふたたび葉を食べて越冬し、翌春、枝先の新葉を数まいつづります。
- ●18mm前後 ●北海道〜九州、奄美大島 ●夏〜翌初夏(1化) ●バラ科、ニレ科、カバノキ科、ヤナギ科、ムクロジ科など

蛹

巣内の終齢(ズミ)

成虫◆8.5〜11mm

アカトビハマキ
春、山で新葉をつづる幼虫がよく見つかります。葉を内側に折って巣をつくり、巣の先端部を食べます。リンゴの害虫です。幼虫で越冬します。
- ●21〜22.5mm ●北海道〜屋久島 ●秋〜翌初夏
- ●さまざまな草木

頭部

巣内の中齢(カジイチゴ)

成虫◆9〜10.5mm

リンゴコカクモンハマキ (リンゴノコカクモンハマキ)
平地から山地にすむ、果樹の害虫です。葉をつづるほか、果実の表面も食べます。若齢で越冬します。
- ●15〜20mm ●北海道〜九州 ●ほぼ1年中(2化以上) ●さまざまな草木

蛹

成虫◆8.5〜10mm

ウスアミメトビハマキ
山地にすみ、ハスカップの害虫として知られています。巣をつくらず、葉のうらに静止する幼虫がシャクナゲ(ツツジ科)で見られました。
- ●20mm前後 ●北海道〜九州 ●夏〜秋
- ●カバノキ科、ミズキ科、マツ科など

成虫◆9.5〜11mm

頭部

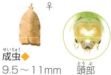

中齢(シャクナゲ)

スジトビハマキ (アミメトビハマキ)
主に草地にすみ、草の葉をつづっています。動きは活発で、巣を開くとはねて落下します。ダイズやキクの害虫です。幼虫で越冬します。
- ●22mm前後 ●北海道〜九州 ●秋〜翌初夏(2化) ●キク科、マメ科、タデ科、ドクダミ科など

巣(ドクダミ)

成虫◆10mm前後

巣内の終齢
蛹

チャノコカクモンハマキ
平地に多く、農作物や樹木の害虫です。動きは素速く、新葉を2〜3まいつづって巣をつくります。巣の中や重ねた葉の中で蛹化します。
- ●15〜20mm ●本州〜屋久島、奄美大島、沖縄島 ●春〜秋(4〜5化)
- ●さまざまな草木

成虫◆7〜9mm

蛹

巣(セイタカアワダチソウ)

トウヒオオハマキ
山地の針葉樹林にすみます。葉をつづって2齢で越冬し、翌春、新葉で巣をつくり、葉や雄花を食べます。
- ●18.5〜22mm ●北海道、本州 ●夏〜翌初夏(1化) ●トドマツ、モミ、トウヒ(マツ科)など

頭部

巣内の終齢

成虫◆10〜12.5mm

巣から出た中齢(エゾマツ)

●終齢幼虫の体長 ●分布 ●幼虫が見られる時期 ●幼虫の食べ物 ◆成虫の大きさ(前ばねの長さ)

ふんを発射する器官、尾叉

キバガ科(→p.28)やハマキガ科、セセリチョウ科(→p.68)の幼虫には、肛門の上に、尾叉という器官があり、筋肉の働きで、ふんを遠くに飛ばします。これは、外敵がふんを目印に幼虫をさがすのをふせぐためだと考えられています。

尾叉(アトボシハマキ→p.37)。形やとっきの数は、種によってさまざまです。

ヒロバビロードハマキ
山地の針葉樹林にすみ、枝や葉を重ねて巣をつくります。終齢で越冬します。●28mm前後 ●北海道～四国 ●秋～翌初夏(1化) ●トウヒ、シラビソ、エゾマツ(マツ科)など

頭部 成虫◆11.5～18.5mm

巣内の終齢(トウヒ) 蛹

ビロードハマキ
生けがきや公園でふつうに見られ、葉を2～3まい重ねて巣をつくり、内側の表皮を食べます。冬、ツバキやシロダモで若齢がよく見つかります。●28～30mm ●本州～屋久島 ●夏～初秋、秋～翌初夏(2化) ●クスノキ科、ツバキ科、バラ科、ブナ科、モクセイ科など

頭部 成虫◆16～25mm

若齢の巣と食痕(ネズミモチ) 蛹

オオナミモンマダラハマキ
平地から山地にすみ、秋に果実に食い入り、種子を食べて成熟し、翌初夏に蛹化します。冬、地面に落ちている黒くなった果実をわると、終齢が見つかります。●10mm前後 ●北海道、本州 ●秋～翌初夏 ●コブシ、ホオノキ(モクレン科)

黒くなったホオノキの果実 成虫◆7.5mm前後

果実内につくられた蛹室で越冬する終齢

サクラマルモンヒメハマキ
山地の公園や並木などでよく見つかります。数まいの葉をまいて巣をつくります。●19～23mm ●北海道、本州、九州 ●初夏 ●エドヒガン、ソメイヨシノなどサクラ類(バラ科)

頭部 蛹 成虫◆8～9mm

ヤマモモヒメハマキ(ヤマモモハマキ)
都会の街路樹などでも見つかります。数まいの新葉をつつ状につづり、成熟すると巣の中で蛹化します。●15～17mm ●本州～西表島 ●初夏、夏～初秋(2化) ●ヤマモモ(ヤマモモ科)

成虫◆6～7mm 巣(ヤマモモ)

シロテンシロアシヒメハマキ
平地の林縁などで見られ、かたい葉を重ねるか、ふちを細くまき、内側の表皮を食べます。葉に切りこみを入れて折り返し、蛹室をつくります。●10～12mm ●本州～九州 ●春～夏 ●ヤマコウバシ、アブラチャン(クスノキ科)

成虫◆8mm前後

巣 蛹 蛹室(ヤマコウバシ)

コツマモンベニヒメハマキ
初夏の低山で、2～3まいの新葉をつづった巣が枝先に複数見つかります。葉のふちに半月形に切りこみを入れて折り、中で蛹化します。●15mm前後 ●本州、九州、屋久島 ●晩春～初夏 ●ヤマコウバシ(クスノキ科)

巣内の中齢(ヤマコウバシ) 成虫◆7mm前後 蛹室

コブシヒメハマキ(マユミヒメハマキ)
人里周辺にすみます。2まいの葉を重ねて巣をつくり、内側の表皮を食べます。葉のふちを切って折り返し、蛹室をつくります。●20mm前後 ●北海道～四国 ●初夏(2化) ●コブシ(モクレン科)

巣内の終齢 成虫◆8～9mm

巣。すけた部分が食痕(コブシ)

ハスカップは、スイカズラ科の植物で、ブルーベリーに似た青紫色の果実がなります。北海道では昔から利用されていました。

ハマキガ科 ③

コシロアシヒメハマキ
神社の森などでよく見つかります。2まいの葉を重ね合わせ、内側の表皮を食べます。葉のふちを切って折り返し、中でうすいまゆをつくって蛹化します。●18mm前後 ●本州〜沖縄島、西表島 ●晩秋〜翌春 ●アラカシ、ウバメガシ(ブナ科)

成虫◆6.5〜8mm

巣内の亜終齢(アラカシ)

オオヤナギサザナミヒメハマキ
湿地や川岸などにすみます。枝先にある数まいの新葉をたてにまき、内部の葉を食べます。巣は大きく目立ちます。●20mm前後 ●北海道〜九州 ●春〜初夏 ●ヤナギ類(ヤナギ科)

成虫◆10.5mm前後

巣(アカメヤナギ) 巣内の終齢

シラフオオヒメハマキ
山地の林道や湿地周辺で、ヤナギ類の新葉をまいた巣がよく見つかります。ふんは外に飛ばします。●18mm前後 ●北海道〜四国 ●初夏 ●ヤナギ類(ヤナギ科)

巣(バッコヤナギ) 成虫◆11mm前後

巣内の終齢

ナガウスヅマヒメハマキ
山地にすみます。シナノキの葉2〜3まいをかんたんにまいた巣にひそみ、周辺の葉を食べます。ふんは、巣の外に飛ばします。●20mm前後 ●北海道〜四国 ●初夏 ●シナノキ(アオイ科)

頭部

成虫◆11.5mm前後 巣内の終齢(シナノキ)

オオサザナミヒメハマキ
初夏、山地で新葉をたてにまいた巣が見つかります。葉のふちを切って折り返し、蛹室をつくります。●15〜19.5mm ●北海道〜九州 ●春〜初夏(1化) ●コナラ、ミズナラなど(ブナ科)

成虫◆11mm前後

シロモンヒメハマキ
平地から山地にすみ、数まいの若葉をらんざつにまいて、中にひそんでいます。リンゴなどの害虫です。●17mm前後 ●北海道〜九州 ●春〜初夏 ●ズミ、ウメ、スモモ、ヤマザクラなど(バラ科)

巣内の終齢(ズミ)

成虫◆8.5〜10.5mm

オオナミスジキヒメハマキ
新葉を主脈から内側に折って巣をつくり、周辺を食べます。ふんは外に飛ばします。落ち葉の中で蛹化すると考えられています。●17〜19mm ●北海道〜九州 ●春〜初夏 ●アカシデ、サワシバなど(カバノキ科)

巣内の終齢 成虫◆9mm前後

巣(アカシデ)

ナカオビナミスジキヒメハマキ
山地の林道に生えるシデ類で、数まいの新葉をかんたんにまいた巣をよく見かけます。葉のふちの2か所を切って折り返し、蛹室をつくります。●17mm前後 ●北海道〜九州 ●春〜初夏 ●カバノキ科、マンサク科、グミ科

成虫◆9〜10mm

蛹

巣内の終齢(アカシデ)

ホソバチビヒメハマキ
低地の林縁や庭木などで発生し、葉をつづるほか、果実にもぐったりします。●10mm前後 ●本州〜九州、奄美大島、沖縄島、石垣島、西表島 ●夏〜秋 ●バラ科、ブドウ科、キク科、シソ科、マキ科など

成虫◆5mm前後

ウツギヒメハマキ
低山で、枝先にある数まいの新葉をつぼみごとつづったり、葉を2つに折った巣がよく見つかります。ふんは巣内にためます。●13〜15mm ●本州〜九州 ●春〜初夏 ●ウツギ、マルバウツギ(アジサイ科)、ハコネウツギ(スイカズラ科)

巣(マルバウツギ)

成虫◆8.5mm前後

●終齢幼虫の体長 ●分布 ●幼虫が見られる時期 ●幼虫の食べ物 ◆成虫の大きさ(前ばねの長さ)

ナミスジキヒメハマキ

新緑のころ、山地のアカシデで葉を主脈から内側に折った巣が見つかります。巣の先端部を食べ、成熟すると葉に半月形の切りこみを入れて折り、蛹室をつくります。●15mm前後

●北海道〜九州 ●春〜初夏

●アカシデ(カバノキ科) 成虫◆8.5mm前後

頭部　蛹　巣内の終齢(アカシデ)

クリオビキヒメハマキ

植えられたシモツケ類で、数まいの葉をつづった巣がよく見つかります。1か所にたくさんの巣があり、目立ちます。

 頭部

●13mm前後 ●北海道、本州 ●夏 ●イワシモツケ、シモツケ、ユキヤナギ、コデマリ(バラ科)

成虫◆6.5mm　蛹　巣(シモツケ)

クワヒメハマキ

2〜3まいの葉をつつ状にまき、内部の葉を食べます。若齢は、冬芽の根もとなどに巣あみをつくって越冬します。クワの害虫です。

●17〜23mm ●北海道〜九州、奄美大島 ●秋〜翌初夏

●クワ(クワ科)、アズキナシ(バラ科)

巣(クワ)　成虫◆9mm前後

巣内の終齢

チャモンサザナミキヒメハマキ

春、低山の道ぞいなどで、新葉を先端からまいた巣がよく見つかります。1つの枝に多数の巣がついています。●13mm前後 ●本州〜九州 ●春 ●ヤマコウバシ、クスノキ、カナクギノキ(クスノキ科)

成虫◆6.5mm前後　巣(ヤマコウバシ)

ムラサキシキブツツヒメハマキ

葉の表にまく状に糸をはり、中で表皮を食べます。葉にあなをあけ、きけんを感じると、そのあなから葉のうら側につくったはしご状のかくれ場所ににげます。成熟すると、葉を円く切り取り、半月形に折った蛹室をぶら下げます。●6mm前後 ●本州 ●夏〜秋

●ムラサキシキブ(シソ科)

成虫◆4mm前後
腹部
はしご状のかくれ場所(左)とかくれ場所へにげこんだ幼虫(右)　巣(ムラサキシキブ)

食痕と蛹室用の葉をくりぬいたあと

イチゴツヒメハマキ

低山の林内や沢ぞいでよく見つかります。ムラサキシキブツツヒメハマキと同じような巣や蛹室をつくります。

●6mm前後 ●北海道〜沖縄島 ●冬〜翌春 ●フユイチゴ、モミジイチゴなど(バラ科)

成虫◆5.5mm前後

巣(フユイチゴ)　葉のうらにぶら下がる蛹室

カラマツヒメハマキ

山地にすみます。1齢は葉にもぐって内部を食べ、その後、数まいの葉をつつ状にたばねて巣をつくります。若齢で越冬し、翌初夏にまゆをつくって蛹化します。

●7.5〜11mm ●北海道、本州 ●秋〜翌初夏 ●カラマツ(マツ科) 成虫◆6.5〜7mm

巣(カラマツ)　巣内の終齢

ギンヅマヒメハマキ

低山地の沢ぞいに多く、葉のふちを内側に折り返すか、2まいの葉を重ねて巣をつくります。古い巣は茶色く枯れてよく目立ちます。

●10mm前後 ●北海道〜九州 ●秋 ●チドリノキ、イタヤカエデ(ムクロジ科) 成虫◆4.8mm前後

巣(チドリノキ)　巣内の終齢

モッコクヒメハマキ(モッコクハマキ)

庭木や公園の木でも見つかります。数まいの葉をボール状につづり、巣内の葉を食べます。蛹で越冬します。●17〜20mm ●本州〜沖縄島 ●春〜秋 ●モッコク(モッコク科)

巣内の終齢

巣(モッコク)　成虫◆7.5mm前後

ハマキガは、漢字で「葉巻蛾」と書きます。その名のとおり、幼虫が葉をまく習性をもつことから名づけられました。

ハマキガ科 ④

グミハイジロヒメハマキ
海辺の林などにすみ、新葉を重ね合わせてつづり、内側の表皮を食べます。●12mm前後
●北海道、本州、九州 ●秋 ●アキグミ(グミ科)

巣(アキグミ) 　　成虫◆8mm前後

ヒロオビヒメハマキ
若い枝に食い入り、虫こぶ(→p.37)をつくります。成熟すると虫こぶを出て、葉のふちに切りこみを入れて折り返し、蛹室をつくります。●10〜12mm ●北海道〜屋久島 ●春〜初夏 ●コナラ、アラカシ、ウバメガシなど(ブナ科)

虫こぶ内の終齢　　成虫◆5mm前後

虫こぶ(コナラ)

オオツマキクロヒメハマキ
エゴノキでは複数の葉を、ハクウンボクでは1まいの葉をたてにまきます。動きはゆっくりで、巣内にふんをためます。葉のふちを切って折り、小判形の蛹室をつくります。●14〜17mm ●北海道〜屋久島 ●初夏 ●エゴノキ、ハクウンボク(エゴノキ科)

巣(エゴノキ) 　　成虫◆7〜8mm

巣内の終齢

グミシロテンヒメハマキ
山地にすみます。林道ぞいなどで新葉をつづって巣をつくり、中にひそみます。
●9mm前後
●北海道、本州 ●初夏
●アキグミなど(グミ科) 　成虫◆6mm前後

巣(ハコネグミ)

クロマダラシロヒメハマキ
山地にすみます。2〜3まいの新葉をまき、内部の葉のふちを切って折り返し、体長ほどの小部屋をつくり、中にひそんでいます。
●16mm前後 ●北海道〜屋久島 ●初夏 ●ヤマザクラ、アズキナシなど(バラ科) 　成虫◆8mm前後

巣(マメザクラ)　
巣の小部屋内の終齢

スギヒメハマキ
空き地や道ばた、河川じきなどで見られ、茎にもぐります。茎が細いと虫こぶになります。虫こぶ内、または太い枯れた茎内で終齢が越冬します。●9〜18mm ●北海道、本州、九州 ●秋〜翌春、夏 ●ブタクサ、オオブタクサ、オオオナモミ(キク科)

成虫◆8.5mm前後

枯れた茎内で越冬する
終齢(オオブタクサ)　
虫こぶ(ブタクサ)

マツトビマダラシンムシ(マツトビヒメハマキ)
マツ類の若い球果や枝にもぐり、食い入った所からふんを出します。成熟すると地面でまゆをつくり、蛹で越冬します。●15mm前後 ●北海道〜九州 ●夏〜翌春 ●アカマツ、クロマツなど(マツ科)

成虫◆9.5mm前後

幼虫が食い入った球果(アカマツ)　
球果の中の終齢

ニレコヒメハマキ
山地の林道などで見つかります。新葉をつづります。●15mm前後 ●北海道〜九州 ●春 ●ケヤキ、オヒョウ、ハルニレ(ニレ科) 　成虫◆7.5mm前後

ヨモギネムシガ
平地から山地にすみ、草地や道ばたなどに生えたヨモギの地面近くの茎から根に食い入ります。成熟すると茎の中で蛹化します。
●17〜21mm ●北海道〜屋久島、沖縄島、石垣島 ●晩秋〜翌春 ●ヨモギ(キク科)

成虫◆8mm前後　
茎内の幼虫(ヨモギ)

バラシロヒメハマキ
河川じきや林のノイバラでよく見つかります。動きはとてもゆっくりで、枝先の数まいの若葉をつづるほか、若い枝に食い入ります。園芸バラの害虫です。
●11〜15mm ●北海道〜九州 ●春 ●ノイバラ、ハマナスなど(バラ科)

成虫◆7.5mm前後

アケビヒメハマキ
低山地の道ばたなどで見られ、春、数まいの新葉をつづって巣をつくり、周辺の葉を食べます。葉に半月形に切りこみを入れて折り、中に平たいまゆをつくって蛹化します。
●11〜14mm ●本州、四国 ●春
●アケビ（アケビ科）

蛹室（アケビ）　切りこみ　成虫◆8mm前後

クロネハイイロヒメハマキ
平地の緑地公園から山地の林道ぞいまで、ふつうに見られます。2〜3まいの葉をつづり、中の葉を食べます。●10〜12.5mm
●北海道〜屋久島、奄美大島、沖縄島、西表島
●春〜秋 バラ科、モチノキ科、モクセイ科

巣（ネズミモチ）　巣内の終齢　成虫◆6〜7mm　蛹

オオセシロヒメハマキ
山地にすみ、新葉をつづって巣をつくります。成熟すると葉を三角形のテント状に折り曲げ、蛹室をつくって蛹化します。
●11〜17mm ●北海道〜四国、屋久島 ●秋〜翌初夏
●ソヨゴ、ツルツゲなど（モチノキ科）

成虫◆7.5mm前後　巣（ハイイヌツゲ）

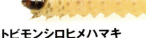

トビモンシロヒメハマキ
茎に食い入り、虫こぶをつくります。虫こぶの上部は茎がのびません。「よもぎ虫」とよばれ、けい流づりのえさとして利用されます。
●13〜15mm ●北海道〜九州 ●夏〜翌初夏
●ヨモギ、ゴマナなど（キク科）

虫こぶ（ヨモギ）　成虫◆8〜10.5mm　虫こぶ内の終齢

マキヒメハマキ
あたたかい地方の種で、冬、イヌマキの生けがきの下に落ちている種子をわると、終齢が見つかります。
●8〜12mm ●本州〜九州、奄美大島 ●夏、秋〜翌春（2〜3化） ●イヌマキ、ナギ（マキ科）

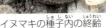
イヌマキの種子内の終齢　成虫◆6.5mm前後

カシワギンオビヒメハマキ
平地の林でよく見られ、葉を重ね合わせ、内側の表皮を食べます。成熟すると巣内で、ふんと葉のくずを糸でつづって、かたいまゆをつくります。●6〜8mm ●北海道〜九州 ●夏、秋〜初夏（2化） ●コナラ、カシワ、クヌギなど（ブナ科）

巣（コナラ）　食痕　成虫◆4.5mm前後

ヨツスジヒメシンクイ
林縁や空き地などにすみ、茎に食い入ります。その部分はぼうすい形（→p.37）にふくらみ、「カナムグラクキツトフシ」とよばれる虫こぶになります。虫こぶ内で蛹化します。●7〜9.5mm ●北海道〜九州 ●夏、秋〜翌春（2化）
●カナムグラ、ホップ、アサ（アサ科）

虫こぶ内の蛹　成虫◆5.5mm前後

つづられたふん
虫こぶが4つならんでいます。（カナムグラ）

クリミガ（クリオオシンクイ）
クリの害虫で、かたい果実に食い入り、内部を食べます。秋から初冬、成熟すると果実を出て、落ち葉の下などでまゆをつくり、幼虫で越冬します。●17mm前後 ●北海道〜九州
●秋〜翌春（1化） ●クリ、クヌギ（ブナ科）

成虫◆8mm前後

ふん
幼虫が食い入ったクリ

エンジュヒメハマキ（ニセエンジュヒメハマキ）
葉柄の根もとや芽に食い入り、そこを食べつくすと、枝に入りこみ、中のやわらかい部分を2〜3cm食べます。終齢で越冬します。
●10mm前後 ●北海道、本州 ●秋〜翌初夏
●エンジュ、イヌエンジュ（マメ科）

成虫◆7.5mm前後

ふん
幼虫が食い入った冬芽（イヌエンジュ）　冬芽内の終齢

ハマキガ科は、全世界で約1万種、日本だけでも800種以上が知られています。

ハマキモドキガ科、トリバガ科など

ハマキモドキガ科の幼虫は、葉にうすく糸をはり、葉脈を残して葉を食べ、白いまゆをつくります。トリバガ科の幼虫は動きがにぶく、さわってもあまり動きません。マドガ科の幼虫の多くは、葉をまいて巣をつくります。

ゴボウハマキモドキ
ハハコグサでは新葉をつづり、ゴボウでは葉にうすく糸をはってひそみます。早春、ハハコグサのロゼット（→p.131）で見つかります。
- ●ハマキモドキガ科 ●9mm前後 ●本州～九州、八重山列島 ●一年中 ●ハハコグサ、ゴボウ（キク科）

成虫◆5mm前後

巣内の終齢（ハハコグサ）

イヌビワハマキモドキ
海辺の照葉樹林にすみ、新葉を内側に折って糸をはるか、ふくろ状の巣をつくります。巣内の葉を葉脈を残して食べます。
- ●ハマキモドキガ科 ●13mm前後 ●本州～南西諸島 ●春～秋 ●イヌビワ、ホソバイヌビワなど（クワ科）

成虫◆5mm前後

巣（イヌビワ）

巣内の終齢

コウゾハマキモドキ
新葉の表面をやや内側に折り、うすくはった糸にふんをつけて、その下にひそみます。葉脈を残して葉を食べ、成熟するとぼうすい形のまゆをつくります。
- ●ハマキモドキガ科 ●13mm前後 ●本州～九州 ●春～秋 ●コウゾ、ヤマグワなど（クワ科）

成虫◆7mm前後

巣内の終齢（ヒメコウゾ）　まゆ

アヤニジュウシトリバ
平地の公園などで見つかる種で、枝先の茎や果実に食い入ります。枝先が枯れてふんが出ていれば、中に幼虫が入っています。
- ●ニジュウシトリバガ科 ●12mm前後 ●本州、九州、沖縄島 ●夏～翌春（1化以上） ●クチナシ（アカネ科）

成虫◆9～11.5mm

枝内の終齢（クチナシ）　枯れてふんが出た枝先

マダラニジュウシトリバ
林縁や公園にすみ、つぼみの中で、おしべやめしべを好んで食べます。成熟すると地面におりて、枯れ葉などをつづって蛹化します。
- ●ニジュウシトリバガ科 ●7～8mm ●北海道～屋久島 ●春～夏 ●スイカズラ（スイカズラ科）

成虫◆6.5mm前後

ふんがすけて見えるつぼみ

つぼみの中の終齢

ブドウトリバ
若齢は花や果実にもぐって内部を食べ、成長すると外から花や果実を食べます。
- ●トリバガ科 ●8～14mm ●本州～九州、石垣島 ●春～夏 ●ヤブガラシ、エビヅルなど（ブドウ科）

成虫◆7mm前後

終齢（ヤブガラシ）

蛹

アイノトリバ
山地の林道ぞいなどで見つかる種で、新葉をかんたんにつづって中にひそみ、葉を食べます。
- ●トリバガ科 ●10mm前後 ●北海道、本州 ●初夏 ●ヤマハハコ（キク科）

巣内の終齢（ヤマハハコ）

成虫◆10mm前後

ヒルガオトリバ
道ばたなどにすみます。巣はつくらず、終齢は葉の表やうらで見つかります。成熟すると葉のうらなどで蛹化します。
- ●トリバガ科 ●10～12mm ●北海道～九州 ●初夏～秋 ●ヒルガオ、サツマイモなど（ヒルガオ科）

成虫◆9.5～11.5mm

幼虫と食痕（ヒルガオ）

蛹

ヨモギトリバ（ウスグロカマトリバ）
若齢は葉のうら面を食べ、成長すると葉先を内側に丸めたふくろ状の巣をつくり、中から円く表皮を食べます。2～3齢で越冬します。
- ●トリバガ科 ●7～13mm ●北海道～沖縄島 ●夏～翌早春 ●ヒヨドリバナ、ヨモギなどヨモギ属（キク科）

成虫◆8～9.5mm

巣（ヨモギ）

巣内の終齢

ミカドトリバ
茎の中心部を食べ、トンネルをつくります。トンネルには数か所、ふんをするためのあなをあけます。成熟すると外に出て、枝などに腹端を固定して蛹化します。●トリバガ科 ●17mm前後 ●北海道、本州、九州 ●夏〜翌春 ●ノブドウ(ブドウ科) 成虫◆10〜11.5mm

茎から出ているふん(ノブドウ) 蛹

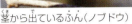
茎内の終齢

カザリニセハマキ
平地の緑地などにすみます。体はあざやかな緑色で、尾脚が長く後方に出ています。食草の葉のうらで、中齢から終齢が越冬します。●ニセハマキガ科 ●19mm前後 ●本州〜九州、沖縄島 ●晩秋〜翌春(数化) ●ネズミモチ、イボタノキなど(モクセイ科) 成虫◆7mm前後

尾脚

ニホンセセリモドキ
山地にすみます。ふ化した幼虫は新葉の一部をまき、成長すると1〜数まいの葉をかんたんにまいて巣をつくります。成熟すると地面におり、落ち葉で蛹室をつくり蛹化します。●セセリモドキガ科 ●23〜30mm ●北海道〜九州 ●春〜初夏(1化) ●ムラサキシキブ(シソ科) 成虫◆12〜14mm

巣(ムラサキシキブ) 巣内の終齢

トビモントリバ
雑木林の林床にすみ、やわらかい新葉を食べます。成熟すると葉のうらの主脈のわきで蛹化します。●トリバガ科 ●10mm前後 ●北海道、本州、九州 ●春〜初夏 ●ヌスビトハギ(マメ科) 成虫◆7.5mm前後

ふんがついたままの終齢(ヌスビトハギ)

マドガ
葉に切りこみを入れてからまき、先端が広がった細長い巣をつくります。成熟すると地面におり、土の中にまゆをつくります。●マドガ科 ●10〜12mm ●北海道〜九州 ●初夏〜秋(2化) ●センニンソウ、ボタンヅル(キンポウゲ科)

巣(センニンソウ) 成虫◆6.5〜8.5mm

ギンスジオオマドガ
細い枝に食い入り、内部を食べます。越冬後、枝の中で蛹化します。中国からザクロとともに移入されたと考えられています。●マドガ科 ●23〜35mm ●本州〜九州 ●秋〜翌春(1化) ●ザクロ、サルスベリ(ミソハギ科) 成虫◆15〜20mm

蛹 枝内の幼虫(ザクロ)

ウスマダラマドガ
林にすみ、主脈にそって葉を切り、くるくるとまきます。巣の中で蛹化します。●マドガ科 ●15mm前後 ●本州〜九州 ●夏(1化) ●ヌルデ、ハゼノキなど(ウルシ科)

蛹 巣(ヌルデ) 成虫◆10.5mm前後

フキトリバ
道ばたなどで見られ、葉の表やうらにいて、表皮をけずるように食べます。幼虫は真冬でも見つかります。さわると丸くなります。●トリバガ科 ●7〜13mm ●北海道〜屋久島 ●一年中(多化) ●フキ、ツワブキ、オタカラコウなど(キク科) 成虫◆8〜12mm

丸くなった幼虫

若齢と食痕(フキ)

アカジママドガ
林にすみ、葉のふちから主脈をこえて切りこみを入れ、かたくまきます。巣の中で蛹化します。●マドガ科 ●15mm前後 ●北海道〜屋久島 ●夏(2化) ●オニグルミ(クルミ科)、フジ(マメ科)など 成虫◆13mm前後

巣(クリ)

ヒメマダラマドガ
葉のふちから主脈に向かって、ななめ、または垂直に切りこみを入れて葉をまき、内部を食べます。成熟すると巣を切り放し、地面に落ちた巣内で蛹化します。●マドガ科 ●16mm前後 ●本州〜屋久島 ●初夏〜秋(1〜2化) ●アラカシ、ウバメガシ(ブナ科)

成虫◆9〜10.5mm

巣(アラカシ) 切り落とされた巣 蛹

マドガは、漢字で「窓蛾」と書きます。成虫のはねにある半とうめいの部分を「まど」と見立てて名づけられました。

メイガ科 ①

植物を食べる種のほか、ハチの死がいやアブラムシを食べる肉食の種、乾燥食品を食べる種がいます。体形は細長く、地味な体色のものも多いですが、あざやかな体色のものもいます。多くの種が巣をつくります。

ハチノスツヅリガ（ハチミツガ）
養蜂の害虫で、「スムシ」とよばれます。主にミツバチの巣内に生息し、巣やハチの死がいなどを食べ、成熟するとかたいまゆをつくります。養殖されて、つりえさとして売られています。
- ●18〜25mm ●北海道〜九州、沖縄島 ●夏 ●ミツバチの巣や死がい、毛皮、羊毛

成虫◆15〜17mm

ミツバチの巣内の終齢

フタスジシマメイガ
枝が折れて葉が枯れた食草でよく見つかり、枯れ葉のすき間にトンネル状の巣をつくります。枯れ葉を食べ、成熟すると、平たいだ円形のじょうぶなまゆをつくります。
- ●21mm前後 ●北海道〜沖縄島 ●夏、秋〜冬 ●クヌギ、コナラなど（ブナ科）の枯れ葉

成虫◆12.5mm前後

巣内の終齢（コナラ）

ミサキクシヒゲシマメイガ
低地の林でよく見つかります。葉を内側に2つ折りにして巣をつくり、巣の周りの葉を食べます。
- ●30mm前後 ●本州〜九州 ●晩春〜夏（2化） ●ムクノキ（アサ科）

巣（ムクノキ）

成虫◆17mm前後

キベリトガリメイガ
雑木林にすんでいます。秋に産まれた卵からふ化した幼虫は、ヤシャブシやコナラなど広葉樹の枯れ葉で飼育できました。くわしい生態はわかっていません。
- ●20mm前後 ●本州〜沖縄島 ●秋 ●不明。枯れ葉で飼育可能

成虫◆8.5〜10mm

ツマグロフトメイガ
雑木林にすみ、ふんをつづって先端のはばが広いみのをつくり、根もとを葉のうらに固定します。成熟するとみのを利用してまゆをつくります。
- ●12mm前後 ●北海道〜九州 ●晩春〜初夏 ●コナラ、クヌギなど（ブナ科）

成虫◆8mm前後

みのの先端から頭部を出して葉を食べる終齢

クロフトメイガ
山地に多く、林道ぞいなどで見つかります。葉の表の主脈の上に台座のように糸をはり、その上を糸でまく状におおって巣をつくります。幼虫は台座の上にいて、葉の先端部を食べます。
- ●25mm前後 ●北海道〜九州 ●夏 ●ブナ科、ウルシ科

巣（ヤマウルシ）食痕

成虫◆11〜13mm

ギンモンシマメイガ
スズメバチ類の巣内にいて、巣材などを食べ、成熟すると白いまゆをつくって蛹化します。
- ●18mm前後 ●北海道〜屋久島 ●秋〜翌春 ●スズメバチ類の巣や死がいなど

コガタスズメバチの巣内の終齢

成虫◆11mm前後

アオフトメイガ
集団で枝ごと葉をつづって大きな巣をつくり、巣内のトンネルで葉を食べます。葉が枯れると巣はとても目立ちます。成熟すると地面におり、かたく平たいまゆをつくります。
- ●24〜30mm ●全国 ●夏〜秋（1化） ●クスノキ、シロダモなど（クスノキ科）

成虫◆12.5〜15mm

巣（アブラチャン）

ナカアオフトメイガ
平地の雑木林でよく見つかります。葉の表に糸をはり、台座のようなものをつくって、そこに静止しています。
- ●27〜30mm ●北海道〜奄美大島、西表島 ●夏〜秋（2化） ●アサ科、ブナ科、バラ科など

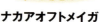

成虫◆15〜17mm
終齢（エノキ）

オオフトメイガ
平地の人里周辺の林などにすみます。動きはとても活発で、葉をかんたんに重ね合わせた巣をつくります。食草は不明でしたが、クリで採集した幼虫はクヌギで飼育できました。
- ●30〜35mm ●北海道〜九州 ●夏〜秋（2化） ●クリ、コナラ（ブナ科）

巣を開いたところ

成虫◆15〜17mm

46　●終齢幼虫の体長　●分布　●幼虫が見られる時期　●幼虫の食べ物　◆成虫の大きさ（前ばねの長さ）

トサカフトメイガ
大集団で葉をつづって巣をつくり、巣内にトンネルをつくってひそみます。成熟すると地面におり、カキノキの種子に似たかたく平たいまゆをつくり、幼虫で越冬します。
- ●23〜30mm ●全国
- ●夏〜秋(1化)
- ●ヌルデなど(ウルシ科)、オニグルミなど(クルミ科)、ニワウルシ(ニガキ科)
- 成虫◆14〜19mm

巣(オニグルミ)　まゆ内で越冬する終齢

ウスアカマダラメイガ
新緑のころ、枝先の数まいの新しい葉を不きそくにまとめて巣をつくり、巣内に糸でトンネルをつくってひそみます。動きは活発で、しげきすると素速くバックします。
- ●18mm前後 ●北海道〜九州 ●初夏 ●コナラ、ミズナラなど(ブナ科)
- 頭部

巣(コナラ)　成虫◆10〜12mm

トビネマダラメイガ
山地の林道ぞいなどで見られ、数まいの葉をつづった巣の中にひそみます。動きはゆっくりしています。
- ●20mm前後 ●北海道〜九州 ●夏(2化) ●ツルウメモドキ(ニシキギ科)
- 成虫◆12mm前後

巣　巣内の終齢

ウスグロツツマダラメイガ
(ヒメツツマダラメイガ)
新しい葉を切り取り、枝先の葉のうらにぶら下げます。これをくり返して、束にすると、中にトンネルをつくってひそみ、枯れた葉を食べます。●17mm前後
- ●北海道、本州 ●初夏
- ●ヤマザクラ、ボケ(バラ科)
- 頭部　成虫◆10mm前後

オオアカオビマダラメイガ
人里周辺でよく見つかる種で、数まいの葉をつづって巣をつくり、巣内の枯れた葉を食べます。●16〜20mm ●北海道、本州 ●初夏
- ●ケヤキ、ハルニレ(ニレ科)

成虫◆8〜10mm　巣内の終齢(ケヤキ)

ナシモンクロマダラメイガ
平地の緑地や公園などで見られます。葉を重ねてつづった巣をつくり、巣内で葉の表皮を食べます。●12mm前後 ●本州〜屋久島
- ●夏 ●エノキ(アサ科)、アラカシ(ブナ科)

巣と食痕(アラカシ)　巣内の終齢　成虫◆8mm前後

コフタグロマダラメイガ
平地から山地にすみ、雑木林の林縁などで見つかります。葉をつづって巣をつくり、周りの葉を食べます。
- ●16mm前後 ●北海道〜九州
- ●夏(2化)
- ●ツルウメモドキ(ニシキギ科)
- 頭部

巣内の終齢　成虫◆8.5〜10mm

幼虫　葉を集める終齢(ヤマザクラ)　完成した巣

ヒメエノキアカオビマダラメイガ
林縁などにすみ、葉をつづって巣をつくります。
- ●15mm前後 ●本州、九州
- ●初夏 ●エノキ(アサ科)
- 頭部

成虫◆7〜8mm　蛹

ヒメトビネマダラメイガ
低山地から山地で見つかります。ふんでつくった巣の中でくらし、夏から秋に葉の表面にはりつき、葉を食べながら成長します。枝先で越冬し、春に若い葉を食べてから老熟します。
- ●14mm前後 ●北海道、本州、九州 ●夏〜翌春(1化) ●ケヤキ、ハルニレ(ニレ科)、エノキ(アサ科)
- 成虫◆8〜9mm

秋の巣　翌春の巣

ノシメマダラメイガ
家の中で貯蔵食品をトンネル状につづり、中にひそんで食べます。夏に多く終齢で越冬します。野外で鳥(コシアカツバメ)の巣から見つかっています。●10〜13mm ●全国
- ●一年中(2〜5化) ●米、麦、豆、菓子など

蛹　古代米にいた終齢　成虫◆7mm前後

マダラメイガ類は、メイガ科(世界約6000種、日本278種以上)の中で最も種が多く、世界で3000種以上、日本で184種以上が知られています。

メイガ科 ②

トビマダラメイガ
平地では公園や庭などのツバキでよく見つかる種で、葉をかんたんにつづります。ふつう数頭がまとまって見つかり、葉の表面をけずり取るように食べます。
- 12mm前後
- 本州〜屋久島
- 春(2〜3化)
- ツバキ科、クスノキ科、ツツジ科など

成虫◆8.5mm前後

巣(ツバキ) 食痕

巣内の終齢

ハラウスキマダラメイガ
平地から丘陵地にすみ、葉を重ねて巣をつくり、トンネルをつくってひそみます。頭部が大きく、かたい葉を食べます。
- 13〜15mm
- 本州〜九州
- 夏(2化)
- ネムノキ(マメ科)

成虫◆10mm前後

巣内の終齢 巣

ナカキチビマダラメイガ
照葉樹林でよく見つかる種で、枯れ葉を食べます。木の枝や葉の上に積もった枯れ葉や、マダラメイガ類の枯れた古い巣の中から、カクバネヒゲナガキバガ(→p.27)といっしょに見つかります。動きはゆっくりで、幼虫で越冬します。
- 12mm前後
- 北海道〜屋久島
- 夏、秋〜翌春(2化)
- ウバメガシ、カシワ(ブナ科)、オオバヤシャブシ(カバノキ科)などの枯れ葉

巣内の終齢(ウバメガシ)

成虫◆6mm前後

シロイチモンジマダラメイガ
(シロイチモジマダラメイガ)
畑に多く、主にダイズのさやに食い入り、豆を食べます。秋に成熟した幼虫は、地表におりてまゆをつくり、前蛹で越冬します。
- 13〜16mm
- 北海道〜屋久島、沖縄島、宮古諸島、石垣島
- 夏〜晩秋(2〜3化)
- インゲンマメ、ダイズなど(マメ科)

成虫◆9〜12mm ダイズのさやの中にいた終齢

ナカアカスジマダラメイガ
若齢は集団で葉のうらから表皮を残して食べます。成長すると集団で数まいの葉をふくろ状につづって巣をつくり、周りの葉を巣に取りこんで食べます。巣内で越冬し、翌年の初夏に芽ぶいた新しい葉を食べて成熟し、巣内で蛹化します。
- 20mm前後
- 北海道〜屋久島
- 秋〜翌初夏(2化)
- コナラ、ミズナラなど(ブナ科)

成虫◆11mm前後

越冬巣(コナラ) 越冬巣内の中齢

マエジロマダラメイガ
平地の公園に多い種で、ネズミモチの果実を糸で包んだ巣はクモのあみに似ていて、糸はねばねばしています。動きはとてもゆっくりしていて、巣内の果実を食べます。
- 15〜17mm
- 本州〜沖縄島
- 秋〜翌春
- ネズミモチ(モクセイ科)、サンゴジュ(レンプクソウ科)、クサトベラ(クサトベラ科)など

巣(ネズミモチ)

成虫◆10mm前後

オオクロモンマダラメイガ
山地にすみ、ナツツバキの葉をまいて巣をつくります。ふんは巣の外に出します。
- 25mm前後
- 北海道〜屋久島
- 春
- ナツツバキ(ツバキ科)

原寸 頭部 蛹

成虫◆14mm前後

ヤマトマダラメイガ
フジの果実に食い入り、中の豆を食べます。初秋に小さなあなのあいた果実をわると見つかります。前蛹で越冬し、春に羽化します。
- 23mm前後
- 北海道〜屋久島
- 晩夏〜翌春
- フジ(マメ科)

成虫◆15mm前後 豆を食べる幼虫

アカマダラメイガ
河川じきやあぜなど草地にすみ、数まいの葉をあらくつづり、周りの葉を食べます。
- 17〜23mm
- 全国
- 夏
- シロツメクサ、ヤハズソウ、メドハギなど(マメ科)

成虫◆11〜12mm

フタシロテンホソマダラメイガ
第2世代の幼虫は、ヌルデシロアブラムシの虫こぶの中にひそみ、内部を食べ、アブラムシを食べることもあります。地面に落ちた虫こぶの中で中齢で越冬します。第1世代の幼虫が何を食べるかはわかっていません。
- 10mm前後
- 北海道〜屋久島、沖縄島、石垣島、西表島
- 秋〜翌春(2化)
- ヌルデ(ウルシ科)の虫こぶ(ヌルデミミフシ)、ヌルデシロアブラムシ

成虫◆7.5〜9mm

虫こぶ 虫こぶ内の中齢

イモムシ・毛虫を採集して育てよう

野山のいたる所に、無数のイモムシ・毛虫たちがくらしています。でも、上手にかくれているので、かんたんには見つけられません。それぞれの種が利用する食草や生息環境と、発生している時期がわかり始めると、イモムシ・毛虫さがしがとても楽しくなります。

※毒とげ（→p.31）や毒針毛（→p.114）をもつ種もいるので、十分注意しましょう。

ビーティング（たたく）
低い枝の下にビーティング・ネットを差し入れ、ぼうで枝をたたいて、かくれているイモムシ・毛虫を落として採集します。ビニールがさでも代用できます。

ルッキング（見る）
目で枝や葉をていねいに見て、イモムシ・毛虫のすがたをさがし出す最も基本的な方法です。夜、ライトを照らしながらさがすと、夜行性の幼虫も見つかります。

ビーティング・ネット

ビーティング・ネットに落ちてきたヤママユ（→p.92）の幼虫

幼虫の持ち帰り方
空気あなをあけた容器などに、食草ごと幼虫を入れて持ち帰ります。身近にない食草の場合は、ビニールぶくろに入れて持ち帰り、冷蔵庫でほぞんします。

いろいろな飼い方

幼虫の種類や目的によって、いろいろな飼い方をくふうしてみましょう。

ふくろがけ飼育
屋外の食草に幼虫をつけて、メッシュのふくろでおおい、下をひもでしばります。中にクモやアリなどの外敵がいないか、ふくろにあながあいていないか、よくかくにんしましょう。時々、ふんを取りのぞき、葉のへり具合を見て、ほかの枝に移します。

ビニールぶくろ飼育
たくさんの幼虫を育てる場合には、ビニールぶくろを利用すると便利です。室内にひもでつるすか、マグネットボードにはりつけて管理します。カビが生えてしまったら、ふくろを交かんします。

ライトトラップと採卵

成虫に卵を産ませて、ふ化した幼虫を育てることで、幼虫を観察することもできます。ライトトラップは、夜、光に向かって飛んでくる習性をもつ昆虫を集める方法です。

※ドクガ（→p.114）など、毒をもつ成虫もいるので、十分注意しましょう。

ライトトラップ
白いシーツをはり、紫外線が強い水銀灯やけい光灯の照明を使ってガを集めます。

マインや巣をつくる幼虫の飼育
マイン（→p.16）のある葉やつづられた巣は、切り口を水でしめらせたティッシュペーパーでくるんでアルミホイルなどで包み、小さな容器に入れるだけで幼虫を飼育できます。幼虫は蒸れに弱いので、夏はエアコンのきいた部屋などに置きましょう。

蛹の管理
地面におりて蛹になる種では、幼虫が老熟したら、土を入れたセットに移します。落ち葉の下や土の中にもぐり、長い期間を蛹ですごす種の場合は、5cmぐらいの土の上にミズゴケを入れ、土が乾燥しないようにします。羽化した成虫が登ってはねをのばすための枝もわすれずに入れましょう。

採卵セット
卵をなかなか産まない種もいますが、多くの種は、食草といっしょに、成虫をビニールぶくろに入れておくと、産卵します。

幼虫を飼育するときは、採集場所と日づけ、採集した食草名を書いたメモを容器にはっておきましょう。

ツトガ科 ①

体は円とう形で細長く、うす茶色や乳白色で目立たない色をしています。多くの種は、動きがゆっくりしています。草や木、コケ、地衣類、シダなどさまざまな植物の葉を食べます。葉をつづって巣をつくる種、茎や果実にもぐる種、携帯巣（→p.17）をつくる種、水中にすむ種がいます。

第8腹節の気門

ニカメイガ
水辺のマコモで見つかります。茎に食い入り、成熟すると羽化用の脱出孔をつくり、かんたんなまゆをつくって蛹化します。「ニカメイチュウ」ともよばれ、かつてはイネの大害虫でした。
- ●20〜30mm
- ●全国 ●夏、秋〜翌春（2化）
- ●イネ、マコモなど（イネ科）

頭部

成虫◆ 8〜16.5mm
マコモの茎内の終齢（左）と蛹（右）。→は脱出孔

スジツトガ

平地の河川じきに多く、オギの茎に好んで食い入ります。終齢は、うすく円形に表皮を残して切り取った羽化用の脱出孔をつくって越冬し、春に蛹化します。「ささ虫」ともよばれ、つりえさとして利用されます。
- ●20〜30mm ●本州〜九州、トカラ列島（宝島）
- ●夏〜翌春（2化） ●オギ、ススキなど（イネ科）

成虫◆ 14〜16mm

茎内の終齢（オギ）

チャバネツトガ
ヨシ原や湿地などにすみます。茎から根に食い入り、成熟すると茎内で蛹化します。
- ●25〜30mm ●北海道〜四国 ●夏
- ●マツカサススキ、カサスゲ（カヤツリグサ科）

第8腹節の気門

カサスゲの葉のつけ根内の終齢（左）と蛹（右）

成虫◆ 12〜18mm

シロツトガ

休耕田や湿地などにすみ、葉やさや状に重なった葉の根もとに食い入ります。冬は、枯れた茎内から越冬中の終齢が見つかります。
- ●25〜30mm ●北海道〜九州、沖縄島、八重山列島 ●夏、秋〜翌春 ●ガマ、コガマ（ガマ科）

成虫◆ 11〜16mm
越冬中の終齢（ガマ）

マダラミズメイガ
池の水面にうかんだ水生植物の葉にすみ、1齢は葉の中にもぐって内部を食べます。2齢からは切り取った葉を2まい合わせた携帯巣をつくり、移動しながら葉を食べます。
- ●17〜25mm ●北海道〜九州 ●夏、秋〜翌初夏（2化） ●スイレン類（スイレン科）、ヒシ（ミソハギ科）など

成虫◆ 10〜12mm
携帯巣ごとうかぶ終齢（アサザ）

タカムクミズメイガ
湿地や池など水中にすみ、気管鰓をもちます。ういた葉の重なった所や、葉を切り取ってういた葉にはりつけて巣にします。巣内は水で満たされています。
- ●25〜30mm ●九州、奄美大島、沖縄島 ●夏 ●スイレン類など（スイレン科）、ヒルムシロ（ヒルムシロ科）

気管鰓

巣

成虫◆ 11〜14mm

ナニセノメイガ

葉や茎の上にいます。成熟すると地中にもぐって土まゆをつくり、まゆ内で晩夏、越冬した後、蛹化します。
- ●17mm前後 ●北海道〜屋久島 ●初夏、秋〜翌春（2化） ●アブラナ科の野菜類、スカシタゴボウなど

成虫◆ 12〜15mm

セスジノメイガ

平地から丘陵地にすみ、葉を数まいたばねて巣をつくります。ふつう1か所に複数の巣があり、よく目立ちます。
- ●25mm前後 ●本州〜奄美大島 ●初夏、秋〜翌春（2化） ●モウソウチク、クマザサなどのササ・タケ類（イネ科）

頭部

巣内の亜終齢（マダケ）

成虫◆ 10.5〜13mm

ウラグロシロノメイガ

海辺の草地にすみます。糸をはってひそみ、つぼみや花を好んで食べます。
- ●20mm前後 ●北海道〜屋久島、沖縄島 ●夏、秋（2化） ●ボタンボウフウ、アシタバなど（セリ科）

成虫◆ 12.5〜16mm

花序に糸をはった淡色型の終齢（アシタバ）

タテシマノメイガ
湖岸や湿地にすみ、葉や若い花の穂をつづって食べます。秋に終齢になった幼虫は、茎にもぐって越冬します。●30mm前後 ●北海道〜九州 ●夏、秋〜翌春(2化) ●ヨシ、マコモ(イネ科)

巣内の終齢(ヨシ)　成虫◆ 12.5〜14mm

キムジノメイガ
平地から山地にすみ、葉を内側にまいてつつ状にするか、2まい合わせて巣をつくります。●25mm前後 ●北海道〜九州 ●夏(2化) ●アズマネザサ、チシマザサなど(イネ科)

成虫◆ 13.5〜16mm

巣内の終齢

ホシオビホソノメイガ
平地の林縁などに生息します。くわしい生態は不明ですが、アズマネザサにからまった植物で採集した卵からふ化した幼虫は、アズマネザサで飼育できました。●22〜27mm ●北海道〜九州 ●夏(2化) ●不明

成虫◆ 13〜18mm

巣(アズマネザサ)

ユウグモノメイガ
平地の河原の土手などにすみ、茎から根に食い入ります。成熟すると根から出て、まゆをつくって蛹化します。●25mm前後 ●北海道〜九州 ●夏〜秋(2化) ●ギシギシ、スイバ(タデ科)

若齢(ギシギシ)　成虫◆ 15〜19mm

ヘリジロキンノメイガ
糸をはって葉のうらに空間ができるように葉を折り、糸の下に体を波打たせて静止します。成熟すると葉のうらにまゆをつくって蛹化します。マエベニノメイガ(未掲載)と同一種とする考え方もあります。●20mm前後 ●全国 ●初夏、秋(2化) ●ムラサキシキブ、オオムラサキシキブ(シソ科)

成虫◆ 10mm前後

巣内の終齢(ムラサキシキブ)　まゆ(飼育)

ウドノメイガ
海辺や人里周辺にすみ、葉や花に集団で大量の糸をはって食べます。晩秋になるとまゆをつくり、終齢で越冬します。●30mm前後 ●北海道〜九州 ●夏〜翌春(2化) ●ウド(ウコギ科)、ニンジン、アシタバなど(セリ科)

中齢の集団(ウド)　成虫◆ 11.5〜13.5mm

アワノメイガ
トウモロコシなどの害虫です。1齢は葉を食べ、2齢になると茎にもぐって内部を食べ、成熟すると茎の中で蛹化します。茎の中や枯れ葉の間で越冬します。「もろこし虫」とよばれ、けい流づりのえさとして利用されます。●20〜25mm ●北海道〜九州 ●初夏〜翌春(3化) ●イネ科、ショウガ科、キク科など多数の科

成虫◆ 11〜14mm

茎内の終齢(トウモロコシ)

スジマガリノメイガ
山地の道ばたなどでよく見かける種で、集団で葉のすき間に糸をはって、葉を食べます。成熟すると茎に集合してまゆをつくります。●18〜27mm ●北海道、本州 ●夏(2化) ●ゴマナ、ミヤマヨメナ、ヒヨドリバナ(キク科)

成虫◆ 10〜14mm

まゆの集団(ゴマナ)　終齢(ゴマナ)

キイロノメイガ
山地にすみます。葉のうらにあらく糸をはって葉を折り曲げ、中にひそんで周囲の葉を食べます。●25mm前後 ●北海道〜九州 ●夏(2化) ●アキチョウジ、チョロギ(シソ科)、シロヨメナ、サワギク(キク科)

成虫◆ 11〜14mm

巣内の幼虫(シロヨメナ)

アズキノメイガ(アイノメイガ)
アズキなどの害虫として有名です。茎のほか、豆類のさややナスの実などに食い入り、食い入った時のあなから、ふんを出します。●20〜25mm ●北海道〜九州 ●初夏〜翌春(1〜3化) ●マメ科、ナス科、キク科、タデ科など多数の科

成虫◆ 11〜14mm

茎内の中齢(アメリカセンダングサ)

気管鰓は、水生昆虫の幼虫や蛹などにある呼吸器官で、水中から酸素を取りこみます。形は葉状、ふくろ状、糸状など種によってさまざまです。

ツトガ科 ②

モンキシロノメイガ
照葉樹林や公園などにすみ、果実に食い入ります。ふんを外に出すため、これを手がかりに見つけることができます。
- ●12mm前後 ●本州〜南西諸島
- ●初夏〜秋(多化) ●イチジク、イヌビワ、アコウなど(クワ科)、ビワ(バラ科)

ふん
成虫◆12mm前後
イヌビワの果実

シロオビノメイガ
ホウレンソウの害虫として知られる種で、草地のアカザなどでもよく見つかります。葉のうらや葉の間に糸をはりめぐらしたり、葉をかんたんにまいたりした巣をつくります。
- ●15〜20mm ●全国
- ●初夏〜晩秋(多化)
- ●ウリ科、ヒユ科など多数の科

蛹

成虫◆12mm前後
終齢と食痕(フダンソウ)

クロウスムラサキノメイガ
古い葉を重ね合わせた巣をつくり、内側の表皮をけずり取るようにして食べます。とても素速く動きます。成熟すると、葉に切りこみを入れて折り曲げ、蛹室をつくります。
- ●14mm前後 ●北海道〜屋久島、沖縄島 ●夏
- ●クヌギ、コナラ、アベマキ(ブナ科)

成虫◆8.5〜9mm
巣内の幼虫   巣(コナラ)
蛹室(飼育)

マタスジノメイガ
林にすみ、春、葉にかんたんにはった糸の上に静止している幼虫をよく見かけます。動きはとてもゆっくりです。
- ●20mm前後 ●全国
- ●春 ●ムラサキシキブ、オオムラサキシキブ(シソ科)

葉の上の幼虫(ムラサキシキブ)
成虫◆9〜11mm

ヨスジノメイガ
葉や花の間に群れて糸をはり、葉やつぼみを食べます。成熟すると、だ円形の白いまゆをつくって蛹化します。
- ●22〜25mm
- ●全国 ●夏〜晩秋
- ●ムラサキシキブ、コムラサキなど(シソ科)

頭部

成虫◆12mm前後 終齢の集団(ムラサキシキブ)

クロスジノメイガ
葉のふちを内側に軽くまくか、2まいの葉を重ねて巣をつくります。成熟すると、葉に切りこみを入れ、空間のあるドーム状の蛹室をつくります。
- ●20mm前後 ●北海道〜トカラ列島 ●秋 ●キブシ(キブシ科)、ミツバウツギ(ミツバウツギ科)など

頭部
成虫◆12〜14.5mm

巣(キブシ)   巣内の中齢

イネハカジノメイガ
幼虫は「イネタテハマキ」とよばれる害虫です。葉をたてにつづって巣をつくり、内部から線状に葉を食べます。コブノメイガとことなり、巣を完全にふさぎます。平地の無農薬の田んぼにたくさんいます。
- ●15mm前後 ●本州〜南西諸島 ●夏〜秋 ●イネ、マコモ(イネ科)

成虫◆6.5mm前後
イネにつくった巣(左)と巣内の終齢(右)

ハネナガコブノメイガ
河川じきなどにすみ、葉をたてにつづって巣をつくり、中から線状に食べます。成熟すると葉のふちに切りこみを入れて折り返し、蛹室をつくります。
- ●20mm前後 ●本州〜九州、沖縄島、八重山列島 ●夏
- ●オギ、ススキなど(イネ科)

頭部
蛹室(飼育)   成虫◆8.5〜9mm   巣内の幼虫(オギ)

コブノメイガ
イネやコムギの害虫で、葉をつづって上下が開いた巣(矢印)をつくります。中国から成虫が飛来して繁殖しますが、日本では越冬できないようです。
- ●17mm前後 ●全国 ●夏〜秋
- ●イネ、コムギなど(イネ科)

成虫◆8mm前後
イネにつくった巣(左)と巣内の終齢(右)

●終齢幼虫の体長　●分布　●幼虫が見られる時期　●幼虫の食べ物　◆成虫の大きさ(前ばねの長さ)

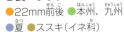

トガリシロアシクロノメイガ
低山の沢ぞいなどにすみます。葉をつづり、ギンイチモンジセセリ（→p.68）のような巣をつくり、巣の端から食べます。
●22mm前後 ●本州、九州 ●夏 ●ススキ（イネ科）
成虫◆13mm前後

ヒメクロミスジノメイガ
湿地周辺などしめった所にすみます。アシボソでは葉をたてにつづって巣をつくり、主脈を残して巣の周辺を食べます。●16mm前後 ●北海道〜屋久島、沖縄島 ●夏〜秋 ●アシボソ（イネ科）、ワタスゲ（カヤツリグサ科）など
頭部　食痕　巣（アシボソ）
成虫◆9mm前後

オオキノメイガ
都市部では公園に植えられたポプラに多く、葉を2〜3まいつづって巣をつくります。動きはとてもゆっくりです。
●35mm前後 ●全国 ●夏〜秋 ●ハコヤナギ類、ヤナギ類（ヤナギ科）
頭部
成虫◆20〜21.5mm
巣（ポプラ）　巣内の終齢

タイワンウスキノメイガ
公園に植えられたポプラでよく見つかります。葉のふちを折り返した巣の中に入っています。
●25mm前後 ●北海道〜屋久島、奄美大島、石垣島、西表島 ●夏〜秋 ●ハコヤナギ類（ヤナギ科）
巣内の終齢（ポプラ）　成虫◆14〜15mm

クロスジキンノメイガ
ヌルデでは、初めは葉をちまきのように三角形に、成長すると数まいの葉をふくろ状にまきます。動きはゆっくりで、成熟すると巣の中で蛹化します。
●20〜30mm ●北海道〜奄美大島 ●夏〜秋 ●ヌルデ（ウルシ科）、クヌギ、クリ（ブナ科）など
成虫◆13mm前後　蛹
巣（ヌルデ）　巣内の終齢

ヒメウコンノメイガ
けい流ぞいなどにすみ、葉をつつ状にまいた巣をつくります。動きはゆっくりで巣内の葉を食べ、ふんをためます。
●20mm前後 ●北海道、本州、九州 ●夏〜秋（2化）●カラムシ、コアカソ（イラクサ科）
巣内の中齢
巣（カラムシ）　成虫◆11.5〜14mm

ヨツメノメイガ
林床や沢ぞいなどにすみ、葉先からつつ状にまいた巣をつくります。動きはとてもゆっくりです。
●14〜24mm ●北海道〜屋久島 ●夏、秋〜翌初夏（2化）●フユイチゴ（バラ科）
成虫◆12.5〜16.5mm
巣（フユイチゴ）　巣内の中齢

オオキバラノメイガ
山地にすみ、イタヤカエデでは数まいの葉、トチノキでは1まいの小さな葉をたてにまきます。動きはゆっくりで、巣内の葉を食べ、ふんをためます。巣は大きく、よく目につきます。
●30mm前後 ●北海道〜九州、石垣島 ●夏（2化）●イタヤカエデ、トチノキなど（ムクロジ科）
成虫◆15〜19.5mm
イタヤカエデの葉の巣
巣（トチノキ）　巣内の終齢

ホソミスジノメイガ
サクラ並木などにすむ身近な種で、葉に切りこみを入れ、たてにまきます。巣の中にふんをため、蛹化時にはふんをつづってぼうすい形のまゆをつくります。
●20mm前後 ●北海道〜沖縄島 ●夏〜秋（2化）●ブナ科、バラ科、クルミ科、カバノキ科など多数の科
成虫◆11〜12.5mm
まゆ
巣（ハンノキ）
巣内の若齢（ソメイヨシノ）

ワタノメイガ
人里に多い種で、植えられたタチアオイやフヨウ、畑のオクラなどの葉に切りこみを入れ、つつ状にまいた巣にひそんでいます。成熟すると巣の中で蛹化します。前蛹で越冬します。●25〜33mm ●本州〜八重山列島 ●夏〜翌春（3化）●フヨウ、ムクゲなど（アオイ科）
成虫◆13.5〜14mm
巣（フヨウ）　巣を先端から見たところ

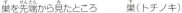

ツトガは、「苞蛾」と書きます。「苞」とは、わらや竹の皮などでつくった入れ物のことで、ツトガの幼虫の巣が苞に似ていることにちなんでいます。

ツトガ科 ③

モモノゴマダラノメイガ
クリやモモの害虫で、いろいろな実に食い入ります。入りこんだあなから出るふんを目印に、かんたんに発見できます。終齢で越冬します。
- ●16～25mm ●全国
- ●初夏、夏～翌春(2～3化)
- ●木や草の実、虫こぶなど

ふんが出たクヌギのどんぐり

成虫◆12mm前後

落ちたどんぐり内で越冬する老熟終齢

クロヘリノメイガ
山地にすみ、葉を数まいつづった巣にひそんで巣内にふんをためます。とても素速く動きます。
- ●20mm前後 ●本州～九州、トカラ列島
- ●初夏～翌初秋(2化) ●ミカエリソウ、テンニンソウ(シソ科)

巣(テンニンソウ)　巣内の終齢　頭部

成虫◆11.5～13mm

マエアカスカシノメイガ
街中の公園などでふつうに見られ、葉をつづって巣をつくります。巣内の葉の表皮のほか、花や果実なども食べ、成熟すると、樹皮や落ち葉の下でまゆをつくって蛹化します。冬も活動しています。毛のつけ根に黒いもんがある個体とない個体がいます。
- ●21～26mm ●全国
- ●秋～翌初夏(多化)
- ●モチノキ科、モクセイ科など

黒いもんのある個体
黒いもんのない個体

成虫◆16mm前後

巣内の終齢(ネズミモチ)

まゆ内の蛹

ツゲノメイガ
街中のツゲの植えこみなどで発生し、枝や葉の間に糸をはってひそみます。動きはゆっくりです。成熟すると葉や枯れ葉をつづってまゆをつくり、蛹化します。幼虫で越冬します。
- ●30～35mm ●北海道～屋久島、沖縄島 ●初夏～翌春(3化) ●ツゲ、ヒメツゲなど(ツゲ科)

成虫◆22mm前後

被害にあったツゲの植えこみ(左)とまゆ内の蛹(右)

ヨツボシノメイガ
平地では河川じきのガガイモ、山地では林道わきのイケマなどで見られます。葉脈を切断して植物から出るしるを止めた後、葉をまいて巣をつくり、切断部より先の葉を食べます。成熟すると別の葉をふくろ状につづり、蛹化します。
- ●25～28mm ●北海道～九州 ●夏、秋～翌春(2化) ●イケマなど(キョウチクトウ科)

蛹　成虫◆19mm前後

巣(ガガイモ)　巣内の中齢

ヒメシロノメイガ
雑木林にすみ、1まいから数まいの葉をつづった巣をつくってひそみ、周囲の葉を食べます。幼虫で越冬します。
- ●20～22mm ●本州～トカラ列島(2化) ●ネズミモチ、イボタノキ(モクセイ科)

巣(イボタノキ)　成虫◆12mm前後

チビスカシノメイガ
「クワノスムシ」とよばれるクワの害虫です。林縁のクワに多く、若齢は葉脈にそって群れています。中齢からは、葉を重ねてつづったり折り曲げたりして巣をつくり、中から表皮を残して食べます。落ち葉の下などにまゆをつくり、老熟幼虫で越冬します。
- ●20～24mm ●本州～九州、沖縄島、八重山列島 ●初夏～翌春(3～4化) ●クワ(クワ科)

成虫◆10～12mm

巣内の終齢(クワ)　蛹

クワノメイガ
公園や河川じきのクワなどで見られ、2まいの葉を重ねたり、枝先の葉をつづったりして、内側から表皮を残して葉を食べます。チビスカシノメイガに似ていますが、頭部にもようがあり、気門の所に白い線があります。
- ●18～20mm ●本州～西表島 ●初夏～翌春(3～4化) ●クワ、トウグワ、ヒメコウゾ(クワ科)

成虫◆9～10mm

巣(クワ)　巣内の終齢

スカシノメイガ
平地の公園などでふつうに見られます。葉を重ねるか、葉のうらに糸をはいて葉をたぐり、空間をつくってひそんでいます。
- ●23～26mm ●北海道～九州 ●初夏～翌春(2～3化) ●クワ、ヒメコウゾなど(クワ科)

成虫◆12mm前後

巣内の終齢(クワ)

キササゲノメイガ
河川じきなどに生えるキササゲ類の枝に食い入り、虫こぶの中で成長します。冬に虫こぶをわると、終齢を発見できます。
- ●16～18mm ●北海道～九州 ●夏～翌春(2化)
- ●キササゲ、アメリカキササゲ(ノウゼンカズラ科)

成虫◆15～16.5mm

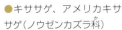
虫こぶ(上)と虫こぶ内の幼虫(右)　脱出孔

ツマグロシロノメイガ
丘陵地から山地にすみます。群生して枝や葉のすき間に糸をはき、あらくテント状の巣をつくります。●26mm前後
- ●本州～屋久島 ●春、秋(2化)
- ●ネズミモチ、イボタノキ(モクセイ科)

頭部

終齢の集団(イボタノキ)　成虫◆19～20.5mm

ナカキノメイガ
葉柄に切りこみを入れ、らせん状にまいた巣をつくり、内部の葉を食べます。成熟すると別の葉に移動してらせん状にまき、中に糸をはいて小部屋をつくり、蛹化します。
- ●20mm前後 ●本州～屋久島、沖縄島
- ●夏 ●ヘクソカズラ(アカネ科)、ガガイモ(キョウチクトウ科)

成虫◆10mm前後　巣(ヘクソカズラ)　切り込み

マメノメイガ
人里にすみ、クズでは、花の穂に糸をはいてつくったかんたんな巣にひそみ、花やつぼみを食べます。アズキなどでは、さやに食い入り豆を食べます。成熟すると白いまゆをつくります。
- ●15～19mm ●全国
- ●夏～翌春(2～3化)
- ●クズ、アズキ、ダイズ、インゲンなど(マメ科)

成虫◆12mm前後　クズの花にひそむ幼虫

ワモンノメイガ
人里の草地でよく見つかります。シバの根をつづるほか、石や板などの下にトンネルをつくってひそみ、周囲の草の葉を切りとって巣に運びこんで食べます。
- ●20mm前後 ●全国 ●ほぼ一年中(多化)
- ●キク科、オオバコ科、タデ科、アブラナ科など多数の科

運びこんだ葉
石の下にいた幼虫　成虫◆13～14mm

クロモンキノメイガ
冬にギシギシの葉のうらでよく見つかり、表皮だけが残って、すけた食痕が目立ちます。農作物の害虫として知られ、葉をまいて巣をつくることもあります。
- ●18～20mm ●全国 ●夏、秋～翌早春(2化)
- ●アブラナ科、キク科、マメ科、タデ科など多数の科

食痕
幼虫と食痕(ギシギシ)　成虫◆10mm前後

イノモトソウノメイガ
低山の林道わきなどに生えるシダ類の葉先をまいて、球状の巣をつくり、内部の葉を食べます。動きはゆっくりしていて、成熟すると、巣内で蛹化します。
- ●20mm前後 ●本州～九州、沖縄島、石垣島 ●春～秋
- ●イノモトソウ(イノモトソウ科)、イシカグマ(コバノイシカグマ科)など

成虫◆9～11.5mm

巣(イノモトソウ)　巣内の終齢

モンキクロノメイガ
河川じきや林縁にすみます。葉を内側にまいて巣をつくり、巣内にふんをためます。動きは活発です。●20～25mm ●全国
- ●夏～翌春(2～3化)
- ●ヤブガラシ、エビヅルなど(ブドウ科)

成虫◆12～13mm　巣(ノブドウ)

マエキノメイガ
林縁などにすみ、2～3まいの葉をつづって、ふくろ状の巣をつくり、中から表皮を食べ、ふんをためます。とてもゆっくりと動きます。
- ●17～20mm ●北海道～屋久島、沖縄島
- ●春、夏～秋(2化)
- ●イノコヅチ類(ヒユ科)

成虫◆11～12.5mm　巣(イノコヅチ)

ヒロバウスグロノメイガ
平地の照葉樹林や神社の森などにすみ、シイ類の葉を重ねて巣をつくります。巣の中に台座をつくって静止し、周辺の葉の表皮を食べます。●21～24mm
- ●本州～南西諸島 ●秋～翌春(2化) ●スダジイ、マテバシイなど(ブナ科)

頭部

成虫◆12.5mm前後

ツトガ科を、メイガ科(→p.46)にふくめる研究者もいます。

アゲハチョウ科 ①

アゲハチョウ科は、ミカン科の植物を食草とする種が多く、身近な場所で出会う親しみやすいイモムシです。大きな特ちょうは、臭角（肉角）があることです。外敵におそわれたときなど、胸部の先端にしまっている臭角に体液を送りこんでふくらませ、強れつなにおいを発します。この成分は酸の一種で、アリなどがきらう成分であることがわかっています。

個眼
6つずつ、左右にあります。

眼状紋
アゲハチョウ属などの終齢は、目玉もよう（眼状紋）のあるふくれた胸部が特ちょうです。中齢までは鳥のふんに似た体色です。
※58〜59ページがアゲハチョウ属です。

臭角（肉角）
1〜5齢まで、すべての齢期で臭角を出します。アゲハチョウ属では、4齢までと5齢では臭角から出す成分に差があり、5齢のほうが酸は強く、しげきが強いことがわかっています。

アゲハ（→p.58）の臭角

クロアゲハ（→p.58）の臭角

ジャコウアゲハの臭角

キアゲハ（→p.58）3齢の臭角

カラスアゲハ（→p.59）の臭角

モンキアゲハ（→p.58）の臭角

● 終齢幼虫の体長　● 分布　● 幼虫が見られる時期　● 幼虫の食べ物　◆ 成虫の大きさ（前ばねの長さ）

ウスバシロチョウ（ウスバアゲハ）
卵で越冬した後、早春にふ化します。食草の周りの枯れ葉によくかくれています。
●33mm前後 ●北海道〜四国 ●春〜初夏（1化）●ムラサキケマン、エゾエンゴサクなど（ケシ科）

成虫◆30〜35mm

ムラサキケマンの葉を食べる幼虫

落ち葉の間に、かんたんなまゆをつくって蛹化します。

ホソオチョウ（ホソオアゲハ）
草原や河川じきなど、開けた場所に発生します。人間によって持ちこまれた外来種です。
●30mm前後 ●本州、九州 ●春〜秋（2化以上）●ウマノスズクサ（ウマノスズクサ科）

成虫◆25〜35mm ♂

若齢の集団　　蛹

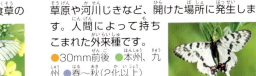

*白バックの幼虫写真は、ほぼ実際の大きさです。

ギフチョウ
管理された雑木林など、かぎられた場所に発生します。地域によっては、ほごされています。
●32mm前後 ●本州（秋田県以南）●春〜初夏（1化）●カンアオイ類（ウマノスズクサ科）

成虫◆30〜35mm ♂

黄色いもんがならぶ

ヒメギフチョウ
ギフチョウに似ていますが、体の横に黄色の円いもんがならびます。3〜4齢までは集団で育ちます。●27mm前後 ●北海道、本州（岐阜県以東）●春〜初夏（1化）●ウスバサイシン、オクエゾサイシンなど（ウマノスズクサ科）

葉のうらの中齢　　成虫◆25〜30mm ♂

ジャコウアゲハ
河原や土手など、食草が生える安定した草地に発生します。
●40mm前後 ●本州〜南西諸島 ●初夏〜秋（1〜4化）●ウマノスズクサ、オオバウマノスズクサなど（ウマノスズクサ科）

成虫◆50〜60mm ♀

終齢は茎を好みます。　蛹（夏型）

ベニモンアゲハ
東南アジアに広く分布しています。南西諸島では、迷蝶（→p.145）として飛んできたものが定着しています。●38mm前後 ●南西諸島（奄美群島以南）●ほぼ一年中（多化）●リュウキュウウマノスズクサなど（ウマノスズクサ科）

蛹　　成虫◆45〜55mm

アオスジアゲハ
街路樹のクスノキにも発生します。南方系のアゲハですが、近年では、青森県まで北上しています。●40mm前後 ●本州〜南西諸島 ●初夏〜秋（2〜4化）●クスノキ、タブノキなど（クスノキ科）

成虫◆45〜55mm

クスノキの葉にとまる4齢　　蛹　　黄色い帯が眼状紋をつなぎます。

終齢

ミカドアゲハ
あたたかい地域のオガタマノキがある神社などで見られます。●40mm前後 ●本州（紀伊半島以西）〜南西諸島 ●初夏〜秋（1〜4化）●オガタマノキ、タイサンボクなど（モクレン科）

1齢

成虫◆45〜50mm

眼状紋をつなぐ帯はありません。　蛹

帯をかけて帯蛹になる
帯状に太い糸が胸部を取りまく蛹を帯蛹といいます。アゲハチョウ科のほかに、シロチョウ科（→p.60）、シジミチョウ科（→p.62）、セセリチョウ科（→p.68）などが帯蛹をつくります。

帯の糸に完全に支えられた蛹

①蛹になる場所を決めると、足場に糸をはりめぐらします。これを台座（糸座）といいます。

②頭部を何度も左右にふり、糸をはいてじょうぶな糸の輪をつくります。完成すると、そこをくぐって前蛹になります。

前蛹

ジャコウアゲハは、食草のウマノスズクサにふくまれる毒の成分を体内にため、外敵から身を守っています。その毒は、成虫の体内にも残っています。

アゲハチョウ科 ②

＊白バックの幼虫写真は、ほぼ実際の大きさです。

キアゲハ
庭や畑のパセリやニンジンでふつうに見られます。●45mm前後 ●北海道〜屋久島 ●春〜秋（1〜4化）●ニンジン、ハナウドなど（セリ科）

アシタバの果実にいる幼虫　3齢

成虫◆40〜65mm

アゲハ（ナミアゲハ）
最も身近なアゲハのなかまです。庭などのミカン科の植物に発生します。●45mm前後 ●全国 ●春〜秋（3〜4化）●カラタチ、ミカン類、サンショウなど（ミカン科）

こい緑色の帯
腹脚の上に白い点

成虫◆40〜60mm

ミカンの葉の上の4齢

クロアゲハ
庭や野山のミカン科の植物に発生します。ややうす暗い場所を好みます。●55mm前後 ●東北地方以南 ●初夏〜秋（2〜4化）●カラスザンショウ、ミカン類など（ミカン科）

4齢
帯はふつうつながっています。
白いあみ目もようのある茶かっ色の帯

成虫◆50〜70mm

ミカンの葉の上の4齢。アゲハに似ていますが、体につやがあります。

帯はとぎれるか、わずかにつながります。
黒く太い帯
茶かっ色か黒紫色の帯

 4齢

オナガアゲハ
山地性で、野山のミカン科の植物で幼虫が見られます。●48mm前後 ●北海道〜九州 ●初夏〜秋（1〜3化）●コクサギ、ツルシキミ、イヌザンショウなど（ミカン科）

コクサギの葉の上の4齢。黒色部と白色部がはっきりしています。

成虫◆50〜70mm ♂

帯はふつうとぎれます。
灰かっ色の帯

 4齢

モンキアゲハ
平地から低山地に多く、カラスザンショウを好みます。●55mm前後 ●本州（東北地方南部以南）〜沖縄諸島 ●初夏〜秋（2〜3化）●カラスザンショウ、ユズなど（ミカン科）

カラスザンショウの葉の上の4齢。クロアゲハに似ていますが、黄色味が強く出ます。

成虫◆50〜80mm

帯はとぎれます。
白色の帯

 4齢

ナガサキアゲハ
あたたかい地域に植えられたミカン類に発生します。近年、分布の北上が見られます。●55mm前後 ●関東地方以西 ●初夏〜秋（3〜4化）●ミカン類、カラタチ、ユズなど（ミカン科）

成虫◆60〜70mm

1齢には枝分かれした毛があります。

●終齢幼虫の体長　●分布　●幼虫が見られる時期　●幼虫の食べ物　◆成虫の大きさ（前ばねの長さ）

帯はとぎれます。
かっ色の帯

シロオビアゲハ
沖縄地方では、栽培されているミカン類に見られます。●45mm前後 ●トカラ列島以南 ●ほぼ一年中（多化）●サルカケミカン、シークワーサーなど（ミカン科）

成虫◆ 45〜55mm
シークワーサーの葉の上の4齢

雲形のもよう

黄色い線は眼状紋の下までです。

カラスアゲハ
平地から山地に見られ、野山のミカン科の植物に発生します。●50mm前後 ●北海道〜九州、トカラ列島 ●初夏〜秋（1〜4化）●コクサギなど（ミカン科）

成虫◆ 45〜65mm
頭部をもち上げる4齢

雲形のもよう　黄色い線が一周します。

とっき

ミヤマカラスアゲハ
山地のキハダに多く見られます。
●50mm前後
●北海道〜屋久島
●初夏〜秋（2〜3化）
●キハダ、カラスザンショウなど（ミカン科）

3齢
成虫◆45〜70mm

■ ミカン科の木でアゲハ類の幼虫をさがそう
ミカン科の木の葉をちぎってにおいをかぐと、ミカンの皮に似た独特なかおりがします。いろいろなミカン科の木でアゲハ類の幼虫をさがしてみましょう。

カラスザンショウ
幹のとげが特ちょうで、アゲハやクロアゲハ、カラスアゲハ、モンキアゲハなどがよく見つかります。

アゲハの終齢　ミヤマカラスアゲハの終齢

サンショウ
庭のサンショウでは、アゲハやクロアゲハなどが見つかります。

キハダ
山に生えるキハダは、ミヤマカラスアゲハが好みます。ふつう、葉の上で見つかります。

■ 蛹をくらべてみよう
58〜59ページの種（アゲハチョウ属）の蛹は、反り返る角度や頭部や胸部のとっきの形などで区別できます。どの種も、緑色からかっ色まで個体によってちがいます。

＊蛹の写真は、ほぼ実際の大きさです。

キアゲハ　アゲハ（とがる）　クロアゲハ（とがる）
オナガアゲハ　モンキアゲハ（反り返りが強い）　ナガサキアゲハ
シロオビアゲハ　カラスアゲハ　ミヤマカラスアゲハ

キアゲハの幼虫は野外ではセリ科の植物を食べていますが、ミカン科の植物で飼育することができます。

シロチョウ科

多くは葉の色によく似た緑色のイモムシで、「青虫」とよばれます。目立つとっきなどをもつ種はありませんが、長い毛をもつ種がいます。成熟すると、胸部に糸をかけて蛹になります（帯蛹→p.57）。

＊白バックの幼虫写真は、ほぼ実際の大きさです。

ツマベニチョウ
日本のシロチョウ科では、最も大型で、ギョボクの葉の上にいます。胸部をふくらませて威嚇するとヘビのように見えます。南国にすむチョウですが、各地の昆虫しせつでよく飼育されています。●55〜60mm ●九州南部〜南西諸島 ●九州では春〜秋（多化）、南西諸島では一年中 ●ギョボク（フウチョウソウ科）

成虫◆45〜55mm

威嚇する幼虫

モンシロチョウ
キャベツなどアブラナ科の作物でよく見られる青虫の代表種です。気門の間に黄色い点があります。蛹または幼虫で越冬します。
●25〜28mm ●全国 ●一年中（多化） ●キャベツ、イヌガラシなど（アブラナ科）

成虫◆25〜30mm

蛹　キャベツの葉を食べる4齢

スジグロシロチョウ
体の黒い点が目立ち、全体に黒っぽく見えます。林縁や公園など、あまり開けていない場所に生えているアブラナ科の植物でよく見つかります。●28〜30mm ●北海道〜トカラ列島 ●晩春〜秋（多化） ●イヌガラシ、ハナダイコンなど（アブラナ科）

成虫◆25〜32mm　越冬蛹

キタキチョウ
体の横に、くっきりとした白い線が目立ちます。街中のハギやネムノキなどでよく見つかります。
●27〜30mm ●本州以南 ●初夏〜秋（多化） ●ヤマハギ、メドハギなど（マメ科）

蛹　成虫◆20〜25mm

モンキチョウ
土手など日当たりがよい開けた草原のアカツメクサなどを好んで食べます。食草が一面に生えた草原で、幼虫をさがすのはたいへんです。
●30〜33mm ●全国 ●一年中（多化） ●コマツナギ、シロツメクサなど（マメ科）

蛹　成虫◆25〜33mm

越冬する若齢

ツマキチョウ
体が細長く、気門をさかいに、上部は白っぽく、下部はこい緑色にくっきりと分かれます。果実を好んで食べます。
●26〜30mm ●北海道〜屋久島 ●春〜初夏（1化） ●タネツケバナ、ヤマハタザオなど（アブラナ科）

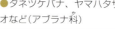

越冬蛹

♂ 成虫◆20〜26mm

集団で育つ毛虫

100頭ほどの集団で育ち、大発生して、木を丸ぼうずにすることがあります。

エゾシロチョウ
●40mm前後 ●北海道 ●夏〜翌初夏（1化） ●リンゴ、ボケなど（バラ科）

成虫◆32〜38mm

LET'S TRY! キャベツの葉で青虫をさがそう！

キャベツの葉には、モンシロチョウ以外の青虫もいます。ここでは、4種の青虫をならべて紹介しました。特ちょうを覚えて、さがしてみましょう。

拡大

コナガ（→p.23）

オオタバコガ（→p.136）

イラクサギンウワバ（→p.131）

タマナギンウワバ（→p.131）

●終齢幼虫の体長　●分布　●幼虫が見られる時期　●幼虫の食べ物　◆成虫の大きさ（前ばねの長さ）

アゲハやモンシロチョウを育てよう

アゲハ（→p.58）やモンシロチョウは、身近な場所にくらすチョウです。飼育すると、もりもり葉を食べるところや、脱皮をする瞬間も観察できます。卵や幼虫を採集して飼育し、すがたを変えながら成長するようすを見てみましょう。

アゲハの育ち方を観察しよう

アゲハは、初夏から夏にかけて飼育すると、卵から成虫になるまでの期間は約50日です。

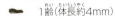
卵（直径約1.5mm）　1齢（体長約4mm）

2齢（体長約8mm）

3齢（体長約12mm）

4齢（体長約20mm）

5齢（体長約45mm）

5齢（終齢）の体重は、1齢の2000倍になります。

アゲハの飼い方

アゲハは、ミカン類やサンショウで卵や幼虫が見つかり、その枝を利用してかんたんに飼育することができます。病気にならないように、容器のそうじを毎日行い、幼虫に手をふれず、枝ごと移動させましょう。

ふたに、通気あなをいくつかあけます。

キッチンペーパーをしくと、そうじが楽になります。

さかんに歩き回るようになり、水っぽいふんをすると、間もなく蛹化が始まります。（→p.57）

夏の時期は、蛹化してから10日ほどで、成虫が羽化します。

1～4齢の飼い方
湿度がたもてるポリ容器などを利用します。やわらかい若葉をあたえ、枝の切り口は、水でぬらしたティッシュペーパーをまきつけて、ラップやアルミホイルで包みます。

5齢の飼い方
葉をたくさん食べるので、葉が多い枝を切って水を入れたびんなどに差してあたえます。幼虫が落ちておぼれないように、びんの口をティッシュペーパーでしっかりふさぎます。飼育容器は通気のよいものを選び、たてに置くとよいでしょう。1つの容器に幼虫を入れすぎないようにしましょう。

モンシロチョウの飼い方

キャベツなどアブラナ科の野菜のポット苗を利用して育てるとよいでしょう。幼虫を採集した食草の葉を切って持ち帰り、アゲハの1～4齢と同じ方法で飼育することもできます。

キャベツのポット苗
売られているものは農薬がついていることがあるので、キャベツやコマツナなどは、種から育てて用意するとよいでしょう。苗が枯れないように、土の表面がかわいたら水をあげます。

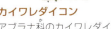
キッチンペーパー

手に入れやすい便利な食草

お店で売っていて、利用しやすい食草があります。そのまま飼育容器に入れて、えさとして使うことができます。

ヘンルーダ
ハーブとして売られているミカン科のヘンルーダは、アゲハのえさになります。ポット苗なのでそのまま使えて便利です。

カイワレダイコン
アブラナ科のカイワレダイコンは、モンシロチョウのえさになります。パックを低い位置で切り取って使うとよいでしょう。

シジミチョウ科

幼虫は小型で、大きいものでも20mm前後です。頭部は体のわりに小さく、前胸にかくれていて目立ちません。体は細かい毛におおわれていて、はばがあり、やや平たいです。背面にアリが好むみつを出す器官をもち、共生関係をもつ種が多くいます。

……とっき

ウラギンシジミ
第8腹節の背面に1対(2本)のとっきがあり、しげきするとブラシ状のむちを出し入れして威嚇します。はでな色をしていますが、クズなどの花の上では目立ちません。
- ●20mm前後 ●本州〜奄美群島、八重山列島
- ●春〜秋(多化)、温暖地では一年中
- ●クズ、フジなど(マメ科)

成虫◆20〜25mm

とっきから出したブラシ状のむち

クズの花にひそむ幼虫

ゴイシシジミ
完全な肉食性で、アブラムシだけを食べて育ちます。ササ類の葉のうらにつくアブラムシの群れの中にひそんでいます。
- ●13mm前後
- ●北海道〜屋久島
- ●春〜翌春(多化)
- ●ササコナフキツノアブラムシ、タケツノアブラムシ

成虫◆12〜14mm

アブラムシの群れの中にいる幼虫

ベニシジミ
最も身近な種のひとつです。日当たりのよい土手や田んぼのあぜなどで葉のうらをさがすと見つかります。若齢は葉のうらから表皮を残して食べます。幼虫で越冬します。
- ●15mm前後 ●北海道〜屋久島 ●一年中(多化)
- ●スイバ、ギシギシなど(タデ科)

赤みが強い個体

成虫◆15〜18mm

ムラサキツバメ
1990年代までは、近畿地方より西のあたたかい地域にすんでいましたが、近年、北関東まで分布を広げています。食草のマテバシイが、街路樹などとして植えられたことと関係があると考えられています。
- ●21mm前後 ●本州(関東地方以南)〜南西諸島 ●春〜秋(多化)
- ●マテバシイ、シリブカガシなど(ブナ科)

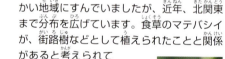

蛹

成虫◆18〜22mm

ムラサキシジミ
林縁を好み、カシ類やコナラなどの若葉をつつ状にまいて巣をつくります。アリといることが多く、最近の研究によると、化学物質でアリをあやつっているそうです。
- ●18mm前後 ●本州〜南西諸島 ●春〜秋(多化)
- ●アラカシ、コナラなど(ブナ科)

アリに守られている幼虫

成虫◆18〜21mm

ウラゴマダラシジミ
春のかぎられた期間に、湿地周辺に多いイボタノキの葉で見つかります。幼虫の周りには、アリが集まっています。
- ●18mm前後
- ●北海道〜九州 ●春〜初夏(1化)
- ●イボタノキ、ミヤマイボタなど(モクセイ科)

アリに守られている幼虫

成虫◆20〜24mm

ミズイロオナガシジミ
平地の雑木林から山地まで広く生息します。新緑のころに、クヌギやコナラの葉や葉柄で見つかります。
- ●16mm前後
- ●北海道〜九州 ●春〜初夏(1化)
- ●クヌギ、コナラなど(ブナ科)

コナラの葉にいた幼虫

成虫◆16〜19mm

ミドリシジミ
河原や休耕地のハンノキ林に多くすんでいます。終齢になるまで、葉をつづった巣の中で育ちます。
- ●18mm前後 ●北海道〜九州 ●春〜初夏(1化)
- ●ハンノキ、ヤマハンノキ(カバノキ科)

成虫◆16〜22mm

ヤマハンノキの葉でつくった巣

アリをあやつる
シジミチョウの幼虫が出すみつには、アリが歩き回ることをおさえる成分がふくまれているため、みつをなめたアリは、しばらく幼虫のそばにいます。幼虫はきけんを感じると腹部背面にある伸縮とっきという器官を出し入れします。すると、近くにいるアリが反応して攻げき的になり、敵を追いはらいます。

ムラサキシジミの伸縮とっき

ムラサキシジミが出すみつをなめるアリ

●終齢幼虫の体長 ●分布 ●幼虫が見られる時期 ●幼虫の食べ物 ◆成虫の大きさ(前ばねの長さ)

オナガシジミ
山地の川ぞいなど、食草のオニグルミが多い環境に生息します。ふ化後は新芽にもぐりこんでいますが、成長すると、葉のうらや葉柄で見つかります。●18mm前後 ●北海道〜九州 ●春〜初夏（1化）●オニグルミなど（クルミ科）

成虫◆16〜19mm

アカシジミ
平地の雑木林から山地にすみます。新緑のころに、クヌギやコナラの葉や葉柄で見つかります。2010年ごろ、東北地方での大発生が話題になりました。●17mm前後 ●北海道〜九州 ●春〜初夏（1化）●クヌギ、コナラなど（ブナ科）

成虫◆17〜21mm

ウラナミアカシジミ
平地から低山地の雑木林にすみ、特にクヌギを好みます。3齢までは、枝先の若葉をつづり巣をつくって中にひそみます。●19mm前後 ●北海道南西部、本州、四国 ●春〜初夏（1化）●クヌギ、アベマキなど（ブナ科）

若齢の巣（クヌギ）

成虫◆18〜21mm

トラフシジミ
平地から山地の林や緑地公園などにすみます。いろいろな植物の花やつぼみ、果実を好んで食べて育ちます。体色は個体によってちがいがあります。●17mm前後 ●北海道〜九州 ●初夏〜秋（2化）●ウツギ（アジサイ科）、フジ（マメ科）など

成虫◆17〜20mm

クズの花にいた色のこい個体

蛹

オオミドリシジミ
雑木林に多く、新緑のころ、クヌギやコナラの低い枝でよく見つかります。枝の一部をかじってしおれさせ、かくれ場所をつくる習性があります。●19mm前後 ●北海道〜九州 ●春〜初夏（1化）●コナラ、ミズナラなど（ブナ科）

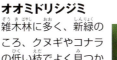
成虫◆18〜22mm

葉をしおれさせて、つくったかくれ場所

メスアカミドリシジミ
春に山地のサクラ類で見つかります。大きく育った幼虫が葉にはりついていると、よく目立ちます。樹皮や枯れ葉の上で蛹化します。●18mm前後 ●北海道〜九州 ●春〜初夏（1化）●マメザクラ、ヤマザクラなど（バラ科）

成虫◆20〜23mm

コツバメ
平地から山地にかけての林にすみ、成虫は花やつぼみに産卵し、幼虫は花や実を食べて育ちます。少なくありませんが、見つけにくい種です。●15mm前後 ●北海道〜九州 ●春〜初夏（1化）●ツツジ科、スイカズラ科など

成虫◆13〜15mm

ヤマトシジミ
都市部にもいる身近な種です。幼虫は小さく目立ちませんが、食痕をたよりに葉のうらや株の間をさがすと見つかります。幼虫で越冬します。●12mm前後 ●本州〜南西諸島 ●一年中（多化）●カタバミ（カタバミ科）

成虫◆12〜15mm

食痕。表皮を残してうら側から葉を食べます。

ウラナミシジミ
主にマメ科の植物の花や果実を食べ、作物に被害をあたえることもあります。成虫は夏の間に北海道まで北上しますが、幼虫が越冬できるのは、房総半島より南にかぎられます。●17mm前後 ●本州以南 ●一年中（多化）●マメ科、バラ科、ウリ科など

クズの花を食べる幼虫

成虫◆16〜18mm

イワカワシジミ
南国のシジミチョウで、クチナシの花やつぼみ、新芽や果実を食べて育ちます。大きな果実では、中にもぐりこんで中身を食べ、空どう化した内部で蛹になります。●21mm前後 ●屋久島以南 ●一年中 ●クチナシ（アカネ科）

成虫◆17〜23mm

クチナシの実の中の終齢

ルリシジミ
平地の緑地が多い市街地から、山地にかけて広くすみます。主にマメ科の植物の花やつぼみ、果実を好んで食べます。体色は緑色からピンクまでさまざまです。●13mm前後 ●北海道〜トカラ列島 ●春〜秋（多化）●クララ、ハギ類（マメ科）、ミズキ（ミズキ科）など

成虫◆14〜17mm

ツバメシジミ
日当たりがよく、草たけの低い草地で見られます。マメ科の植物の花や葉のうらで見つかります。幼虫で越冬します。●11mm前後 ●北海道〜トカラ列島 ●一年中（多化）●シロツメクサ、コマツナギなど（マメ科）

成虫◆11〜14mm

共生とは、シジミチョウの幼虫がアリにみつをあたえ、アリが幼虫を守るように、ちがう種の生物が、かかわりをもちながら一緒にくらすことです。

タテハチョウ科 ①

チョウのなかまでは、種数が最も多いグループです。頭部や体表にとげやとっきのある種が多く、ジャノメチョウのなかまなどは、なめらかな体表で、尾端に1対（2こ）のとっきをもちます。マダラチョウのなかまは、はでな体色で、背面に肉質とっきがあります。

＊白バックの幼虫写真は、ほぼ実際の大きさです。

キタテハ
市街地でふつうに見られる種で、空き地などのカナムグラで見つかります。葉脈をかんで葉を折りやすくし、かさ状の巣をつくります。
●32mm前後 ●北海道南部〜九州 ●春〜秋（2〜5化） ●カナムグラなど（アサ科）、イラクサ科

蛹

成虫◆25〜30mm　夏型

カナムグラの葉でつくった巣

クジャクチョウ
山地の林道ぞいなどで見つかります。中齢まで群生し、その後、分散しますが、大きな終齢は1か所でたくさん見つかります。
●43mm前後 ●北海道、本州（中部地方以北）●春〜夏（1〜2化）●カラハナソウなど（アサ科）、イラクサ類（イラクサ科）、ハルニレなど（ニレ科）

蛹

成虫◆25〜30mm

亜終齢の集団（カラハナソウ）

ヒオドシチョウ
平地から山地の林にすみます。初夏のころ、エノキやヤナギ類の枝先に群れています。
●45mm前後 ●北海道〜九州 ●春〜初夏（1化）●エノキ（アサ科）、ケヤキなど（ニレ科）、ヤナギ類（ヤナギ科）

成虫◆32〜36mm

中齢の集団（エノキ）

ルリタテハ
市街地の緑地から低山地の林に生息します。食草の葉のうらで見つかります。
●43mm前後 ●全国 ●春〜秋（1〜3化）●サルトリイバラ科、ユリ科

成虫◆30〜40mm

葉のうらで丸くなって静止します。

サカハチチョウ
山地の林縁やけい流ぞいに多く、食草の葉の表やうらで見つかります。●26mm前後 ●北海道〜九州 ●春〜秋（2〜3化）●コアカソ、イラクサ、ヤブマオなど（イラクサ科）

春型

蛹　成虫◆16〜25mm

ヒメアカタテハ
河原や造成地など、かわいたあれ地にすみます。葉を糸でつづった巣の中にひそみます。
●40mm前後 ●全国（越冬は関東以南）●一年中（多化）●ハハコグサ、ヨモギなど（キク科）、カラムシなど（イラクサ科）など

巣内の中齢（ヨモギ）

成虫◆24〜28mm

アカタテハ
市街地から山地にかけて広く生息します。道わきや土手で、食草の葉をつづって貝がらのような形の巣をつくります。
●40mm前後 ●全国 ●春〜秋（2〜4化）●カラムシ、ヤブマオなど（イラクサ科）など

巣（カラムシ）

成虫◆28〜33mm

ぶら下がって蛹になる

タテハチョウ科の蛹は、頭部を下にしてぶら下がっています。これを垂蛹といいます。幼虫は、蛹になる時、糸で台座をつくり、尾脚のつめをかけてぶら下がります。やがて脱皮が始まり、皮をぬぎ終わると蛹の腹端を台座にかけ直します。

ルリタテハの前蛹　台座　蛹

●終齢幼虫の体長 ●分布 ●幼虫が見られる時期 ●幼虫の食べ物 ◆成虫の大きさ（前ばねの長さ）

頭部に1対(2本)のとっき

タテハモドキ
かつては九州南部以南に分布していましたが、近年は九州の北部でもかくにんされています。土手や田んぼのあぜなどで見つかります。
- 38mm前後 ●九州～南西諸島
- 春～秋(3～6化) ●イワダレソウ(クマツヅラ科)、オギノツメ(キツネノマゴ科)など

蛹

成虫◆25～30mm

コノハチョウ
熱帯地方に生息する種で、各地の昆虫しせつで飼育されています。沖縄県指定の天然記念物です。●59mm前後
- 沖永良部島、沖縄島、石垣島、西表島 ●一年中(3化) ●セイタカスズムシソウなど(キツネノマゴ科)

成虫◆40～50mm

ツマグロヒョウモン
1980年代までは近畿地方以西でしか見られませんでしたが、現在では関東地方でも身近なチョウになりました。パンジーなどの栽培種を好み、市街地の道ばたなどで見られます。
- 40～45mm ●本州(関東地方以西)～南西諸島 ●ほぼ一年中(多化)
- スミレ、フモトスミレなど(スミレ科)

蛹

成虫◆32～40mm

街中でスミレ類を食べて育つ幼虫

長い / 短い

アサマイチモンジ
イチモンジチョウと第7、8腹節の2対(4こ)のとっきの長さなどで区別できます。秋に葉をつづって巣をつくり、3齢で越冬します。
- 27mm前後 ●本州、四国(芸予諸島)
- ほぼ一年中(3～4化) ●スイカズラ、ウグイスカグラなど(スイカズラ科)

成虫◆25～34mm

同じ長さ

イチモンジチョウ
平地から低山地の食草の葉の上や茎で見られます。1齢は主脈の先にふんをつづります。
- 25mm前後 ●北海道～九州 ●ほぼ一年中(1～4化) ●スイカズラなど(スイカズラ科)

蛹

成虫◆25～33mm

つづったふん / かくれ家
若齢は、主脈を残して食べ、葉のかけらとふんを糸でつづって主脈につけ、かくれ家にします。

前胸に1対(2本)の細長いとっき

ミドリヒョウモン
平地から山地にかけて生息します。食草のスミレ類が生えた地面近くで見つかります。1齢で越冬します。●42～45mm
- 北海道～九州 ●秋～翌初夏(1化)
- タチツボスミレなどスミレ類(スミレ科)

背面の線が目立ちます。

成虫◆35～40mm

ミスジチョウ
山地にすみ、林縁や沢ぞいで見つかります。糸で葉柄を枝に固定し葉が落ちないようにして、3～4齢で越冬します。
- 27mm前後 ●北海道～九州
- 夏～翌春(1化) ●カエデ類(ムクロジ科)、イヌシデ(カバノキ科)

成虫◆30～37mm
枯れ葉で越冬する幼虫

1対(2本)のとっき

コミスジ
平地から低山地の緑地にすみ、葉先に切りこみを入れてしおれさせ、残した主脈の上に静止します。食草の枯れ葉の上で3齢が越冬します。
- 24mm前後 ●北海道～屋久島 ●ほぼ一年中(1～4化) ●クズ、フジなど(マメ科)

成虫◆20～30mm / 主脈の上の若齢(クズ) 若齢

ホシミスジ
ユキヤナギやシモツケなど庭木をよく利用します。巣をつくり、3齢で越冬します。
- 24mm前後 ●本州～九州 ●春～秋(1～3化) ●シモツケ、ユキヤナギなど(バラ科)

成虫◆26～32mm

メスグロヒョウモン
平地から山地にすみ、主に夜活動します。
- 40～43mm ●北海道～九州
- 秋～翌初夏(1化) ●スミレ類(スミレ科)

背面の線は目立ちません。

成虫◆32～40mm

タテハチョウは、漢字で書くと「立羽蝶」などと書きます。成虫がはねをとじて立ててとまることから名づけられました。

タテハチョウ科 ②

*白バックの幼虫写真は、ほぼ実際の大きさです。

緑色の個体
かっ色の個体(背面)

イシガケチョウ
森林にすみ、林縁で見られます。若齢は、葉の先にふんをつづります。
●44mm前後 ●本州(紀伊半島以西)～南西諸島 ●九州では春～秋(4～5化) ●イヌビワ、イチジクなど(クワ科)

1齢の脱皮がら(頭部)
つづったふんと2齢

蛹

成虫◆28～33mm

スミナガシ
森林にすみ、林縁で見られます。中齢は、主脈を残し、葉片をぶら下げてかくれ家にします。終齢は葉の上にいます。
●55mm前後 ●本州～南西諸島 ●初夏～秋(2化) ●アワブキ、ヤンバルアワブキなど(アワブキ科)

成虫◆30～45mm

かくれ家 2齢

2齢とかくれ家

蛹

クロヒカゲ
平地から山地の林に生息し、うす暗い環境を好みます。ササ類の葉のうらをていねいにさがすと見つかります。2～4齢で越冬します。
●35mm前後 ●北海道～九州 ●ほぼ一年中(1～4化) ●メダケ、アズマネザサなど(イネ科)

成虫◆25～30mm

ヒカゲチョウ

頭部
やや明るい環境を好み、市街地の公園緑地にも生息します。
●35mm前後 ●本州～九州 ●ほぼ一年中(1～3化) ●メダケ、アズマネザサ、クマザサなど(イネ科)

成虫◆29～34mm

ゴマダラチョウ

夏型
春型
市街地の公園緑地にも生息します。葉の表に静止しています。冬は根もとの落ち葉のうらで越冬します。
●39mm前後 ●北海道西部～九州 ●ほぼ一年中(1～3化) ●エノキ、エゾエノキなど(アサ科)

成虫◆35～42mm

オオムラサキ
良好な雑木林にすむ大型種です。終齢は、初夏のころ、葉の上にはりつきますが目立ちません。食草の根もとの落ち葉のうらで4齢が越冬します。日本の国蝶です。
●57mm前後 ●北海道西部～九州 ●夏～翌初夏(1化) ●エノキ、エゾエノキなど(アサ科)

越冬幼虫

成虫◆45～60mm

LET'S TRY! 越冬幼虫をさがそう！
ゴマダラチョウとオオムラサキは、エノキの根もとの落ち葉のうらで越冬しています。関東をはじめとする本州では、移入種のアカボシゴマダラの幼虫も見つかります。たがいに似ていますが、体のとっきを見れば区別できます。
*幼虫は、実際の大きさの2倍に拡大

背面のとっきは4対 開く
オオムラサキ

背面のとっきは3対 開く
ゴマダラチョウ

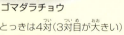

背面のとっきは4対(3対目が大きい) とじる
アカボシゴマダラ

落ち葉のうらで越冬するゴマダラチョウの幼虫

コムラサキ
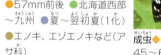
河原のヤナギ林や市街地のシダレヤナギで見つかります。葉の表にはりついているとなかなか見つかりません。主に3齢で越冬します。
●38mm前後 ●北海道～九州 ●ほぼ一年中(3～4化) ●バッコヤナギ、シダレヤナギなど(ヤナギ科)

葉にとまる幼虫
成虫◆30～40mm

分布を広げる移入種
関東地方でふつうに見られるアカボシゴマダラは、中国産の移入種です。1998年に神奈川県に定着し、駆除できないまま分布を広げています。

春型

アカボシゴマダラ
●40mm前後 ●本州(移入)、奄美群島 ●春～秋(4～5化) ●エノキなど(アサ科)
成虫◆40～53mm

●終齢幼虫の体長 ●分布 ●幼虫が見られる時期 ●幼虫の食べ物 ◆成虫の大きさ(前ばねの長さ)

 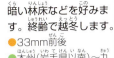  

ヒメジャノメ
平地から低山地の明るい緑地にすみ、市街地の公園緑地でも見られます。4齢で越冬します。頭部がネコの顔に似ていて人気があります。
- ●34mm前後
- ●北海道南部〜屋久島
- ●ほぼ一年中（2〜4化）
- ●ススキ、チヂミザサなど（イネ科）

成虫◆20〜26mm

コジャノメ
暗い林床などを好みます。終齢で越冬します。
- ●33mm前後
- ●本州（岩手県以南）〜九州
- ●ほぼ一年中（2〜3化）
- ●アシボソ、チヂミザサなど（イネ科）

成虫◆21〜26mm

ヒメウラナミジャノメ
平地から低山地の明るい緑地に生息します。夜行性で、昼間は根もとにひそむため、見つけにくい種です。
- ●24mm前後
- ●北海道〜屋久島
- ●ほぼ一年中（1〜4化）
- ●チヂミザサ、ススキなど（イネ科）

成虫◆16〜20mm

サトキマダラヒカゲ
雑木林にすみ、昼間は食草の根もと付近の葉のうらにいることが多く、夜間に活動します。
- ●41mm前後
- ●北海道〜九州
- ●初夏〜夏、秋〜翌春（1〜2化）
- ●メダケ、アズマネザサなど（イネ科）

頭部

ヤマキマダラヒカゲ
山地に多くすみ、サトキマダラヒカゲより細長く、赤みが強いです。
- ●41mm前後
- ●北海道〜屋久島
- ●初夏〜秋（1〜2化）
- ●ササ類（イネ科）

成虫◆30〜38mm

ジャノメチョウ
平地から山地にかけてすみ、ススキやチガヤを主体とした良好な草原を好みます。夜行性で、昼間は根もとにひそんでいます。
- ●38mm前後
- ●北海道〜九州
- ●秋〜翌初夏（1化）
- ●ススキ、ノガリヤスなど（イネ科）

成虫◆28〜35mm

蛹　　成虫◆30〜38mm

クロコノマチョウ
あたたかい地域の種です。平地から低山地で見つかり、ふつう、中齢まで群生します。頭部のもようは、個体によってちがいがあります。
- ●50mm前後
- ●本州〜屋久島
- ●初夏〜秋（2〜3化）
- ●ススキ、ジュズダマなど（イネ科）

秋型♂
成虫◆35〜40mm

テングチョウ
平地から山地にすみ、エノキ類の葉の上で見つかります。シロチョウ科（→p.60）に似た青虫型で、体の横の線は個体によってちがいがあります。
- ●25mm前後
- ●全国
- ●初夏（1〜2化）
- ●エノキ、エゾエノキなど（アサ科）

黒い線がある個体　　成虫◆21〜25mm

若齢の集団

若齢の集団

アサギマダラ
関東以西の山地に自生するキジョランでは、葉のうらで一年中見つかります。関東以北では、初夏以降に山地の林縁に多いイケマなどで見つかります。
- ●37〜41mm
- ●北海道南部〜南西諸島
- ●一年中（2〜4化）
- ●キジョラン、カモメヅル、イケマなど（キョウチクトウ科）

成虫◆55〜60mm

オオゴマダラ
沖縄地方の海岸周辺に自生するホウライカガミを食草とします。各地の昆虫しせつで最も飼育されているチョウです。
- ●53mm前後
- ●奄美群島（喜界島）以南
- ●一年中（多化）
- ●ホウライカガミ（キョウチクトウ科）

蛹　　成虫◆65〜75mm

ツマムラサキマダラ
海岸周辺の道ばたなどで見つかります。各地の昆虫しせつで飼育されています。マダラチョウのなかまは、有毒植物を食べて体内に毒をため、目立つ警告色をしています。
- ●50mm前後
- ●奄美群島以南
- ●一年中（多化）
- ●キョウチクトウ科、クワ科など

蛹　　成虫◆40〜50mm

国蝶とは、国を代表するチョウのことで、1957年に日本昆虫学会により、オオムラサキが国蝶として選ばれました

67

セセリチョウ科

ほとんどの種が、頭部と胴部（胴体）の間にはっきりとしたくびれがあり、体形や体色は似ていますが、頭部のもようは種によって特ちょうがあります。葉をつづり、巣をつくる習性があります。尾叉（→p.39）というとっきをもち、ふんを巣の外へ飛ばします。多くは巣内で帯蛹（→p.57）になります。

＊白バックの幼虫写真は、ほぼ実際の大きさです。

アオバセセリ
林にすむ大型種です。巣の形は発育とともに変わり、中齢ではまどのある特ちょう的な巣をつくります。巣から出て、葉を食べます。
- ●48mm前後 ●本州以南 ●初夏～秋（2～3化）
- ●アワブキ、ミヤマハハソなど（アワブキ科）

中齢の巣（ヤンバルアワブキ）

巣内で蛹になり、越冬します。

成虫◆24～26mm

蛹は白いろう物質でおおわれています。

ミヤマセセリ
平地から山地の林にすみます。葉を折り返して巣をつくり、意外に見つけにくい種です。秋に、巣とともに地上に落下して越冬し、早春に蛹化、羽化します。
- ●25mm前後 ●北海道～九州 ●初夏～冬（1化）
- ●コナラ、クヌギなど（ブナ科）

成虫◆17～19mm

カシワの葉でつくった巣

ダイミョウセセリ
緑地公園などでも見つかります。葉の一部を切って折り、糸でとめて巣にします。蛹室内で越冬します。
- ●20～25mm ●北海道南部～九州 ●初夏～翌春（2～3化）
- ●ヤマノイモなど（ヤマノイモ科）

成虫◆16～19mm

蛹

中齢の巣

ギンイチモンジセセリ
草地を好み、河原や牧場などで見つかります。葉を糸でとめ、つつ状にして中にひそみ、巣にした葉をはしから食べます。蛹室内で越冬します。
- ●28～35mm ●北海道～九州 ●初夏～翌春（2～3化）
- ●ススキ、オギなど（イネ科）

頭部

成虫◆14～16mm

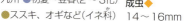
巣から頭部を出してススキの葉を食べる終齢

キマダラセセリ
雑木林周辺の明るい環境にすみ、葉を内側に合わせ、つつ状の巣をつくります。頭部のもようと腹部末端（肛上板）が黒っぽいことなどが特ちょうです。幼虫で越冬します。
- ●30mm前後 ●北海道中部～トカラ列島（中之島）
- ●初夏～翌春（2化）
- ●ススキなど（イネ科）

肛上板
頭部

成虫◆12～15mm

コチャバネセセリ
平地から山地までの緑地に広く生息します。前胸に黒いすじがあります。葉で蛹室をつくって切り落とし、地上で蛹化します。幼虫で越冬します。
- ●27mm前後 ●北海道～九州 ●初夏～翌春（3～4化）
- ●クマザサなど（イネ科）

頭部

成虫◆13～16mm

蛹室内の蛹

スズタケの葉でつくった巣

食痕

イチモンジセセリ
イネの害虫で「イネツトムシ」とよばれます。終齢は、数まいの葉をまとめてつづって巣にします。越冬ができるのは関東より南にかぎられます。幼虫で越冬します。
- ●33mm前後 ●北海道南部以南 ●初夏～翌春（2～3化）
- ●イネなど（イネ科）

頭部

成虫◆15～17mm

チャバネセセリ
河原や水田など開けた環境を好みます。葉のうらにかんたんな台座をつくって蛹化します。幼虫で越冬します。
- ●30～32mm ●本州以南（越冬は関東地方以南） ●初夏～翌春（3～4化）
- ●チガヤ、ススキなど（イネ科）

頭部

成虫◆15～17mm

ミヤマチャバネセセリ
河原など明るい草原に生息し、ススキやオギなどでよく見つかります。
- ●30～33mm ●本州～九州 ●初夏～秋（2化）
- ●ススキなど（イネ科）

頭部

成虫◆16～17mm

オオチャバネセセリ
平地から山地の明るい林縁部に生息します。頭部のもようは、イチモンジセセリとよく似ています。
- ●30～35mm ●北海道～九州 ●初夏～翌春（2化）
- ●アズマネザサ、チガヤなど（イネ科）

頭部

成虫◆16～18mm

イモムシの護身術——かくれる

子育て中の小鳥は、大量のイモムシや毛虫をつかまえて、ひなにあたえます。その小鳥たちの目をのがれるかのように、枝や葉などにそっくりな形や色、もようをもち、周囲の風景にとけこむ場所に目立たない姿勢でとまっている幼虫がいます。だれも食べない鳥のふんに似た幼虫もいます。

ひなにイモムシ（カバイロモクメシャチホコ→p.105）をあたえるシジュウカラ。子育て中に約1800頭のイモムシや毛虫をとらえたという報告があります。

下向きにとまっているウスキツバメエダシャクの終齢（→p.84）は、色も太さも、枝分かれしたつるにそっくりです。（ミツバアケビ）

カレハガ（→p.90）の終齢が、幹にはりついてとまっていると、樹皮と区別がつきません。（ソメイヨシノ）

ギンモンセダカモクメ（→p.135）は、食草のヨモギの花と同じもようの体で、花にまぎれこみます。（ヨモギの一種）

キマエアオシャク（→p.85）の終齢が枝先に静止していると、まるで新芽のように見えます。（クヌギ）

葉の上に、鳥のふんのようなキアゲハ（→p.58）の中齢が3頭とまっています。（セリ）

カギバガ科など ①

カギバガのなかまは、尾角があり、体形もずんぐりとしています。葉の上にいる種が多く、鳥のふんや枯れ葉に似ています。トガリバガのなかまは、イモムシ型で、正面から見ると頭部がハート形をしています。しげきすると尾脚をもち上げ、防御姿勢をとります。多くは葉を合わせた巣をつくります。

イカリモンガ
低山から山地にすみ、シダ類の葉を折り曲げて巣をつくります。巣の前後には出入り口があり、周囲の葉を食べると巣にもどってきます。
●イカリモンガ科 ●25mm前後 ●北海道〜九州 ●初夏〜晩秋（1〜2化）●ヒメシダ科、オシダ科、イノモトソウ科など

成虫◆19mm前後

巣（シダ類）

葉のうらから見た巣

ヒメハイイロカギバ
ゴマフリドクガ（→p.114）の幼虫に似ていますが、短い尾角があることで区別できます。クルミの木があれば、平地でも見られます。
●カギバガ科 ●10mm前後 ●北海道〜九州 ●初夏、秋（2化）●ノグルミ、オニグルミ（クルミ科）

成虫◆11〜16mm

ギンモンカギバ
ウスイロカギバに似ていますが、尾角が長いことで区別できます。体は茶かっ色でつやがあり、ぬれているように見えます。葉の表で体を曲げて静止しています。
●カギバガ科 ●20mm前後 ●北海道〜九州 ●初夏〜秋（3〜4化）●ヌルデ（ウルシ科）

静止する終齢（ヌルデ）

成虫◆15〜20mm

マエキカギバ
尾角はやや長く、腹部背面にうす茶色のひし形のもようがあります。静止中は腹端を上げています。しげきをあたえると、胸部をもち上げて反らせます。
●カギバガ科 ●15〜17mm ●北海道〜九州 ●初夏、秋（2化）●クリ、クヌギ、コナラなど（ブナ科）

葉にとまる終齢

成虫◆15〜19mm

ヤマトカギバ
平たい体を横に曲げて、葉の表に静止しています。平地の雑木林などで見つかります。
●カギバガ科 ●16〜18mm ●本州〜九州 ●初夏、秋（2化）●クリ、クヌギ、コナラなど（ブナ科）

亜終齢（コナラ）

成虫◆16〜19mm

ウスイロカギバ
体を曲げて葉の表に静止していると、鳥のふんのように見えます。葉の表面にX字形のきずをつけ、そこに糸をはいて中央部で蛹化します。
●カギバガ科 ●20mm前後 ●北海道〜九州 ●初夏〜秋（3〜4化）●ウルシ類（ウルシ科）

成虫◆14〜18mm

蛹

静止する終齢（ウルシ）

原寸

オガサワラカギバ
若齢は白黒のしまもようですが、終齢は、つやのある黒い体に白いもんが残る程度になります。長い尾角をもち、葉の表で体を曲げて静止しているすがたは、黒い樹液がたれているようにも見えます。
●カギバガ科 ●17mm前後 ●本州〜九州 ●初夏、秋（2化）●サワシバ、ツノハシバミ（カバノキ科）、オニグルミ（クルミ科）

尾角

亜終齢（オニグルミ）

成虫◆17〜20mm

オビカギバ
毛が目立ち、頭部に茶色と白の輪のようなもようがあります。葉をつづった巣のすき間から見ると、上下に色分けされた体は目立ちません。腹部末端に発音器官をもち、音で交信します。
●カギバガ科 ●20〜23mm ●北海道〜九州 ●初夏、秋（2化）●ヤシャブシ、ヤマハンノキなど（カバノキ科）

巣内の終齢（ヤマハンノキ）

成虫◆17〜23mm

フタテンシロカギバ
2まいの葉を合わせた巣をつくり、葉のうらの表皮を食べるので、食痕がすけて見えます。平地のミズキでよく見つかります。
●カギバガ科 ●15mm前後 ●北海道〜屋久島 ●初夏〜秋（3〜4化）●ミズキ、クマノミズキ（ミズキ科）

巣内の終齢

巣と食痕（ミズキ）
成虫◆12〜17mm

●科名 ●終齢幼虫の体長 ●分布 ●幼虫が見られる時期 ●幼虫の食べ物 ●成虫の大きさ（前ばねの長さ）

ウコンカギバ
先端が丸まった長いとっきをもちます。歩くときはとっきを広げ、葉の表に静止しているときは前後にたばねて枯れ枝のようになります。若齢は、越冬中も葉の表面を食べてゆっくり成長します。●カギバガ科 ●25mm前後 ●本州～九州 ●秋、晩秋～翌春（2化）●アカガシ、クヌギなど（ブナ科）

若齢（コナラ）

静止する終齢（シラカシ）

成虫◆17～24mm

蛹

マダラカギバ
平たい体を曲げて、葉の表に静止しています。しげきすると胸部をコブラのようにもち上げます。若齢で越冬し、小枝に台座をつくり、体を横に曲げて静止しています。●カギバガ科 ●30mm前後 ●北海道～屋久島 ●夏、秋～翌夏（2化）●ヤマボウシ、ミズキなど（ミズキ科）

越冬中の若齢（ミズキ）

幼虫（クマノミズキ）　しげきに反応した幼虫

成虫◆15～25mm

ヒトツメカギバ
食草の葉をつづって巣をつくります。頭部に2本の角があり、体は緑色で白いたてすじが走ります。若齢は、枝の分かれ目に糸で巣をつくり越冬します。●カギバガ科 ●23～25mm ●北海道～九州 ●夏、秋～翌初夏（3化）●ミズキ、クマノミズキ（ミズキ科）

巣内の亜終齢

蛹

越冬中の若齢

成虫◆17～25mm

ウスギヌカギバ
胸部の毛が目立ち、カレハガ科（→p.90）の幼虫に似ています。葉の表にいて、しげきすると「～」の波線符号のような姿勢をとります。若齢は葉の表で越冬し、あたたかい日は葉の表面を食べます。●カギバガ科 ●35mm前後 ●本州（関東以南）～屋久島、奄美大島、徳之島 ●夏、秋～翌初夏（3化）●アラカシ、コナラなど（ブナ科）

体を反らす亜終齢（アラカシ）

成虫◆15～23mm　越冬中の中齢（アラカシ）

スカシカギバ
黒と白の体を曲げて葉の表にいると、まるで鳥のふんです。カシ類の葉の上で越冬中の若齢は、表皮を食べます。食べかすをだんご状にして体につける習性をもちます。●カギバガ科 ●40mm前後 ●本州～沖縄島 ●夏、秋～翌初夏（3化）●シラカシ、クヌギなど（ブナ科）

終齢（アラカシ）

成虫◆22～30mm

若齢と食痕

ホシベッコウカギバ
体は緑色で、尾角は赤かっ色です。若齢で越冬し、食草の芽の近くに糸で台座をつくり、丸くなっています。葉のうらや枝などに尾端を糸で固定して蛹化します。●カギバガ科 ●20mm前後 ●本州～屋久島 ●夏～秋（3化）●ヤマボウシ、クマノミズキ（ミズキ科）

蛹

成虫◆14～21mm

アシベニカギバ
体色は個体によってちがいがあります。葉の上にいるときは尾端をもち上げています。若齢は、樹皮のわれ目や枝の分かれ目などで越冬します。●カギバガ科 ●30mm前後 ●北海道～九州 ●夏、秋～翌初夏（3化）●ガマズミ、サンゴジュなど（レンプクソウ科）

静止する終齢（ガマズミ）

成虫◆14～20mm

越冬中の若齢

クロスジカギバ
アシベニカギバの幼虫によく似ています。平地に多く、生けがきなどでも見つかります。体色は個体によってちがいます。●カギバガ科 ●35mm前後 ●北海道～九州 ●夏、秋～翌初夏（3化）●ガマズミ、サンゴジュなど（レンプクソウ科）

成虫◆18～21mm

アカウラカギバ
背面にくっきりとしたたてすじがあり、長い尾角をもちます。灰かっ色から暗かっ色まで、体色は個体によってちがいます。●カギバガ科 ●32～35mm ●本州～南西諸島 ●晩春～秋、晩秋～翌春（3化）●ユズリハ、ヒメユズリハ（ユズリハ科）

蛹

静止する終齢（ユズリハ）

成虫◆17～24mm

イカリモンガ科は、日本で2種が知られています。漢字で「錨紋蛾」と書き、成虫のはねに錨（船をとめておくための重り）のようなもようがあります。

カギバガ科など ②

＊白バックの幼虫写真は、ほぼ実際の大きさです。

オオカギバ
低山の暗い沢ぞいなどで見つかります。中齢までは葉のうらに群れています。終齢になると、葉の表にいて、葉を食べていないときは、地面近くにいることが多くなります。
●カギバガ科 ●40mm前後 ●北海道〜屋久島 ●初夏、秋(2化) ●ウリノキ(ミズキ科)

成虫◆25〜36mm　ウリノキを食べる終齢

ギンスジカギバ
山地の暗い沢ぞいなどで見つかります。若齢は黄色く、葉のうらに群れています。頭部にある1対(2つ)の黒いもんが特ちょうです。
●カギバガ科 ●23〜25mm ●北海道〜屋久島 ●初夏、秋(2化) ●ウリノキ(ミズキ科)

若齢(ウリノキ)　成虫◆13〜17mm

キマダラトガリバ
ブナ林の下生えに多いオオカメノキの実が赤く色づく秋、幼虫が見られるようになります。若齢は緑色で葉のうらにいます。終齢は茶かっ色で、枝にいます。
●カギバガ科 ●30mm前後 ●北海道〜九州 ●秋(1化) ●オオカメノキ(レンプクソウ科)

成虫◆17〜22mm

モントガリバ
葉の表で体を横に曲げて静止しています。終齢の体色は、赤茶からこげ茶色まで、個体によってちがいます。亜終齢までは胸部後方と体の横が白く、全体にうっすらと緑色を帯びて、鳥のふんに似ています。
●カギバガ科 ●35mm前後 ●北海道〜屋久島、奄美大島、徳之島、沖縄島 ●初夏、秋(2〜3化) ●キイチゴ類(バラ科)

成虫◆16〜19mm

中齢(モミジイチゴ)　終齢(キイチゴ)

アヤトガリバ
葉の上にいると、茶かっ色の体が枯れ葉のように見えます。腹部に大きな白いもんがあります。
●カギバガ科 ●37mm前後 ●北海道〜九州 ●初夏、秋(2化) ●カジイチゴなど(バラ科)

終齢(モミジイチゴ)　成虫◆17〜20mm

オオアヤトガリバ
アヤトガリバに似ていますが体色がこく、ほとんど黒色の個体もいます。食草の葉の表にいます。あたたかい地域では幼虫で越冬します。
●カギバガ科 ●45mm前後 ●本州〜屋久島、奄美大島、徳之島、沖縄島 ●初夏、秋(2化) ●クサイチゴ、ノイバラなど(バラ科)

成虫◆21〜24mm

タマヌキトガリバ
山地性の種で、カバノキ科の木が生える森にすんでいます。2まいの葉を重ねて巣をつくります。
●カギバガ科 ●30〜35mm ●北海道〜四国 ●夏(1化) ●シラカンバ、ダケカンバ(カバノキ科)

成虫◆14〜19mm

ウスベニトガリバ
山地性の種で、葉をつづって巣をつくります。亜終齢までは白い体で、終齢になると背面が灰かっ色になります。
●カギバガ科 ●45mm前後 ●本州〜九州 ●春(1化) ●ミズキ(ミズキ科)

成虫◆21〜23mm

亜終齢　終齢　巣内の幼虫集団(ミズキ)

オオマエベニトガリバ
葉を合わせた巣をつくります。亜終齢までは胸部と腹端に黒いもんをもち、終齢は白黒のしまもようになります。低山から山地で見つかります。
●カギバガ科 ●45mm前後 ●北海道〜九州 ●初夏、秋(2化) ●ソメイヨシノ、ナナカマドなど(バラ科)

成虫◆19〜25mm　アズキナシで採集した亜終齢

オオバトガリバ
体色やもようは、個体によってちがいます。食草の葉をつづって中にひそみます。
●カギバガ科 ●45mm前後 ●北海道〜九州 ●初夏、秋(2化) ●クヌギ、ミズナラ(ブナ科)

成虫◆20〜23mm

ムラサキトガリバ
平地の雑木林でふつうに見られます。体は半とうめいで体内がすけて見えます。胸脚も腹脚も白く、頭部はオレンジ色です。
●カギバガ科 ●30〜35mm ●北海道〜九州 ●春(1化) ●アカガシ、カシワなど(ブナ科)

成虫◆14〜17mm

ギンモントガリバ
山地性の種で、口の周り、前胸の背面が黒いのが特ちょうです。●カギバガ科 ●35〜40mm ●北海道〜九州 ●初夏、秋(2化) ●ケヤキ(ニレ科)、シナノキ(アオイ科)、クマシデ(カバノキ科)

成虫◆17〜22mm

終齢(ケヤキ)

ネグロトガリバ
葉をつづって巣をつくります。中齢までの体色は黄色です。●カギバガ科 ●35〜40mm ●北海道〜九州 ●夏(1化) ●オニグルミ(クルミ科)

中齢

成虫◆17〜22mm

中齢の巣(オニグルミ)

終齢(オニグルミ)

マユミトガリバ
春、平地の雑木林で葉をつづった巣をよく見かけます。食草がマユミだとあやまって考えられていたため、この名前がつきました。●カギバガ科 ●30〜35mm ●北海道〜九州 ●春(1化) ●クヌギ、コナラなど(ブナ科)

成虫◆16〜18mm

巣内の終齢(コナラ)

若齢(クヌギ)

蛹

ホシボシトガリバ
平地の雑木林で見つかります。葉をつづって巣をつくります。●カギバガ科 ●30〜35mm ●北海道〜九州 ●春(1化) ●クヌギ、ミズナラなど(ブナ科)

蛹

成虫◆16〜17mm

巣(コナラ)

巣内の終齢(コナラ)

サカハチトガリバ
葉を重ねたかんたんな巣をつくりますが、よく葉の表にいます。黄色と灰色のたてじまように黒いもんがならぶはでな色彩は、ハバチ類(→p.74)の幼虫を連想させます。●カギバガ科 ●35〜40mm ●北海道〜九州 ●春(1化) ●アカガシ、コナラなど(ブナ科)

成虫◆19〜22mm

静止する終齢(コナラ)

タケウチトガリバ
山地の林縁などにすみます。1本の木でたくさんの幼虫が見つかることが多く、亜終齢までは緑色の体色で葉のうらにいます。終齢の体色は、個体によってちがいます。●カギバガ科 ●30mm前後 ●北海道〜九州 ●夏(1化) ●ミズキ(ミズキ科)

白っぽい終齢(ミズキ)

成虫◆13〜16mm

蛹

拡大

アゲハモドキ
長く発達した、ろう状の物質が全身をおおっています。葉のうらに1頭ずついて、よく目立ちます。●アゲハモドキガ科 ●35mm前後 ●北海道〜九州 ●夏、秋(2化) ●ヤマボウシ、ミズキなど(ミズキ科)

まゆの中の蛹

成虫◆17〜21mm

キンモンガ
偏食家でリョウブしか食べません。若齢は新芽に多く見られます。体は白いろう状の物質でうっすらとおおわれています。●アゲハモドキガ科 ●15mm前後 ●本州〜九州 ●夏、秋(2化) ●リョウブ(リョウブ科)

リョウブのつぼみを食べる終齢

成虫◆8〜11mm

フジキオビ
ろう状の物質が全身をおおい、特に胸部で発達します。ふ化した幼虫は葉脈にそって移動し、ろう状の物質が白く残ります。●アゲハモドキガ科 ●25mm前後 ●本州〜九州 ●夏(1化) ●ナツツバキ(ツバキ科)

成虫◆14〜16mm

若齢
若齢と白く残ったあと(ナツツバキ)

アゲハモドキガ科の幼虫は、体表が白いろう状物質でおおわれていることが特ちょうです。日本では3種が知られています。

ツバメガ科

ツバメガ科は小型種が多いグループで、まだ生態がよくわかっていない種もいます。フタオガのなかまはレンプクソウ科の植物を食べるものが多く、ギンツバメガのなかまは、猛毒のキョウチクトウ科の植物を食べます。

ギンツバメ
河川じきや林縁などにすみ、動きはゆっくりです。若齢は、アサギマダラ(→p.67)のように葉のうらから円形状にかんで、その内側の表皮を食べます。中齢以降は、葉脈をかんで乳液を止めてから葉を食べます。
●14〜16mm ●北海道〜九州 ●春〜初夏(2化) ●ガガイモなど(キョウチクトウ科)

成虫◆16〜18mm

若齢と食痕(ガガイモ)

クロホシフタオ
丘陵地から低山の林縁などにすみ、花や葉を食べます。体はあわい黄白色で、ならんだ黒点の所から先の丸い刺毛が生えています。
●15mm前後 ●北海道〜九州 ●初夏〜秋(数化) ●ムラサキヤシオの花(ツツジ科)、ガマズミなど(レンプクソウ科)

成虫◆12〜14mm　幼虫(ムラサキヤシオ)

キスジシロフタオ
山地にすみます。新葉を主脈で折ってふくろ状につづり、中にひそんで表皮を食べます。
●15mm前後 ●北海道〜沖縄島 ●春〜初夏(1化) ●ユズリハ、ヒメユズリハ(ユズリハ科)

成虫◆11〜12mm

蛹

巣(ヒメユズリハ)　巣内の終齢

■イモムシ・毛虫のそっくりさん？大集合！

幼虫をさがしていると、チョウやガの幼虫にそっくりな、別のグループ(目)に属する幼虫たちをよく目にします。特に多いのがハチ目のハバチ類です。

ハバチ類・コンボウハバチ類(ハチ目)
多くの種がいて、さまざまな植物で見つかります。群れる種も多く、単独でくらす種は丸くなって静止します。有毒種やくさい液体をふき出す種がいるため、トガリバ類(→p.72)などはハバチ類に擬態しています。

原寸
1対(2こ)の個眼
腹脚は、尾脚をのぞき、ふつう5〜7対あります。
ホシアシブトハバチ

アケビコンボウハバチ

ヒラタハバチ類(ハチ目)
触角が長いのが特ちょうで、さまざまな植物の葉をまいて巣をつくり、中にひそみます。携帯巣をつくって移動する種もいます。

ヒラタハバチの一種

ヒラタアブ類(ハエ目)
頭部が前胸の中にかくれていて、外からは見えません。かま状の大あごでアブラムシなどを捕食するため、葉のうらや枝にいます。シジミチョウ科(→p.62)など、小型種で似ているものがいます。

ヒラタアブの一種

ゾウムシ類(コウチュウ目)
シジミチョウ科の幼虫に似ていますが、胸脚はなく、頭部は前胸にかくれることなく、背面側から見えます。

オオタコゾウムシ

コガネムシ類(コウチュウ目)
腐葉土やくち木など、土の中で見つかることから「地虫」とよばれています。

カブトムシ

原寸
腹脚や尾脚はありません。

シャクガ科 ①

多くの種で第3〜5腹節の腹脚は退化して、第6腹節の腹脚と尾脚が発達しています。歩くようすが、指で長さ（尺）をはかる（取る）ように見えることから「尺取虫」とよばれます。体色は緑からかっ色まで変異のある種が多く、季節によって色が変わる種もいます。

＊日本に生息する種は9亜科に分けられています。この図鑑では6亜科を紹介しています。

枝にとまる
オオバナミガタエダシャク（→p.79）体の色や形は、枝にそっくりです。

胸脚
胸脚をとじて、腹脚と尾脚だけでとまっていることもあります。

第3腹節
第4腹節
第5腹節
第6腹節
腹脚
尾脚

■ エダシャク亜科（→p.76〜84）
中型から大型種が多く、はでな体色のものや、とっきをもつものがいます。

コヨツメエダシャク（→p.79）

■ フユシャク亜科（→p.84）
第5腹節に小さな腹脚があります。幼虫は、春に新葉で見られます。

ウスバフユシャク（→p.84）

■ ホシシャク亜科（→p.84）
日本にはホシシャク1種しかいません。集団で糸の巣をつくります。

ホシシャク（→p.84）

歩くトンボエダシャク（→p.77）
歩くときに体を曲げるすがたが、輪（ループ）をえがくことから、ルーパー型の幼虫ともよばれます。

■ アオシャク亜科（→p.85〜87）
新芽や葉に似た種が多くふくまれます。あたたかい地域に多いグループです。

カギシロスジアオシャク（→p.85）

■ ヒメシャク亜科（→p.87）
小型で外見の似た種が多く、区別がむずかしいグループです。多くは草を食べます。

ベニスジヒメシャク（→p.87）

■ ナミシャク亜科（→p.87〜89）
330種以上が知られています。花や種子を食べるものもいます。

テンオビナミシャク（→p.88）

シャクガ科は、日本で860種以上が知られています。

シャクガ科 ② [エダシャク亜科]

＊白バックの幼虫写真は、ほぼ実際の大きさです。

ヒトスジマダラエダシャク
人里周辺にすみ、庭木などでも見られる身近な種です。マユミでよく発生し、成熟すると地面におりて、落ち葉の下などで蛹化します。
- ●28～32mm
- ●北海道～九州
- ●夏～晩秋（2～3化）
- ●マユミ、ニシキギなど（ニシキギ科）

頭部

蛹　成虫◆16～21mm

ユウマダラエダシャク
平地から低山地に見られ、市街地のマサキの生けがきによく発生します。中齢で越冬します。
- ●28～37mm
- ●全国
- ●秋～翌初夏、夏～秋（2～3化）
- ●マサキなど（ニシキギ科）

頭部

蛹

成虫◆20～25mm

ヤマトエダシャク
平地の雑木林などにすみ、カシ類の枝先で見つかりますが、あまり多くありません。亜終齢では、側面にならんだ黒い点が目立ちます。
- ●22～37mm
- ●本州～南西諸島
- ●秋～翌春、夏～秋（2化）
- ●カシ類、クヌギ（ブナ科）

成虫◆15～18mm

ウスフタスジシロエダシャク
山地でよく見られます。枝よりも、葉の表にとまっていることが多く、近縁のバラシロエダシャク（未掲載）の幼虫とよく似ています。
- ●27mm前後
- ●北海道～九州
- ●初夏、夏～秋（2化）
- ●サクラ類、ズミなど（バラ科）

成虫◆12～14mm

オオゴマダラエダシャク
丘陵地の良好な里山にすみ、カキノキ類の枝先で見つかります。ふれると、胸部をふくらませて威嚇をします。
- ●50～60mm
- ●本州～九州
- ●夏～秋（2化）
- ●カキノキなど（カキノキ科）

威嚇する幼虫　成虫◆32～37mm

フタオビシロエダシャク
山地性で高原や湿原などにすみ、ズミの新葉でよく見つかります。背中のすじが目立ちます。
- ●21～24mm
- ●本州、四国
- ●夏～秋（2化）
- ●ズミ（バラ科）

頭部　成虫◆12mm前後

ニッコウキエダシャク
平地から山地の落葉広葉樹林に生息します。サワフタギの葉の上で見られます。
- ●15mm前後
- ●本州～九州
- ●春（1化）
- ●サワフタギ（ハイノキ科）

拡大　成虫◆13～15mm

ツマジロエダシャク
平地から低山地に生息し、市街地の緑地公園でも見られます。中齢はクスノキの葉柄にそっくりです。終齢では、かっ色型があり、幹にかくれます。
- ●38mm前後
- ●本州～南西諸島
- ●一年中（数化）
- ●クスノキ（クスノキ科）、オガタマノキ（モクレン科）など

かっ色型　緑色型

成虫◆15～17mm

ウスアオエダシャク
平地から山地にすむ、身近な種です。落葉性のブナ科の植物の葉の上で見つかります。
- ●25～30mm
- ●北海道～九州
- ●初夏、夏～秋（1～2化）
- ●クヌギ、コナラ、ミズナラなど（ブナ科）

頭部　成虫◆13mm前後

マエキオエダシャク
平地でよく見つかる種です。公園や庭に植えられたイヌツゲに多く見られ、ふれると落下して、糸でぶら下がります。
- ●25～30mm
- ●本州～南西諸島
- ●夏、秋（2化）
- ●イヌツゲ、クロガネモチなど（モチノキ科）

成虫◆13～15mm

若齢（イヌツゲ）

後胸と第1腹節はふくらむ
終齢（イヌツゲ）

幹にかくれる終齢（クスノキ）

フタテンオエダシャク
平地から山地にすみます。道ばたや林縁に生えたネムノキの枝や幹に、はりつくように静止しています。蛹で越冬します。
- ●23～25mm
- ●北海道～トカラ列島
- ●夏（2化）
- ●ネムノキ（マメ科）

幹にはりついた終齢

頭部　蛹　成虫◆15mm前後

●終齢幼虫の体長　●分布　●幼虫が見られる時期　●幼虫の食べ物　◆成虫の大きさ（前ばねの長さ）

ハグルマエダシャク
平地から山地にすみます。春、松林の中のソヨゴや林縁のイヌツゲなどで見つかり、新葉を食べます。●18～22mm ●北海道～屋久島 ●春～初夏（1化）●イヌツゲ、ソヨゴなど（モチノキ科）

頭部　蛹　成虫◆16～19mm

アベリアハグルマエダシャク
山地にすみます。春に林縁などに生えたウグイスカグラなどの新葉で見つかります。ハグルマエダシャクによく似ています。●20～25mm ●本州～屋久島 ●春～初夏（1化）●ウグイスカグラ、ツクバネウツギなど（スイカズラ科）

頭部はあわい黄かっ色　蛹

成虫◆14～16mm

クロハグルマエダシャク
平地から丘陵地にすみます。早春、新葉を好んで食べ、成熟すると地上におり、土のつぶをつづって蛹化します。●20～25mm ●北海道（南部）～南西諸島 ●早春、夏（1～2化）●クロガネモチ、イヌツゲなど（モチノキ科）

頭部の左右にうすい茶色のもん

成虫◆14～16mm

小さな腹脚

トンボエダシャク
平地から山地の緑地でふつうに見られます。初夏、葉やつるにとまっています。体に黒いブロック状のもようがあります。●40mm前後 ●北海道～九州 ●春～初夏（1化）●ツルウメモドキ（ニシキギ科）

蛹化直後の蛹

成虫◆25～27mm

ヒロオビトンボエダシャク
トンボエダシャクよりやや山地性で、林縁などで見られます。体の黒いもようが細かいことで、見分けられます。●40mm前後 ●北海道～九州 ●春～初夏（1化）●ツルウメモドキ（ニシキギ科）

成虫◆25～27mm

ウメエダシャク
平地から低山地の公園や果樹園などにすみます。初夏に多い身近な尺取虫です。頭部に白い線があります。●35～50mm ●北海道～九州 ●春～初夏（1化）●バラ科、ニシキギ科、エゴノキ科など

成虫◆22～24mm

キシタエダシャク
山地にすむツツジの害虫です。はんもんがヒョウモンエダシャクに似た個体もいますが、第6腹脚の刺毛（→p.10）は5本で区別できます。●30mm前後 ●北海道～九州 ●初夏（1化）●アセビ、ツツジ類（ツツジ科）

成虫◆18～23mm

ナカウスエダシャク
低地から山地でふつうに見られます。新葉も食べますが、古い葉も好み、枝にはりついて静止しています。ふれると落下し、ぼう状になってぶら下がります。●33～37mm ●北海道（南部）～屋久島、奄美大島、徳之島 ●秋～翌初夏、夏～秋（2化）●さまざまな草木、シダ類

小さなとっき

成虫◆15～17mm
枝にはりついた終齢（ムラサキシキブ）

フタヤマエダシャク
平地の緑地公園や丘陵地にすみます。葉のつけ根にかくれていると、枝に擬態しているため、見つけにくい種です。幼虫で越冬します。●35mm前後 ●北海道～九州 ●秋～翌初夏、夏～秋（2化）●アカマツ（マツ科）

成虫◆16～18mm

葉のつけ根にかくれている終齢（アカマツ）

ヒョウモンエダシャク
丘陵地から山地の林で見られ、初夏、新葉を好んで食べます。黒いもんの発達の程度や体色は、個体によってちがいがあります。●40mm前後 ●北海道～屋久島（1化）●アセビ、レンゲツツジなど（ツツジ科）

第6腹脚の刺毛は7本

成虫◆23～28mm

クロクモエダシャク
平地から低山地に生息し、公園緑地にもいますが、葉に擬態していて見つけにくい種です。かっ色型もいて幼虫で越冬します。●40mm前後 ●北海道（南部）～九州、奄美大島 ●一年中（2～3化）●ヒノキ、サワラなど（ヒノキ科）

成虫◆20～22mm

マルバトビスジエダシャク
山地にすみます。富士山の近くの山梨県梨ヶ原で、サワグルミの葉にいた幼虫を採集し、サワグルミで飼育しました。●31mm前後 ●本州～九州 ●初夏（1化）●サワグルミ（クルミ科）、ハルニレ（ニレ科）で飼育可能

頭部
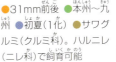
成虫◆16～17mm

ユウマダラエダシャクはマサキに、ヒョウモンエダシャクはアセビにふくまれる有毒物質を食べて体内に取り入れ、身を守るために利用しています。

77

シャクガ科 ③ [エダシャク亜科]

*白バックの幼虫写真は、ほぼ実際の大きさです。

第1腹節のとっき

1対(2こ)のこぶ　緑色型　かっ色型

フタキスジエダシャク
山地性で、食草の枝先で見つかります。第1腹節にある1対(2本)の赤いとっきを上下によく動かします。
- ●45mm前後 ●北海道～九州 ●初夏～夏(1化)
- ●マメザクラ、ズミ、アズキナシなど(バラ科)
- 成虫◆30～31mm

枝で静止する終齢(サクラ)

マツオエダシャク
低山から山地にすみます。背にV字形のもんがならび、色彩のこさは、個体によってちがいがあります。針葉樹を食べるタイプと広葉樹を食べるタイプがいます。
- ●33～40mm ●北海道～屋久島 ●夏、秋～翌初夏(2化) ●マツ科、ブナ科、アジサイ科など

頭部　蛹　成虫◆19～27mm

ヤクシマフトスジエダシャク
あたたかい地域の種で、照葉樹林にすみます。九州では、住宅地のイヌマキなどでもよく発生します。
- ●35～40mm ●本州～南西諸島 ●春～夏(2化以上)
- ●マキ科、ムクロジ科、キク科、クスノキ科など
- 成虫◆20～21mm

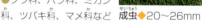
緑色型　かっ色型

フトフタオビエダシャク
林縁などでふつうに見られ、葉の上などで前脚と中脚をちぢめてまっすぐに静止しています。色彩やはんもんは個体によってちがい、さまざまです。
- ●30～35mm ●北海道～屋久島 ●春～秋(2～3化) ●さまざまな草木
- 成虫◆16～22mm

葉の上で静止する終齢(イタドリ)

セブトエダシャク
平地から山地に広く分布し、さまざまな木の葉を食べます。リンゴの害虫ですが、近年では、被害はそれほど多くありません。
- ●40mm前後 ●北海道～奄美大島 ●初夏～秋(2～3化) ●バラ科、クルミ科、ヤナギ科、トウダイグサ科など

頭部は三角形で背面にすじがあります。
成虫◆20～24mm

ヨモギエダシャク
平地から山地にすむ、見かける機会の多い大型種です。体の大きさや色彩は、個体によってちがいがあります。
- ●40～60mm ●北海道～奄美大島 ●春～秋(数化) ●クワ科、バラ科、ミカン科、ツバキ科、マメ科など
- 成虫◆20～26mm

ホシミスジエダシャク
平地から山地にすみ食草の上で見つかります。春に育つ世代は若葉を食べ、秋の世代は花芽を好んで食べます。育つ時期や環境により、体色は変化します。
- ●30mm前後 ●本州～九州、奄美大島、沖縄諸島 ●ほぼ一年中(数化) ●シロダモ、アブラチャン(クスノキ科)
- 成虫◆22～24mm

秋の世代

花芽に擬態した終齢(シロダモ)

マエモンキエダシャク
低山から山地にすみます。体のもようや色彩は食草の細い枝にそっくりで、体をのばして静止します。
- ●25mm前後 ●北海道～九州 ●春～夏(1～2化) ●シラビソ、モミ(マツ科)
- 成虫◆11.5～15mm

細い枝に擬態した終齢(モミ)

オオトビスジエダシャク
草地や林でふつうに見られます。中胸に黒いもんがありますが、色彩やはんもんは、個体によってちがいが多く、暗い色の個体では、はっきりしません。
- ●28～35mm ●全国 ●春～秋(2化以上) ●さまざまな草木

頭部
成虫◆15～26mm

ナミガタエダシャク
頭部
人里周辺にふつうにすむ種です。林縁や庭などに生えたイヌツゲなどでよく見つかります。
- ●27～30mm ●北海道～九州 ●夏～翌春(1～2化) ●ブナ科、バラ科、ツバキ科、モチノキ科など
- 蛹　成虫◆19～21mm ♀

夏型
背中のこぶが発達した春型(越冬型)

ハミスジエダシャク
平地から山地の林にすみます。越冬型の幼虫は第2腹節背面の1対(2こ)のこぶが目立ちます。枝によく似ていて、見つけにくい種です。
●40〜50mm ●北海道〜九州 ●秋〜翌春、夏〜秋(2化) ●ブナ科、バラ科、ミズキ科など

越冬中の中齢(コナラ)

成虫◆20〜33mm

ヒロバウスアオエダシャク
照葉樹林でよく見つかる種です。昼、細枝などに静止するすがたは、枝によく似ています。
●43〜50mm ●本州〜屋久島 ●秋〜翌初夏(2化) ●アラカシ、ウバメガシなど(ブナ科)、シデコブシ(モクレン科)

成虫◆22〜24mm

ヒロオビオオエダシャク
山地の落葉広葉樹林に生息します。葉の表の葉柄にとまり、体をななめにもち上げた静止ポーズをとります。
●45mm前後 ●北海道〜屋久島 ●初夏、夏〜秋(2化) ●ダンコウバイ、オオバクロモジ(クスノキ科)

成虫◆35〜40mm

またの名は「土びんわり」
エダシャク類の幼虫は、枝にそっくりなものが多いです。昔の人が水とうがわりの土びんを枝に引っかけようとしたところ、まちがって幼虫にかけて、落としてわってしまったことから、エダシャク類の幼虫を「土びんわり」ともよびます。

枝にそっくりなフトフタオビエダシャクの終齢

オオバナミガタエダシャク
落葉広葉樹林にすみます。ハミスジエダシャクによく似ていますが、体表がざらついていて、ごつごつしています。幼虫で越冬します。
●45〜55mm ●北海道〜九州 ●秋〜翌春、夏〜秋(2化) ●ブナ科、バラ科、ヤナギ科、カバノキ科など

成虫◆23〜30mm

ニセオレクギエダシャク
平地の公園などでもふつうに見られ、枯れ枝に似ています。枯れ葉や枯れ枝、樹皮を好んで食べます。
●26〜35mm ●北海道〜九州 ●夏、秋〜翌春(2化) ●ヒノキ科、ツツジ科、ツバキ科など

頭部
成虫◆13〜19mm

ふくれた後胸と第1腹節

若齢

ヨツメエダシャク
丘陵地から山地にすみます。後胸と第1腹節がボール状にふくれ、体表にざらざらしたつぶがあります。終齢になると、昼間は葉柄近くで静止しています。
●46〜55mm ●北海道〜九州 ●初夏、夏〜秋(2化) ●オニグルミ(クルミ科)など

中齢と食痕(オニグルミ)
成虫◆25〜28mm

トビネオオエダシャク
低山地から山地の林縁部で見られます。似たもようや色彩をもつ種の中では最も大型で、秋は、特に目につきます。
●50〜55mm ●北海道〜九州 ●初夏、夏〜秋(2化) ●バラ科、ニシキギ科、ヤナギ科、ウコギ科など

成虫◆24〜33mm

第2腹節のこぶ

ウスバミスジエダシャク
山地にすみ、林道ぞいなどでよく見つかります。体をのばし、葉のうらや枝で静止しています。
●40〜51mm ●北海道〜屋久島 ●初夏〜秋(2〜3化) ●針葉樹以外のさまざまな木

成虫◆19〜24mm

チャノウンモンエダシャク
平地から低山地の照葉樹林や落葉広葉樹林に生息します。かっ色でなめらかな体表に細かいもようがあります。体色のこさは、個体によってちがいがあります。
●45mm前後 ●本州〜九州、奄美大島、沖縄島 ●初夏、夏〜秋(2化) ●バラ科、ブナ科、ヤナギ科、ツバキ科など

成虫◆16〜27mm

とっき

コヨツメエダシャク
平地から山地の林に生息します。ヨツメエダシャクに似ていますが、第1と第4腹節にそれぞれ大きな1対(2こ)のとっきがあります。
●30〜50mm ●北海道〜九州 ●初夏、夏〜秋(2化) ●ズミ、リンゴ、カマツカ、アズキナシ(バラ科)

成虫◆23〜25mm

リンゴツノエダシャク
平地から山地にかけてふつうに生息しますが、見つけにくい種です。体色は個体によってちがいがあり、腹部の背に小さなとっきがならびます。秋に育つ個体は大型になります。
●55〜60mm ●北海道〜九州、奄美大島 ●初夏、夏〜秋(2化) ●さまざまな草木

成虫◆22〜30mm　終齢(クチナシ)

エダシャク亜科は、世界では9800種以上、日本だけでも300種以上が知られています。

シャクガ科 ④ [エダシャク亜科]

＊白バックの幼虫写真は、ほぼ実際の大きさです。

こぶ

ヒロバフユエダシャク
丘陵地から山地にすみ、サクラ類などで見つかります。第2腹節の横がこぶ状にふくらんでいます。体色は、個体によってちがいます。
●25〜30mm ●本州、九州 ●春(1化) ●カバノキ科、ブナ科、バラ科など

成虫◆♂16〜20mm、♀3mm前後(はねは縮小)

チャマダラエダシャク
山地性の種で高原や樹林にすみ、林縁などで見つかります。若齢は胸部から腹部の前部にかけてふくれています。●60mm前後 ●北海道〜九州 ●初夏(1化) ●クスノキ科、モクレン科、ウルシ科

若齢(ホオノキ) 成虫◆37〜42mm

キマダラツバメエダシャク
山地の林縁などにすみ、ブドウ科の茎や葉のうらにぶら下がるようにつかまります。
●38〜50mm ●北海道〜屋久島、沖縄島、石垣島 ●夏〜秋(2化) ●ヤマブドウ、ノブドウ、ツタ(ブドウ科)

成虫◆27〜33mm 葉のうらにぶら下がる幼虫(ツタ)

とっき

トギレフユエダシャク
低山から山地にすみます。ハスオビエダシャクに似ていて、第8腹節の背に小さなとっきがあります。
●27〜35mm ●北海道、本州、九州 ●春〜初夏(1化) ●カバノキ科、ブナ科、バラ科、アケビ科など

蛹

成虫◆♂14〜17mm、♀5〜6mm(はねは縮小)

体色はさまざま

チャバネフユエダシャク
落葉広葉樹林に生息します。新緑のころ、樹木の低い枝先の葉の表などで、ふつうに見られます。体色は、個体によって差があります。
●35〜40mm ●北海道〜九州、沖縄島 ●春〜初夏(1化) ●さまざまな樹木

成虫◆♂21〜24mm、♀はねはなく、体長11〜13mm

シロトゲエダシャク
平地から山地の落葉広葉樹林に生息します。新緑のころに、いろいろな樹木で見られます。刺毛(→p.10)が目立ち、体色は、個体によってさまざまです。
●40〜45mm ●北海道〜九州 ●春〜初夏(1化) ●さまざまな広葉樹

刺毛

成虫◆♂18〜24mm、♀2mm前後(はねは縮小)

 拡大

クロスジフユエダシャク
落葉広葉樹林に生息します。新緑のころに、葉をつづった巣で見つかります。体色は、個体によってちがいがあり、背にたてじまがあらわれる個体もいます。
●20mm前後 ●北海道〜九州 ●春〜初夏(1化) ●ブナ科、ムクロジ科

成虫◆♂14〜17mm、♀2.5mm前後(はねは縮小)

頭部

オオチャバネフユエダシャク
山地の針葉樹林にすみ、軽井沢、富士山、日光湯元などのカラマツ林で、よく見つかります。●27〜35mm ●北海道〜四国 ●初夏(1化) ●モミ、シラビソ、カラマツなど(マツ科)

成虫◆♂21〜26mm、♀はねはなく、体長9〜12mm

フチグロトゲエダシャク
平地の河川じき、土手、草地など明るく開けた環境で見つかります。ヨモギなどの草を好み、体色は、個体によってちがいがあります。
●37〜43mm ●北海道〜九州 ●晩春(1化) ●タデ科、キク科、バラ科、マメ科など(主に草本類)

交尾をするメス(左)とオス(右)

成虫◆♂12〜18mm、♀はねはなく、体長11mm前後

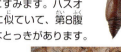

カバシタムクゲエダシャク
河川じきなどかぎられた所にすみます。川岸の林床や林縁の食草で見つかり、1齢は地面にせっするような小さな株で見つかります。
●35〜40mm ●本州 ●春(1化) ●ツルウメモドキなど(ニシキギ科)

成虫◆♂15〜18mm、♀2〜3mm(はねは縮小) 1齢(ニシキギ)

オカモトトゲエダシャク
平地から山地の林にすみます。新緑のころ、さまざまな樹木の枝先で見つかります。体を丸めた独特のポーズで鳥のふんに擬態します。●35〜40mm ●北海道〜九州 ●春〜初夏(1化) ●さまざまな樹木

成虫◆20〜22mm

鳥のふんのような幼虫(コナラ)

80 ●終齢幼虫の体長 ●分布 ●幼虫が見られる時期 ●幼虫の食べ物 ◆成虫の大きさ(前ばねの長さ)

ウスイロオオエダシャク
丘陵地に多く、生けがきで見つかることもある大型種です。体色は枝にそっくりなかっ色で、背に白いもんが入るなど、個体によってちがいがあります。●50〜70mm ●北海道〜屋久島 ●夏〜秋(2化)
●マユミ、マサキなど(ニシキギ科)

トビモンオオエダシャク
平地から低山地にすみ、緑地公園でも見られます。枝にそっくりな大型種で、頭部には、2本のとっきがあります。春から夏にかけてゆっくり育ちます。
●70〜90mm ●全国 ●春〜夏(1化) ●さまざまな広葉樹

枝に擬態する終齢。背に白いもんがある個体(マユミ)。

成虫◆27〜36mm

頭部　成虫◆24〜35mm

ハイイロオオエダシャク
山地の落葉広葉樹林に生息します。体色が、カエデ類の若い枝にそっくりです。
●60〜80mm ●北海道〜九州 ●夏〜秋(1化) ●ブナ科、ニレ科、ムクロジ科、スイカズラ科など

頭部　成虫◆28〜36mm

体色はさまざま

キオビゴマダラエダシャク
平地から低山地の落葉広葉樹林にすむ大型種です。さまざまな樹木を食べ、食べている植物に似た体色になります。●60mm前後 ●北海道〜九州
●夏〜秋(1化) ●ブナ科、バラ科、クルミ科など

成虫◆28〜36mm

オオシモフリエダシャク
山地の落葉広葉樹林に生息し、秋にさまざま樹木で見られます。緑色型とかっ色型がいます。
●45〜51mm ●北海道、本州 ●夏〜秋(1化) ●さまざまな草木

緑色型　頭部　成虫◆20〜27mm

白いもん

チャエダシャク
平地から山地でふつうに見られ、市街地の公園緑地にも生息します。初夏のころ、さまざまな樹木の枝先にいます。第1腹節にならぶ白いもんが目立ちます。若齢はしまもようです。
●34〜42mm ●本州〜九州 ●春〜初夏(1化) ●さまざまな樹木

若齢(ハンノキ)

成虫◆20〜26mm

ニッコウエダシャク
低山地から山地にすみ、新緑のころ、食草の枝先で見つかります。腹部の背が少しもり上がっています。
●40〜50mm ●北海道〜屋久島 ●春〜初夏(1化) ●ブナ科、バラ科など

成虫◆25mm前後

体色はさまざま

カバエダシャク
春先の里山で、よく見かける種です。体色のこさは、個体によってちがいがあります。
●40mm前後 ●北海道〜九州 ●春〜初夏(1化) ●ヤナギ科、バラ科、ブナ科、ムクロジ科など

成虫◆21〜23mm

アトジロエダシャク
新緑の雑木林で目につく種です。頭部には丸みがあり、背全体に黄色くて細かな点があります。
●38mm前後 ●北海道〜九州 ●春〜初夏(1化) ●さまざまな広葉樹

黄色い点

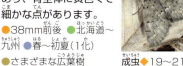
成虫◆19〜21mm

ニトベエダシャク
林にすみ、新緑のころに見られる種で、ハバチ類(➡p.74)の幼虫に似ています。中齢は灰色で、体を丸めて静止します。終齢では、黒ずんだ体色の個体もいて、気門の周りが黒く目立ちます。●35mm前後 ●本州〜九州 ●春〜初夏(1化) ●さまざまな広葉樹

黒っぽい個体

成虫◆18mm前後

1対(2こ)の赤茶色のとっき

ハスオビエダシャク
平地から山地にすみ、初夏のころにあらわれます。中齢は、頭部がオレンジ色で、腹部は黒っぽい色をしています。●45〜55mm ●北海道〜九州 ●春〜初夏(1化) ●さまざまな広葉樹

成虫◆23mm前後

冬にあらわれるエダシャク亜科やフユシャク亜科(➡p.84)、ナミシャク亜科(➡p.87)の成虫のメスは、はねが退化して飛べないものがいます。

シャクガ科 ⑤ [エダシャク亜科]

＊白バックの幼虫写真は、ほぼ実際の大きさです。

ヒロバトガリエダシャク
山地に多い種で、新緑のころに枝先などで見つかります。
- ●35〜40mm
- ●本州〜九州
- ●春〜初夏(1化)
- ●さまざまな広葉樹
- 成虫◆18〜20mm

背が黒くなった個体

ホソバトガリエダシャク
平地から低山地の林にすみます。色彩変異があり、頭部が黒かっ色で、背が帯状に黒くなる個体もいます。
- ●35〜40mm
- ●本州〜九州 ●春〜初夏(1化) ●さまざまな広葉樹
- 成虫◆16〜20mm

小さな赤いとっき

ナンカイキイロエダシャク
南国のきれいな尺取虫です。新緑のころに見られますが、発見例が少ない種です。
- ●50mm前後 ●四国、九州、奄美群島、沖縄諸島 ●春〜初夏(1化)
- ●さまざまな広葉樹
- 成虫◆20〜22mm

ゴマフキエダシャク
山地にすみ、林縁などで見つかります。白く細長い体形で、第1と第5腹節にとっきがあります。
- ●50mm前後 ●本州〜九州 ●初夏
- ●さまざまな広葉樹

とっき / 蛹 / 第5腹節の長いとっき

成虫◆23〜28mm

とっき

ツマトビキエダシャク
平地から低山地の林縁などにいます。背に小さなとっきがならび、1対(2こ)の長いとっきがあります。幼虫で越冬します。
- ●55mm前後 ●北海道〜九州
- ●夏、秋〜翌初夏(2化)
- ●さまざまな植物

成虫◆24〜29mm　越冬中の中齢

クワエダシャク
平地や丘陵地にすみ、クワの木で見つかります。養蚕がさかんな時代には、クワ畑の害虫とされていました。中齢が枝先で越冬します。
- ●60mm前後 ●北海道〜九州 ●一年中(2化) ●クワ(クワ科)

成虫◆25〜29mm　越冬中の中齢

ヒゲマダラエダシャク
頭部はずんぐりとして丸みがあり、胸部を少しもり上げた姿勢をよくとります。生息数はあまり多くありません。
- ●55mm前後 ●北海道〜九州 ●初夏 ●カバノキ科、ブナ科、ムクロジ科、シナノキ科など
- 成虫◆26〜28mm

枝分かれしたとっき / かっ色型 / 緑色型

クロモンキリバエダシャク
山地に多く、広葉樹の葉のうらで見つかります。腹部に1対(2本)の枝分かれした大きなとっきがあります。
- ●35mm前後
- ●本州〜九州
- ●初夏〜夏(1化)
- ●さまざまな広葉樹
- 成虫◆21〜23mm

シロモンクロエダシャク
低山から山地の林縁などで、ニシキギスガ(→p.22)などといっしょに、ふつうに見られます。新葉を好んで食べます。
- ●23〜32mm
- ●北海道〜九州
- ●初夏(1化)
- ●マユミ、ツリバナなど(ニシキギ科)

蛹　成虫◆17〜21mm

とっき / 拡大

サラサエダシャク
山地にすみます。林道ぞいなどで見られ、秋にフサザクラでよく見つかります。腹部に4対(8こ)のとっきがあります。
- ●20mm前後 ●北海道〜九州 ●夏〜晩秋(2化)
- ●さまざまな広葉樹

しげきすると、体をゆらして威嚇します。(ハルニレ)

成虫◆14〜20mm

葉のうらで静止する終齢(フサザクラ)

拡大

マエキトビエダシャク
平地に多く、林縁や神社、庭などで見つかる身近な種です。体は灰色で、気門の周りに黒い点があり、ハバチ類(→p.74)の幼虫に似ています。
- ●22〜30mm ●北海道〜九州 ●冬〜初夏(2化) ●イヌツゲ、ソヨゴなど(モチノキ科)

成虫◆15〜20mm

●終齢幼虫の体長　●分布　●幼虫が見られる時期　●幼虫の食べ物　◆成虫の大きさ(前ばねの長さ)

もり上がった部分　とげ

キリバエダシャク
山地に多い種です。触角が長く、腹部に2対(4こ)のもり上がった部分と、1対(2こ)の小さなとげがあります。
●50mm前後 ●北海道～九州 ●春～秋(1～2化) ●ブナ科、バラ科、カバノキ科など

成虫◆20～26mm

エグリヅマエダシャク
平地から低山地でふつうに見られ、冬から早春にあらわれる尺取虫では最大です。体色には変異があり、さまざまなタイプがいます。
●50mm前後 ●北海道～奄美群島 ●夏、秋～翌春(2化) ●さまざまな広葉樹

成虫◆21～25mm

オオノコメエダシャク
山地にすみ、林道や沢ぞいで見つかります。体色はあざやかな黄色でよく目立ちます。
●40～50mm ●北海道～九州、種子島 ●初夏(1化) ●キブシ(キブシ科)、ゴンズイなど(ミツバウツギ科)
成虫◆29～33mm

キブシの枝先を丸ぼうずにすることもあります。
ふれると体を腹側に丸めます。

ヒメノコメエダシャク
丘陵地の林縁などにすみます。黒いたてすじがあり、はでな体色をしているため目立ちます。
●42mm前後 ●北海道～九州 ●初夏(1化) ●さまざまな広葉樹

成虫◆26～30mm

モンシロツマキリエダシャク
終齢は食草の枝にそうように静止しています。平地から山地まで広く分布します。
●40mm前後 ●全国 ●初夏～夏 ●広葉樹、草、シダ植物など

成虫◆16～22mm

こぶ

ハガタムラサキエダシャク
低山地から山地の林にすみます。まだらもようが目立つ個体が多く、灰かっ色から赤かっ色まで、体色は個体によってちがいがあります。
●35mm前後 ●本州～九州 ●初夏～夏、秋(2化) ●バラ科、モクセイ科など

 成虫◆20～30mm　枝に擬態する終齢

ムラサキエダシャク
低山地から山地の林にすみます。腹部にこぶ状のもり上がりがあります。反り返った独特の静止姿勢をとります。●34mm前後 ●北海道～九州 ●初夏～夏、秋(2化) ●さまざまな広葉樹

成虫◆14～25mm　静止姿勢をとる中齢

ミカンコエダシャク
南国では身近な種です。果樹の害虫になっています。
●35～40mm ●奄美群島、沖縄諸島 ●ほぼ一年中(数化) ●さまざまな植物
成虫◆18～26mm

キエダシャク
平地の雑木林に多く、初夏によく見られます。腹部にバラのとげのようなとっきがあり、ノイバラにとまるすがたは、茎そのものです。
●38～40mm ●北海道～九州 ●初夏(1化) ●ノイバラ、サンショウバラなど(バラ科)
蛹(飼育)　成虫◆17～21mm
ノイバラの枝に擬態する終齢

イチモジエダシャク
山地や寒い地域にすみます。短い枝のような1対(2こ)のとっきがあります。体を丸めていることが多く、しげきすると落下します。体色は個体によってちがいがあります。
●25mm前後 ●北海道、本州 ●初夏～夏 ●イボタノキ(モクセイ科)、コゴメウツギ(バラ科)、タニウツギ(スイカズラ科)

成虫◆13～23mm

拡大

ウラベニエダシャク
緑地公園や雑木林の林縁で見つかります。体形は太くて短く、ヒョウ柄のようなはでなもようです。●15～20mm ●北海道南部～屋久島、奄美大島、沖縄島 ●初夏～秋(2化) ●スイカズラ、ヒョウタンボク(スイカズラ科)

成虫◆11～15mm

シャクガ科の幼虫のふんは、ねばり気があり、葉や枝にくっついていることがあります。幼虫をさがすときには、このふんが目印になります。

シャクガ科 ⑥ ［エダシャク亜科、フユシャク亜科、ホシシャク亜科、アオシャク亜科］

＊白バックの幼虫写真は、ほぼ実際の大きさです。

拡大

コガタイチモジエダシャク
湿地周辺にすみ、平地ではイボタノキ、山地ではヤチダモでよく見つかります。第4腹節のもようは、ヤチダモの葉が落ちたあとにそっくりです。●25mm前後 ●北海道〜九州 ●夏〜秋（2〜3化）●イボタノキなど（モクセイ科）

終齢（ヤチダモ）

第4腹節のもよう

成虫◆17〜20mm

モミジツマキリエダシャク
低山から山地にすみ、林道や沢ぞいで、葉柄にとまっているすがたをよく見かけます。体色は、個体によってちがいがあります。●35〜40mm ●本州〜九州 ●夏（2化）●カエデ類（ムクロジ科）、クマシデなど（カバノキ科）

成虫♀13〜18mm

葉柄にとまる終齢（カエデ類）

シダエダシャク
山地の草地や高原などにすみます。動きはきわめて活発で、しげきすると落下し、とぐろをまくように丸くなり、のたうち回ります。●30〜35mm ●北海道〜屋久島 ●夏（1化）●ワラビ（コバノイシカグマ科）

成虫◆18mm前後

頭部

蛹

体を丸めた幼虫

シロツバメエダシャク
平地から山地にすみ、神社や沢ぞいの林縁などで見つかります。食草の葉や枝と同じ緑色ですが、色のこさやもようは、個体によってちがいがあります。幼虫で越冬します。●40mm前後 ●北海道〜九州 ●夏〜翌春（2化）●イヌガヤ、イチイ（イチイ科）、トウヒ（マツ科）

若齢（イチイ）　成虫◆20〜28mm

コガタツバメエダシャク
海岸林からブナ林まで広くすみ、林縁で見つかります。体をのばして静止します。体色は、個体によってさまざまです。●37mm前後 ●北海道〜九州 ●春〜初夏（2〜3化）●各種の広葉樹

腹脚の前半分が白色、後ろ半分は黒色です。
成虫◆17〜20mm

ウスキツバメエダシャク
平地から山地までふつうに見られる種です。まっすぐに枝にとまるすがたは、枝そのものです。成熟すると葉をかんたんにつづり、中で蛹化します。●50〜60mm ●全国 ●秋〜翌春、夏（2化）●さまざまな木

頭部　蛹

成虫◆19〜27mm

ウスバフユシャク
平地から山地にかけての公園や林にすみ、サクラ類の新葉でよく見つかります。黒かっ色型や赤かっ色型などもいます。●18〜20mm ●北海道〜九州 ●春（1化）●バラ科、ニレ科、ブナ科、ムクロジ科など

第5腹節の小さな腹脚
拡大

終齢（サクラ類）

成虫◆♂13〜16mm ♀ははねなく、体長9〜10mm

シロオビフユシャク
フユシャク亜科は、第5腹節に小さな腹脚があります。平地から山地にすみ、平地では公園や並木のサクラにも見られ、新葉を食べます。体色は個体によってちがい、黄色型や黒色型などもいます。●20〜26mm ●北海道〜屋久島 ●春（1化）●ブナ科、バラ科、カバノキ科、ヤナギ科など

第5腹節の小さな腹脚

拡大

成虫◆♂17〜22mm ♀ははねなく、体長9〜12mm

枝に静止する亜終齢（サクラ類）

ホシシャク
夏にふ化した幼虫は、集団で枝に糸をかけ葉を食べます。ゆっくりと成長し、越冬後に新葉を食べて成熟し、糸の間で蛹化します。蛹まで集団ですごします。●30mm前後 ●北海道〜九州 ●夏〜翌初夏（1化）●ネズミモチ、イボタノキ（モクセイ科）

成虫◆20〜25mm
蛹

若齢の集団（イボタノキ）

●終齢幼虫の体長　●分布　●幼虫が見られる時期　●幼虫の食べ物　◆成虫の大きさ（前ばねの長さ）

タイワンアヤシャク
沖縄ではふつうに見られる種で、新芽の近くや、葉柄につかまっています。体色はうすい緑色からうすいかっ色まであり、もようも個体によってちがいがあります。
- ●32〜42mm
- ●南西諸島 ●一年中（数化）
- ●アカメガシワ、オオバギ（トウダイグサ科）、サネカズラ（マツブサ科）
- 成虫◆18〜22mm

オオアヤシャク
平地の公園からブナ林まで広く生息します。新芽や冬芽によく似ていて、動きはゆっくりしています。成熟すると葉を折り曲げ、1対（2こ）のあなをあけた蛹室をつくります。
- ●45mm前後 ●北海道〜九州 ●夏、秋〜翌初夏（2化） ●ホオノキ、コブシなど（モクレン科）

新芽に擬態した中齢（ホオノキ）

冬芽に擬態した越冬若齢（コブシ）

あな
蛹室（コブシ）

成虫◆23〜36mm

ウスアオシャク
山地にすみ、林道ぞいなどで見つかります。あざやかな緑色です。成熟すると葉をつづって、あらいまゆをつくります。
- ●30mm前後 ●北海道〜九州、トカラ列島〜徳之島 ●春〜秋（2〜3化）
- ●ヤマコウバシ、ダンコウバイなど（クスノキ科）
- 成虫◆18〜25mm

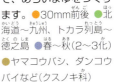

緑色型
アトヘリアオシャク
頭部
山地のヤマハンノキによくいますが、枝や新芽にそっくりで、なかなか見つかりません。動きはゆっくりで、成熟すると葉を丸めて、小さいまどをあけた蛹室をつくります。
- ●26mm前後 ●北海道〜九州 ●夏（1化）
- ●ヤマハンノキ、ミヤマハンノキなど（カバノキ科）
- 成虫◆19〜24mm

チズモンアオシャク
平地の河川じきや土手など、日当たりのよい草地で見つかり、新葉を食べます。とまっていると、食草のつるにそっくりです。
- ●20〜25mm
- ●北海道〜九州 ●夏（3化）
- ●コイケマ、ガガイモ（キョウチクトウ科）
- 成虫◆15〜20mm

春型
秋型

カギバアオシャク
平地から低山地、市街地の緑地公園でも見られます。若葉を食べる春の幼虫は、背面にとっきが発達して新芽に似ていて、どんぐりを食べて育つ秋の幼虫は、どんぐりに似ています。
- ●35mm前後 ●本州〜南西諸島 ●一年中（数化）
- ●アラカシ、コナラ、クヌギなど（ブナ科）
- 成虫◆22〜38mm

春型
夏型

カギシロスジアオシャク
平地から山地で見られます。冬芽に擬態したかっ色の中齢で越冬し、新芽の生長に合わせて、すがたを変えます。平地の夏の幼虫はやや小型で、背のとっきも発達しません。
- ●12〜30mm ●北海道〜九州
- ●夏、秋〜翌春（1〜2化） ●クヌギ、コナラなど（ブナ科）

成虫◆16〜23mm

冬芽に擬態して越冬する中齢（コナラ）

ヒメカギバアオシャク
林でふつうに見られます。新葉を食べ、体のもようはやわらかい毛が生えた新葉のようです。越冬中の中齢はかっ色で枝にとまっています。
- ●25mm前後 ●本州〜屋久島 ●秋〜翌春（数化）
- ●コナラ、クヌギ、アラカシなど（ブナ科）
- 成虫◆17〜22mm

成熟すると葉を折ってつづり、小さなまどをあけた蛹室をつくります。
越冬中の亜終齢

冬芽に擬態して越冬する若齢（アラカシ）
春の終齢

どんぐりを食べる秋の終齢（アラカシ）

食痕（クヌギ）

ナミガタウスキアオシャク
平地の雑木林でふつうに見られます。かたい葉を好み、表から葉脈を残して食べ、食痕があみ目状になります。蛹で越冬します。
- ●22〜25mm ●北海道〜九州 ●夏、秋（2化）
- ●ブナ科、バラ科、ツツジ科、カバノキ科など
- 成虫◆9〜12mm

とっき

キマエアオシャク
林にすみ、新葉を食べます。越冬中の若齢は枝先に、終齢は若芽や新葉によく似ています。
- ●25〜30mm
- ●北海道〜九州 ●秋〜翌春（2化） ●クヌギ、コナラなど（ブナ科）

成虫◆13〜19mm

この見開きでは、ウスバフユシャクとシロオビフユシャクがフユシャク亜科、ホシシャクがホシシャク亜科、85ページの種がアオシャク亜科です。

シャクガ科 ⑦ ［アオシャク亜科、ヒメシャク亜科、ナミシャク亜科］

クスアオシャク
公園などのクスノキで見つかります。体色は緑色から赤みの強い個体まであり、クスノキの葉柄にうまく擬態しています。幼虫で越冬します。●30mm前後 ●本州～九州、沖縄島 ●夏、秋～翌春（2化）●クスノキ（クスノキ科）

赤みの強い個体　成虫◆16～18mm

ウスキヒメアオシャク
平地から山地にすみます。公園のヤマモモでよく見つかり、成熟すると、葉の上で腹部の先端を固定して蛹化します。●27mm前後 ●本州～屋久島 ●夏（2化）●ブナ科、ヤマモモ科など

蛹（ヤマモモ）　成虫◆11mm前後

ヒロバツバメアオシャク（モモアオシャク）
バラ科の樹木が多い所にすみます。モモの新芽を食べる害虫として知られていますが、近年は、それほど個体数は多くありません。●38mm前後 ●本州～九州 ●春～初夏（1化）●サクラ類、ウメなど（バラ科）

成虫◆18～21mm

ヘリグロヒメアオシャク
あたたかい地域の照葉樹林にすみ、枝先や葉の上でよく見つかります。葉のほか、枯れ葉や樹皮もかじります。体を左右にゆらして歩き出します。●18～20mm ●本州～南西諸島 ●夏、秋～翌春（数化）●ブナ科、ツバキ科など

三角形のとっきがならびます。

頭部

成虫◆9～12mm

キバラヒメアオシャク
広食性（→p.12）でさまざまな樹木で見つかります。体をのばし、中脚と後脚を頭部からはなしてとまります。●33～35mm ●北海道～九州、西表島 ●秋～翌晩春（1化）●マツ科、ブナ科など14科以上

成虫◆17～23mm

ヒメツバメアオシャク
あたたかい地域にすみます。細長く、新しい枝の色に似ていて、新葉を食べます。成熟すると、葉に切りこみを入れ、独特の蛹室をつくります。●35mm前後 ●本州～屋久島、沖縄島、石垣島、西表島 ●初夏（2化）●ブナ科、ミカン科、モチノキ科

成虫◆15～17mm　蛹室（スダジイ）

ヨツモンマエジロアオシャク
平地から丘陵地の人里に多く、庭木でも発生します。植物のかけらを身にまとい、体をゆすってゆっくりと歩きます。●20mm前後 ●本州～南西諸島 ●春、初秋（2～3化）●マキ科、ヤマモモ科、モクセイ科など

植物のかけらを取りのぞいたところ

成虫◆10～14mm

植物のかけらを身にまとった終齢（イボタノキ）

クロモンアオシャク
さまざま樹木の花を好んで食べます。体にまとう植物によって、すがたが変わります。老熟すると、背につけた葉のかけらでまゆをつくります。●18～20mm ●北海道～九州 ●春～秋（2化）●マメ科、ブナ科、ウルシ科

植物のかけらをまとっています。

成虫◆11～18mm

ギンスジアオシャク
平地から山地の林縁や土手に生えたクサイチゴで見られます。老熟すると背面につけた葉のかけらを利用し、茎にまゆをつくります。●20mm前後 ●北海道～九州 ●春～初夏（1化）●クサイチゴ（バラ科）

植物のかけら

成虫◆12～16mm

コヨツメアオシャク
人家の庭木から自然林まで広く見られ、さまざまな植物の葉のほか、花やつぼみを好んで食べます。●16mm前後 ●全国 ●春、夏（2化）●バラ科、リョウブ科、ウコギ科、ツツジ科など

頭部　蛹　成虫◆7～13mm

アカホシヒメアオシャク
あたたかい地域の照葉樹林にすみます。イボタノキなどで見つかり、成熟すると葉をつづって蛹室をつくり、蛹化します。●17mm前後 ●本州（神奈川県以西）～屋久島、奄美大島～宮古島 ●春、夏（数化）●イボタノキなど（モクセイ科）

成虫◆8～13mm

●終齢幼虫の体長　●分布　●幼虫が見られる時期　●幼虫の食べ物　◆成虫の大きさ（前ばねの長さ）

コシロスジアオシャク
林縁などで見つかります。体形や体色は食草の茎によく似ています。●28mm前後 ●北海道～九州 ●晩春～初夏、秋（2化）●センニンソウ、ボタンヅル（キンポウゲ科）

頭部　蛹　成虫◆14～17mm

ヘリクロテンアオシャク
春にイボタノキなどの新しい枝で見つかります。新葉とよく似た緑色で、胸部からつき出た、ふたまたのとっきがあります。
●20～25mm ●本州～九州 ●春（1化）●イボタノキ、ミヤマイボタ（モクセイ科）

ふたまたのとっき　頭部　成虫◆15～18mm

シロモンアオヒメシャク
山地にすみ、春、公園や並木のサクラ類で見つかります。細長い体は葉柄にそっくりです。
●20～25mm ●本州～九州 ●春～初夏（2化）●サクラ類、ズミなど（バラ科）

成虫◆12～13mm

フタナミトビヒメシャク
緑地でふつうに見つかります。細長い胴体を起こして、葉の上にとまります。●35mm前後 ●北海道～九州 ●初夏～秋（2化）●さまざまな植物

原寸　成虫◆10～12mm　静止する終齢

クロテンウスチャヒメシャク
市街地のガジュマルの葉のうらで見つかります。ガ類ではめずらしく、帯蛹（→p.57）です。
●18mm前後 ●奄美群島、沖縄諸島 ●一年中（数化）●ガジュマル（クワ科）

成虫◆10～11mm

キスジシロヒメシャク
平地から低山のサクラ並木で見られます。コケ植物の生えた幹にいて、体は細く、もようも周りのコケにそっくりです。真冬にも活動し、夜によく見つかります。
●16～22mm ●北海道、本州、夏、冬（数化）●コケの一種

成虫◆8～12mm

フトベニスジヒメシャク
丘陵地や山地など、林道ぞいの下草で見つかります。食草の上にクモの巣状の糸をはり、そこで蛹になります。
●20mm前後 ●北海道～九州 ●初夏～秋（2化）●ミズヒキ、ミゾソバ、イヌタデ（タデ科）

成虫◆13～16mm

ベニスジヒメシャク
土手などの草地にすみ、ギシギシの葉でよく見つかります。同じ食草を食べ、すがたも似ている別種がいて、区別するのはむずかしいです。●22mm前後 ●北海道～屋久島 ●初夏～秋（2化）●ミゾソバなど（タデ科）

成虫◆12～15mm

ウンモンオオシロヒメシャク
低地の雑木林にすみ、食草や周りの植物の葉にぼう状にまっすぐにとまっています。
●30mm前後 ●北海道～屋久島 ●初夏～秋（2化）●スイカズラ、アラゲヒョウタンボク（スイカズラ科）

原寸　成虫◆14～15mm

糸をはって、蛹化の場所をつくる終齢　葉の上で静止する幼虫（ミズヒキ）

ナカモンキナミシャク
山地に多い種で、林道ぞいなどで見つかり、やわらかい新葉を食べます。地面に落ちた花を食べていた個体にふれると、はね回るようすが観察されました。●16mm前後 ●北海道～四国 ●春～初夏（1化）●コナラ、ミズナラ（ブナ科）

成虫◆13.5～15mm

モンキキナミシャク
平地の雑木林でよく見つかる種で、春に新しい葉や花を食べます。●20mm前後 ●北海道～九州 ●春（1化）●ブナ、コナラなど（ブナ科）

成虫◆14～16mm　葉の上にいる終齢（クヌギ）

種名に「アオシャク」「アヤシャク」とある種はアオシャク亜科、「ヒメシャク」はヒメシャク亜科、「ナミシャク」はナミシャク亜科です。

シャクガ科 ⑧ [ナミシャク亜科]

テンオビナミシャク
山地の湿原や高原にすみ、林縁などで見られます。体形は太くて短く、サラシナショウマの花に糸をはってとまり、花を食べます。●13.5mm前後 ●北海道、本州 ●夏〜初秋（1化）●サラシナショウマ（キンポウゲ科）

成虫◆10mm前後

アトスジグロナミシャク
低山地に生息します。秋から早春にかけて、サワラやヒノキの葉の上で見つかります。●15mm前後 ●北海道〜九州 ●秋〜翌早春（1化）●サワラ、カイヅカイブキなど（ヒノキ科）

成虫◆15mm前後

葉の上の終齢（サワラ）

マダラヒゲブトナミシャク
あたたかい地方の種で、照葉樹林にすみます。ナギの新葉に似ていて、成熟すると葉のすき間にあらく糸をはって蛹化します。●20mm前後 ●本州（千葉県以西）〜屋久島、奄美大島、沖縄島 ●夏（1化）●イヌマキ、ナギ（マキ科）

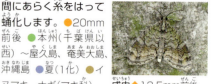

成虫◆13.5mm前後

フトジマナミシャク
林縁や土手などに生えた草の根もとでよく見つかります。ふれると丸まって、擬死（→p.145）します。野菜の害虫です。●16〜18mm ●北海道〜屋久島、沖縄島 ●秋〜翌春（数化）●キク科、タデ科、セリ科、バラ科など

終齢（ハルジオン）

成虫◆11〜15mm

キボシヤエナミシャク
山地性の種で、高原や湿原などのメギで見つかります。中齢ぐらいまでは、2〜3まいの葉をつづった巣の中にひそんでいます。●30mm前後 ●北海道、本州 ●春（1化）●メギ（メギ科）

原寸

成虫◆19mm前後

巣（メギ）

巣内の中齢

マエモンオオナミシャク
山地の林縁などで、春にだけ見られます。はでな体色で短い毛が生えています。●32〜35mm ●北海道〜九州 ●春（1化）●クマヤナギ、クロウメモドキ（クロウメモドキ科）

成虫◆25mm前後

オオネグロウスベニナミシャク
平地から山地にすみ、さまざまな樹木でふつうに見られます。体色は緑色からかっ色まで、個体によってちがい、色のこさもさまざまです。中齢で越冬します。●33mm前後 ●北海道〜九州 ●夏、秋〜翌初夏（2〜3化）●さまざまな広葉樹

緑色型／かっ色型／色のこいかっ色型

成虫◆23〜25mm

セスジナミシャク
平地から山地の林縁などで見られ、体形は細長く、食草のつるに似ています。成熟すると葉のすき間にあらく糸をかけて蛹化します。●26〜32mm ●北海道〜屋久島 ●春、夏〜秋（2化）●アケビ、ミツバアケビ（アケビ科）

原寸

成虫◆13〜15mm

ツマキナカジロナミシャク
平地から山地にすみ、春、林床に生えた食痕のあるキジムシロの葉のうらをさがすと、見つかります。ふれると体を丸めて、しばらくは動きません。●23mm前後 ●北海道〜九州 ●春（2〜3化）●タデ科、バラ科、ツツジ科など

成虫◆17〜18mm

体を丸めた終齢

ナカオビアキナミシャク
低山から山地の林道ぞいでよく見つかります。春に2まいの葉を合わせたり、内側に折ったりして巣をつくり、巣の周りの葉を食べます。成熟すると土中で蛹化し、秋に羽化します。●12〜16mm ●北海道〜屋久島 ●春〜初夏（1化）●リョウブ（リョウブ科）

巣（リョウブ）

成虫◆15〜17mm

オオハガタナミシャク
平地から山地にすみ、木の幹にまきついたツタでよく見つかります。細長い体形で、うす緑色ですが、目の周辺やあしが、べに色や茶色に色づく個体もいます。●26〜38mm ●全国 ●春〜夏（2化）●ノブドウ、ヤブガラシ、ツタなど（ブドウ科）

原寸

 頭部　 蛹　 成虫◆14〜19mm

●終齢幼虫の体長　●分布　●幼虫が見られる時期　●幼虫の食べ物　◆成虫の大きさ（前ばねの長さ）

マルモンシロナミシャク
山地でよく見かける種で、葉のうらにとまって葉を食べます。頭部を下にして静止すると、緑色の腹部末端は葉柄に、胴体は茎に同化し、かんたんには見つかりません。
- ●26〜37mm
- ●北海道〜屋久島
- ●春(1化)
- ●ガクアジサイ、イワガラミなど(アジサイ科)

成虫◆16〜23mm　静止した終齢(イワガラミ)

オオナミシャク
丘陵地にすみ、樹木の幹につく食草のつるの上で見つかります。体色が樹皮によく似ています。
- ●30〜35mm
- ●北海道〜九州
- ●春〜初夏(1化)
- ●イワガラミ(アジサイ科)

成虫◆20〜22mm

ツマキシロナミシャク
低山から山地の林道ぞいなどでふつうに見つかる種で、葉や葉柄によく似ています。成熟すると、葉を折り曲げ、あみ状のまゆをつくって蛹化します。
- ●30〜35mm
- ●北海道〜屋久島
- ●晩春〜初夏(1化)
- ●サルナシ(マタタビ科)

蛹(飼育)　成虫◆16〜20mm

胸脚　第4、第5腹節に各1対(2こ)のとっき

キベリシロナミシャク
山地性の種で、林縁などで見つかります。細長い体形と色彩は、新葉の葉柄にそっくりです。
- ●20mm前後
- ●北海道〜屋久島
- ●晩春〜初夏
- ●ガクウツギ、イワガラミ、ノリウツギ(アジサイ科)

 蛹

成虫◆16〜20mm

葉柄に擬態した終齢(ノリウツギ)

キマダラオオナミシャク
丘陵地から山地にすみます。体形は茎に似ていて、胸脚をそろえて静止します。成熟すると葉のすき間で蛹化します。
- ●50〜60mm
- ●北海道〜屋久島、奄美大島
- ●夏(2化)
- ●サルナシ、マタタビ(マタタビ科)

成虫◆26〜31mm

キアミメナミシャク
食草が不明とされていましたが、低い山地のサルナシから幼虫が見つかりました。
- ●27mm前後
- ●北海道〜九州
- ●初夏〜秋(2化)
- ●サルナシ(マタタビ科)

成虫◆12〜13mm

キガシラオオナミシャク
丘陵地から山地にすみます。腹部にある2対(4こ)のこぶは、サルナシの茎にある冬芽にそっくりです。しげきすると、頭胸部をたたきつけて威嚇し、口からは液体をはき出します。
- ●34〜50mm
- ●北海道〜九州
- ●初夏(1化)
- ●サルナシ(マタタビ科)、イワガラミ(アジサイ科)

こぶ

成虫◆29〜33mm

ソトシロオビナミシャク
春はツツジ科、冬はヒサカキの花とつぼみを食べます。ヒサカキには、雄花と雌花がありますが、雌花のがくを食べると死んでしまうため、雄花からしか見つかりません。体色は個体によってちがいます。
- ●11mm前後
- ●北海道〜九州
- ●ほぼ一年中(2〜3化)
- ●ツツジ類(ツツジ科)、ヒサカキ(サカキ科)の花とつぼみ

成虫◆13〜16mm

つぼみを食べる終齢(ヒサカキ)

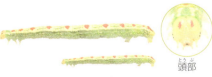

頭部

シロオビマルバナミシャク
山地性の種で、背面には目立つ赤いはんもんがあります。葉のうらで葉脈にそって静止しています。
- ●25mm前後
- ●本州
- ●夏(1化)
- ●ヒメヤシャブシ、ハンノキなど(カバノキ科)

成虫◆9〜14mm

クロテンカバナミシャク
山地の沢ぞいなどにすみます。晩秋、終わりかけのシシウドの花で、ひじょうに多くの幼虫が見つかることがあります。
- ●20mm前後
- ●北海道〜九州
- ●夏、晩秋(2化)
- ●カラマツ(マツ科)、シシウド(セリ科)

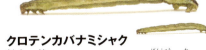

成虫◆11〜14mm

幼虫の外見が枝や葉、鳥のふんなどに似ていることを「いんぺい擬態」や「カムフラージュ」といい、捕食者から発見されにくい効果があります。

カレハガ科

頭部をふくむ体全体に短い毛が生え、胴体の横などに長い毛があります。背面に毒針毛（→p.114）をもつ種がいます。毒針毛は、まゆにもつくので注意が必要です。はでな体色のものもいますが、多くは、樹皮に似た体色で、枝や幹にいると見つけにくい毛虫です。

＊白バックの幼虫写真は、ほぼ実際の大きさです。

タカムクカレハ
主に高山にすみ、ハイマツやコメツガの森林に生息します。まれに大発生し、食草が枯れてしまうことがあります。夏にふ化した幼虫は若齢で越冬し、翌年の夏に蛹になり、さらに越冬後の翌年に羽化します。●43mm前後 ●北海道、本州 ●夏～翌夏（1化） ●マツ類、モミ、ハイマツ（マツ科） ✕毒針毛があるか不明　成虫◆18～23mm

カレハガ
胸部に毒針毛がある黒い毛束をもちます。ふだんはかくれていますが、しげきすると毒針毛を見せて威嚇します。背にひし形のもようが出るものもいます。中齢が幹や枝で越冬します。●90mm前後 ●北海道～九州 ●夏、秋～翌初夏（2化） ●サクラ類など（バラ科）、ヤナギ類（ヤナギ科） ✕幼虫やまゆの毒針毛

まゆ

成虫◆25～37mm

ギンモンカレハ
山地の落葉広葉樹林にすみます。カエデ類の枝にぴったりとはりついていて、見つけにくい種です。幼虫で越冬すると考えられています。●56mm前後 ●北海道～九州 ●秋～翌春、晩春～夏（2化） ●カエデ類（ムクロジ科） ✕幼虫やまゆの毒針毛　成虫◆18～25mm

ホシカレハ
カレハガと生態がよく似ていますが、主に山地にすみ、ヤナギ類のみを食べます。幼虫のすがたもカレハガとよく似ていますが、腹部各節の背面にとっきがありません。●90mm前後 ●北海道～九州 ●夏、秋～翌初夏（2化） ●ネコヤナギ、シダレヤナギ、セイヨウハコヤナギ（ヤナギ科） ✕幼虫やまゆの毒針毛

成虫◆31～49mm

平地の個体
山地の個体
タケカレハ
森林の周りのアズマネザサやススキなどのイネ科の植物で見られます。体色は平地と山地でことなることが多いです。中齢が落ち葉の下で越冬します。●60～70mm ●北海道～九州 ●夏、秋～翌初夏（2化） ●タケ類、ササ類、ススキ、ヨシ（イネ科） ✕幼虫やまゆの毒針毛。まゆにふれた手で顔などをさわると、はげしいかゆみを引き起こす。

白く長い毛
成虫◆28～34mm
ヨシカレハ
タケカレハと生態が似ていますが、より山地にすみます。幼虫のすがたも似ていますが、胴体側面に長く白い毛が帯状に生えています。中齢が落ち葉の下で越冬します。●60mm前後 ●北海道～九州 ●秋～翌初夏（1化） ●ヨシ、ササ類、ススキ（イネ科） ✕幼虫やまゆの毒針毛

まゆ
成虫◆23～28mm
終齢（クサヨシ）

オビカレハ
平地から山地にかけてすみ、果樹園や庭木の害虫として有名です。美しい体色で、毒針毛はありません。枝にまくをはって群れるようすから「天まく毛虫」とよばれます。終齢になると、群れからはなれます。●60mm前後 ●北海道～九州 ●春（1化） ●サクラ類、モモなど（バラ科）

♂（左）と♀（右）
成虫◆16～21mm

まくをはって群れる若齢

●終齢幼虫の体長　●分布　●幼虫が見られる時期　●幼虫の食べ物　✕注意　◆成虫の大きさ（前ばねの長さ）

毒針毛がある毛束

マツカレハ
市街地や庭木のマツで大発生することがあり、昔からマツ類の大害虫として有名です。越冬幼虫を退治するために、幹にわらをまく「こもまき」が公園などで行われています。
- 80mm前後 ●北海道〜九州 ●夏〜翌春（1化）
- ●アカマツ、クロマツ、カラマツ（マツ科） ✕幼虫やまゆの毒針毛

まゆ　成虫◆25〜41mm

毒針毛がある毛束は、ふだんはかくれています。

ツガカレハ
マツカレハとよく似た生態ですが、市街地よりも、山地に多く生息します。体色のこさやもようなどは、個体によってさまざまです。●80mm前後 ●北海道〜九州 ●夏〜翌春（1化） ●ツガ、マツ類、カラマツなど（マツ科） ✕幼虫やまゆの毒針毛にふれると、はげしいかゆみといたみを引き起こす。

成虫◆30〜48mm

毒針毛がある毛束

オキナワマツカレハ
マツカレハよりも小型で、色彩はよりあざやかです。石垣島で3月と6月に終齢が大発生した記録があります。
- 65mm前後 ●南西諸島 ●ほぼ一年中（2化） ●リュウキュウマツなど（マツ科）
✕幼虫やまゆの毒針毛

成虫◆21〜32mm

リンゴカレハ
平地の雑木林、公園や山地の森林にすみますが、それほど多くありません。体色のこさは個体によってちがい、こい個体では、背の白いもんが目立ちます。中胸の背にある青い部分に毒針毛はありません。中齢で越冬します。●95mm前後 ●北海道〜九州
- ●秋〜翌春、晩春〜晩夏（2化）
- ●クヌギ（ブナ科）、リンゴ、ナシ（バラ科）

成虫◆26〜29mm

ウスズミカレハ
腹部の各節の背に4つの黄色い点があるのが特ちょうで、体色は灰色からこい茶色まで、個体によってさまざまです。山地に広く分布していますが、平野部でも見つかることがあります。
- 55mm前後 ●北海道〜九州 ●春〜夏（1化）
- ●ブナ科、ヤナギ科、カバノキ科、マツ科 ✕毒針毛があるか不明

成虫◆16〜19mm

毒針毛がある毛束

クヌギカレハ
平地から山地にかけて生息します。春にふ化した幼虫は、さまざまな広葉樹を食べ、約4か月かけて、ゆっくりと成長し真夏に老熟します。体色は茶かっ色で、背にひし形のもようが目立つ個体もいます。
- 90mm前後 ●北海道〜九州 ●春〜夏（1化） ●クヌギ、コナラ、クリ（ブナ科）、アカシデ（カバノキ科）、リンゴ（バラ科）✕幼虫やまゆの毒針毛

成虫◆32〜46mm

毒針毛がある毛束

イワサキカレハ
沖縄地方にすむ巨大な毛虫で、クヌギカレハの亜種（→p.145）とする考えもあります。平均すると250日間の幼虫期間で、9〜10月に老熟します。昼間は枝や幹に静止しています。現地では「ヤマンギ（山のとげ）」といわれ、おそれられています。●140mm前後 ●沖縄島、八重山列島 ●ほぼ一年中（1化） ●サクラソウ科、ホルトノキ科など ✕幼虫の胴体にふれると、毒針毛がある胸部をたたきつけてくる。はだにふれると、いたみとかゆみではれる。毒針毛はまゆにもつく。

成虫◆42〜59mm

終齢（ホルトノキ）

タケカレハとヨシカレハの毒針毛がある所は「胸部と腹端の毛束」または「体全体」という2つの説があり、はっきりとわかっていません。

ヤママユガ科など

ヤママユガ科は大型で、終齢では100mmに達するものもいます。多くの種は広食性(→p.12)で、さまざまな広葉樹の葉を食べ、蛹化の時にまゆをつくります。イボタガ科は日本に1種のみが分布し、まゆはつくらず、土の中で蛹化します。

＊白バックの幼虫写真は、ほぼ実際の大きさです。

ヒメヤママユ
発育とともに体色やもようが変わり、4齢から緑色の毛虫になります。広葉樹の葉を食べ、平地から山地まで広く分布しています。
- ヤママユガ科
- 60～70mm
- 北海道～屋久島
- 晩春～初夏(1化)
- バラ科、スイカズラ科、ブナ科など多数の科

ヤママユ
早春に幼虫がふ化して、新芽を食べます。終齢は腹脚と尾脚でつかまる力が強く、かんたんに引きはがせません。天蚕とよばれ、まゆから美しい緑色の糸がとれます。
- ヤママユガ科
- 55～90mm
- 北海道～沖縄島
- 晩春～初夏(1化)
- クヌギ、コナラなど(ブナ科)、サクラ類(バラ科)

成虫♀ 79～83mm

3齢　かっ色の頭部

まゆ

まゆ

黒いもようの終齢(ヤチダモ)

成虫♂ 47～53mm

短い肉質とっき　白いろう状物質におおわれています。

シンジュサン
葉のうらに数十こまとめて産卵され、中齢までは葉のうらで群れていますが、その後は分散して単独になります。
- ヤママユガ科
- 50～90mm
- 全国
- 初夏～夏、晩夏～秋(2化)
- ニガキ科、ミカン科など多数の科

3齢の集団

成虫♀ 74～78mm

クスサン
数十こ以上のかたまりで幹などに産卵され、幼虫は集団で食草を食べます。白くて長い毛におおわれ、「シラガタロウ」とよばれます。
- ヤママユガ科
- 80～90mm
- 北海道～沖縄島
- 晩春～初夏(1化)
- ブナ科、ニレ科、アサ科など多数の科

成虫♂ 69～73mm

3齢には、とっきと刺毛がたくさんあります。

ウスタビガ
体の上はうす緑、下はこい緑色に色分けされ、胸部に1対(2こ)のとっきがあります。しげきすると「キー」と音を出します。
- ヤママユガ科
- 60～70mm
- 北海道～九州
- 晩春～初夏(1化)
- ブナ科、バラ科、ニレ科、ムクロジ科

成虫♂ 47～56mm

とっきから毛が生えた2齢(クヌギ)

卵　まゆは「ヤマカマス」とよばれます。(写真は空まゆ)

あみ目状のまゆは「スカシダワラ」とよばれます。

- 科名
- 終齢幼虫の体長
- 分布
- 幼虫が見られる時期
- 幼虫の食べ物
- 成虫の大きさ(前ばねの長さ)

細い枝のようなかたいとっき
白いろう状物質に全身おおわれています。

オレンジ色の円もよう

ヨナグニサン（アヤミハビル）
日本最大級の幼虫です。若齢は数頭で群れ、その後は単独で葉のうらや枝などにいます。成虫は日本のチョウ目の中で最大です。
- ヤママユガ科 ● 100〜130mm
- 石垣島、西表島、与那国島 ● 4〜10月（3化）
- アカギ、キールンカンコノキ（コミカンソウ科）、フカノキ（ウコギ科）など多数の科

成虫◆100〜140mm

巨大なふん

まゆ

オオミズアオ
各節の中央はもり上がり、その先端に黄色いとっきがならびます。とっきの根もとは茶色で、頭部も茶かっ色です。さまざまな樹木の葉を食べ、都市部でも発生しています。
- ヤママユガ科 ● 70〜80mm ● 北海道〜屋久島 ● 晩春〜初夏、晩夏〜秋（1〜2化）
- バラ科、ブナ科、カバノキ科など多数の科

成虫◆48〜71mm

1齢（オニグルミ）

葉を食べる終齢（アカシデ）

オナガミズアオ
オオミズアオに似ていますが、とっきの根もとが黒く、頭部が緑色となる点で区別できます。食草はハンノキやヤシャブシなどにかぎられ、広食性が多いヤママユガ科では変わりものです。
- ヤママユガ科 ● 75mm前後 ● 北海道〜九州 ● 晩春〜初夏、晩夏〜秋（1〜2化）● ハンノキ、ヤシャブシなど（カバノキ科）

とっき

まゆから取り出した蛹

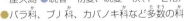
成虫◆51〜64mm

若齢（ヤマハンノキ）

エゾヨツメ
寒い地域の種で、本州以西では山地にすみます。ときにブナの原生林で大発生が見られ、森の中を歩くと、頭の上からふんが雨のように落ちてくることがあります。
- ヤママユガ科 ● 60mm前後 ● 北海道〜九州 ● 晩春〜初夏（1化）● ハンノキなど（カバノキ科）、ブナなど（ブナ科）、バッコヤナギ（ヤナギ科）

眼状紋　3齢　4齢

成虫◆34〜54mm

1齢（クヌギ）

イボタガ
4齢まで、ちぢれた長いとっきが胸部に4本、腹端に3本ありますが、終齢（5齢）になるとなくなります。若齢は群れることが多く、しげきすると、とっきをふって威嚇します。
- イボタガ科 ● 70〜80mm ● 北海道〜屋久島 ● 晩春〜初夏（1化）
- イボタノキ、ネズミモチなど（モクセイ科）

4齢

成虫◆45〜47mm

葉を食べる終齢（イボタノキ）

土にもぐって蛹になり、越冬後、春に羽化します。

ウスタビガのまゆの「ヤマカマス（山叺）」は、わらのむしろでつくったふくろ（叺）に似ていることから名づけられました。

カイコガ科など

カイコガ科の幼虫は第8腹節にとっき（尾角）があるのが特ちょうです。蛹化の時にまゆをつくる種が多く、このまゆから絹糸をとるために人によって飼われてきたのがカイコです。オビガ科は日本に1種のみが生息します。

*白バックの幼虫写真は、ほぼ実際の大きさです。

カギバモドキ
若齢はうす黒い体色をしていて、数頭で群れていますが、成長するにつれて、分散していきます。●カイコガ科 ●35mm前後 ●本州〜九州 ●初夏〜夏、晩夏〜秋（2化）●ナツツバキ、ヒメシャラ（ツバキ科）

成虫◆19〜22mm

オビガ
しげきすると、上半身をはげしく左右にふり威嚇します。長い毛がありますが、毒はありません。毛は赤かっ色が多いですが、うす茶色から白っぽいものまで、個体によってちがいがあります。●オビガ科 ●45mm前後 ●北海道〜屋久島 ●初夏〜夏、秋（2化）●ハコネウツギなど（スイカズラ科）、ワレモコウ（バラ科）、タニワタリノキ（アカネ科）

第8腹節のとっき（尾角）

オオクワゴモドキ
長い尾角と左右のふくらみが特ちょうです。頭部と尾端を反らせて静止したすがたは、枯れたカエデの葉にそっくりです。●カイコガ科 ●45mm前後 ●北海道〜九州 ●初夏〜夏、晩夏〜秋（2化）●カエデ類（ムクロジ科）

静止姿勢（カエデ類）

成虫◆19〜21mm

スカシサン
かつてはオビガ科とされていましたが、幼虫が発見され、そのすがた形から、カイコガ科であることがわかりました。短い尾角は後方に反っています。●カイコガ科 ●30mm前後 ●本州〜九州 ●夏（1化）●サワフタギ、タンナサワフタギ（ハイノキ科）

成虫◆13〜15mm

中齢（スイカズラ）

成虫◆22〜24mm

野生では生きていけないイモムシ

人間が飼育する（養蚕）ものだけで、野外には生息しません。えさがなくなるとじっとしていて、にげ出しません。成虫も飛ぶことができません。

カイコ
●カイコガ科 ●60〜70mm ●養蚕での飼育のみ ●初夏（1化、多化）●クワ（クワ科）

黒しま種

成虫◆16〜23mm

クワの葉を食べる幼虫

クワコ
中齢まではクワの葉の上にいることが多く、鳥のふんによく似ています。胸を大きくふくらませたときに正面から見ると、眼状紋がはっきりします。●カイコガ科 ●35〜70mm ●北海道〜トカラ列島 ●初夏〜秋（3化）●クワ、ヤマグワ（クワ科）

正面から見たところ

成虫◆16〜23mm

クワの葉にとまる中齢

「まぶし」というアパートのように仕切られた場所でまゆをつくります。まゆづくりは、2〜3日も続き、はく糸の長さは1200〜1500mにもなります。

●科名 ●終齢幼虫の体長 ●分布 ●幼虫が見られる時期 ●幼虫の食べ物 ●成虫の大きさ（前ばねの長さ）

スズメガ科 ①

すべての幼虫が、第8腹節背面に尾角とよばれるとっきをもちます。大型種が多く、腹脚の力がとても強いため、枝などにとまっている幼虫を引っぱってもかんたんには引きはがせません。多くの種で、緑色からかっ色まで、いろいろな体色のものが見られます。つる性植物を食草としている種が多いのも特ちょうのひとつです。

オオシモフリスズメ(→p.98)
スズメガ科では日本最大の幼虫です。

腹脚 力が強く、枝などをしっかりつかみます。

尾脚 太くがっしりしています。

胸脚

頭部

体には尾角をのぞいてとっきやとげ、毛はありません。

尾角 どんな役わりがあるのかは、まだわかっていません。

エゾスズメ(→p.98)
体の白い線と葉脈がよく似ていて、かんたんには見つかりません。

セスジスズメ(→p.100)
胸部の眼状紋を見せて威嚇します。

眼状紋

ベニスズメ(亜終齢)(→p.99)
緑色型とかっ色型がいます。

ホシホウジャク(→p.99)
体をのばし、食草の葉に似せています。

サザナミスズメ(→p.96)
ふれると、反り返って防御姿勢をとります。

スズメガ科は小さなグループで、日本では約80種が知られています。

スズメガ科 ②

＊白バックの幼虫写真は、ほぼ実際の大きさです。

かっ色型 / 緑色型 / 4齢（緑色型） / 4齢（黒色型） / 蛹

エゾシモフリスズメ
ホオノキの葉のうらの葉脈にそって静止していることが多く、体の大きさのわりには目立ちません。背面に赤茶色のはんもんが出る個体もいます。●90mm前後 ●北海道〜九州 ●夏〜初秋（1化）●ホオノキ、オオヤマレンゲ、コブシ（モクレン科）

成虫◆50〜60mm

エビガラスズメ
サツマイモほりに行くと、いもづるにいるところをよく目にします。アサガオを丸ぼうずにしてしまうこともあります。
●80〜90mm ●全国 ●夏〜晩秋（2化）●ヒルガオ科、ゴマ科、マメ科、ナス科、シソ科

成虫◆36〜48mm

ふちどりがなく、目立たない線

マツクロスズメ
カラマツの植林の増加にともない、分布を広げています。クロスズメに似ていますが、体の横の白い線が目立たず、黒くふちどられません。
●65mm前後 ●北海道、本州、九州 ●夏〜初秋（1化）●カラマツ（マツ科）

成虫◆28〜34mm

細かいとっきがある尾角

シモフリスズメ
河原や空き地に生えるクサギでよく見られます。体のもようは個体によってちがいがあります。●70〜100mm ●本州〜南西諸島 ●夏〜初秋（1化）●ゴマ科、モクセイ科、シソ科、クマツヅラ科、ゴマノハグサ科、ノウゼンカズラ科、スイカズラ科など
成虫◆50〜59mm

中齢

黒くふちどられた白い線

クロスズメ
しまもようのある体は、マツの枝や葉によくとけこみます。
●65mm前後 ●北海道〜九州 ●初夏〜秋（2化）●アカマツ、クロマツ、エゾマツ、ゴヨウマツ（マツ科）
4齢

成虫◆28〜33mm

マツの枝にとまる幼虫

大きく曲がる尾角

コエビガラスズメ
かつては山おくでしか見つからないめずらしい種でしたが、街中に食草がふえて身近な場所でも見つかるようになりました。●80mm前後 ●北海道〜屋久島 ●初夏〜初秋（2化）●モチノキ科、バラ科、スイカズラ科、ツツジ科

頭部

成虫◆38〜45mm

青い光沢

クロテンケンモンスズメ
山地性で、尾角の上面に青い光沢があるのが特ちょうです。成虫はよく見つかりますが、幼虫は見つけにくい種です。●60mm前後 ●本州〜九州 ●夏（1化）●イボタノキ、ハシドイ、トネリコ（モクセイ科）

成虫◆24〜33mm

頭部

サザナミスズメ
庭に植えられたオリーブの木の枝が、この幼虫によって丸ぼうずにされているところを見かけます。●60〜70mm ●北海道〜九州、石垣島 ●晩春〜秋（2〜3化）●イボタノキ、ハシドイ、トネリコ、オリーブ（モクセイ科）

成虫◆24〜38mm

●終齢幼虫の体長 ●分布 ●幼虫が見られる時期 ●幼虫の食べ物 ◆成虫の大きさ（前ばねの長さ）

カールする尾角
かっ色型
緑色型

クロメンガタスズメ
昔は、九州以南のあたたかい場所にしか生息していませんでしたが、今では、東北南部まで分布を広げています。家庭菜園のトマトでよく見つかります。
- 110mm前後
- 本州〜屋久島、沖縄島
- 夏〜秋（1化）
- ゴマ科、ナス科、キリ科、ノウゼンカズラ科、クワ科、モクセイ科、シソ科

成虫◆45〜57mm

赤いはんもんの多い個体
赤いはんもんのない個体

モンホソバスズメ
胸部が細く、尾角がまっすぐで長いのが特ちょうです。体の赤いはんもんは個体によってちがいがあります。
- 85mm前後
- 北海道〜九州
- 初夏〜初秋（1〜2化）
- オニグルミ、サワグルミ（クルミ科）

成虫◆41〜48mm

黄色型
緑色型

モモスズメ
サクラ類の枝の下に大きなふんが転がっていたら、この幼虫がいることが多いです。枝先の葉のうらでよく見つかります。
- 70〜80mm
- 北海道〜屋久島
- 初夏〜初秋（2化）
- バラ科、ニシキギ科、スイカズラ科、ツゲ科

成虫◆33〜43mm

頭部

ウチスズメ
街路樹のシダレヤナギでも発生することがあり、長い枝をさがすと見つかります。体色は個体によってちがいます。
- 70〜80mm
- 北海道〜九州
- 初夏〜秋（2化）
- ヤナギ科、サクラ類（バラ科）、シラカンバ（カバノキ科）

成虫◆33〜51mm

緑色型
うす緑色型
4齢
頭部

クチバスズメ
若齢は、頭頂部が赤茶色でとがります。主に里山のカシ類やクヌギなどの林に生息します。体色は個体によってちがいます。
- 80〜90mm
- 北海道〜屋久島、沖縄島
- 夏〜初秋（1化）
- シラカシ、ウバメガシ、コナラ、クヌギ（ブナ科）

成虫◆43〜65mm

コウチスズメ
ドウダンツツジが公園や庭に植えられるようになったころから、街中でも見られるようになりました。かつては山地でしか見つからない、めずらしい種でした。
- 40mm前後
- 本州〜九州
- 初夏〜初秋（1〜2化）
- ドウダンツツジ、サラサドウダン、スノキ（ツツジ科）

成虫◆23〜32mm

ふれると体を反らします。

緑色型
黄色型

ヒメクチバスズメ
単食性（→p.12）でシナノキのみを食べ、山地にすみます。体色には2つのタイプがあります。
- 60mm前後
- 北海道〜九州
- 夏（1化）
- シナノキ（アオイ科）

成虫◆32〜40mm

スズメガ科の幼虫は街中でもよく見られます。食草の下に大きなふんが落ちていることがあるので、さがす手がかりになります。

スズメガ科 ③

＊白バックの幼虫写真は、ほぼ実際の大きさです。

頭部

蛹

水色の気門

オオシモフリスズメ
日本のスズメガ科の中では最大で、食草の枝がしなるほどの重量感があります。しげきすると体を左右にふり、まさつ音を出します。●130mm前後
●本州〜九州 ●春〜初夏(1化) ●サクラ類、ウメ、アンズ、モモ、スモモ(バラ科)
成虫◆66〜75mm

赤いもようは個体によってちがいます。
肛上板
ふたまたのとっき
尾角
4齢
頭部
とっき

ヒサゴスズメ
肛上板(→p.10)が赤茶色で黄色いごつごつしたとっきがあるのが特ちょうです。山地でよく見つかりますが、伊豆半島では低地のヤシャブシの林にもいます。●50mm前後
●北海道〜九州 ●夏(1化)
●ハンノキ、ヤマハンノキ、ヤシャブシ(カバノキ科)
成虫◆29〜38mm

エゾスズメ
尾角から尾脚にごつごつしたとっきがあることで、クルミ類で見つかるほかの種の幼虫と区別できます。●85〜100mm
●北海道〜九州 ●初夏〜初秋(1化) ●オニグルミ(クルミ科)
成虫◆42〜52mm

赤いはんもんのない個体

ウンモンスズメ
スズメガ科の幼虫でニレ科の木の葉を食べるのは、ウンモンスズメだけです。体の赤いはんもんは、個体によってちがいがあります。
●60〜70mm ●北海道〜九州
●初夏〜秋(2化) ●ケヤキ、ハルニレ、アキニレ(ニレ科)
成虫◆30〜37mm

ノコギリスズメ
本州では標高の高い場所のドロノキやヤマナラシの生える河原などにすみます。体は緑色で、ななめの黄色い線が入ります。
●70mm前後 ●北海道、本州 ●夏〜初秋(1化)
●ドロノキ、ヤマナラシ(ヤナギ科)
成虫◆41〜52mm

短い尾角

トビイロスズメ
藤だなを見上げると、この大きな幼虫に出会うことがあります。秋に土の中にもぐってそのまま越冬し、春になってから蛹化します。尾角が短いのが特ちょうです。●85mm前後
●北海道〜屋久島、沖縄島 ●夏〜初秋(1化)
●フジ、ハギ類、クズ、ハリエンジュ(マメ科)
土の中で越冬する幼虫

成虫◆48〜60mm

中齢

オオスカシバ
街中でも見られる身近な種です。公園や庭に植えられたクチナシを丸ぼうずにしてしまうこともあります。
●60〜65mm ●本州〜九州、奄美大島、沖縄島、八重山列島 ●夏〜秋(2化) ●クチナシ、アカミズキなど(アカネ科)

はんもんが目立つ
終齢(クチナシ)
成虫◆23〜32mm

眼状紋

キョウチクトウスズメ
眼状紋が、黒ぶちに青白い色をしているので、ほかの種とすぐに区別できます。猛毒のキョウチクトウを食べても平気です。
●90mm前後 ●本州〜九州、奄美大島、徳之島、沖縄島、八重山列島 ●初夏〜晩秋(多化) ●キョウチクトウ、ニチニチソウ(キョウチクトウ科)

成虫◆37〜55mm
終蛹(ニチニチソウ)

●終齢幼虫の体長 ●分布 ●幼虫が見られる時期 ●幼虫の食べ物 ●成虫の大きさ(前ばねの長さ)

98

長い尾角
かっ色型
緑色型

ホシヒメホウジャク
緑色からかっ色まで体色は個体によって
ちがいがあり、虫食いあとのようなも
ようがあるものもいます。尾角は長くの
びていて、前後に動か
せます。
●40〜55mm
●北海道〜屋久島
●夏〜秋（2化）●ヘ
クソカズラ（アカネ科）成虫◆15〜17mm

緑色型
かっ色型

アトボシホウジャク(オキナワクロホウジャク)
尾角が前方に反り返り、体全体に小さなとっ
きがあります。体色は緑色から暗かっ色まで、
個体によってちがいます。
●55mm前後
●九州、南西諸島 ●夏〜
晩秋（2〜3化）●ヘクソ
カズラ、ヤエヤマアオキ、
ハナガサノキ（アカネ科）

成虫◆24〜28mm

緑色型
黒かっ色型

クロホウジャク
若齢は食草の新芽にいて、そっくりな緑色をして
います。終齢は、緑色から
黒かっ色まで、個体によっ
て体色がちがいます。
●60mm前後 ●北海道〜沖縄
島 ●初夏〜秋（2化）●ユズリ
ハ、ヒメユズリハ（ユズリハ科）

成虫◆22〜28mm

ネグロホウジャク(オキナワホウジャク)
水色のラインと黒いアクセントをもつ
美麗種です。黄色
型のみが知られて
います。●55〜65
mm ●南西諸島
●4〜11月（多化）
●ヒメユズリハ（ユ
ズリハ科）
成虫◆22〜26mm

緑色型
かっ色型

ホシホウジャク
胸部を細長くのばして、食草のつるにとまっ
ています。緑色からかっ色まで、体色は個体
によってちがいます。
●50〜55mm ●全国
●夏〜秋（2〜3化）
●ヘクソカズラ、アカネ
（アカネ科）
成虫◆22〜25mm

イチモンジホウジャク
尾角はやや前方に反り返り、小さなとっきがあり
ます。体色は緑色か黄緑色で、
尾角、尾脚、腹脚のみが赤み
を帯びます。●60mm前後
●奄美大島、沖縄島、八重山列
島 ●8〜11月（2〜3化）●ボ
チョウジ、シラタマカズラ（ア
カネ科）

成虫◆23〜27mm

眼状紋
白い
かっ色型
黒色型
亜終齢（緑色型）

クロスキバホウジャク
腹部下側が赤茶色をしています。体の
横の赤いはんもんは、個体によってち
がいます。食草の細い枝にいることが
多く、頭部をもち上げ腹側に丸めてい
ます。●45mm前後 ●北海道〜九州
●初夏〜初秋（2化）●キンギンボク、タニ
ウツギ、スイカズラ（スイカズラ科）、ヤエ
ムグラ（アカネ科）

威嚇姿勢
(タニウツギ)

成虫◆21〜25mm

亜終齢(緑色型)
亜終齢

イブキスズメ
高原にすみ、生息する場所は限定されます。亜
終齢までは緑色のものもいますが、終齢にな
ると黒くなり、体の横に
黄色いもんがならびます。
●60mm前後 ●北海道、
本州、九州 ●夏（1化）
●カワラマツバ（アカネ科）、
ヤナギラン（アカバナ科） 成虫◆28〜40mm

ベニスズメ
眼状紋が2対(4こ)あり、尾角の先端が白くなる
のが特ちょうです。かっ色
型と黒色型、緑色型がいます。
●60〜80mm ●北海道〜九
州、沖縄島 ●初夏〜初秋（2
化）●ツリフネソウ科、ミソハ
ギ科、サトイモ科、アカネ科、
アカバナ科

成虫◆23〜32mm

ハネナガブドウスズメ
サルナシの葉を好み、同じ科のマタタビでも
見られます。栽培されているキウイフルーツ
でも発生することがあります。
●85〜90mm ●北海道〜沖縄島 ●夏〜初秋（1
化）●サルナシ、シマサルナシなど（マタタビ科）

成虫◆40〜55mm

ブドウスズメ
敵にあうと、後胸を横にふくらませ、体を大
きく見せます。さらに、口から緑色のねばり
気のある液を出して、げきたいします。
●75〜90mm ●北海道〜沖縄島
●夏〜初秋（1化）●ヤブガラシ、ブドウ、ノブド
ウ、エビヅル、ツタ（ブドウ科）

成虫◆36〜48mm

日本のスズメガ科の多くは蛹で越冬しますが、トビイロスズメは幼虫で越冬します。また、ホウジャクのなかまには、成虫で越冬するものもいます。

スズメガ科 ④

*白バックの幼虫写真は、ほぼ実際の大きさです。

シタベニセスジスズメ
緑色型

クワズイモの葉のうらにいて、葉のふちから葉脈を残して食べます。森の中よりも人家周辺でよく見られます。
- ●65mm前後
- ●沖縄島、八重山列島
- ●5〜11月(多化) ●タイモ、クワズイモ(サトイモ科)

成虫◆23〜32mm

マメシタベニスズメ
黒色型

食草のフタバムグラが生える田んぼのあぜなどで見つかります。緑色から黒色まで、体色は個体によってちがいます。
- ●50mm前後
- ●沖縄島、八重山列島
- ●3〜11月(多化) ●フタバムグラ(アカネ科)

成虫◆24〜32mm

ミスジビロードスズメ
つき出した眼状紋

眼状紋がつき出ているのが特ちょうです。アジサイ類が生える、しめったやや暗い所にすんでいます。
- ●50mm前後 ●本州〜屋久島 ●初夏〜秋(2化)
- ●ガクウツギ、ガクアジサイ(アジサイ科)

成虫◆22〜29mm

白いもん
緑色型

キイロスズメ
かっ色型

ヤマノイモを食べるスズメガ科の幼虫は、キイロスズメのみです。緑とかっ色の2つのタイプがあり、体の横の白いもんは片側に1つか、2つあります。
- ●80〜100mm ●本州〜南西諸島
- ●初夏〜秋(2化)
- ●ヤマノイモ、ナガイモ(ヤマノイモ科)

蛹

成虫◆42〜56mm

ビロードスズメ
眼状紋

終齢は、はちゅう類を思わせるすがたをしていて、草かげから頭を出すとおどろかされます。テンナンショウ類など、有毒な植物を食べてしまいます。
- ●65〜75mm ●本州〜屋久島
- ●初夏〜秋(2化) ●ブドウ科、サトイモ科、アカネ科、ツリフネソウ科、アカバナ科

成虫◆23〜30mm
威嚇姿勢

3齢

緑色型

コスズメ
緑色型 / かっ色型

終齢は、緑または茶色の体に眼状紋をもち、尾角が波打つように反るのが特ちょうです。
- ●65〜80mm ●全国 ●初夏〜秋(2化)
- ●ヤブガラシ、ノブドウ(ブドウ科)、ノリウツギ(アジサイ科)、オオマツヨイグサ(アカバナ科)

成虫◆25〜36mm

セスジスズメ

多くは茶かっ色から黒色ですが、緑色の個体もいます。体の横には眼状紋がずらりとならびます。歩行するときは、尾角を前後に動かします。
- ●60〜85mm ●全国 ●初夏〜秋(2化)
- ●ブドウ科、ツリフネソウ科、サトイモ科、ミソハギ科、アカネ科、アカバナ科

成虫◆28〜37mm

かっ色型
若齢 / 4齢

ミドリスズメ

とても大きな眼状紋をもち、体の横に緑色のもんがならぶのが特ちょうです。日本では、奄美大島以南の南西諸島にのみ生息しています。
- ●70mm前後 ●南西諸島 ●4〜11月(多化)
- ●クワズイモ、サトイモ(サトイモ科)

シタベニスズメ

7対(14こ)の眼状紋がならび、最前列の1対(2こ)は黒目のようです。緑色型とかっ色型があります。コミカンソウ科を食べる日本のスズメガ科は、シタベニスズメのみです。
- ●70mm前後 ●南西諸島 ●4〜11月(多化)
- ●ノブドウ、エビヅル(ブドウ科)、カキバカンコノキ、キールンカンコノキ(コミカンソウ科)

成虫◆28〜37mm

成虫◆35〜38mm

●終齢幼虫の体長 ●分布 ●幼虫が見られる時期 ●幼虫の食べ物 ◆成虫の大きさ(前ばねの長さ)

シャチホコガ科 ①

幼虫のすがた形は変化にとみ、イモムシ・毛虫のほか、体のいろいろな部分が特化して、独特なすがたをしたものもいます。しげきすると体をこわばらせて防御姿勢をとり、さらに胸脚や尾脚を使って威嚇をします。強いしげきに対して、液体（酸）を出して敵を追いはらう種もいます。

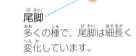
腹脚
4対（8本）あります。

威嚇姿勢をとるヒメシャチホコ（→p.106）
体を反らせ、細長くのびた中脚と後脚をふるわせます。

尾脚
多くの種で、尾脚は細長く変化しています。

胸脚（後脚）　胸脚（中脚）　胸脚（前脚）

頭部
多くの種は、頭部が大きく、かたい葉を好んで食べます。

モクメシャチホコ（→p.102）
尾脚がむちのように、長くのびています。

ギンシャチホコ（→p.103）
背中のとっきがふくざつに発達しています。

セグロシャチホコ（→p.102）
ドクガ科（→p.112）の幼虫に似た毛虫です。

クワゴモドキシャチホコ（→p.102）
ふつうのイモムシと同じような尾脚です。

ツマキシャチホコ（→p.107）
終齢まで集団で育ちます。

クロエグリシャチホコ（→p.103）
いろいろな体色のものがいます。

シャチホコガ科は、日本で123種が知られています。

シャチホコガ科 ②

＊白バックの幼虫写真は、ほぼ実際の大きさです。

1対(2こ)の白いもん

ツマアカシャチホコ
枝先の若葉をつづって巣をつくります。長い毛をもちますが、毒はありません。
- 25〜40mm
- 北海道〜屋久島
- 初夏〜晩夏(2〜3化)
- ヤナギ科

成虫◆15〜19mm

ニセツマアカシャチホコ
ツマアカシャチホコに似ていますが、黒いすじがはっきりせず、全体に白っぽく見えます。
- 25〜38mm
- 北海道〜四国
- 初夏〜晩夏(2化)
- イヌコリヤナギなど(ヤナギ科)

成虫◆16〜20mm

セグロシャチホコ
ポプラやヤマナラシを好み、街中で大発生することがあります。終齢になると、幹や枝にとまっていることが多く、ドクガ科(→p.112)の幼虫とまちがわれることがあります。
- 25〜39mm
- 北海道〜九州、沖縄島
- ほぼ一年中(2〜3化)
- ヤナギ科

成虫◆16〜20mm

ヒナシャチホコ
食草の葉のうらにいて、亜終齢までは緑色で赤いもんがあり、葉脈にそっくりです。終齢になると茶かっ色となり、赤いもんがはっきりしなくなります。緑色の終齢もいます。
- 20〜30mm
- 北海道〜四国
- 初夏〜晩夏(2〜3化)
- ポプラ、ヤマナラシ(ヤナギ科)

葉のうらにいる亜終齢(ヤマナラシ)

成虫◆13〜15mm

クワゴモドキシャチホコ
イヌコリヤナギの葉のうらにいて、ずんぐりした体形は葉の形にそっくりです。
- 25〜30mm
- 北海道〜九州
- 初夏〜晩夏(2〜3化)
- イヌコリヤナギなど(ヤナギ科)

成虫◆13〜15mm

モクメシャチホコ
幼虫を正面から見るとネコの顔に似ています。体は大きく、とまっている葉や枝がしなります。
- 55mm前後
- 北海道、本州、九州
- 初夏〜夏(1化)
- ヤナギ科
- ❌強い酸を出し、皮ふにふれるとぴりぴりする。

成虫◆30〜32mm
終齢の頭部

ホシナカグロモクメシャチホコ
(オオナカグロモクメシャチホコ)
ナカグロモクメシャチホコによく似ていますが、食草がことなることで見分けられます。
- 35〜40mm
- 北海道〜四国
- 初夏〜晩夏(2化)
- シラカンバ、ヤマハンノキ、ヤシャブシなど(カバノキ科)

成虫◆18〜22mm

赤い突出物
尾脚

オオモクメシャチホコ
街中のポプラで見られ、自然の森の中ではめったに見られません。ふれると尾脚をふって威嚇し、さらにしげきすると赤い突出物をのばします。
- 55mm前後
- 北海道〜九州
- 初夏〜夏(1〜2化)
- ポプラなど(ヤナギ科)

成虫◆29〜35mm

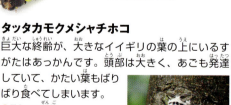

タッタカモクメシャチホコ
巨大な終齢が、大きなイイギリの葉の上にいるすがたはあっかんです。頭部は大きく、あごも発達していて、かたい葉もばりばり食べてしまいます。
- 70mm前後
- 本州〜南西諸島
- 初夏〜夏(1〜2化)
- イイギリ(ヤナギ科)

成虫◆36mm前後

ナカグロモクメシャチホコ
ヤナギ類の葉の表で静止しています。
- 35〜40mm
- 北海道〜九州
- 初夏〜晩夏(2〜3化)
- ヤナギ科

まゆ

成虫◆17〜21mm

1齢

木の皮をかじり、かたいまゆをつくります。

- 終齢幼虫の体長　● 分布　● 幼虫が見られる時期　● 幼虫の食べ物　❌ 注意　◆ 成虫の大きさ(前ばねの長さ)

ギンシャチホコ
虫食いの葉にみごとに擬態していて、野外では見つけることがとてもむずかしいイモムシです。
- ●40〜45mm
- ●北海道〜九州
- ●初夏〜晩夏（2化）
- ●ミズナラ、コナラ、クリなど（ブナ科）

成虫◆24mm前後

幹の上の空まゆ（クリ）　蛹

コフタオビシャチホコ
背中の白いすじが目立ちますが、葉のうらにいると目立ちません。赤いもんが目立つ個体もいます。
- ●25mm前後
- ●北海道、本州
- ●初夏〜晩夏（2化）
- ●ヤマナラシ（ヤナギ科）

成虫◆15〜16mm

エゾエグリシャチホコ
ミズナラやトチノキなどの大きな葉のうらでよく目立ちます。
- ●40mm前後
- ●北海道〜九州
- ●初夏〜晩夏（2化）
- ●ムクロジ科、ブナ科、アオイ科、バラ科など

成虫◆22〜26mm

黒いもん

クロエグリシャチホコ
体色はうすい黄色からオレンジ色まで、個体によってちがい、頭部に目玉のような黒いもんがあります。単独でいることが多いですが、数頭で葉を食べていることもあります。
- ●30〜38mm
- ●北海道〜九州
- ●初夏〜晩夏（2化）
- ●カエデ類、トチノキ（ムクロジ科）

成虫◆18〜21mm

プライヤエグリシャチホコ
成虫は、夜、明かりにたくさん飛んできますが、幼虫はなかなか見つかりません。食草のケヤキが大木になることも見つけにくい要因かもしれません。
- ●30mm前後
- ●北海道〜九州
- ●初夏〜晩夏（2化）
- ●ケヤキ（ニレ科）

成虫◆14〜15mm

スジエグリシャチホコ
枝先に群生し、よく目立ちます。しげきをあたえると口からねばり気のある緑色の液体を出します。
- ●35〜45mm
- ●北海道〜九州
- ●初夏〜晩夏（2化）
- ●カエデ類（ムクロジ科）

若齢の集団（カエデ類）

成虫◆16〜23mm

するどいとっき

クロスジシャチホコ
腹部の末端にするどいとっきがあります。しげきすると頭部を背面側に反らせます。1齢は葉脈を糸状に食べ残すので、それを目印に見つけられます。
- ●35〜45mm
- ●北海道〜九州
- ●初夏〜晩夏（2化）
- ●ヤシャブシ、ツノハシバミ、サワシバ、イヌシデなど（カバノキ科）

成虫◆21〜25mm

シーベルスシャチホコ
頭部を横に曲げ、6の字形の防御姿勢をとり、しげきすると口から緑色の液体を出します。葉のうらの先端で葉脈を残して食べます。
- ●30mm前後
- ●北海道〜九州
- ●初夏（1化）
- ●ダケカンバ、シラカンバ、ヤシャブシなど（カバノキ科）

成虫◆16〜23mm

コクシエグリシャチホコ（キテンエグリシャチホコ）
標高1500m以上の高山に局所的に生息しています。
- ●30mm前後
- ●本州
- ●初夏〜夏（1化）
- ●ダケカンバ、ミヤマハンノキ（カバノキ科）

成虫◆19〜21mm

モンキシロシャチホコ
シラカンバやダケカンバのしげる高原に多く、林道ぞいの低木でまとまって見つかることがあります。
- ●35mm前後
- ●北海道〜四国
- ●夏（1化）
- ●ダケカンバ、シラカンバ（カバノキ科）、アズキナシ、ナナカマド（バラ科）

成虫◆17〜20mm

細かく黄色いとっき

キエグリシャチホコ
卵で越冬し、新芽の生長とともにふ化します。新緑を見上げると葉のうらの葉脈に静止しているところを見つけることができます。
- ●40mm前後
- ●北海道〜九州
- ●初夏（1化）
- ●トチノキ、カエデ類（ムクロジ科）、クマシデ、サワシバ（カバノキ科）

成虫◆23〜25mm

シャチホコガ科の幼虫の多くは、葉や枝のうら側にいますが、モクメシャチホコのなかまは、葉の表にいることが多いです。

シャチホコガ科 ③

＊白バックの幼虫写真は、ほぼ実際の大きさです。

オオトビモンシャチホコ
新緑の季節、クヌギやコナラの枝先に群がる黒い毛虫です。終齢になると赤と黒のまだらもようになります。
- 45〜50mm
- 北海道〜沖縄島
- 晩春〜初夏（1化）
- コナラ、クヌギ、カシ類など（ブナ科）

成虫◆25〜28mm
枝先に群がる若齢の集団（コナラ）

アオバシャチホコ
頭部を背面側に反らせ、ボート形の防御姿勢をとります。腹端に目に似た黒点があり、外敵の目をあざむく効果があると考えられています。
- 50mm前後
- 北海道〜九州
- 晩春〜初秋（2化）
- ミズキ、クマノミズキなど（ミズキ科）

終齢の防御姿勢（ミズキ）

成虫◆22〜29mm

クシヒゲシャチホコ
早春、カエデ類の葉のうらで、6の字形に体を曲げている幼虫を見ることができます。成虫は11〜12月の冬にあらわれます。
- 30〜35mm
- 北海道〜九州
- 春〜初夏（1化）
- カエデ類（ムクロジ科）

6の字形に体を曲げた終齢（カエデ類）

成虫◆17mm前後

ギンモンシャチホコ
背面は赤かっ色で腹面は黄白色のツートンカラーです。体形は細長く、第1腹節背面のとっきが目立ちます。枝に似ていて、小枝にいると見分けがつきません。
- 50mm前後
- 北海道〜九州
- 初夏〜初秋（2化）
- ハルニレ、ケヤキ（ニレ科）

ハルニレの葉を食べる終齢

成虫◆16〜22mm

ウスイロギンモンシャチホコ
胸部と腹端にこぶ状のとっきをもちます。小枝に静止していると枝と区別がつかず、なかなか見つかりません。
- 45mm前後
- 北海道〜九州
- 夏〜初秋（2化）
- コナラ、ミズナラ、クヌギ（ブナ科）

クヌギの葉を食べる終齢

成虫◆17〜19mm

シロスジエグリシャチホコ
背面に黄色いとっきがならんでいます。腹端のやや大きいとっきをもち上げ、防御姿勢をとります。体色は緑、黄色、かっ色など、個体によってちがいがあります。
- 40mm前後
- 北海道〜九州
- 初夏〜初秋（2化）
- カエデ類（ムクロジ科）

緑色型 / かっ色型

成虫◆20〜22mm

黄色い部分が円い

クロテンシャチホコ
背面に赤いひし形のはんもんがならび、腹端に短いとっきがあります。
- 40〜45mm
- 北海道〜四国
- 初夏〜初秋（2化）
- コナラ、ミズナラ（ブナ科）

頭部を横に曲げる防御姿勢（クヌギ）

成虫◆23〜26mm

黄色い部分が細長い
赤色型 / 緑色型

シロテンシャチホコ
クロテンシャチホコに似ていますが、頭部の黄色い部分の形と食草がことなります。
- 23〜45mm
- 北海道〜九州
- 夏〜初秋（2化）
- シナノキ、オオバボダイジュ（アオイ科）

成虫◆18〜22mm

ユミモンシャチホコ
第8腹節に左右に開いた1対（2本）のとげをもっています。ハルニレの緑があざやかになる初夏、木を見上げると葉のうらで見つけることができます。
- 45mm前後
- 北海道〜九州
- 初夏〜夏（1化）
- ハルニレ、ケヤキ（ニレ科）

成虫◆19〜27mm

●終齢幼虫の体長　●分布　●幼虫が見られる時期　●幼虫の食べ物　◆成虫の大きさ（前ばねの長さ）

ハガタエグリシャチホコ
いろいろな広葉樹の葉を食べるため、見つけにくい種です。尾脚はぼう状で、防御姿勢をとるときは背面側にもち上げます。
●35mm前後 ●北海道〜九州 ●夏〜初秋（1化）●カバノキ科、クルミ科、ニレ科、シナノキ（アオイ科）、バッコヤナギ（ヤナギ科）など

成虫◆18〜21mm
防御姿勢をとる中齢

カバイロモクメシャチホコ
サクラの花が終わり、緑におおわれるころ、幼虫があらわれます。野鳥がひなのえさとしてよく運んでいきますが、人の目ではなかなか見つけられません。
●40〜50mm ●北海道〜九州 ●晩春〜初夏（1化）●サクラ類、ズミ（バラ科）

成虫◆25〜28mm
中齢（ヤマザクラ）

スジモクメシャチホコ

背面にならぶ先端の赤いとっきが、体の白い線と組み合わさって、葉のふちにうまくとけこみ、発見しにくい幼虫です。
●35〜45mm ●北海道〜九州 ●初夏〜夏（1化）●オヒョウ、ハルニレ（ニレ科）
成虫◆22〜28mm

葉のうらにとまる終齢（ハルニレ）

ナカスジシャチホコ
ずんぐりした体形が特ちょうです。背面はぎざぎざしていて、食草の葉のふちによく似ています。低山地から高山まで広く分布します。
●30mm前後 ●北海道〜四国 ●初夏〜初秋（2化）●ナナカマド、サクラ類（バラ科）
成虫◆17〜21mm

シロスジシャチホコ
背面にならぶとっきは、恐竜のステゴサウルスを連想させます。ハルニレのかたくなった葉を好んで食べます。
●30mm前後 ●北海道、本州 ●夏〜初秋（1〜2化）●ハルニレ（ニレ科）

成虫◆18〜19mm

シロジマシャチホコ
本州では亜高山帯にすみ、ダケカンバの森で多く見られます。腹端にスズメガ科（→p.95）の幼虫のようなするどいとっきがあり、体色は黄色から茶色まで個体によってちがいます。
●50mm前後 ●北海道、本州 ●初夏〜初秋（1〜2化）●シラカンバ、ダケカンバ（カバノキ科）、ヤマナラシ、バッコヤナギ（ヤナギ科）

ダケカンバの葉を食べる終齢
成虫◆24〜29mm

かっ色型
緑色型

トビスジシャチホコ
山地のカバノキ科の木で見つかります。防御姿勢は背中を丸め腹端をもち上げます。体色は個体によってちがい、緑、黄、茶色のほか、中間的な色の個体もいます。
●40mm前後 ●北海道〜九州 ●初夏〜初秋（1〜2化）●シラカンバ、ダケカンバ、ヤマハンノキ、ヤシャブシ（カバノキ科）

第8腹節のとっき

ウチキシャチホコ
トビスジシャチホコと同じく、カバノキ科の葉を食べ、同じ場所にすんでいます。第8腹節のとっきが長くとび出しています。
●40mm前後 ●北海道〜四国 ●初夏〜初秋（2化）●シラカンバ、ダケカンバ（カバノキ科）
成虫◆19〜23mm

防御姿勢をとる亜終齢
成虫◆20〜26mm

トビマダラシャチホコ
北海道や本州の寒冷地に生息しています。ドロノキやヤマナラシを好みますが、ほかのヤナギのなかまでも見つかります。●40mm前後 ●北海道、本州 ●夏〜初秋（1化）●ヤナギ科
成虫◆21〜26mm

シャチホコってなに？
シャチホコガは、漢字で「鯱蛾」などと書きます。「鯱」とは、魚に似た想像上の動物で、海にすむところから、火よけのまじないとして、お城の天守閣の屋根などにかざられるようになりました。鯱の尾を反り返らせるポーズが、シャチホコガ科の幼虫の腹端を持ち上げるポーズと似ているところから「鯱蛾」と名づけられました。

名古屋城天守閣の鯱
ハガタエグリシャチホコ中齢のポーズ

シャチホコガ科の幼虫はかたい葉を好む種が多いので、若葉のころではなく、葉がかたくなる時期に幼虫をさがすとよいでしょう。

シャチホコガ科 ④

＊白バックの幼虫写真は、ほぼ実際の大きさです。

ムラサキシャチホコ
クルミの葉の虫食い部分にそっくりなもようをしています。成虫は枯れ葉に似ています。
- ●38〜45mm
- ●北海道〜九州
- ●初夏〜初秋（2化）
- ●オニグルミ（クルミ科）
- 成虫◆23〜28mm

ニッコウシャチホコ
長くのびた尾脚は静止時にはまっすぐのばしていますが、威嚇時にはムチのようにふり回します。
- ●35mm前後
- ●北海道〜九州
- ●初夏〜夏（2化）
- ●オニグルミ、サワグルミ（クルミ科）
- 成虫◆15〜18mm

シャチホコガ
太い三角形のとっき／尾脚／黒いもん

中・後脚は長く発達して、尾脚はぼう状です。敵を威嚇するときは長いあしを広げ、腹端をもち上げて振動させます。さまざまな広葉樹の葉を食べます。
- ●45〜50mm
- ●北海道〜屋久島
- ●初夏〜秋（2化）
- ●クルミ科、ヤナギ科、カバノキ科、ブナ科など
- ❌強い酸を出し、皮ふにふれるとぴりぴりする。

バイバラシロシャチホコ
茶色の体に黄色いはんもんをもち、威嚇時は長い中・後脚を大きく広げ、体を反り返らせます。
- ●40mm前後
- ●北海道〜九州
- ●初夏〜秋（2化）
- ●クマシデ（カバノキ科）、オニグルミ（クルミ科）、ブナ科、ニレ科、クルミ科、マンサク科、バラ科
- 成虫◆15〜23mm

シロシャチホコ
黄色から茶色まで体色に変異があり、バイバラシロシャチホコより山地にすみます。
- ●30〜40mm
- ●本州〜九州
- ●初夏〜秋（2化）
- ●カバノキ科、ブナ科、ニレ科、クルミ科、マンサク科、バラ科
- 成虫◆19〜27mm
- 防御姿勢

威嚇姿勢

成虫◆24〜31mm ／ 防御姿勢

ギンモンスズメモドキ
防御時は頭部と腹端とを大きく反らせ、オオモクメシャチホコ（→p.102）のように尾脚先端から赤いひも状の突出物を出します。終齢には、かっ色型と緑色型があります。
- ●50mm前後
- ●北海道〜九州
- ●初夏〜初秋（1化）
- ●カエデ類（ムクロジ科）

かっ色型 ／ 尾脚

ひも状の突出物

防御姿勢をとる緑色型の終齢 ／ 成虫◆33〜40mm

ヒメシャチホコ
黒いもん

中齢まで、食草の茎や枝などに群れて止まっていて、植物のとげに見えます。
- ●45mm前後
- ●北海道〜九州
- ●初夏〜初秋（2化）
- ●ハギ類など（マメ科）、ナワシロイチゴ（バラ科）、ハシバミ（カバノキ科）
- ❌強い酸を出し、皮ふにふれるとぴりぴりする。

威嚇姿勢（メドハギ）／成虫◆18〜22mm

レアもの？ 変わりもの？

ゴマダラシャチホコは、日本のシャチホコガ科の中で、ただ1種、針葉樹の葉を食べる変わりもので、マツ科の巨木が生える森にすんでいます。幼虫の発見例は非常に少なく、おそらく木の高い所にいると考えられます。最初に発見された場所は、長野県の野麦峠です。

ゴマダラシャチホコ
- ●45mm前後
- ●本州〜九州
- ●初夏〜初秋（2化）
- ●モミ、シラビソ（マツ科）
- 成虫◆18〜23mm

●終齢幼虫の体長　●分布　●幼虫が見られる時期　●幼虫の食べ物　❌注意　◆成虫の大きさ（前ばねの長さ）

タカサゴツマキシャチホコ
カレハガ科（→p.90）の幼虫を思わせる毛虫で、黒い毛束が前胸と腹端にあります。毛には毒はありません。●45〜55mm ●本州〜九州 ●初夏〜初秋（1化）●クヌギ（ブナ科）

中齢の集団　成虫◆22〜25mm

ムクツマキシャチホコ
ムクノキやケヤキの大木がしげる河川じきや公園にすむ、黒地に赤と白のもようをもつ毛虫です。終齢まで枝先で群れています。●45〜50mm ●本州〜九州 ●初夏〜初秋（1化）●ムクノキ（アサ科）、アキニレ、ケヤキ（ニレ科）

成虫◆28〜34mm　4齢の集団

ツマキシャチホコ
クヌギなどの枝先に集団をつくります。赤と黒の体色の毛虫のため、よく目立ちます。●45〜50mm ●北海道〜九州 ●初夏〜初秋（1化）●ミズナラ、コナラ、クヌギ、カシワ、アベマキ、クリ（ブナ科）

成虫◆24〜30mm

フタジマネグロシャチホコ
黄緑色の体色に白い線と赤いもようがあり、一見すると目立ちそうですが、葉のうらでは、ほご色になっています。●23〜35mm ●北海道〜九州 ●夏〜初秋（2化）●サワフタギ、タンナサワフタギ（ハイノキ科）

成虫◆19〜21mm

モンクロシャチホコ
夏の終わりごろ、サクラ類の枝先に終齢が群れています。蛹化が近づくと、列をつくって木を下ってきます。●50mm前後 ●北海道〜九州 ●初夏〜初秋（1化）●サクラ類、ズミ、ナシ（バラ科）

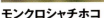

ホソバシャチホコ
食痕にそってとまっていると、虫食いの葉のように見えます。●40mm前後 ●北海道〜屋久島 ●初夏〜初秋（2化）●ミズナラ、コナラ、クヌギ、カシ類（ブナ科）

成虫◆20〜23mm

ヘリスジシャチホコ
発見例がとても少ない幼虫です。サクラ類を食べるといわれてきましたが、アセビを好んで食べることがわかりました。●40mm前後 ●本州〜九州 ●初夏〜初秋（2化）●サクラ類（バラ科）、アセビ（ツツジ科）

成虫◆21〜26mm

若齢の集団　成虫◆22〜24mm

食痕に止まる終齢（コナラ）

若齢（アセビ）

オオネグロシャチホコ
ナツツバキの白い花がさくころと、夏の暑さがやわらぐ秋の初めに幼虫があらわれます。防御姿勢は頭部を腹側にまきこむ形です。●35mm前後 ●本州〜屋久島 ●初夏〜初秋（2化）●ナツツバキ、ヒメシャラ（ツバキ科）

成虫◆22〜24mm　ナツツバキを食べる終齢

クロシタシャチホコ
体色が、ツバキの葉のうらに似たうす緑色をしているため、見つけにくい幼虫です。秋に地面におりてまゆをつくり、越冬後、春に蛹化します。●45mm前後 ●北海道〜沖縄島 ●夏〜秋（2化）●ヤブツバキ（ツバキ科）

成虫◆24〜30mm

中齢（ヤブツバキ）　まゆの中で越冬する終齢

モンクロギンシャチホコ
植えられたサクラ類やカナメモチなどを好みます。東日本では局所的に分布しています。●35mm前後 ●本州〜九州 ●初夏〜初秋（2化）●ナシ、ザイフリボク、サクラ類、カナメモチ、ピラカンサ（バラ科）

成虫◆17mm前後

ギンモンスズメモドキが尾脚から出す赤い突出物は、オオモクメシャチホコのほかに、モクメシャチホコのなかまにもあります。

シャチホコガ科 ⑤

＊白バックの幼虫写真は、ほぼ実際の大きさです。

ウスキシャチホコ
食草であるイネ科の植物の細長い葉に、みごとに同化した体形をしていて、なかなか見つけられません。●35〜50mm ●北海道〜九州 ●初夏〜初秋（2化）●ススキなど（イネ科）

成虫◆20〜25mm

トリゲキシャチホコ
山地性の種で、ササがしげる場所で見つかります。ジャノメチョウ類（→p.67）の幼虫に似ています。●35mm前後 ●本州〜九州 ●晩春〜夏（2化）●クマザサなど（イネ科）

成虫◆24〜26mm

クマザサの葉を食べる幼虫

キシャチホコ
ヤガ科（→p.122）の幼虫に似ています。枯れたササの葉のような体色をしています。●35mm前後 ●北海道〜種子島 ●初夏〜初秋（2化）●メダケ、アズマザサ（イネ科）

成虫◆20〜26mm

アズマネザサの葉を食べる幼虫

アズマネザサの葉を食べる幼虫

カバイロシャチホコ
食草の葉にとまっていると、葉と見分けがつきません。日本では、生息地である草原環境の減少により、数がへっています。●35mm前後 ●本州〜九州 ●初夏〜初秋（2化）●ススキ、メヒシバ（イネ科）

成虫◆13〜15mm

ノヒラトビモンシャチホコ
体の上面と下面とで体色がことなり、黄色の線で仕切られます。成虫は春にあらわれます。●35mm前後 ●本州〜九州 ●初夏（1化）●クヌギ、コナラ、ミズナラ（ブナ科）

成虫◆19〜21mm

ツマジロシャチホコ
若齢は体毛が長く、成長すると短くなり、目立たなくなります。背面と腹端に赤いとっきがあり、食痕にそってとまると葉の一部のように見えます。●35〜40mm ●北海道〜屋久島 ●初夏〜初秋（2化）●コナラなど（ブナ科）、クマシデなど（カバノキ科）

成虫◆19〜24mm

クヌギの葉を食べる幼虫

トビモンシャチホコ
コトビモンシャチホコの幼虫に似ていますが、側面の赤いもようが、とぎれとぎれで連続しない点で区別できます。●35mm前後 ●本州〜九州 ●夏（1化）●ミズナラ（ブナ科）

成虫◆17〜19mm

コトビモンシャチホコ
ミズナラの森で、たくさん見つかることがあり、葉のうらの主脈にそってとまっています。●35mm前後 ●本州〜九州 ●夏〜初秋（2化）●ミズナラ、コナラ、クヌギ（ブナ科）

成虫◆16〜19mm

クヌギの葉を食べる幼虫

サクラケムシは悪くない!?
夏の終わり、サクラを丸ぼうずにするモンクロシャチホコ（→p.107）の幼虫は「サクラケムシ」とよばれます。黒い毛虫が葉を食いあらしていると、すぐに殺虫剤などで駆除されてしまいますが、この毛虫は無毒です。また、この時期の古くてかたくなった葉を好んで食べ、新芽は食べないので、木にも害がありません。むしろ、ふんが肥料になって役立っているのです。

モンクロシャチホコの集団

タカムクシャチホコ
秋になると、ブナの葉先に主脈を残した若齢の食痕が目立つようになります。茶、白、緑のストライプと腹端のとっきが特ちょうです。●35mm前後 ●本州〜九州 ●秋（1化）●ブナ、イヌブナ（ブナ科）

成虫◆24〜25mm

ウスグロシャチホコ
山地性の種です。シラカンバの葉の食痕にそってとまるすがたは、葉のふちのぎざぎざと、みごとに一体化します。●35mm前後 ●北海道〜九州 ●夏（1化）●シラカンバ、ダケカンバ、ウダイカンバ、ヤシャブシ（カバノキ科）、シナノキ（アオイ科）

成虫◆21〜23mm

●終齢幼虫の体長 ●分布 ●幼虫が見られる時期 ●幼虫の食べ物 ●成虫の大きさ（前ばねの長さ）

タカオシャチホコ（オオウスグロシャチホコ）

オオムラサキがすむような里山のゆたかな雑木林にすみます。
- ●45mm前後
- ●北海道〜トカラ列島
- ●初夏〜初秋（2化）
- ●エノキなど（アサ科）

成虫◆22mm前後

ミナミノクロシャチホコ

タカオシャチホコに似ていますが、腹端に赤いとっきがあります。2000年早春に沖縄の森で見つかり、新種として発表されました。
- ●45mm前後
- ●奄美大島、沖永良部島、沖縄島
- ●春〜初夏（1化）
- ●クワノハエノキなど（アサ科）

赤いとっき

成虫◆21〜23mm ♀

スズキシャチホコ（オオウグイスシャチホコ）

平地から山地まで見られ、ノヒラトビモンシャチホコによく似ています。コナラやミズナラなどの林にすんでいます。
- ●40mm前後
- ●北海道〜屋久島
- ●初夏〜初秋（2化）
- ●コナラ、クヌギ、ミズナラ、ナラガシワ（ブナ科）

成虫◆20〜27mm ♀

ヤスジシャチホコ

終齢はクリーム色の地色に黒のはん点をもち、ハバチ類（→p.74）の幼虫に似ています。防御姿勢は頭部を横に曲げます。
- ●40mm前後
- ●北海道〜九州
- ●初夏〜秋（2化）
- ●ハリギリ（ウコギ科）

成虫◆18〜23mm

クビワシャチホコ

防御姿勢は頭部を背中側に強く反らせ、赤と黒の胸脚を見せながら頭部をふり回します。平地から山地まで広く生息します。
- ●45〜50mm
- ●北海道〜屋久島
- ●初夏〜初秋（2化）
- ●カエデ類（ムクロジ科）

成虫◆24〜26mm ♀

防御姿勢をとる終齢（カエデ類）

カエデシャチホコ（クヌギシャチホコ）

亜終齢から終齢になると体形が変わります。終齢は、成熟すると体の横に赤い線があらわれます。
- ●35mm前後
- ●北海道〜九州
- ●初夏〜秋（2化）
- ●カエデ類、トチノキ（ムクロジ科）

成熟する前の終齢

成虫◆20〜22mm

カエデ類の葉を食べる終齢

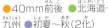

ハリギリの葉の上で防御姿勢をとる幼虫（左）と体をのばして葉を食べる幼虫（右）

オオエグリシャチホコ

尾脚のつけ根に黒と赤の目のようなもようがあるのが特ちょうです。若齢は食草の葉脈を食べ残すので、これを手がかりにさがすことができます。
- ●44〜50mm
- ●北海道〜九州
- ●初夏〜初秋（2化）
- ●フジ、イヌエンジュ、ハリエンジュ、エニシダ（マメ科）

黒と赤のもよう

成虫◆25〜34mm ♂

チョウセンエグリシャチホコ

日本では北海道の東部でしか見ることのできない種です。シラカンバの葉で見られます。
- ●45mm前後
- ●北海道東部
- ●夏（1化）
- ●シラカンバ（カバノキ科）、ヤマナラシ、ドロノキ（ヤナギ科）

成虫◆24〜30mm ♂

タテスジシャチホコ

黄色と黒のしまのあるはでな幼虫です。食草の葉先にいることが多いので、よく見つかります。
- ●30〜40mm
- ●北海道〜九州
- ●初夏〜初秋（2化）
- ●カエデ類（ムクロジ科）

成虫◆15〜22mm ♂

防御姿勢をとる終齢（カジカエデ）

幼虫をさがす目印、食痕

シャチホコガ科の多くの種は、若齢の時には、葉脈を残す特ちょう的な食痕をつくります。幼虫は食痕の葉脈の上にとまっているので、幼虫をさがすときの目印にもなります。特に、中央の葉脈（主脈）を好み、ふ化するとまっ先に主脈を目指し、ひとりじめします。おくれた幼虫は、ほかの葉に移るしかありません。コミスジ（→p.65）など、タテハチョウ科にも、同じように葉脈を残す幼虫がいます。

幼虫
主脈
タテスジシャチホコの若齢の食痕（カエデ類）

カエデシャチホコは、かつてはクヌギシャチホコとよばれていましたが、食草がカエデ類であることがわかり、名前が改められました。

シャチホコガ科 ⑥

*白バックの幼虫写真は、ほぼ実際の大きさです。

全身に黄色い点
目のようなとっき

白いすじ

背中の赤いすじ

ナカキシャチホコ

上から見たところ

上から見ると、胸部の赤いとっきが横にはり出してその中央が黒くなり、目のように見えます。
- 40～50mm
- 北海道～九州
- 初夏～初秋(2化)
- ミズナラ、コナラ、クヌギ、クリ(ブナ科)

成虫◆28～30mm ♀

アカネシャチホコ
山地ではミズナラの森に生息します。低標高地ではコナラやクリも食べます。
- 40mm前後
- 北海道～九州
- 初夏～初秋(2化)
- ミズナラなど(ブナ科)

成虫◆25～33mm

ルリモンシャチホコ
ナカキシャチホコの幼虫に似ていますが、食草がことなります。
- 40mm前後
- 北海道～九州
- 初夏～初秋(2化)
- ハンノキ、ヤマハンノキ、ヤシャブシ(カバノキ科)

成虫◆21～26mm

ハンノキの葉を食べる幼虫

ニトベシャチホコ
山地ではズミを、低地ではカマツカを食草としています。個体数は多くありません。
- 35mm前後
- 北海道～九州
- 初夏～初秋(2化)
- カマツカ、ズミ(バラ科)

成虫◆23～28mm

赤いもん

マルモンシャチホコ
ナカキシャチホコの幼虫に似ていますが、ブナとイヌブナしか食べないことなどから区別できます。
- 40mm前後
- 北海道～九州
- 夏～初秋(2化)
- ブナ、イヌブナ(ブナ科)

成虫◆23～27mm ♀

イシダシャチホコ
側面にとっきがある平たい体は、ほかのシャチホコガ科の幼虫では見られません。防御姿勢は横向きに反ります。
- 40mm前後
- 北海道～九州
- 初夏～初秋(2化)
- ハルニレ、ケヤキ(ニレ科)

成虫◆28～34mm ♀

食痕の上で防御姿勢をとる3齢(アキニレ)

ネスジシャチホコ
クヌギの大木が残るゆたかな里山に生息します。最近は、環境の悪化で減少しています。
- 40mm前後
- 本州～九州
- 初夏～初秋(2化)
- クヌギ(ブナ科)

成虫◆21～29mm

中齢

トビネシャチホコ
日本では対馬にのみ生息し、ブナ科の新芽を食べて育ちます。4月には蛹化してそのまま越冬し、翌年の早春に羽化します。
- 30mm前後
- 対馬
- 春(1化)
- クヌギ、カシワ、アラカシ、アベマキ、コナラ(ブナ科)

成虫◆18～20mm

ハイイロシャチホコ
終齢には、緑色の体に赤茶色と黄色の絵の具をたらしたような不きそくなもようがあります。
- 35mm前後
- 北海道～九州
- 初夏～秋(2化)
- カエデ類(ムクロジ科)

成虫◆18～23mm ♂

アマギシャチホコ
ブナの原生林に生息します。春にふ化した幼虫は、初夏には成熟して土中で蛹化し、翌春、羽化します。
- 40mm前後
- 本州～九州
- 晩春～初夏(1化)
- ブナ、イヌブナ(ブナ科)

成虫◆23～26mm

カエデ類の葉を食べる亜終齢

セダカシャチホコ
背中の白いななめの線は、コナラなどの葉のうらのもようにそっくりです。防御姿勢は頭部を背面に反らせます。●50～60mm ●北海道～屋久島、奄美大島～西表島 ●初夏～初秋（2化）●ミズナラなど（ブナ科）✗強い酸を出し、皮ふにふれるとぴりぴりする。

成虫◆34～41mm

防御姿勢をとる終齢（コナラ）

プライヤアオシャチホコ
里山のクヌギ林などに生息します。●35mm前後 ●北海道～九州 ●初夏～初秋（2化）●クヌギ、ウバメガシ（ブナ科）

成虫◆22～28mm

若齢の集団（クヌギ）

背中の線が赤くないタイプもいます。

オオアオシャチホコ
終齢では、ずんぐりとした体形になります。エゴノキの葉のうらでは体と葉がぴったり合わさって見つけにくいのですが、ハクウンボクのような大きな葉のうらでは目立ちます。●35mm前後 ●北海道～奄美大島 ●初夏～秋（2化）●エゴノキ、ハクウンボク（エゴノキ科）

成虫◆16～25mm

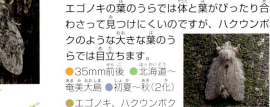
頭部

葉のうらで静止する幼虫（エゴノキ）

アオセダカシャチホコ
野外での幼虫発見例はほとんどありません。採卵してふ化させた幼虫は、コナラやミズナラ、クリなどで飼育できました。●45mm前後 ●北海道～九州 ●初夏～初秋（2化）●ミズナラ、コナラ、クヌギ、カシ類（ブナ科）

成虫◆28～33mm

ブナアオシャチホコ
約10年周期でブナの原生林で大発生をくり返し、葉を食べつくします。●30mm前後 ●北海道～九州 ●初夏～初秋（2化）●ブナ、イヌブナ（ブナ科）

成虫◆19～24mm

アオシャチホコ
オオアオシャチホコの幼虫に似ていますが、前胸に黄色いリングがあることで区別できます。中齢までは群れています。●30mm前後 ●本州～九州 ●初夏～秋（2化）●エゴノキ、ハクウンボク（エゴノキ科）

成虫◆19～24mm

頭部

アマミアオシャチホコ
奄美大島と徳之島のみに生息する固有種です。●35mm ●奄美大島、徳之島 ●春、初秋（2化）●イスノキ（マンサク科）

成虫◆21～22mm

トビギンボシシャチホコ
ハギ類の生える草原に生息します。分布が局所的なため、見つかる機会が少ない種です。●30mm前後 ●北海道～九州 ●初夏～初秋（2化）●ヤマハギ（マメ科）

成虫◆18～20mm

ハネブサシャチホコ
カジカエデしか食べない偏食家です。亜終齢までは緑色ですが、終齢になるとうす茶色に変色します。●35mm前後 ●本州～九州 ●夏～初秋（2化）●カジカエデ（ムクロジ科）

成虫◆17～18mm

防御姿勢

森の植木屋さん
ブナアオシャチホコの幼虫が大発生し、葉を食べつくすと、弱い木は枯れてしまうことがありますが、これは自然の間伐（木を間引くこと）になり、強い木がより元気に育つようになります。さらに、枯れた木のすき間から光がさすと、幼木が育つようになります。また、幼虫を食べる昆虫や鳥も集まってくるので、森の多様性も高まります。

ブナアオシャチホコの幼虫集団

防御姿勢をとる幼虫（ヤマハギ）

ハネブサシャチホコは、ヤガ科（→p.122）の幼虫と似た特ちょうがあったため、ヤガ科ではないかと考えられていました。

111

ドクガ科 ①

毛虫型で、多くは毛束をもち、はでな色です。すべての種が背腺（→p.11）という器官をもっています。一部の種は毒針毛（→p.114）をもち、ふれると、はげしいかゆみと炎症を引き起こします。毒針毛はまゆにおりこまれて、成虫や、産卵時の卵にもつき、幼虫の脱皮がらにも残るので、注意が必要です。

＊白バックの幼虫写真は、ほぼ実際の大きさです。

毛束

スギドクガ
平地から山地にかけて生息します。スギやヒノキ林は多いのに、かんたんには見つかりません。かたい葉を好んで食べます。中齢で越冬します。●30〜45mm ●北海道〜屋久島 ●ほぼ一年中（2化） ●スギ、ヒノキなど（ヒノキ科）

成虫◆20mm前後　まゆ

白い線

ブドウドクガ
山地にすみ、林縁などで見つかります。背中を通る、くっきりとした白い線で、ほかの似た種と区別できます。●40mm前後 ●北海道〜屋久島 ●初夏〜秋（2化） ●ブドウ科、アジサイ科、マタタビ科

成虫◆21〜26mm

ヒメシロモンドクガ
平地から山地にすみ、公園緑地や庭木、畑などでもよく見つかります。背の毛束が白く、腹部の横に1対（2束）の黒い毛束があります。卵で越冬します。●20〜33mm ●北海道〜屋久島 ●ほぼ一年中（2〜3化） ●バラ科、クワ科、ブナ科など

成虫◆15〜18mm　まゆ

威嚇のときに見せる黒い部分

リンゴドクガ
公園緑地や庭木にも発生します。しげきすると、腹部にかくされていた黒い部分を見せて威嚇します。成熟すると葉をつづり長い毛を利用してまゆをつくります。白い個体や赤みがかった個体もいます。●33〜40mm ●北海道〜屋久島 ●初夏〜秋（2化） ●さまざまな草木

成虫◆17〜28mm

マメドクガ
公園緑地や庭木、畑などで見られます。腹部の横に2対（4束）の長い毛束があります。幼虫で越冬します。●33〜38mm ●北海道〜九州 ●ほぼ一年中（3化） ●イネ科、マメ科、バラ科、ニレ科など

茎にとまる中齢（カラスノエンドウ）
成虫◆17〜22mm

ヤクシマドクガ
あたたかい地域に多く生息します。照葉樹林のほか、街中の公園でも見つかります。背に黄色い毛束があります。●30〜38mm ●本州〜沖縄島 ●ほぼ一年中 ●ツバキ科、ブナ科、マンサク科など

成虫◆17〜24mm

アカヒゲドクガ
平地から山地の林にすみます。腹部の背の毛束の色は、個体によってちがいがあります。中齢は、はでな色です。●40〜45mm ●北海道〜屋久島、沖縄島、西表島 ●初夏〜秋（2化） ●クヌギ、カシワなど（ブナ科）

成虫◆23〜32mm

葉の上の終齢（コナラ）

アカモンドクガ
平地の雑木林から山地に生息します。広葉樹の葉の上にいると目立ちますが、見かけることの少ない種です。幼虫で越冬します。●26〜35mm ●北海道、本州、九州 ●ほぼ一年中（2化） ●ブナ科、バラ科、マメ科

成虫◆10〜17mm

コシロモンドクガ
生息地の島では、街中から原生林までふつうに見られます。若齢は、風に乗って分散します。体色は個体によってちがいがあります。●20〜29mm ●奄美大島〜与那国島 ●一年中（数化） ●ツバキ科、トウダイグサ科、マンサク科など

蛹

上半身を上げて威嚇する終齢

成虫◆♂12mm、♀はねはなく、体長15mm

●終齢幼虫の体長　●分布　●幼虫が見られる時期　●幼虫の食べ物　●注意　●成虫の大きさ（前ばねの長さ）

スゲドクガ
平地から山地にすみ、スゲ類やヨシなどが多い湿地周辺で見られます。体はあざやかな黄色い毛におおわれています。●28〜34mm ●北海道、本州 ●初夏〜秋(2化) ●カヤツリグサ科、ガマ科、イネ科

成虫◆16〜21mm

まゆ(ヨシ)

スゲオオドクガ
スゲドクガと食草が同じですが、山地性が強く、毛はあわい色をしています。
●30〜33mm ●本州〜九州 ●初夏〜秋(2化) ●スゲ類(カヤツリグサ科)、ササ類(イネ科)

成虫◆22〜24mm

亜終齢(クサヨシ)

シロオビドクガ
山地にすむ大型種で、シデの葉の上で見られます。中齢で越冬します。
●40mm前後 ●北海道〜屋久島 ●秋〜翌初夏、夏〜春(2化) ●イヌシデなど(カバノキ科)

若齢

成虫◆29〜42mm

エルモンドクガ
低山地から山地にすみ、葉の上で見られます。しげきすると頭胸部をもち上げ、毛を前方にさか立てます。中齢で越冬します。●20〜35mm ●北海道〜九州 ●初夏〜夏、秋〜翌春(2化) ●ケヤキ、ハルニレ(ニレ科)

蛹

成虫◆22〜28mm

スカシドクガ
平地から山地にすみ、アワブキの葉の上で見られます。目立った毛束がなく、ヒトリガ科(→p.118)の幼虫に似ています。しげきすると、とびはねて落下します。●30mm前後 ●本州〜九州 ●夏、秋(2化) ●アワブキ(アワブキ科)

頭部

成虫◆21〜23mm

ニワトコドクガ
平地から山地の林で見られ、食草の葉のうらに数頭が集まっています。後胸と腹部の背にある黒い毛束が目立ちます。体色は2つのタイプがあります。
●25mm前後 ●本州〜九州 ●春〜秋(2化)、幼虫越冬の可能性あり。●バラ科、ブナ科、レンプクソウ科

赤茶色型　緑色型

成虫◆19〜20mm

威嚇する幼虫

クロモンドクガ
平地から山地にすみ、人里周辺の林でもよく見つかります。きけんを感じると落下する習性があり、下草の上でよく見つかります。中齢の体色は、終齢と大きくことなります。
●30mm前後 ●北海道〜九州 ●春〜秋(2化) ●ハシバミなど(カバノキ科)、サクラ類(バラ科)

中齢

成虫◆16〜20mm

ノンネマイマイ
山地性の種で、寒い地域で多く見られます。中胸の背に黒いもん、背に白いもようがあります。●30〜41mm ●北海道〜屋久島 ●春〜初夏(1化) ●ブナ科、カバノキ科、マツ科

黒いもん　白いもよう

若齢(シラビソ)

成虫◆20〜33mm

カシワマイマイ
平地から山地の林にすむ大型種で、特にメスは巨大です。前胸に1対(2束)と腹部末端から2対(4束)の長く黒い毛束が生えています。
●35〜78mm ●北海道〜屋久島、奄美大島、沖縄島 ●春〜初夏(1化) ●ブナ科、バラ科、ウルシ科など

成虫◆25〜42mm

若齢(クヌギ)

メスの幼虫

マイマイガ(エゾマイマイ)
ふつうに見られる大型種で、10年周期で大発生するといわれています。糸でぶら下がるため、「ブランコ毛虫」とよばれます。1齢は風に乗って分散し、この時期にだけ毒があります。
●60〜70mm ●北海道〜九州 ●春〜初夏(1化) ●さまざまな木 ❌1齢にふれると、かゆみや炎症を引き起こす。

1齢(エノキ)

成虫◆25〜39mm

 ドクガ科には、毒をもたない種もいます。ただ、体質や体調によっては、毛にふれると、かぶれたりすることもあるので、注意しましょう。

ドクガ科 ②

終齢の集団（ツバキ）

＊白バックの幼虫写真は、ほぼ実際の大きさです。

群馬県産
新潟県産
長野県産

キアシドクガ
葉を内側につづって、ふくろ状の巣をつくります。時々、大発生して、ミズキを丸ぼうずにします。●35～40mm ●北海道～四国 ●春～初夏(1化) ●ミズキなど(ミズキ科) ❌毒はないとされているが、ふれてかぶれた例もある。

成虫◆27～28mm　巣（クマノミズキ）　蛹

チャドクガ
市街地の公園緑地や、庭に植えられたツバキなどでよく発生します。最も被害の多い種で、注意が必要です。終齢まで集団で育ち、ならんで葉を食べます。
●25～28mm ●本州～九州 ●春～初夏、夏～秋(2化) ●チャノキ、ツバキ、サザンカ(ツバキ科) ❌卵～成虫の毒針毛

ならんでツバキの葉を食べる若齢

成虫◆14～19mm

ドクガ
若齢は、越冬前後に木の幹に群れ、中齢までは集団生活をします。体色のオレンジ色と黒のわりあいは地域によってことなります。
●25～30mm ●北海道～九州 ●秋～翌初夏(1化) ●さまざまな草木 ❌卵～成虫の毒針毛

春、枝先に群れる若齢（ウメ）　成虫◆14～18mm

ゴマフリドクガ
庭木や公園などでも見られます。モンシロドクガに似ていますが、前胸と中胸の背面が黒いことなどで区別できます。沖縄亜種（オキナワドクガ）は、オレンジ色をしています。
●20～25mm ●本州～南西諸島 ●ほぼ一年中(2化) ●さまざまな草木 ❌卵～成虫の毒針毛

沖縄亜種
成虫◆12～16mm

モンシロドクガ
クワ畑でよく見つかるので「クワノキンケムシ」とよばれますが、河川じきのヤナギや山地にも生息します。体色には、黒色型と黄色型があります。幼虫で越冬します。●23～30mm ●北海道～九州 ●ほぼ一年中(2～3化) ●さまざまな草木 ❌卵～成虫の毒針毛

黄色型
黒色型

成虫◆15～18mm

スキバドクガ
沖縄では、道ばたや公園緑地でふつうに見られます。成熟すると葉の上に糸をはき、ういたじょうたいで蛹になります。●30mm前後 ●沖縄島、八重山列島 ●一年中(数化) ●イヌビワ、ガジュマルなど(クワ科) ❌卵～成虫の毒針毛

蛹（ガジュマル）

成虫◆18～25mm

タイワンキドクガ
生息する島では市街地でも見られ、デイゴやギンネムなどに群れています。
●23mm前後 ●奄美大島、沖永良部島、沖縄島、宮古島、八重山列島 ●一年中(数化) ●さまざまな草木 ❌卵～成虫の毒針毛

成虫◆11～16mm

長い毛束

キドクガ
平地から山地にすみますが、市街地では、ほとんど見つかりません。モンシロドクガに似ていますが、前胸に長い1対(2束)の毛束があることで区別できます。
●23～30mm ●北海道～屋久島 ●夏～秋(1化) ●さまざまな木 ❌卵～成虫の毒針毛

成虫◆18～19mm

毒針毛

毒針毛は長さ0.1mmほどで、肉眼では見えません。その小さな毛の中に毒が入っていて、かゆみや皮ふ炎を起こす原因になります。毒針毛の数は成長とともに増加し、種によってちがいますが、終齢では数十万～数百万本にもなります。毒針毛は、幼虫の体からはぬけ落ちやすく、人間の皮ふにささるとぬけづらいしくみをもっています。もし毒針毛にふれてしまったら、ちくちくしてもこすらず、強い流水であらい流すか、粘着テープで毛を取りのぞき、炎症がひどい場合は皮ふ科でみてもらいましょう。

ドクガの毒針毛のけんび鏡写真
返しのついたやりのような形をしていて、皮ふにささるとかんたんには取れません。内部にはヒスタミンなどの毒が入っています。

チャドクガの卵
メスは、100こ前後の卵をまとめて産み、毒針毛をふくむ体毛で卵をおおいます。

●終齢幼虫の体長　●分布　●幼虫が見られる時期　●幼虫の食べ物　❌注意　◆成虫の大きさ(前ばねの長さ)

コブガ科 ①

＊白バックの幼虫写真は、ほぼ実際の大きさです。

長い毛をもつ毛虫や緑色の青虫など外見はさまざまです。動きはゆっくりで、多くは葉の上やうらにいますが、巣をつくるものや果実に食い入るものもいます。たてのさけ目が前方にある、ボート形のまゆをつくって蛹化し、羽化の時には、このさけ目から出ることなどが共通しています。

リンゴコブガ
人里周辺にすむ身近な種です。2齢になると、前胸の背面に、頭部の脱皮がらをタワーのように積み重ねる習性があり、終齢では、これが6〜7こついています。
- 🟠17mm前後 🟢北海道〜九州 🟡晩春〜夏、秋（2化）
- 🟤クヌギ、コナラ（ブナ科）、サクラ類（バラ科）、エノキ（アサ科）など
- 成虫◆7〜12mm

コマバシロコブガ
山地の林道ぞいなどで見られ、葉の上で静止しています。モンシロドクガなどドクガ科の幼虫に似ています。成熟すると、小さくかじり取った樹皮で、まゆをつくります。
- 🟠20mm前後 🟢北海道〜九州 🟡夏〜秋（2化）
- 🟤オニグルミ（クルミ科）
- 成虫◆16〜17mm　まゆ（飼育）

クロスジコブガ
葉のうらにとまって、葉脈を残し、あみ目状の食痕を残します。成熟すると樹皮をけずり取って、ボート形のまゆをつくります。まゆは樹皮の一部のようで目立ちません。体色の白い個体もいます。
- 🟠11〜14mm 🟢北海道〜九州 🟡晩春〜初夏（2化）
- 🟤コナラ、クヌギなど（ブナ科）
- 成虫◆10mm前後
- まゆ（飼育）　亜終齢と食痕（クヌギ）

正面から見た終齢　まゆにも脱皮がらをつけます。

胸部がふくらんでいます。

ミドリリンガ
雑木林にすみ、やわらかい新葉で見つかります。色は、アラカシの新葉にそっくりで、成熟すると白いボート形のまゆをつくります。
- 🟠35mm前後 🟢本州（関東地方以西）〜屋久島
- 🟡晩春〜初夏、秋（2化）🟤アラカシ（ブナ科）
- 蛹　まゆ（飼育）　成虫◆17mm前後

ツクシアオリンガ
照葉樹林にすむ種ですが、マテバシイが植えられることで、分布が広がっていると考えられています。葉のうらにすがたがよく似ています。成熟すると、白いぼうすい形のまゆをつくります。
- 🟠34mm前後 🟢本州（千葉県以西）〜九州 🟡夏（2化）🟤マテバシイ（ブナ科）

葉のうらにとまる終齢と食痕（マテバシイ）　まゆ　成虫◆17〜19mm

カマフリンガ
平地から山地の林縁などで見つかります。白っぽい緑色の体は、葉のうらの色にみごとに同化しています。成熟すると、枝の下などで、曲がったとっきのあるまゆをつくります。
- 🟠26mm前後 🟢北海道〜九州 🟡春〜秋（2化）
- 🟤ハルニレ、ケヤキ（ニレ科）

まゆ（ハルニレ）　成虫◆16〜20mm

緑色型　赤い線　赤線型

アカスジアオリンガ
平地の雑木林などにすみ、秋にコナラの葉のうらで見つかります。背の黄色い線ははっきりせず、線が赤い個体もいます。成熟するとボート形のまゆをつくり、蛹で越冬します。
- 🟠30mm前後 🟢北海道〜九州 🟡初夏〜秋（2化）
- 🟤コナラ、クヌギ（ブナ科）

越冬中のまゆ　成虫◆15〜18mm　春型の♂（左）と♀（右）

黄色い線

アオスジアオリンガ
山地の林にすみ、ミズナラでよく見かけます。アカスジアオリンガに似ていますが、背にはっきりした黄色い線があります。成熟するとボート形のまゆをつくり、蛹で越冬します。
- 🟠30mm前後 🟢北海道〜九州
- 🟡初夏〜秋（1〜2化）🟤ブナ、ミズナラなど（ブナ科）、シラカンバ（カバノキ科）

成虫◆16〜19mm　葉のうらの終齢（ミズナラ）　春型♀

💡 リンガ類やキノカワガ類をヤガ科（→p.122）にふくめる研究者もいます。

115

コブガ科 ②

*白バックの幼虫写真は、ほぼ実際の大きさです。

ネスジキノカワガ
平地の人里周辺でよく見つかります。太くて短い体形で、ブナ科の果実や菌こぶ（→p.145）、虫こぶ（→p.37）に食い入ります。
- 🟠 14〜20mm 🟢 本州（関東地方以西）〜九州、西表島 🔵 秋（2化以上）
- 🟡 クヌギエダイガタマバチの虫こぶ、クリの菌こぶ、ブナ科の果実
- 成虫◆11〜13mm

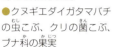

クリの菌こぶ

菌こぶ内の終齢

マルバネキノカワガ
あたたかい地域の種で、照葉樹林の林縁などにすみます。終齢まで集団で葉を食べます。
- 🟠 20mm前後 🟢 石垣島、西表島、与那国島 🔵 初夏〜秋（多化） 🟡 コミカンソウ科、ホルトノキ科、トウダイグサ科

まゆ（飼育）
葉のうらの終齢（アカメガシワ）
成虫◆11〜13mm

クロスジキノカワガ
公園などのポプラや河川じきのヤナギでよく見つかります。新しい枝の葉をつづり合わせ、その中に数頭でひそみ、葉を食べます。成熟すると巣内や周辺の葉でまゆをつくります。
- 🟠 22mm前後 🟢 北海道〜九州 🔵 春〜秋（2〜3化） 🟡 シダレヤナギ、ポプラなど（ヤナギ科）

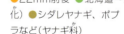

巣と終齢（ポプラ）
成虫◆11.5mm前後
巣の中のまゆ

クロテンキノカワガ
平地の林などにすみ、数まいの葉をつづり、その中や周辺にひそんでいます。
- 🟠 18mm前後 🟢 本州（関東地方以西）〜九州 🔵 春〜秋（多化） 🟡 アラカシなど（ブナ科）

成虫◆11〜12mm
巣と終齢（コナラ）

アカオビリンガ
今までクロオビリンガとされていた中に、アカオビリンガがまじっていました。そのため、過去の記録はどちらの種のものかわからず、分布や食草などについての再検討が必要です。
- 🟠 20mm前後 🟢 北海道、本州 🔵 初夏〜秋（2化） 🟡 マメ科、クルミ科、カバノキ科、ニレ科、アオイ科

終齢（フジ）

成虫◆11〜14mm

クロオビリンガ
体色は黄色からオレンジ色まで、黒いもようも、個体によってちがいがあります。アカオビリンガとよく似ていて、区別がむずかしく、分布や食草は混同されている可能性があります。
- 🟠 25mm前後 🟢 北海道〜九州 🔵 初夏〜秋（2〜3化） 🟡 マメ科、クルミ科、カバノキ科など

まゆ（飼育）
成虫◆13〜16mm

アミメリンガ
山地性の種で、林道や沢ぞいのオニグルミの葉のうらで見つかります。とうめい感のあるあわい緑色で、背に黄色の線があります。成熟するとボート形のまゆをつくります。
- 🟠 25mm前後 🟢 北海道〜九州 🔵 初夏〜夏（2化） 🟡 オニグルミ（クルミ科）
- 成虫◆17mm前後

トビイロリンガ
平地の人里周辺の林で見られます。頭部が大きく、かたい古い葉を好んで食べます。成熟すると、葉のうらなどに細いとっきがあるまゆをつくります。
- 🟠 20〜28mm 🟢 本州（関東地方以西）〜屋久島 🔵 春〜秋（2化） 🟡 シラカシ、アラカシ（ブナ科）

頭部

まゆ（飼育）

成虫◆13.5mm前後

サラサリンガ（サラサヒトリ）
幹や枝に群生し、共同で糸をはき、ふくろ状の巣をつくります。群れは200〜300頭からなり、若齢で越冬、春に活動を再開し、成熟すると地表におり、落ち葉の間にクリーム色のまゆをつくります。
- 🟠 35mm前後 🟢 北海道〜九州 🔵 秋〜翌初夏（1化） 🟡 クヌギ、アベマキ、コナラなど（ブナ科）
- 成虫◆15〜17mm

越冬の巣　　終齢の集団

● 終齢幼虫の体長　● 分布　● 幼虫が見られる時期　● 幼虫の食べ物　◆ 成虫の大きさ（前ばねの長さ）

アカマエアオリンガ
ハナアブ類の幼虫に似た小型種です。新しい枝の葉をつづってひそみ、成熟すると枝などに白いボート形のまゆをつくります。
- ●15mm前後 ●北海道～屋久島
- ●初夏～秋(2～3化) ●イヌコリヤナギなど(ヤナギ科)、アキニレ(ニレ科)、ヤマハギ(マメ科)

ベニモンアオリンガ
都市部のツツジ類の植えこみで見つかる身近な種です。新芽や花芽にあなをあけて食べるため害虫として知られ、花や葉がふくらむ、もち病の表面の白い粉も食べます。まゆの中で蛹になり越冬します。●13mm前後 ●北海道～屋久島 ●春～秋(2化) ●ツツジ類(ツツジ科)

キノカワガ
人里周辺の公園、神社、庭などに植えられたカキノキの葉でよく見つかります。あざやかな緑色で、成熟すると葉のうらなどでボート形のまゆをつくります。
- ●35～40mm ●本州～屋久島、奄美大島、沖縄島 ●初夏～秋(2化) ●カキ類(カキノキ科)、ニワウルシ(ニガキ科)、サクラ類(バラ科)

終齢(ヤマハギ) ／ 成虫◆9～11mm

成虫◆8.5～10mm

まゆ ／ 蛹 ／ 成虫◆18～19mm

黒い線がない個体もいます。

リュウキュウキノカワガ
平地の公園のヤマモモでよく見つかります。新葉のうらにいて、体のもようが新葉にとけこんでいます。成熟すると幹やこけむした石の上などでまゆをつくります。●27mm前後
- ●本州～屋久島、奄美大島、沖縄島、西表島
- ●初夏～秋(2化) ●ヤマモモ(ヤマモモ科)

ネジロキノカワガ
丘陵地や山地の林縁などに生えたブナ科の葉のうらで見つかります。先端が丸い毛がならぶユニークなイモムシで、成熟すると樹皮をかじり取ってまゆをつくります。
- ●20mm前後 ●北海道、本州、四国 ●夏～秋(2化) ●クヌギ、コナラ、クリなど(ブナ科)

ナンキンキノカワガ
平地から山地まで広く見られます。成熟すると幹やかべなどに移動してまゆをつくります。まゆにふれると、中の蛹が腹端をまゆにこすりつけ威嚇音を出します。
- ●30mm前後 ●本州～九州 ●初夏～秋(2化) ●ナンキンハゼ、シラキ(トウダイグサ科)

まゆ ／ 蛹 ／ 成虫◆18～19mm
まゆ(飼育) ／ 成虫◆10～11mm
まゆ(飼育) ／ 成虫◆21mm前後

■ イモムシ・毛虫が好きな植物は？

日本のイモムシ・毛虫に最も人気がある食べ物は、コナラやクヌギなどブナ科の植物です。日本には27種しかありませんが、500種以上のイモムシ・毛虫が食べます。人気のひみつは、寒い地域から南の島まで、どこにでも生えていて、食べやすいことだと思われます。ブナ科の植物は毒をもたず、幼虫たちに丸ぼうずにされても、枯れないように進化したと考えられています。ここでは、代表的な4種の葉と幹を紹介します。

コナラ 雑木林の代表的な木です。
クヌギ 幹はシイタケ栽培などに利用されます。

カシワ 人間も、葉をかしわもちに利用します。
アラカシ 平地の雑木林や緑地公園などに生えています。

クヌギの葉を食べるネジロキノカワガ

樹皮のかけらを利用するキノカワガ類のまゆは、野外では、かんたんには見つかりません。こうした種のまゆは、飼育によって観察することができます。

ヒトリガ科など ①

ヒトリガ科の幼虫は、長い毛におおわれた典型的な毛虫です。コケガのなかまの多くは木の幹や石かべで見られ、地衣類や藻類（→p.13）を食べます。ヒトリガのなかまは、歩行に長け、足速に道を横切るすがたをよく目にします。蛹化の時にまゆをつくります。

＊白バックの幼虫写真は、ほぼ実際の大きさです。

ムジホソバ
山地でよく見つかる種で、沢ぞいを走る林道のガードレールや橋のらんかんにとまっています。●ヒトリガ科 ●20mm前後 ●北海道～九州 ●初夏（1～2化） ●地衣類、藻類 ❌かぶれる可能性あり。

成虫◆14mm前後

ガードレールにいた終齢

シロホソバ
平地の神社や公園などにすみ、初夏、サクラ類の幹で見つかります。樹皮のすき間に入ると、周りにまぎれて見つけにくいです。●ヒトリガ科 ●14～20mm ●北海道～九州 ●晩春～初夏（2化） ●地衣類 ❌かぶれる可能性あり。

成虫◆10mm前後

サクラの幹を歩く終齢／黒いもん

キシタホソバ
身近な種で、河原の石や水門のかべなど、水辺の石やコンクリートで見つかります。地衣類やコケ類を食べますが、ギシギシ（タデ科）で飼育できます。●ヒトリガ科 ●25mm前後 ●北海道～九州 ●夏、秋～翌早春（1～3化） ●粉状の地衣類 ❌かぶれる可能性あり。

成虫◆18mm前後

ツマキホソバ
平地の雑木林でよく見つかる種で、木の幹の上にいて、樹皮に生えた地衣類などを食べます。●ヒトリガ科 ●23mm前後 ●本州（関東地方以西）～九州、奄美大島、沖縄島 ●秋～翌早春（2化） ●地衣類、藻類 ❌かぶれる可能性あり。

成虫◆12mm前後

クビワウスグロホソバ
丘陵地や低山にすみます。コケガのなかまでは大型の種で、さまざまな樹木の幹で見つかります。●ヒトリガ科 ●38mm前後 ●北海道～九州 ●夏～秋（1化） ●地衣類

成虫◆17～22mm

サクラの幹にいた終齢

ヨツボシホソバ
人里周辺にすみ、公園や神社の木やサクラ並木の幹などで見つかります。ウンナンヨツボシホソバ（未掲載）というよく似た種がいて、幼虫の見分け方はまだわかっていません。●ヒトリガ科 ●40mm前後 ●北海道～九州 ●夏、秋～翌初夏（2化） ●地衣類

成虫◆20mm前後

エノキの幹にいた終齢

ウスグロコケガ
市街地の公園にあるサクラ類やケヤキの樹皮など、コケ類が生えた所にひそんでいます。春先から見つかるので、幼虫で越冬していると考えられます。●ヒトリガ科 ●10mm前後 ●北海道～屋久島 ●ほぼ一年中（2化） ●地衣類、コケ類

成虫◆8mm前後

アカスジシロコケガ
低山や山地でよく見つかる種です。林道ぞいの石、岩かべ、立ち木の幹で見つかり、ふれると丸くなって擬死（→p.145）します。成熟すると体表の毛を利用し、あみ状のまゆをつくります。●ヒトリガ科 ●15mm前後 ●全国 ●夏、秋～翌春（2化） ●地衣類、藻類

丸くなった幼虫

成虫◆14mm前後

まゆ

ホシオビコケガ
平地から山地の人里周辺にすみ、神社の石段や石の柱、U字溝などで見つかります。●ヒトリガ科 ●13～17mm ●北海道～九州 ●春～夏（2化） ●地衣類、コケ類

成虫◆8mm前後

岩の上の終齢

ブラシ状の毛束

オオベニヘリコケガ
低山地でよく見つかり、木の幹や石かべ、林道にかかる橋などにとまっています。成熟すると草の茎などに移動し、まゆをつくります。
- ヒトリガ科 ● 18mm前後 ● 北海道〜九州
- 初夏(2〜3化) ● 地衣類

つくり始めたばかりのまゆ　成虫◆14〜16mm

チャオビチビコケガ
丘陵地などにすみ、低い木の樹皮についた地衣類を食べると考えられます。早春にイボタノキから終齢を採集しました。
- ヒトリガ科
- 10mm前後
- 本州〜九州
- 早春、夏(2化)
- 地衣類

成虫◆7〜9mm　まゆ(飼育)

クロテンハイイロコケガ
平地の人里でよく見つかる種で、公園などのサクラ類の幹、へいなどで見つかります。静止していると樹皮とまぎらわしく、ふれると丸くなって落下します。
- ヒトリガ科 ● 20mm前後 ● 本州〜九州 ● 初夏(2化) ● 地衣類

成虫◆12mm前後
サクラの幹にいた終齢　蛹

ゴマダラキコケガ
平地の人里でよく見つかる種で、公園やサクラ並木の幹で見つかります。
- ヒトリガ科
- 23〜25mm
- 北海道〜九州、奄美大島 ● 初夏〜秋(2化)
- 地衣類、コケ類

成虫◆15mm前後

ハガタキコケガ
人里にすみ、木の幹、枯れ木、木のかん板やくいなどで見つかります。モールに似たすがたで、ササの茎をおおったカビを食べるようすが観察されました。
- ヒトリガ科 ● 10mm前後
- 北海道〜屋久島
- 春〜秋(数化)
- コケ類、地衣類、カビ類、フジ(マメ科)

成虫◆8〜12mm　カビを食べる終齢

ベニヘリコケガ
公園などにすむ身近な種で、木の幹や木のくいなどで見つかります。ハガタベニコケガに似ていますが、腹部前半の毛束の色が暗い色なので、区別できます。
- ヒトリガ科 ● 12mm前後 ● 北海道〜九州 ● 初夏〜秋(2〜3化) ● 地衣類

成虫◆12〜13mm

ハガタベニコケガ
平地のサクラ並木などで見つかります。体形は太くて短く、毛束におおわれビロード状に見えます。
- ヒトリガ科 ● 15mm前後
- 北海道〜屋久島、奄美大島〜沖縄島
- 春〜秋(3化) ● 地衣類

サクラの幹を歩く終齢　成虫◆14mm前後

モンシロモドキ
あたたかい地域の種で、道ばたや木を切りたおした場所など、開けた草地に生えたベニバナボロギクで見つかります。
- ヒトリガ科 ● 30mm前後 ● 本州〜南西諸島
- 春〜秋(数化)
- ベニバナボロギク、スイゼンジナなど(キク科)

成虫◆26mm前後　ベニバナボロギクを食べる終齢

ホシベニシタヒトリ
初夏のころ、低山地から山地にかけての林縁の下草付近で見つかります。幼虫で越冬すると考えられます。
- ヒトリガ科
- 37mm前後 ● 北海道〜九州 ● 春〜夏(1化) ● スイバ、イタドリ、ギシギシ(タデ科)

成虫◆25〜28mm

ベニシタヒトリ
丘陵地から山地にすみ、春、林道や林縁に生えるウバユリなどで見つかります。体の横の線はホシベニシタヒトリにくらべ目立たず、あわい色をしています。
- ヒトリガ科 ● 40mm前後
- 北海道〜九州 ● 春〜夏(2化)
- ウバユリ(ユリ科)、オオバコ(オオバコ科)など

成虫◆24mm前後

オキナワモンシロモドキ
沖縄地方の街路樹や海岸に多いモンパノキを食草とします。大発生することもあります。
- ヒトリガ科 ● 30mm前後 ● 喜界島、徳之島、沖縄島、宮古島、八重山列島
- ほぼ一年中(数化) ● モンパノキ(ムラサキ科)

成虫◆23〜26mm

❌ 毒針毛があるヤネホソバ(未掲載)の近縁種(ムジホソバ、シロホソバ、キシタホソバ、ツマキホソバ)にも毒針毛がある可能性があり、注意が必要です。

119

ヒトリガ科など②

＊白バックの幼虫写真は、ほぼ実際の大きさです。

中齢

ヒトリガ
丘陵地の草地や山地の道路周辺で、初夏に目立つ毛虫です。そのすがたから「くま毛虫」とよばれます。シロヒトリと分布が重なりますが、山地に多い種です。中齢で越冬します。
- ●ヒトリガ科
- ●56mm前後
- ●北海道、本州
- ●秋～翌初夏（1化）
- ●クワ科、スグリ科、アサ科、オオバコ科、シソ科など

成虫◆32～41mm

テンニンソウを食べる中齢

ハイイロヒトリ
沖縄地方などではふつうに見られます。人家周辺など明るい環境の下草やつる性植物の上で見つかります。イネ科の植物を食べる複数の幼虫が観察されたので、食性のはんいが広いと考えられます。
- ●ヒトリガ科
- ●36mm前後
- ●屋久島～西表島
- ●一年中（数化）
- ●ヤマノイモ（ヤマノイモ科）、ヤブガラシ（ブドウ科）など

成虫◆21mm前後

マエアカヒトリ
かつては作物の害虫として有名でしたが、農薬が使われるようになり、少なくなった種です。真夏に畑周辺でくま毛虫がいたら、この種の可能性が高いです。
- ●ヒトリガ科
- ●58mm前後
- ●本州～南西諸島
- ●夏～初秋（1化）
- ●トウモロコシ（イネ科）、ネギ（ヒガンバナ科）、ダイズ（マメ科）など

成虫◆29～30mm

シロヒトリ
平地から丘陵地などの草地周辺で、初夏に目立つ毛虫です。黒い個体もいて、ヒトリガの幼虫にそっくりですが、毛の先が白くありません。若齢で越冬します。
- ●ヒトリガ科
- ●57mm前後
- ●北海道～九州
- ●秋～翌初夏（1化）
- ●スイバ、イタドリ、ギシギシ（タデ科）、タンポポ類（キク科）

成虫◆29～38mm

アメリカシロヒトリ
北アメリカ原産で、1945年に東京で発見されてから、クワ畑や果樹園、街路樹の大害虫として全国に広まりました。100種以上の植物を食べ、春から秋までにふつう3回発生します。若齢は巣あみをつくり集団でくらしますが、5齢あたりから単独で活動し、歩き回りながら周りの植物を食べあらします。
- ●ヒトリガ科
- ●28mm前後
- ●北海道～九州
- ●初夏～秋（2～3化）
- ●さまざまな草木

成虫◆15mm前後

若齢の集団（クワ）

毛虫の護身術
体をおおう長い毛は、敵のオサムシ類から身を守るのに役立っています。実験では、毛のないイモムシや毛の短い毛虫は、ほぼ確実にオサムシに捕食されてしまいましたが、毛の長い毛虫の場合は、捕食率が50パーセント以下でした。長い毛にじゃまをされて、オサムシが幼虫の体にうまくかみつけないことが原因と考えられます。ヒトリガ科の幼虫の毛には毒がないことが多いですが、先端がとがっていて、ささるといたいので、さわらないようにしましょう。

地上を歩くシロヒトリの終齢

キハラゴマダラヒトリ
公園緑地から山地にすみ、地面近くで見つかります。体色はかっ色から黒色まで、個体によってちがいがありますが、背に1本の乳白色のすじがあります。近縁のアカハラゴマダラヒトリ（未掲載）との区別はむずかしいです。
- ●ヒトリガ科
- ●32mm前後
- ●北海道～九州
- ●初夏～秋（2～3化）
- ●イネ科、オモダカ科、クワ科、バラ科、アブラナ科、マメ科など

背の乳白色のすじ
背面

成虫◆20mm前後

イシミカワ（タデ科）の葉を食べる若齢

キバネモンヒトリ
オオイタドリを食べている幼虫を発見しました。はんもんや毛の色分けやもようなどはなく、一様にうす茶色をしています。葉のうらにいることが多いです。
- ●ヒトリガ科
- ●35mm前後
- ●北海道～九州
- ●晩春～夏（1化）
- ●オオイタドリ（タデ科）

成虫◆17～20mm

●科名 ●終齢幼虫の体長 ●分布 ●幼虫が見られる時期 ●幼虫の食べ物 ●成虫の大きさ（前ばねの長さ）

スジモンヒトリ
公園緑地から山地にすみ、林縁の下草や低木上で見つかります。体色はあざやかなオレンジ色のタイプが目立ちますが、かっ色タイプもいます。●ヒトリガ科 ●35mm前後 ●全国 ●初夏〜秋（2〜3化）●クワ科、ニレ科、バラ科、キク科 成虫◆19〜25mm

オビヒトリ
平地の人里でよく見られる種です。若齢は集団で葉を食べ、成長とともに分散します。ダイズやナスの害虫として知られます。●ヒトリガ科 ●45mm前後 ●北海道〜屋久島、沖縄島 ●初夏〜秋（2化）●クワ（クワ科）、ナス（ナス科）、アオイ科など

中齢（クワ）　成虫◆19〜22mm

フタスジヒトリ
丘陵地に生息します。中齢までは集団でくらし、その後、分散します。クワなどの食草の上で見られ、黒と赤の体色が目立ちます。●ヒトリガ科 ●50mm前後 ●北海道〜九州 ●夏（1化）●クワ（クワ科）、クルミ類（クルミ科）、ニワトコ（レンプクソウ科）

中齢（クワ）　成虫◆23〜29mm

アザミ類を食べる終齢

若齢の集団（クワ）

若齢の集団（クワ）

かっ色の毛が生えています。　拡大

カクモンヒトリ
山地にすみ、初夏に林道や沢ぞいで中齢や終齢を見かけます。若齢で越冬し、春に活動を始めます。●ヒトリガ科 ●25〜27mm ●北海道〜屋久島、奄美大島、沖縄島 ●夏、秋〜翌初夏（2化）●ブナ科、クワ科、アジサイ科

中齢（ヤマアジサイ）　成虫◆16mm前後

側面も黒っぽいです。　拡大

クロバネヒトリ
山地にすみ、初夏に林道や沢ぞいでよく見つかります。カクモンヒトリに似ていますが、体色はより黒く、かっ色の毛がないことなどで区別できます。●ヒトリガ科 ●23〜25mm ●北海道〜九州 ●春〜夏（1化）●イタドリ（タデ科）、シオデ（サルトリイバラ科）、バラ科など

終齢（イタドリ）　成虫◆14mm前後

クワゴマダラヒトリ
平地の緑地から山地の広葉樹林にすみ、初夏のころ、さまざまな樹木にいます。秋には、中齢が天まくをはって群生し、木の根もとなどで集団が越冬します。●ヒトリガ科 ●45mm前後 ●北海道〜九州 ●夏〜翌春（1化）●ヤナギ科、アジサイ科、レンプクソウ科など

アメガシワの枯れ葉をつづった越冬用の巣　越冬する若齢　成虫◆21〜25mm

　拡大

カノコガ
市街地から山地まで、明るい緑地に広く生息します。地上を歩き回り、タンポポ類やシロツメクサなど身近な草のほか、枯れ葉もよく食べます。●ヒトリガ科 ●23mm前後 ●北海道〜九州 ●ほぼ一年中（2化）●タンポポ類（キク科）、マメ科、タデ科、枯れ葉

路上を歩く終齢　成虫◆16〜19mm

シロスジヒトリモドキ
平地のアコウやガジュマルの林にすみ、集団で葉を食べます。終齢になると単独になり、よく歩き回るので、食草やその周辺などでも見られます。●ヒトリモドキガ科 ●35mm前後 ●奄美大島〜与那国島 ●一年中 ●オオバイヌビワ、コウトウイヌビワ（クワ科）

成虫◆30〜32mm

とっき

キイロヒトリモドキ
平地の照葉樹林にすみます。腹部背面のとっきをもち上げ、防御姿勢をとります。若齢は赤茶色で、ドクガ科（→p.112）の幼虫に似ています。オオイタビで飼育できました。●ヒトリモドキガ科 ●35mm前後 ●九州〜南西諸島 ●ほぼ一年中 ●ガジュマル、イヌビワなど（クワ科）

若齢　成虫◆30〜31mm

🐛 カノコガをカノコガ科とする研究者もいます。

ヤガ科 ①

ヤガ科はチョウ目の中で最多の種数をほこり、日本で1300種以上が知られています。多くはイモムシ型ですが、毛虫型の種もあり、シャクガ科(→p.75)の幼虫のように、一部の腹脚が退化した種もいます。食性も広く、ほかの幼虫をおそって食べる種もいます。巣をつくる種や、食草の幹に食い入る種もいます。

＊日本に生息する種は38亜科に分けられています。この図鑑では、そのうちの30亜科を紹介しています。このページでは、種数の多い9亜科を紹介します。

オオトモエ(→p.126)
胸部を腹側に丸めて防御姿勢をとります。
第3腹節の腹脚が退化しています。[トモエガ亜科]

毛のないイモムシ型がほとんどです。

■ベニコヤガ亜科 (→p.123)
第3、第4腹節の腹脚がありません。地衣類(→p.13)を食べる種が多くふくまれます。

モモイロツマキリコヤガ

■アツバ亜科 (→p.123～124)
第3腹節の腹脚がないセミルーパー型(→p.11)です。草を食べる種が多くふくまれます。

テングアツバ

■クルマアツバ亜科 (→p.124～125)
食草が不明な種が多く、枯れ葉で飼育できます。地味な体色から、枯れ葉が食草と考えられます。

ソトウスグロアツバ(→p.125)

■シタバガ亜科 (→p.127～130)
中型から大型で、広葉樹の葉を食べ、樹皮に似た体色のものが多く見られます。

アサマキシタバ(→p.128)

■キンウワバ亜科 (→p.131)
第3、第4腹節の腹脚が退化したセミルーパー型です。野菜の害虫が多くふくまれます。

ウリキンウワバ(→p131)

■ケンモンヤガ亜科 (→p.133～134)
ほとんどが毛虫型です。広葉樹の葉を食べる種が多く、林でよく見つかります。

アオケンモン(→p.133)

■キリガ亜科 (→p.137～141)
日本のヤガ科では最大の亜科です。食草はさまざまな植物にわたり、巣をつくる種もいます。

アヤモクメキリガ(→p138)

■ヨトウガ亜科 (→p.141～143)
ヨトウは「夜盗」の意味で、夜行性の種が多いので、この名がついています。

クサシロキヨトウ(→p.142)

■モンヤガ亜科 (→p.143)
草を食べる夜行性の種が多く、昼間は草の下や地中ですごします。

カブラヤガ(→p143)

●終齢幼虫の体長 ●分布 ●幼虫が見られる時期 ●幼虫の食べ物 ●成虫の大きさ(前ばねの長さ) ＊[テ]などは亜科名の最初の1文字です。

ヤガ科 ② ［テンクロアツバ亜科、ムラサキアツバ亜科、ベニコヤガ亜科、アツバ亜科］

テンクロアツバ
河原や湿地など、しめった明るい草地にすみ、イネ科の葉を食べます。[テ] ●12mm前後 ●北海道〜屋久島 ●春（数化） ●クサヨシ、カモジグサなど（イネ科）

成虫◆9.5〜11mm

マエヘリモンアツバ
くちた倒木などに生えたキウロコタケというきのこを食べます。低山の古い貯木などでも見つかります。[ム] ●14mm前後 ●北海道〜屋久島 ●秋 ●キウロコタケ（ウロコタケ科）

成虫◆16mm前後

ヒロバチビトガリアツバ
低山地などで見られ、道ぞいのササなどをたたくと、幼虫が落ちてきます。[ム] ●25mm前後 ●北海道〜九州 ●春〜初夏（1化） ●ネザサ（イネ科）、ナラガシワ（ブナ科）

成虫◆10〜13.5mm

3対（6本）の肉質とっき　1本の肉質とっき　腹脚は2対（4本）

モモイロツマキリヨヤガ
サルトリイバラなどで見つかります。成熟すると茎の根もとに土のつぶでまゆをつくります。[ベ] ●26〜30mm ●北海道〜九州 ●初夏〜秋（1化） ●サルトリイバラなど（サルトリイバラ科）

成虫◆14.5mm前後

体に地衣類やくち木のはへんをつけています。

クロハナコヤガ
緑地公園や林縁にある、地衣類が生えた立ち木の幹やくちた枝などで見つかります。地衣類やくち木の表面を食べます。[ベ] ●16mm前後 ●北海道〜九州 ●秋〜翌初夏（1化） ●地衣類、くち木
成虫◆8.5〜9.5mm

ソトキイロアツバ
体のわりに頭部が大きいのは、かたいブナの葉を食べるために、大あごが発達したためと考えられます。山地にすみ、食草の葉をつづった巣をつくります。[ム] ●17mm前後 ●北海道〜九州 ●晩夏〜秋（1化） ●ブナ、イヌブナ（ブナ科）

成虫◆13〜16mm

体表に粉状の地衣類をつけています。

地衣類の粉におおわれた幼虫　腹脚は2対（4本）

シロスジシマコヤガ
都市の公園などにすみ、春に地衣類の生えた幹や石でよく見つかります。成熟すると、地衣類のはへんやごみを使って、先が少しとがったたわら形で、長い柄のついたまゆをつくります。[ベ] ●15mm前後 ●本州〜九州 ●春〜初夏（1化） ●地衣類

まゆ　成虫◆7mm前後

地衣類の粉におおわれた幼虫　腹脚は2対（4本）

シラホシコヤガ
都市の公園などの、立ち木の幹などで見つかります。幼虫は地衣類の粉で体をおおい、成熟すると、その粉で柄のついたまゆをつくってぶら下がります。[ベ] ●13mm前後 ●北海道〜沖縄島 ●晩夏〜翌初夏（1化） ●ムカデゴケ類などの地衣類

成虫◆8.5〜10mm

キスジコヤガ
粉状の地衣類の生えた立ち木の幹や倒木、石などで見つかります。地衣類の粉で体をおおい、成熟すると、その粉でまゆをつくります。[ベ] ●18〜20mm ●北海道〜屋久島、八重山列島 ●ほぼ一年中（1〜2化） ●ムカデゴケ類などの地衣類

成虫◆8.5〜9.5mm　まゆ

腹脚は3対（6本）

ナカジロアツバ
河原や林縁などで見られ、食草の葉のうらで静止しています。動きは活発で、ふれるとはねて落下します。[ア] ●18〜22mm ●本州〜屋久島 ●夏（2化） ●コマツナギ（マメ科）

終齢（コマツナギ）　成虫◆12〜14.5mm

原寸

テングアツバ
低山地から山地にすみます。体色はあわい緑色で、クリーム色のはん点が全体にあり、帯状につながる部分があります。[ア] ●40mm前後 ●本州〜九州 ●春、秋（2化） ●アワブキ、ミヤマハハソ（アワブキ科）

サクラの幹にいた終齢

成虫◆21〜23mm

キスジコヤガ、シラホシコヤガなど、ベニコヤガ亜科の幼虫は、第3、第4腹節の腹脚がないセミルーパー型で、尺取虫（→p.75）のように歩きます。

ヤガ科③ [アツバ亜科、ベニスジアツバ亜科、カギアツバ亜科、ツマキリアツバ亜科、クルマアツバ亜科]

＊白バックの幼虫写真は、ほぼ実際の大きさです。

腹脚は3対(6本)

腹脚は3対(6本)

頭部

腹脚は3対(6本)

トビモンアツバ
低山地の道ばたなどでよく見つかり、動きは素早く、ふれるとはねて落下します。成熟すると落ち葉のすき間や葉を折ってまゆをつくり蛹化します。[ア]
- ●20〜23mm ●本州〜宮古島 ●夏〜初秋(数化) ●カラムシ(イラクサ科)

成虫◆11〜13mm

タイワンキシタアツバ
林縁や道ばたに生える食草の葉の上でよく見つかります。幼虫の体色は、個体によってちがいがあります。[ア]
- ●25〜30mm ●本州〜種子島 ●初夏〜秋(数化) ●ヤブマオ、カラムシなど(イラクサ科)

成虫◆15〜16mm

キンスジアツバ
公園などに植えられたポプラで見つかります。新葉を食べ、体色はポプラの葉柄に似ています。[ベ]
- ●27mm前後 ●北海道〜九州 ●夏(2化) ●ポプラ(ヤナギ科)

葉柄の色に似た終齢(ポプラ)

成虫◆12mm前後

キマダラアツバ (キマダラツマキリアツバ)
あたたかい地域の種で、平地の緑地公園や海辺の林にすみます。枝にとまっていると周囲にとけこみ、目立ちません。蛹で越冬します。[カ]
- ●30mm前後 ●北海道〜九州 ●夏〜秋(2化) ●クヌギ、クリ、コナラ(ブナ科)

蛹(エノキの樹皮)

成虫◆7〜12mm

腹脚は3対(6本)

ミカドアツバ
山地性で、秋にミズナラの枝や葉のうらで見つかります。腹脚は3対(6本)あり、シャクガ科(→p.75)の幼虫のように歩きます。[カ]
- ●25mm前後 ●北海道、本州 ●夏〜秋(2化) ●ミズナラ(ブナ科)

成虫◆10〜12mm

トビフタスジアツバ
山地にすみ、食草の葉のうらにはりついています。背にある2本の白い線が目立ちます。[カ]
- ●28mm前後 ●北海道〜九州 ●夏、秋(2化) ●エゴノキ、ハクウンボク(エゴノキ科)

成虫◆13mm前後

フタスジエグリアツバ
秋に、雑木林で見られます。細い枝にはりつくと、まったく目立ちません。[カ]
- ●25mm前後 ●北海道〜九州 ●秋(1化) ●クヌギ、コナラ(ブナ科)

成虫◆11mm前後

腹脚は2対(4本)

トウカイツマキリアツバ
雑木林にすみ、やわらかい新葉を食べます。葉のうらの主脈に静止すると、色彩がそっくりで目立ちません。[カ]
- ●38mm前後 ●本州(東海地方以西) ●春〜初夏(2化) ●アラカシ(ブナ科)

成虫◆9〜14mm

ウンモンツマキリアツバ
人里や山地のモクセイ科の植物を食べます。側面の赤くふち取られたクリーム色のはんもんが目立ちますが、はんもんのない個体もいます。[ツ]
- ●30mm前後 ●北海道〜九州 ●夏、秋(2化) ●ネズミモチ、イボタノキ(モクセイ科)

成虫◆15mm前後

リンゴツマキリアツバ
平地の公園に植えられたサクラ類や山地のズミなど、バラ科の植物を食べます。亜終齢までは緑色で、終齢になるとこい茶色に変わるものと、うすい緑色のままのものがいます。[ツ]
- ●30mm前後 ●北海道〜九州 ●夏、秋(2化) ●サクラ類、ズミ、ナシ(バラ科)

成虫◆13mm前後

ヒメハナマガリアツバ
低地の林などで見られます。広葉樹のくちた細い枝に静止する幼虫を発見し、くちた枝の樹皮をかじるところを観察しました。[ク]
- ●22mm前後 ●本州(茨城県以西)〜屋久島 ●夏(多化) ●不明。くちた枝で飼育可能

成虫◆12〜14.5mm

オオシラホシアツバ
平地の雑木林やクリ畑などの折れた枝についた枯れ葉で見つかります。動きはおそく、枯れ葉を食べますが、あたえれば生の葉も食べます。[ク]
- ●22mm前後 ●北海道〜種子島 ●秋(1〜2化) ●クリ、クヌギの枯れ葉(ブナ科)

成虫◆20〜25mm

●終齢幼虫の体長 ●分布 ●幼虫が見られる時期 ●幼虫の食べ物 ●成虫の大きさ(前ばねの長さ) ＊[ア]などは亜科名の最初の1文字です。

前胸背面の中央が黒くなります。

ホソナミアツバ
低地の林などで見られます。スダジイの葉をたたくと、落ちてくることがあります。食草は不明です。[ク]
●15mm前後 ●全国 ●夏（多化）●不明

成虫◆10〜12mm

ソトウスグロアツバ（ソトウスモンアツバ）
人里周辺にすみ、公園や林縁などに積もった落ち葉の下でよく見つかります。体表がどろでよごれているものも多く、Jの字形で静止します。[ク]●15mm前後 ●本州〜南西諸島 ●秋〜翌早春（多化）●広葉樹の枯れ葉

Jの字形に静止する終齢　成虫◆10〜13mm

シロスジアツバ
低地の林縁や草地などにすみ、枯れ葉などを食べます。枯れてカビの生えたセイタカアワダチソウの茎に静止していた幼虫が、表皮を食べるところを観察しました。[ク]
●22mm前後 ●北海道〜九州 ●春〜初夏（1〜2化）●広葉樹の枯れ葉、枯れてカビの生えたセイタカアワダチソウの表皮

成虫◆11〜12mm　セイタカアワダチソウの茎にいた幼虫

ヒゲブトクロアツバ
低山地の清流の水ぎわの石の下などで見られ、サクラ類など広葉樹の枯れ葉で飼育できます。[ク]●21mm前後 ●本州〜屋久島 ●冬〜早春（1〜2化）●不明。広葉樹の枯れ葉で飼育可能

頭部

成虫◆13〜15mm

ミツオビキンアツバ
平地のしめった林などのコケ植物（→p.13）でおおわれた立ち木の樹皮で見つかります。毛と短いとっきでおおわれたすがたは、コケにそっくりです。[ク]
●12mm前後 ●北海道〜屋久島 ●春（1〜2化）●コケ植物（蘚類）

成虫◆10〜11mm

オオアカマエアツバ
雑木林や川の周辺の林などにすみ、クヌギの折れた枝の枯れ葉で見つかります。動きはとてもゆっくりとしています。冬に成長して春に蛹化します。[ク]
●26mm前後 ●北海道〜屋久島、奄美大島 ●秋〜冬（多化）●広葉樹の枯れ葉

成虫◆16〜17mm

終齢（クヌギの枯れ葉）

ツマオビアツバ
低山地でよく見つかり、針葉樹の枝先で新葉を食べます。体色は葉にそっくりです。[ク]
●26mm前後 ●北海道〜屋久島 ●春〜夏（1〜2化）●スギ（ヒノキ科）、コメツガなど（マツ科）

成虫◆14〜16mm　終齢（スギ）

ウスイロアツバ
黄色味を帯びる線
山地に生息します。ツマオビアツバに似ていますが、胴体の色が白っぽく、気門の下の線は黄色みを帯びています。[ク]
●20mm前後 ●北海道〜屋久島 ●晩春（1〜2化）●シラビソ（マツ科）

成虫◆14〜16mm　終齢（シラビソ）

ムモンキイロアツバ
体形は細長く、きのこのカワラタケなどを食べます。晩秋に河原のイネ科の植物で採集した個体は、間もなく蛹化し、翌春に羽化しました。[ク]
●30mm前後 ●本州〜屋久島 ●秋（数化）●カワラタケなど（タマチョレイタケ科）

蛹

成虫◆11〜13mm

シラナミアツバ
白い点
背面に三角形のもんがならび、第7腹節に1対（2こ）の白い点があります。キショウブの葉を食べるところを観察しました。水辺の周辺でよく見られます。[ク]
●17mm前後 ●北海道〜九州 ●春〜秋（多化）●ゴキヅル（ウリ科）、キショウブ（アヤメ科）、枯れ葉

成虫◆9〜12mm

ウスキミスジアツバ
土手の草地などにすみ、冬にギシギシのロゼット（→p.131）の下など、ややかわいた地面で見つかります。ギシギシなどの枯れ葉で飼育できます。[ク]●19mm前後 ●北海道〜九州 ●秋〜翌春（2〜3化）●枯れ葉、くちた葉

成虫◆12〜14mm

地面にいた終齢

ヤガは、漢字で「夜蛾」と書きます。名前のとおり、夜に活動する種が多いために名づけられました。

ヤガ科 ④ [トモエガ亜科、エグリバ亜科、シタバガ亜科]

＊白バックの幼虫写真は、ほぼ実際の大きさです。

眼状紋　腹脚は3対(6本)

明色型／暗色型

オオトモエ
あたたかい地域にすむ種で、平地の林縁などで見つかります。ふれると胸部を腹側に丸め、かくされていた1対(2こ)の黒いもんを見せて威嚇します。[ト]
●70〜75mm ●本州〜南西諸島 ●晩春〜初秋(2化以上) ●サルトリイバラ、シオデ(サルトリイバラ科)

成虫◆51〜54mm

黒いもん／威嚇姿勢 夏型♀

オスグロトモエ
平地の林にすみます。セミルーパー型(→p.11)で、第3腹節の腹脚は退化しています。若齢は葉の主脈のうら側、終齢は幹や太い枝に静止し、蛹で越冬します。[ト] ●60〜70mm ●本州〜九州 ●初夏〜夏、晩夏〜初秋(2化) ●ネムノキ、アカシア類(マメ科)

成虫◆34〜37mm

カキバトモエ
平地の緑地公園などで見られ、昼間は幹の低い所におりて静止します。成熟すると地上におり、落ち葉や土でまゆをつくり、蛹で越冬します。[ト] ●65〜75mm ●本州〜九州 ●初夏〜夏、晩夏〜初秋(2化) ●ネムノキ、アカシア類(マメ科)

成虫◆35〜45mm

体のもようは樹皮に似ていて目立ちません。

アカテンクチバ
平地の緑地公園から山地にかけて、クズやフジの茶色いつるで静止しています。成熟すると地上におり、落ち葉や土でまゆをつくり、蛹で越冬します。[ト] ●40〜48mm ●北海道(南部)〜沖縄島 ●初夏〜夏、晩夏〜初秋(2化) ●クズ、フジ(マメ科)

成虫◆18〜19mm

亜終齢

ウスエグリバ
平地から山地の林縁にすみますが、個体数は少ない種です。近縁のオオエグリバ(未掲載)の幼虫にとてもよく似ています。[エ] ●50mm前後 ●北海道〜九州 ●晩春〜初秋(2化) ●カラマツソウ(キンポウゲ科)、アオツヅラフジ(ツヅラフジ科)

成虫◆20〜23mm

キタエグリバ
山地にすみ、林道ぞいなどで見つかります。体は黒く、細い線が数本あり、頭部とあしの先端は黄色です。成熟すると葉をつづり、中で蛹化します。[エ] ●40mm前後 ●北海道〜九州 ●初夏〜秋(2化) ●ムラサキケマン(ケシ科)、カラマツソウ(キンポウゲ科)

成虫◆21〜23mm

腹脚は3対(6本)

ヒメエグリバ
平地の林縁で見つかります。黒い体に黄色と赤い点がならび、セスジスズメ(→p.100)の若齢に似ています。成熟すると枯れ葉や土のつぶでまゆをつくります。[エ] ●40mm前後 ●本州〜沖縄島 ●晩春〜晩秋(3〜4化) ●アオツヅラフジ(ツヅラフジ科)

成虫◆15〜19mm

腹脚は3対(6本) 黒かっ色型

アカエグリバ
丘陵地から山地にすみ、人里周辺や林縁などで見つかります。セミルーパー型です。体色は個体によってちがいがあります。[エ] ●43〜63mm ●北海道〜西表島 ●初夏〜夏(2〜3化) ●アオツヅラフジ(ツヅラフジ科)

成虫◆20〜25mm

眼状紋　体色は個体によってさまざまです。

アケビコノハ
低地から山地まで見られます。胸部を腹側に丸め、腹端をもち上げた独特のポーズで静止します。日かげを好み、直射日光が当たると根ぎわに移動します。[エ] ●50〜75mm ●北海道〜西表島 ●夏〜秋(1化) ●アケビ科、ツヅラフジ科、メギ科

成虫◆50〜55mm

若齢(アオツヅラフジ)／眼状紋を見せ防御姿勢をとる終齢(アケビ)

●終齢幼虫の体長　●分布　●幼虫が見られる時期　●幼虫の食べ物　◆成虫の大きさ(前ばねの長さ)　＊[ト]などは亜科名の最初の1文字です。

腹脚は2対(4本)

腹脚は3対(6本) 拡大

マダラエグリバ
平地の林縁などで見つかる種です。体のもようはアゲハ(→p.58)の若齢などのように、鳥のふんに似ています。[エ]
●20〜25mm ●北海道〜九州 ●春〜夏(数化)
●アオツヅラフジ、コウモリカズラ(ツヅラフジ科)
成虫◆13〜16mm

ニジオビベニアツバ
照葉樹林にすみます。先端の丸い毛を動かしながら活発に歩きます。成熟すると葉に切りこみを入れ、立体的な蛹室をつくります。[エ]
●25mm前後 ●本州〜九州、沖縄島
●ほぼ一年中(2化) ●イヌビワの実(クワ科)、イチイガシ(ブナ科)、ヒサカキ(サカキ科)など
成虫◆13〜15mm
蛹室(ヒサカキ)

オオアカキリバ
平地から山地に植えられたムクゲやフヨウで見られます。まとまって発生することが多く、その場合は、食痕が目立ちます。[エ]
●40mm前後 ●北海道〜九州 ●初夏〜秋(2化) ●ムクゲ、フヨウ(アオイ科)
成虫◆18〜20mm

暗緑色型 / 緑色型

アカキリバ
平地から山地にすみ、道ばたのキイチゴ類でよく見つかります。体色は個体によってさまざまです。[エ]
●36〜40mm ●全国 ●夏〜秋(数化) ●キイチゴ類(バラ科)、ムクゲ(アオイ科)、クヌギ(ブナ科)
成虫◆15〜19mm
亜終齢(モミジイチゴ)

プライヤキリバ
体色が亜終齢までは緑色、終齢は黒と黄色のツートンカラーです。シャクガ科(→p.75)の幼虫のように体を曲げたりのばしたりしながら、素速く歩きます。[エ]
●40mm前後 ●本州〜九州 ●春〜初夏(1化)
●ウラジロガシ、アラカシなど(ブナ科)
成虫◆20mm前後
亜終齢

ハガタキリバ
山地にすみ、沢ぞいや林道ぞいなどのヤナギ類で見つかります。[エ]
●40〜43mm ●北海道〜九州 ●初夏〜秋(2化) ●ヤナギ類(ヤナギ科)
成虫◆19〜23mm

腹脚は2対(4本)

ウスヅマクチバ
平地から低山地にかけて、ネムノキの葉の上で見つかります。[エ]
●38mm前後 ●北海道〜九州 ●春〜夏(1化)
●ネムノキ(マメ科)
成虫◆16〜18mm

ムラサキシタバ
体色は、食草のヤマナラシの樹皮の色に似たうすい灰色です。寒冷地に生息し、シタバガのなかまの中では、最もおそく幼虫や成虫が発生します。[シ]
●70〜90mm ●北海道〜四国 ●初夏〜夏(1化) ●ヤマナラシ(ヤナギ科)
成虫◆48〜56mm

エゾベニシタバ
食草の幹のわれ目などにいると、体色は樹皮に似た灰色をしているので、目立ちません。山地や寒冷地にすみます。[シ]
●55〜65mm ●北海道〜四国 ●晩春〜初夏(1化) ●ドロノキ、ヤマナラシ、ヤナギ類(ヤナギ科)
成虫◆37〜43mm
枝にとまる若齢(ポプラ)

腹部の背面のとっき

ベニシタバ
低山地から山地にすみ、初夏のころ、ヤナギ類の枝や幹にはりついています。体色はかっ色ですが、もようや色のこさはさまざまです。[シ]
●70mm前後 ●北海道〜九州 ●初夏(1化) ●イヌコリヤナギ、バッコヤナギなど(ヤナギ科)
蛹
カトカラ類の腹面には、黒いもんがあります。
成虫◆35mm前後

オニベニシタバ
平地から山地にすみ、ミズナラ林では、初夏、幹や枝にとまる幼虫がよく見つかります。体色は灰色からかっ色までさまざまで、たてじまがはっきり出た個体もいます。[シ]
●48〜65mm ●北海道〜九州 ●初夏(1化) ●コナラ、ミズナラなど(ブナ科)
幹にとまる亜終齢(ミズナラ)
成虫◆31〜36mm

シタバガ亜科のシタバガ類は、属名の「*Catocala*(カトカラ)」から、愛好家の間では「カトカラ」ともよばれ、親しまれています。

127

ヤガ科 ⑤ [シタバガ亜科]

*白バックの幼虫写真は、ほぼ実際の大きさです。

シロシタバ
若齢は、頭部が黒く、体はたてじまもようです。終齢は食草の樹皮に似た灰色で、枝や幹に静止すると、かんたんには見つかりません。
●85mm前後 ●北海道〜九州 ●初夏(1化) ●ウワミズザクラ(バラ科)

成虫◆49mm前後　美しい体色の若齢

アズミキシタバ
本州中部の山岳地帯の石かい岩質の岩場に生息し、食草の枝にとまっています。体色はこいものからうすいものまで、個体によってさまざまです。●40mm前後 ●本州 ●晩春〜初夏 ●イワシモツケ(バラ科)
成虫◆20〜22mm

ケンモンキシタバ
山地にすみます。昼は枝や幹に静止しています。体色はかっ色ですが、もようなどは個体によってさまざまです。●55〜60mm ●北海道、本州、九州 ●初夏(1化) ●ハルニレ、オヒョウ(ニレ科)

成虫◆28〜30mm　ハルニレを食べる幼虫

ノコメキシタバ
主に山地の高原に生息し、食草のズミの花がさくころから幼虫が見られます。背面に赤茶色のとっきがならびます。
●55mm前後 ●北海道、本州 ●晩春〜初夏(1化)
●ズミ(バラ科)
成虫◆26〜31mm

アサマキシタバ
体色は、脱皮直後は茶かっ色で、後に白く粉をふいたようになります。山地性の種として知られていましたが、近年では平地の雑木林でも見られます。このなかでは、最も早く成虫になります。●50mm前後 ●北海道〜九州 ●春〜初夏(1化) ●クヌギ、アベマキ、コナラなど(ブナ科)

葉をつづり、かんたんなまゆをつくって、蛹化します。
成虫◆25〜28mm

体色は個体によってさまざまです。

中齢

ワモンキシタバ
平地から山地にすみます。梅林や果樹園でも見つかりますが、樹皮にはりついていて、見つけにくい種です。
第5腹節の背面に長いとっきがあります。
●55〜60mm ●北海道〜四国 ●初夏(1化) ●スモモ、ウメ、サクラ類(バラ科)
成虫◆25〜29mm

ナマリキシタバ
断崖絶壁に生えるシモツケ類で発生するため、野外ではかんたんには見つかりません。体色は樹皮と同じ灰かっ色で、枝にとまっていると見分けがつきません。
●45mm前後 ●本州〜九州 ●晩春〜初夏(1化) ●イワシモツケ、イワガサなど(バラ科)
成虫◆22〜27mm

ハイモンキシタバ
ズミの花がさくころに、幼虫が老熟します。山地にすみ、生息地では、見つけやすいシタバガ類の幼虫です。
●60〜65mm ●北海道、本州 ●初夏(1化) ●ズミ、エゾノコリンゴ(バラ科)
成虫◆27〜29mm

2対(4こ)の白いもん

ゴマシオキシタバ
ブナの森に多くすみます。うす緑色でほとんどはんもんがない体色は、終齢になっても葉のうらにいるためだと考えられます。
●50mm前後 ●北海道〜九州 ●晩春〜初夏(1化) ●ブナ、イヌブナ(ブナ科)
成虫◆25〜31mm

マメキシタバ
平地から低山のクヌギやコナラの生えた森に生息します。終齢になると昼間は幹のわれ目などにいることが多くなります。
●45mm前後 ●北海道〜九州 ●春〜初夏(1化) ●クヌギ、アベマキ、ナラガシワなど(ブナ科)
成虫◆22〜25mm

エゾシロシタバ
山地にすみます。中齢までは葉にいて目につきますが、樹皮に似た体色の終齢は、幹にいるため目立ちません。●45mm前後 ●北海道〜九州 ●初夏(1化) ●ミズナラ、カシワ(ブナ科)
成虫◆23mm前後　葉のうらの中齢(ミズナラ)

●終齢幼虫の体長 ●分布 ●幼虫が見られる時期 ●幼虫の食べ物 ◆成虫の大きさ(前ばねの長さ)

コシロシタバ
平地から低山地の雑木林にすむ種で、個体数は多くありません。中齢までは葉のうらで見られ、終齢になり枝や幹に静止すると目立たなくなります。●53mm前後 ●北海道〜九州 ●初夏(1化) ●クヌギ、コナラ(ブナ科)

成虫◆26mm前後

キシタバ
林縁のフジで見つかります。中齢まではでな体色で、葉柄にいると目立ちます。終齢は枝や幹にいると見つけにくく、おどろくと体をくねらせて落下します。●60〜65mm ●北海道〜九州 ●初夏(1化) ●フジ(マメ科)

成虫◆33mm前後　葉柄にいる中齢(フジ)

ウスイロキシタバ
山梨県より西の常緑樹の生えている森にすみます。カシ類の新芽がのび始めるころに幼虫があらわれ、葉がかたくなる6月ごろには成虫となります。●55mm前後 ●本州(山梨県以西)〜九州 ●晩春〜初夏(1化) ●アラカシ(ブナ科)

蛹　成虫◆28〜31mm

体色は個体によってさまざまです。

ジョナスキシタバ
食草のケヤキは平地にもたくさん生えていますが、森林環境がゆたかでないと生息しません。昼間は幹の低い所や根もとの物かげなどにかくれることがあります。●60mm前後 ●北海道〜九州 ●初夏(1化) ●ケヤキ(ニレ科)

成虫◆33mm前後

コガタキシタバ
平地から山地の雑木林に生息します。灰色と茶色に色分けされた体色は、細い枝にとまることで、カムフラージュになります。●35〜50mm ●北海道〜九州 ●晩春〜初夏(1化) ●ハギ類(マメ科)、ミズナラなど(ブナ科)

頭部

成虫◆22〜28mm

クビグロクチバ
平地の河川じきでは、早春にイネ科の植物の根もとや茎で見つかります。さわるとヤスデのように丸まって擬死します。若齢、または中齢で越冬します。●45〜55mm ●北海道〜九州 ●秋〜翌春(1化) ●イネ科、カヤツリグサ科

擬死した若齢　成虫◆28mm前後

カクモンキシタバ
林縁で見つかります。中齢にはたてすじもようがあり、ヤマハギの茎にまぎれます。終齢は昼間は根ぎわにおりてかくれます。落下する習性があります。●50mm前後 ●北海道〜九州 ●初夏〜秋(2化) ●ヤマハギ(マメ科)

成虫◆25mm前後　茎にいる中齢(ヤマハギ)

モンムラサキクチバ
平地から山地のフジでよく見つかります。昼間は枝で静止していて見つけにくい種です。●45mm前後 ●北海道〜九州 ●初夏〜秋(2化) ●フジ、ネムノキ(マメ科)

成虫◆21mm前後　枝で静止する終齢(フジ)

モンシロムラサキクチバ
林縁の食草の茎で見つかります。体色は黒っぽく、茎の上では目立ち、数頭が近くで見つかることがあります。●50mm前後 ●本州〜九州 ●初夏〜秋(2化) ●ボタンヅル(キンポウゲ科)

成虫◆21mm前後

ナカグロクチバ
平地の河川じきやあぜなどにすみ、秋によく見つかります。ふれると頭部を腹側に曲げて、「?」の形になり、擬死します。●40〜50mm ●本州〜西表島 ●夏〜秋(多化) ●タデ科、トウダイグサ科、ミソハギ科

アシブトクチバ
平地の人里にすみ、庭のザクロでよく見つかります。もようや色のこさなどはさまざまで、枝にとまると目立ちません。蛹で越冬します。●48〜62mm ●本州〜西表島 ●初夏、秋(2化) ●ミソハギ科、トウダイグサ科、バラ科、マメ科

成虫◆22〜26mm

コウンモンクチバ
平地から山地にすみ、林縁や緑地公園でふつうに見られます。コナラやフジなどの新葉を好みます。成熟すると葉をつづってまゆをつくります。●36〜40mm ●北海道〜屋久島 ●初夏(1化) ●マメ科、ブナ科、タデ科

若齢(フジ)　成虫◆23mm前後

成虫◆20〜22mm

ホソバヒメミソハギにいた終齢

シタバガは漢字で「下翅蛾」と書きます。とまっているときは前ばねにかくれて見えませんが、後ろばねには美しい色彩のもようがあります。

ヤガ科 ⑥ [シタバガ亜科、ホソヤガ亜科、フサヤガ亜科、キンウワバ亜科、スジコヤガ亜科]

＊白バックの幼虫写真は、ほぼ実際の大きさです。

キオビアシブトクチバ
与那国島でキールンカンコノキの葉を食べる中齢を見つけました。終齢は枝にとまっていることが多く、葉を食べるときに移動します。[シ]
- ●65mm前後 ●南西諸島
- ●4～10月 ●カキバカンコノキ、キールンカンコノキ(コミカンソウ科)

成虫◆33mm前後

ムクゲコノハ
丘陵地から山地の林にすみ、夜行性で昼間は幹にひそみます。体色が樹皮と同化して、かんたんには見つかりません。[シ]
- ●60～90mm ●北海道～西表島
- ●初夏、晩夏～初秋(2化) ●クヌギなど(ブナ科)、オニグルミなど(クルミ科)

だ円形のもん

成虫◆44mm前後

幹にはりつく終齢(クヌギ)

ウンモンクチバ
林や公園、畑などで見られる身近な種です。フジやヌスビトハギなどでよく見つかり、体色は個体によってさまざまです。[シ]
- ●45～55mm ●北海道～屋久島 ●初夏(2化) ●フジ、ハギ、ダイズなど(マメ科)

頭部

成虫◆25mm前後

亜終齢

シラフクチバ
茎にそって体をぴったりとはりつけて静止しています。クロシラフクチバ(未掲載)と幼虫で区別するのはむずかしいです。[シ]
- ●48～58mm
- ●北海道～九州
- ●春～夏(2化)
- ●ノイバラ、ズミなど(バラ科)、アラカシ、コナラなど(ブナ科)

成虫◆22～28mm

頭部に黒いもようはなく、黄色がかったかっ色

アヤシラフクチバ
山地の林縁などにすみ、初夏にコナラやミズナラでよく見つかります。第3腹節の腹脚が小さく退化したセミルーパー型(→p.11)です。ふれるとはねて落下します。[シ]
- ●45～50mm
- ●北海道～九州
- ●初夏(1化) ●ナラ類、カシ類(ブナ科)

成虫◆26mm前後

シロテンクチバ
平地から低山地の雑木林にすむ種で、なかなか見つかりません。昼間は、枝にはりついています。[シ]
- ●48mm前後 ●北海道～九州 ●初夏(1化) ●クヌギ(ブナ科)

成虫◆22mm前後

ハガタクチバ
平地から山地の森林にふつうにすみますが、発見例の少ない種です。夜間に、クリの枝先で見つかることがあります。[シ] ●45～55mm
- ●北海道～西表島 ●初夏～秋(2～3化) ●マテバシイ、シラカシ、クリ(ブナ科)

成虫◆22mm前後

拡大

ヤマトホソヤガ
平地の雑木林でよく見つかります。秋、コナラの葉をつづって、中にひそんでいます。頭部や体の色は個体によってちがいがあり、あわいかっ色のものもいます。[ホ]
- ●20～22mm ●本州～九州、トカラ列島
- ●秋 ●クヌギ、コナラ(ブナ科)

巣(コナラ)

成虫◆12.5～14mm

シロモンフサヤガ
ヤマウルシやハゼノキの葉のうらに静止しています。蛹化直前になると、体色が青くなり、くち木にもぐって蛹化します。[フ]
- ●30mm前後 ●本州～沖縄諸島 ●春～秋(2～3化) ●ヤマウルシ、ハゼノキ(ウルシ科)

蛹化直前の終齢

成虫◆16mm前後

フサヤガ
ヤマウルシやハゼノキの葉のうらでよく見つかりますが、クヌギなどブナ科でも見つかります。背面の2本の白いたて線と、オレンジ色の気門が特ちょうです。[フ] ●35mm前後
●北海道～九州 ●春～秋(2化) ●ヤマウルシ、ハゼノキ(ウルシ科)、クヌギ、コナラ(ブナ科)

葉のうらの中齢(ヤマウルシ)

成虫◆17～18mm

ノコバフサヤガ
山地に生息し、カジカエデのみで見つかります。背面にある黄色い2本のたて線が特ちょうです。[フ] ●35mm前後 ●本州～九州
●春～秋(2化) ●カジカエデ(ムクロジ科)

中齢(カジカエデ)

成虫◆15～17mm

●終齢幼虫の体長 ●分布 ●幼虫が見られる時期 ●幼虫の食べ物 ◆成虫の大きさ(前ばねの長さ) ＊[シ]などは亜科名の最初の1文字です。

付着物を取りのぞいた幼虫

ニッコウフサヤガ
山地にすみ、葉のうらや幹で見つかります。樹皮をかみ取って体表につけます。背面のこぶ状のとっきは付着物だけでできています。[フ]
- ●15～17mm
- ●北海道～九州
- ●夏～秋(2化)
- ●オオモミジ(ムクロジ科)

葉のうらの終齢(オオモミジ)
成虫◆13mm前後

腹脚は2対(4本)

ウリキンウワバ
河川じきのアレチウリや林縁のカラスウリで見つかるほか、畑の作物害虫でも見つかります。[キ]
- ●40mm前後
- ●北海道～屋久島、沖縄島
- ●初夏～初冬(多化)
- ●ウリ科、キリ科、トウダイグサ科など多数の科

とっきの白い個体
成虫◆19～21mm

ロゼットで冬の幼虫さがし
キク科やタデ科などの植物は、地面に葉を放射状に広げたじょうたいで、冬をこします。このじょうたいを「ロゼット」といいます。冬に、ロゼットの葉をめくると、越冬中のいろいろな種の若齢や中齢がみつかります。

ギシギシ(タデ科)のロゼット

クリーム色のはんもん

オオマダラウワバ
低山地から山地にすみ、林縁に生えたカラムシなどの葉の上で見つかります。よく似た近縁種がいます。第1腹節にクリーム色のはんもんがあります。[キ]
- ●32mm前後
- ●北海道～九州
- ●夏～秋(2化)
- ●カラムシ、イラクサ、コアカソなど(イラクサ科)

成虫◆15～18mm

腹脚は2対(4本)

タマナギンウワバ
畑の作物害虫です。キャベツ畑でモンシロチョウにまじって見つかります。キクキンウワバによく似ていますが、毛が細く目立ちません。体色はさまざまで、あわい緑色の個体もいます。[キ]
- ●30～40mm
- ●北海道～九州
- ●一年生(3～5化)
- ●アブラナ科、キク科、マメ科、セリ科

成虫◆17mm前後

エゾギクキンウワバ
あたたかい地域の照葉樹林から寒冷なブナ林にまですみます。道ばたなどのキク科の植物で見つかり、冬は、ロゼットの葉のうらや根ぎわで見つかります。[キ]
- ●30mm前後
- ●全国
- ●夏～秋、晩秋～翌春(2～3化)
- ●キク科、ヒルガオ科

成虫◆13～16mm

イラクサギンウワバ
キャベツやシュンギクの害虫で、畑や草地にすみます。若齢は葉のうら側を食べ、後にあなをあけて食べます。蛹で越冬します。[キ]
- ●28mm前後
- ●北海道～屋久島、沖縄島、石垣島
- ●初夏～秋(多化)
- ●アブラナ科、キク科、ナス科、ウリ科

成虫◆15mm前後

終齢と食痕(ブロッコリー)

腹脚は2対(4本)

イチジクキンウワバ
ダイズやナスなど野菜類の害虫で、平地にすみ、道ばたのシロザなどでもよく見つかります。秋に多く、尺を取って歩き、土中で蛹になり越冬します。[キ]
- ●35～43mm
- ●全国
- ●春～秋(2化以上)
- ●さまざまな草

成虫◆15～17mm

腹脚は2対(4本)

キクキンウワバ
さまざまな草を食べます。キンウワバ亜科の多くは第3と第4腹節の腹脚がないセミルーパー型(→p.11)です。[キ]
- ●40mm前後
- ●北海道～屋久島、沖縄島
- ●春～晩秋(多化)
- ●キク科、アブラナ科など多数の科

成虫◆17～19mm

イネキンウワバ
水生のイネ科の植物やガマが生えるしめった場所などにすみます。側部に白く太い線、背面には6本の細い線があります。[キ]
- ●35～38mm
- ●北海道～九州
- ●初夏～秋(2化)
- ●ヨシ、イネ、ヒエ(イネ科)、ガマ(ガマ科)など

成虫◆14～15mm

フタオビコヤガ (イネアオムシ)
イネの害虫で田んぼで見られ、葉のふちに台形の食痕を残します。成熟すると葉をつづって蛹室をつくり、これを切り落とします。[ス]
- ●25mm前後
- ●北海道～沖縄島
- ●晩春～秋(2化)
- ●イネ(イネ科)

成虫 6.5～10mm　蛹室　食痕

ノコバフサヤガやフタオビコヤガなど1種類の植物しか食べない習性を「単食性」(→p.12)といいます。

ヤガ科 ⑦ [アオイガ亜科、ナカジロシタバ亜科、ウスベリケンモン亜科、ケンモンヤガ亜科]

＊白バックの幼虫写真は、ほぼ実際の大きさです。

黄色いはんもん

マルモンシロガ
亜終齢までは目立ったもんなどがない緑色ですが、終齢になると背面と頭部に黄色いはんもんがあらわれます。食草の葉のうらにいることが多いです。[ア]
- ●35mm前後 ●北海道～九州 ●夏～秋（2化）
- ●オニグルミ、サワグルミ（クルミ科）、サワシバ（カバノキ科）

成虫◆16～20mm

赤いもん　腹脚は2対（4本）

フタトガリアオイガ
（フタトガリ、フタトガリコヤガ）
オクラの害虫で、あたたかい地域に生息し、食草の葉の表で見られます。体色は、全体が緑色で赤い点がならぶ個体など、さまざまです。蛹で越冬します。[ア]
- ●35～38mm
- ●本州（関東以西）～南西諸島 ●夏～秋（2化）
- ●フヨウ、ハマボウ、オクラなど（アオイ科）

終齢（オクラ）　成虫◆16～20mm

フクラスズメ
頭部や胸脚、体色は個体によってさまざま
卵のかたまりからふ化するため、幼虫は1か所でまとまって見つかります。ふれると胸部を左右にはげしくふり、口から緑の液体を出して威嚇します。[ウ]
- ●60～70mm ●全国 ●夏（2化）●カラムシなど（イラクサ科）

威嚇する終齢　成虫◆38mm前後

腹脚は2対（4本）

マドバネサビイロヤガ
（マドバネサビイロコヤガ）
与那国島でキールンカンコノキの葉を食べていた中齢を見つけました。熱帯地方に広くすむ種で、日本では迷蛾（→p.145）となっています。[ア]
- ●25mm前後 ●九州、奄美大島、与那国島 ●10月に発見 ●キールンカンコノキ（コミカンソウ科）

成虫◆9mm前後　亜終齢

体色はさまざまです。

ナカジロシタバ
若齢はあなあきの食痕を残し、終齢は葉脈だけを残して丸ぼうずにしてしまうこともあります。葉のうらにいて、たたくと丸まって落下します。サツマイモに大きな被害をあたえることがあります。[ナ]
- ●45mm前後
- ●本州～南西諸島 ●初夏～秋（2～3化）
- ●サツマイモ、ノアサガオ（ヒルガオ科）

成虫◆15～19mm

1対（2束）の長い毛束があります。

ウスベリケンモン
森林に生えるササ類で見つかります。葉の上にいることもありますが、昼間はふつう根ぎわにおりています。かっ色の毛束があり、黒地の体表に白い線が目立ちます。[ウ]
- ●43mm前後 ●北海道～九州 ●夏～秋（2化）
- ●アズマネザサ、クマザサなど（イネ科）

亜終齢

ササ類を食べる幼虫　成虫◆20～25mm

ヒメシロテンヤガ（ヒメシロテンコヤガ）
平地の公園や林縁にすみます。第3、第4の腹節の腹脚がありません。老熟すると白い線は消え、赤みを帯びます。[ア]
- ●26mm前後
- ●北海道～西表島 ●夏～初秋 ●イノコヅチ類（ヒユ科）

成虫◆10～12mm　老熟した終齢（イノコヅチ）

キバラケンモン
平地の公園から山地の森林で広く見られ、中齢まではふつう群れています。終齢は単独で枝先にいて、周辺で数頭がまとまって見つかることがあります。[ウ]
- ●40mm前後 ●北海道～屋久島、沖縄島 ●初夏～初冬（3化）●バラ科、ツバキ科、ツツジ科など多数の科

成虫◆23～24mm

コウスベリケンモン
人里や山地に生えたススキで見つかります。体全体にあわいかっ色の毛束があり、背面と側面に黒いたてじまがあります。全身が黄色い個体もいます。[ウ]
- ●35～38mm ●北海道～九州 ●夏～秋（2化）●ススキ（イネ科）

1対（2束）の黒く長い毛束がある亜終齢　成虫◆20～23mm

カラフトゴマケンモン
山地の針葉樹の枝先で見つかります。気門にそってある、「へ」の字形の白いはんもんが特ちょうです。[ウ]
- ●40～45mm ●北海道～九州 ●夏、秋（2化）●トウヒ、モミ、カラマツ（マツ科）

白いはんもん

成虫◆22mm前後

●終齢幼虫の体長　●分布　●幼虫が見られる時期　●幼虫の食べ物　●成虫の大きさ（前ばねの長さ）　＊[ア]などは亜科名の最初の1文字です。

黒い毛束

ネグロケンモン
低山地から山地にすみ、広葉樹の葉の上で見つかります。体色のこさやたてじまもようは、個体によってさまざまです。ドクガ科(→p.112)に似た黒い毛束があります。[ウ]
- ●25～28mm
- ●北海道～九州 ●夏、秋(2化) ●ブナ科、カエデ科など

中齢と食痕(クヌギ)
成虫◆16mm前後

ゴマケンモン
ドクガ科の幼虫と見まちがえるほどよく似ています。毛の色は白からオレンジ色まで、個体によってさまざまです。[ケ]
- ●30mm前後
- ●北海道～九州
- ●夏～初秋(1化)
- ●ミズナラなど(ブナ科)、シラカンバ(カバノキ科)

白い毛の個体(コナラ)

成虫◆16～19mm

キクビゴマケンモン
体の横に黄色の大きなもんがならび、胸部の背面に長い毛があるのが特ちょうです。山地にすむ種で、沢ぞいなど、ややしめった所でよく見られます。[ケ]
- ●30mm前後 ●北海道～九州 ●夏～初秋(1化)
- ●クマシデ、サワシバ(カバノキ科)

成虫◆18～19mm

シロケンモン
丸まった長い毛をもちます。毛の色は白から黄色まで、個体によってさまざまです。山地性の種で、葉の表にいることが多いです。[ケ]
- ●40mm前後 ●北海道、本州 ●初夏～初秋(2化)
- ●シラカンバ(カバノキ科)、バッコヤナギ(ヤナギ科)

成虫◆21～25mm

アオケンモン
山地性の種で、幼虫は食草の葉のうらにいます。白と黄色の体色に黒のはん点がある毛虫で、ほかに似ている種がいないので区別しやすいです。[ケ]
- ●40mm前後
- ●北海道～九州
- ●初夏～初秋(1化)
- ●シナノキ(アオイ科)

成虫◆20～23mm

スギタニゴマケンモン
頭部を背面側に大きく反らせた防御姿勢は、シャチホコガ科(→p.101)の幼虫と似ています。ブナ林では晩秋に見つかります。[ケ]
- ●20mm前後 ●本州～九州 ●初夏～秋(2化)
- ●オオカメノキ(レンプクソウ科)

拡大

成虫◆12～15mm

防御姿勢をとる終齢

オオケンモン
大型の毛虫で、白く長い毛におおわれ、背面に黒い毛束がならびます。平地から山地まで広く分布します。[ケ] ●50mm前後 ●北海道～九州 ●初夏～初秋(2化) ●カエデ類(ムクロジ科)、リンゴ、スモモ(バラ科)など

成虫◆25～31mm

ヒメリンゴケンモン
背面にある長い毛の束が特ちょうです。分布は局地的のようで、寒冷地に生息していると考えられます。[ケ]
- ●30mm前後 ●本州
- ●夏～初秋(2化)
- ●ハルニレ(ニレ科)、ダケカンバ、ヤマハンノキ(カバノキ科)、ズミ(バラ科)

成虫◆18～21mm

終齢(ダケカンバ)

アサケンモン
あたたかい地域の種で、幼虫は終齢まで集団でくらしています。黄色い体に胸部と腹端に黒い短い毛束があります。[ケ] ●30mm前後 ●本州～西表島 ●初夏～初秋(2化) ●ツルグミなど(グミ科)

成虫◆14～18mm

リンゴケンモン
キドクガ(→p.114)などの幼虫を大きくしたようなすがたですが、胸部に長い毛があることで区別できます。山地にすむ種で、食草の葉が落ちてしまう晩秋まで幼虫が見られます。[ケ]
- ●40mm前後 ●北海道～九州 ●初夏～晩秋(2化) ●サクラ類、リンゴなど(バラ科)

成虫◆20～24mm

サクラケンモン
緑色と黒のツートンカラーで、まばらな長い毛があります。サクラの葉のふちにとまっていると、虫食いのあとのように見えます。[ケ]
- ●25mm前後 ●北海道～九州 ●初夏～初秋(2化)
- ●サクラ類、ウメ、リンゴ、モモ(バラ科)

成虫◆15～18mm

アオイガは漢字で「葵蛾」と書きます。幼虫がアオイ科の植物を食べるところから名づけられました。

133

ヤガ科 ⑧ ［ケンモンヤガ亜科、トラガ亜科、セダカモクメ亜科、カラスヨトウ亜科、モクメキリガ亜科］

＊白バックの幼虫写真は、ほぼ実際の大きさです。

ハンノケンモン
毛の先端が丸くふくらみ、黒い体に黄色いはんもんをもつはでな幼虫です。亜終齢までは白と黒のまだらもようで、鳥のふんに擬態しています。葉の表で「つ」または「？」の形で静止していることが多いです。[ケ]
- ●35mm前後 ●北海道、本州 ●夏～初秋(2化)
- ●ミズナラ(ブナ科)、オニグルミ(クルミ科)、タカネザクラ(バラ科)、イタヤカエデ(ムクロジ科)など

葉の表で静止する終齢 (バッコヤナギ)

成虫◆17～21mm

亜終齢(イタヤカエデ)

トラガ
山地にすみます。同じサルトリイバラを食べるルリタテハ(→p.64)と色彩パターンが似ています。夏に蛹化し、翌春に羽化します。[ト]
- ●50mm前後 ●北海道、本州、九州 ●初夏～夏(1化)
- ●シオデ、サルトリイバラ(サルトリイバラ科)

成虫◆29～30mm

トビイロトラガ
ほかのトラガのなかまとことなり、平地の人里周辺でふつうに見られます。成熟するとくち木や土の中で蛹化し、蛹で越冬します。[ト]
- ●40～51mm ●本州～屋久島 ●初夏～秋(2化)
- ●ブドウ、ノブドウ、ツタなど(ブドウ科)

成虫◆21～22mm　液体を出して威嚇する終齢

キシタケンモン
シロシタケンモンの幼虫に似ていますが、毛の先端が丸く、腹部のもり上がりがないことや、頭部や胸脚の色のちがいなどで区別できます。あまり多くありません。[ケ]
- ●35mm前後 ●北海道～九州 ●夏～初秋(1化) ●ミズナラ、クヌギ、コナラ(ブナ科)

成虫◆21～24mm

体や毛の色はさまざまです。

ナシケンモン
ケンモンヤガ亜科では、最も目にする幼虫です。ヒトリガ科(→p.118)の幼虫のように足早に歩くすがたを見かけることがあります。[ケ]
- ●35mm前後 ●北海道～屋久島 ●初秋～晩秋(2化)
- ●バラ科、ヤナギ科、ツツジ科など多数の科

成虫◆16～21mm

コトラガ
山地にすみ、林縁や高原などで見つかります。トラガのなかまは、ふれると体をそらし、口から黄色っぽい液体を出して威嚇します。[ト]
- ●40～45mm ●北海道～九州 ●初夏～夏(1化)
- ●ヤブガラシ、ヤマブドウ(ブドウ科)、マタタビ(マタタビ科)

蛹

成虫◆27～28mm

威嚇する終齢(マタタビ)

シロシタケンモン
山地のハルニレで幼虫はよく見つかりますが、平地にも生息しています。食草の葉の表で「つ」の字形に静止していることが多いです。[ケ]
- ●35mm前後 ●北海道～九州 ●晩夏～秋(2化)
- ●ハルニレ、アキニレ、ケヤキ(ニレ科)

成虫◆27～29mm

白い線
体色のこさは個体によってさまざまです。

シマケンモン
公園などにすむ身近な種です。頭部の横が黒く、尾端に1対(2本)の白い線があり、長い毛がまばらに生えています。あしの根もとが黒く、先端はオレンジ色です。[ケ]
- ●35mm前後 ●本州～南西諸島 ●晩春～秋(1化) ●ネズミモチなど(モクセイ科)

成虫◆15～18mm

ヒメトラガ
山地にすみ、林道ぞいなどで見つかります。ほかのトラガより色があわく、ヒョウがらです。[ト]
- ●30～40mm ●北海道～屋久島 ●初夏～夏(1化) ●ノブドウ、ヤマブドウ、サンカクツル(ブドウ科)

成虫◆21～22mm

緑色型もいます。

黒い部分が発達した個体

キクセダカモクメ
平地から山地にすみます。しまもようが美しい幼虫で、土手や道ばたに生えるキク科の植物で見つかります。[セ]
- ●40～45mm ●北海道～九州 ●初夏～秋(2化)
- ●ゴマナ、ヨメナ、セイタカアワダチソウなど(キク科)

蛹

成虫◆20～23mm

●終齢幼虫の体長　●分布　●幼虫が見られる時期　●幼虫の食べ物　◆成虫の大きさ(前ばねの長さ)　＊[ケ]などは亜科名の最初の1文字です。

ハイイロセダカモクメ
草地にすみ、秋にヨモギ類の花を食べます。林道に生えたイワヨモギで多数見つかることもあります。ふれると体を左右にゆらします。[セ]
●35mm前後 ●北海道〜九州 ●秋(1化) ●ヨモギ、オオヨモギなどの花(キク科)
成虫◆14〜19mm

中齢(オオヨモギ)

ホシヒメセダカモクメ
草地や河川じきなどあれ地にすみ、ヨモギ類の花を食べます。体色は個体によってちがい、緑色から灰かっ色のものもいます。[セ]●30mm前後 ●北海道、本州 ●秋(1化) ●ヨモギ、オオヨモギ(キク科)
成虫◆16〜18mm

シロスジカラスヨトウ
常緑樹がまじる低山帯などで見られます。腹部にきりがかかったような白いもようがあります。[カ] ●40mm前後 ●本州、九州 ●春〜初夏(1化) ●アラカシ(ブナ科)、サカキ(サカキ科)など
成虫◆21〜25mm

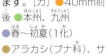

オオウスヅマカラスヨトウ
平地から山地まで広く分布し、春はオオシマカラスヨトウとともによく見られます。第8腹節のとっきの先端が、オオシマカラスヨトウのようにとがらず、丸みを帯びます。[カ]
●35mm前後 ●北海道〜九州 ●春〜初夏(1化) ●ブナ科、ニレ科、バラ科など
成虫◆18〜28mm

丸みを帯びたとっき

体色は個体によって、さまざまです。

ギンモンセダカモクメ
草原の減少により生息地はかぎられてきています。ヨモギ類の花を食べ、その花にそっくりなもようをしています。[セ]
●30mm前後 ●北海道、本州、九州 ●秋(1化) ●ヨモギ、オトコヨモギ(キク科)
成虫◆17mm前後

終齢(オオヨモギ)

シマカラスヨトウ
山地にすみます。上部が黒くふち取られ、はっきりとした白い線が体の横にあります。胸脚は黒いです。[カ]
●40mm前後 ●北海道、本州 ●春〜初夏(1化) ●コナラなど(ブナ科)、リンゴなど(バラ科)
成虫◆20〜24mm

黒い気門

オオシマカラスヨトウ
ナンカイカラスヨトウによく似ていますが、胸脚全体や気門が黒い、肛上板(→p.10)に黒いはんもんがある、白または黄色の線が気門の所を通っているなどの特ちょうがあった場合は、本種です。[カ]
●45mm前後 ●本州〜屋久島 ●春〜初夏(1化) ●ブナ科、サカキ科、ムクロジ科など
成虫◆25〜30mm

亜終齢

タカセモクメキリガ
高山の針葉樹林帯のかぎられた場所に生息します。針葉樹を食草とする幼虫に特有な緑色の体色に白いラインのもようです。カラマツで飼育できます。[モ]
●30mm前後 ●本州 ●晩春〜初夏(1化) ●不明
成虫◆21〜22mm

ホソバセダカモクメ
平地から山地の道ばたや草地にすみ、はでな色彩で目につきます。土の中で蛹化して、蛹で越冬します。[セ]
●45mm前後 ●北海道、本州、九州、奄美大島、沖縄島 ●初夏、晩夏〜初秋(2化) ●アキノノゲシ、ノゲシ、ヤクシソウ(キク科)
成虫◆20〜21mm

とっきは目立ちません。

カラスヨトウ
春にさまざまな草を食べています。平地の雑木林周辺の草地で見つかります。[カ]
●35mm前後 ●北海道〜屋久島 ●春〜初夏(1化) ●キク科、ブドウ科、バラ科など多数の科
成虫◆17〜20mm

黒いふちのある白い気門

ナンカイカラスヨトウ
1996年にオオシマカラスヨトウから分かれ、新種となりました。成虫・幼虫ともに、すがたも生態もよく似ていて、混同されていました。さまざまな広葉樹の葉を食べます。[カ]
●45mm前後 ●本州〜九州、奄美大島、徳之島、沖縄島 ●春〜初夏(1化) ●ブナ科、バラ科、モクセイ科、グミ科など
成虫◆26〜32mm

エゾモクメキリガ
山地のゆたかな落葉広葉樹林に生息します。食草の葉のうらや枝にいて、しげきすると、シャチホコガ科(→p.101)の幼虫のように、頭部をもち上げて反り返ります。[モ]
●40mm前後 ●北海道〜九州 ●晩春〜初夏(1化) ●ハルニレ(ニレ科)、ミズナラ、ブナ(ブナ科)など

頭部を反らせた終齢

成虫◆21〜25mm (サワシバ)

トラガは漢字で「虎蛾」と書きます。成虫の後ろばねがこいオレンジ色で、トラの体の色と似ていることから名づけられました。

ヤガ科 ⑨ [モクメキリガ亜科、タバコガ亜科、ヒメヨトウ亜科、ツマキリヨトウ亜科、キノコヨトウ亜科、キリガ亜科]

＊白バックの幼虫写真は、ほぼ実際の大きさです。

ホソバハガタヨトウ
ケヤキの芽ぶきとともに幼虫があらわれます。尾脚をもち上げる防御姿勢をとります。[モ]
- ●40mm前後 ●本州～九州 ●春～初夏(1化)
- ●ケヤキ(ニレ科)

成虫◆24～26mm

ハイイロハガタヨトウ
山地のハルニレが生える森に生息します。葉のうらにいると、うすい黄色に黒のストライプの入ったもようが、葉のかげにとけこんで目立ちません。[モ]
- ●35mm前後 ●本州、九州 ●晩春～初夏(1化) ●ハルニレ、オヒョウ(ニレ科)

成虫◆19～22mm

頭部

ミドリハガタヨトウ
主に山地にすみますが、平地にもいます。昼間は食草であるケヤキの幹におりて静止しています。体色は、樹皮に似た灰っぽい色です。[モ]
- ●40mm前後 ●北海道～九州 ●晩春～初夏(1化)
- ●ケヤキ(ニレ科)

成虫◆23～24mm

ケンモンミドリキリガ
平地から山地まで広く分布し、都市の緑地でも見られます。春にあらわれる、ほかの幼虫と似ていて、区別のむずかしい種です。[モ]
- ●35mm前後 ●北海道～屋久島 ●春～初夏(1化)
- ●チドリノキ(ムクロジ科)、ヤマザクラ(バラ科)

成虫◆14～17mm

赤いもんのある個体

オオタバコガ
多くの農作物に被害をあたえます。実やつぼみに食い入るほか、葉や花や茎まで食べてしまいます。体色は緑色から黒かっ色まで、個体によってさまざまです。
[タ] ●35mm前後 ●全国 ●初夏～秋(2～3化) ●イネ科、ナス科、マメ科、アオイ科、アブラナ科、キク科、ナデシコ科

成虫◆14～18mm

ツメクサガ
草原に生息し、マメ科の草でよく見つかります。ダイズやアズキにも被害をあたえることがあります。体色は個体によってさまざまです。[タ] ●30mm前後 ●北海道～九州 ●夏～秋(2化) ●アマ(アマ科)、マメ科牧草

成虫◆15～18mm　緑色の終齢(アカツメクサ)

ウスオビヤガ
食草の葉脈を残して食べます。葉のうらの葉脈や新芽、茎などに静止していることが多く、ときに大発生して食草を丸ぼうずにすることもあります。[タ]
- ●30mm前後 ●北海道～九州 ●夏～初秋 ●オニグルミ、サワグルミ(クルミ科)、キリ(キリ科)

成虫◆15～17mm

チャオビヨトウ
平地から山地の林縁などにすみ、新葉を好んで食べます。すがたは、食草の茎そっくりで、ふれるとはねて落下します。
[ヒ] ●30mm前後 ●北海道～九州 ●初夏、秋(2化) ●カナムグラ、カラハナソウ(アサ科)

成虫◆17mm前後

眼状紋

ツマナミツマキリヨトウ
平地の神社やサクラ並木などにすみ、秋に老木の樹皮に生えたノキシノブでよく見つかります。
[ツ] ●27～35mm ●本州～屋久島 ●夏～秋(2化以上) ●ノキシノブ、コウラボシ、マメヅタなど(ウラボシ科)

成虫◆13～15mm

第7腹節には黒いはんもんはありません。

拡大

マダラツマキリヨトウ
平地から山地にすみ、けい流ぞいなどに生えたシダ類で見つかります。まゆをつくり、中で蛹化せずに幼虫で越冬します。[ツ]
- ●25mm前後 ●北海道～西表島 ●初夏、晩夏～初冬(2化) ●チャセンシダ科、コバノイシカグマ科、オシダ科、ヒメシダ科など

終齢(シダの一種)

成虫◆14～17mm

第7腹節に黒いはんもんがあります。

キスジツマキリヨトウ
丘陵から山地にすみ、シダ類の生えた林道や沢ぞいで見つかります。[ツ]
- ●22mm前後 ●本州～屋久島 ●夏～秋(3化)
- ●コバノイシカグマ科、オシダ科、イノモトソウ科など各種のシダ類

成虫◆12mm

拡大

イチモジキノコヨトウ
平地から山地にすみ、神社などの藻類の生えた石がき、しき石、屋根がわらなどで見つかります。地衣類や土のつぶで巣をつくってひそみます。[キノ]
- ●17～25mm ●北海道～屋久島 ●初夏(1化) ●地衣類、藻類

成虫◆12～13mm

●終齢幼虫の体長　●分布　●幼虫が見られる時期　●幼虫の食べ物　◆成虫の大きさ(前ばねの長さ)　＊[モ]などは亜科名の最初の1～2文字です。

キノコヨトウ
平地の神社や緑地公園などにすみ、地衣類やコケの生えたケヤキやウメの幹で見つかります。成熟すると樹皮の下やすき間にまゆをつくって蛹化します。[キノ]
●20mm前後 ●本州～屋久島 ●冬～初夏(2化) ●地衣類
成虫◆10～11mm

クロテンヨトウ
平地の緑地や丘陵地に生息します。野外での幼虫の発見例はありませんが、しめった枯れ葉だけで飼育できることから、地面付近にすんでいると考えられます。[キリ]
●24～28mm ●本州～九州 ●初夏(1化) ●不明
成虫◆14～16mm

体色は個体によってちがいがあります。
1対(2こ)の小さな白い点

マエグロシラオビアカガネヨトウ
丘陵地や低山にすみ、道ばたや沢ぞいなどで見つかります。暗くくもった日の昼間に、イラクサやコアカソの葉で数頭見つけたことがあります。[キリ]
●30～36mm ●本州～屋久島 ●春、秋(2化) ●イラクサ科、ツルシダ科、バラ科、ナス科、スイカズラ科、タデ科など
成虫◆17～19mm

アカモクメヨトウ
河川中流の玉石の転がる河原などで、石の下やイネ科の草の根ぎわなどから見つかります。「J」の形に丸まると、前胸と腹端背面(肛上板→p.10)が似ていて、おしりに頭部があるように見えます。[キリ] ●30～35mm ●北海道～九州 ●早春(1化) ●ヌマガヤ(イネ科)

J字形に丸まった終齢

成虫◆18mm前後

はっきりとした線があります。

ハスモンヨトウ
畑にすみ、さまざまな作物を食べます。若齢は集団で葉を食べ、やがて分散し、成熟すると土の中で蛹化します。[キリ]
●35～41mm ●全国 ●ほぼ一年中(4化) ●サトイモ科、ショウガ科、ナス科、マメ科など

成虫◆18～19mm

若齢の背面には1対(2こ)の黒いもんがあります。(ネギ)

白い点

ノコメセダカヨトウ
平地から山地に広くすみます。草を食べる種ですが、昼は、林縁に生えた樹木の枝や幹、かべなどに静止しているすがたを目にします。[キリ] ●55mm前後 ●北海道～九州 ●春～初夏(2化) ●タデ科、カバノキ科、ツツジ科など

成虫◆25～27mm

ムラサキアカガネヨトウ
オオイタドリを食べていた幼虫を発見しました。近縁のアカガネヨトウ(未掲載)はシダ類から草まで広く食べることから、さまざまな草を食べると考えられます。[キリ]
●30mm前後 ●北海道～四国 ●初夏～初秋(2化) ●オオイタドリ(タデ科)
成虫◆14～17mm

チャイロカドモンヨトウ
平地では河川じきやヨシ原、山地ではけい流ぞいなどにすみ、イネ科の植物を食べます。幼虫で越冬します。[キリ] ●30mm前後 ●本州～屋久島、沖縄島、石垣島 ●秋～翌早春(1化) ●クサヨシ、カラスムギなど(イネ科)

成虫◆20mm前後

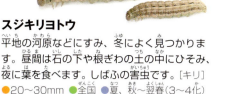

スジキリヨトウ
平地の河原などにすみ、冬によく見つかります。昼間は石の下や根ぎわの土の中にひそみ、夜に葉を食べます。しばふの害虫です。[キリ]
●20～30mm ●全国 ●夏、秋～翌春(3～4化) ●コウライシバ、シバ、アワ(イネ科)

土の中にひそむ終齢 成虫◆12～15mm

オレンジ色のはんもん

シロスジアオヨトウ
平地の河川じきで多く見られ、昼は食草の葉の下や根もとにひそみ、夜は葉に上って食べます。体色は個体によってさまざまです。[キリ] ●40～45mm ●北海道～九州 ●初夏、夏～秋(2化) ●イタドリ、ギシギシ(タデ科)

夜、葉を食べる幼虫(ギシギシ)

成虫◆21～23mm

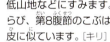

ホソバミドリヨトウ
低山地などにすみます。腹部背面にこぶがならび、第8腹節のこぶは大きいです。色彩は樹皮に似ています。[キリ]
●30mm前後 ●北海道～トカラ列島(中之島) ●春(2化) ●シキミ(マツブサ科)、アラカシ(ブナ科)

成虫◆16～18mm

ヒメハガタヨトウ
平地から丘陵地の林縁などにすみ、日中、アズマネザサの茎に静止しています。たてじまのある体は食草の茎にとけこみ目立ちません。[キリ] ●38～45mm ●北海道、本州、九州 ●初春～初夏(1化) ●アズマネザサ(イネ科)

成虫◆17～20mm

ハスモンヨトウは、低温に弱いため、ふつう野外では越冬できず、ビニールハウスなどに侵入し、わずかな個体だけが冬をこします。

ヤガ科 ⑩ [キリガ亜科]

*白バックの幼虫写真は、ほぼ実際の大きさです。

アオフシラクモヨトウ
アズマネザサの茎と葉の間にもぐっていた幼虫は、食草が不明でしたが、アズマネザサで飼育できました。昼間は静止していることが多く、夜間に開きかけた新葉を食べました。●30mm前後 ●本州〜九州 ●春〜初夏(1化) ●不明
成虫◆15〜16mm

ハジマヨトウ
平地から山地にすみ、タケノコの害虫として知られています。初夏、地上に出るタケやササ、ヨシなどの若芽に食い入ります。卵で越冬します。●30〜40mm ●北海道〜九州、沖縄島 ●春〜初夏(1化) ●タケ類、アズマネザサ、ヨシ(イネ科)

成虫◆16〜22.5mm　マダケに食い入った終齢

イチモジヒメヨトウ
平地のぬまや河川じきなどにすみ、春、枯れたクサヨシの茎をわると終齢が見つかります。●30mm前後 ●本州 ●秋〜翌春(1化) ●クサヨシ(イネ科)

茎内の終齢(クサヨシ)　成虫◆12〜13mm

ゴボウトガリヨトウ
山地にすみ、太い草の茎に食い入ります。林道ぞいや別荘地の道ばたなどに生えたタケニグサの茎をさがすと、かんたんに見つかります。幼虫が蛹化前につくる脱出孔が目印になります。●40mm前後 ●北海道〜九州 ●夏(1化) ●ケシ科、キク科、バラ科、タデ科、キンポウゲ科など

成虫◆17〜21mm　脱出孔(タケニグサ)　蛹

オオチャバネヨトウ
平地の緑地公園などにある池でよく見つかる種で、とても細長い体形をしています。ガマ類の茎にもぐり、水面下の茎まで食い入ります。●40〜55mm ●北海道、本州、九州 ●春〜初夏(1化) ●ヒメガマ、ガマ(ガマ科)
成虫◆17〜23mm

ハガタウスキヨトウ
平地の湿地や河原のヨシ原などにすみ、ヨシの若芽ややわらかい茎に食い入り、成熟すると、茎の中で蛹化します。●30mm前後 ●北海道、本州 ●春〜初夏(1化) ●ヨシ(イネ科)
成虫◆15〜17mm

キスジウスキヨトウ
平地の湿地や休耕田などでよく見つかります。細長い体形に、あわい緑色で、茎に食い入り、ふんを外に出します。成熟すると脱出孔をつくり、茎内で蛹化します。●50mm前後 ●北海道〜九州 ●春〜初夏(1化) ●ガマ、ミクリ(ガマ科)
成虫◆12.5〜19mm

イネヨトウ
「ダイメイチュウ」とよばれ、イネ科の作物の害虫です。メイガ科(→p.46)の幼虫に似ていますが、胴が太いため頭部は小さく感じます。葉鞘(葉の根もと)の中で幼虫が越冬します。●30mm前後 ●本州〜南西諸島 ●一年中(1〜3化) ●イネ、ヒエ、ムギ類、アワ、トウモロコシ、サトウキビ(イネ科)
成虫◆12〜14mm

カバイロウスキヨトウ
湿地や河原などに生息します。オギの茎の内部を食べ、地下茎に食い進み、そのまま終齢で越冬し、春に蛹化します。●25mm前後 ●北海道〜屋久島 ●秋〜翌初夏(1化) ●オギ、ススキ(イネ科)

腹端が茶色です。　成虫◆11〜13mm

アヤモクメキリガ
昼間、終齢は食草の茎に頭を下に向けてとまっています。林に面したスイバなどの春の草が多く生える草原でよく見つかります。●55〜72mm ●北海道〜九州 ●春〜初夏(1化) ●バラ科、マメ科、ナス科、ヒユ科、ユリ科、ヒガンバナ科、キク科
成虫◆27〜29mm

体色のこさは、個体によってちがいます。

キバラモクメキリガ
亜終齢までは若草色で、終齢になると茶かっ色に変わります。さまざまな広葉樹を食べ、里山でよく見かける種です。頭部を腹部内側にまく防御姿勢をとります。●50〜60mm ●北海道〜屋久島、沖縄島 ●春〜初夏(1化) ●ブナ科、モクレン科、バラ科、マメ科、ケシ科など多数の科

防御姿勢をとる中齢(ノイバラ)　成虫◆21〜25mm

白いもん　白いすじ

ハネナガモクメキリガ
カシ類など常緑樹の葉を好み、あたたかい地域に生息します。体色は緑、黄、茶色など、さまざまです。サクラ類で飼育できます。
●50～55mm ●本州～屋久島、沖縄島 ●春～初夏(1化) ●カバノキ科、サカキ科、ツバキ科、ブナ科　成虫◆21～23mm

体色は個体によってちがいがあります。

ハンノキリガ
食草の葉を合わせたあらい巣の中にいます。亜終齢までは緑色で、終齢になると茶かっ色に変わります。
●28mm前後 ●北海道～九州 ●春～初夏(1化) ●カシワ、コナラ、ミズナラ(ブナ科)　成虫◆17～18mm
亜終齢(コナラ)

茶色の個体
緑色の個体

シロクビキリガ
ヤマハンノキが生える林に多く、食草の葉のうらで見つかります。まだらもようがあり、体色は緑色や茶色など、個体によってさまざまです。
●33mm前後 ●北海道～九州 ●春～初夏(1化) ●ハンノキ(カバノキ科)　成虫◆19～22mm

モンハイイロキリガ
各体節にそれぞれ2対(4本)の黄色いとっきがあります。シナノキのみを食べる単食性(→p.12)なので、この木がある森でしか見つかりません。
●40mm前後 ●北海道～九州 ●晩春～初夏(1化) ●シナノキ(アオイ科)　成虫◆17～19mm

カタハリキリガ
山地にすむ種です。体色は亜終齢までは白っぽく、終齢になるとオレンジ色と黒のはん点があらわれ、あざやかになります。さまざまな広葉樹で飼育できます。●30～35mm ●北海道～九州 ●晩春～初夏(1化) ●オオバヤナギ、コゴメヤナギ(ヤナギ科)。サクラ類(バラ科)やクヌギ(ブナ科)などで飼育可能　成虫◆18～20mm
葉のすき間にひそむ終齢(ブナ)

ウスアオキリガ
山地にすむ種です。亜終齢まではうす緑色の体色ですが、終齢になると茶かっ色になります。
●40mm前後 ●北海道～九州 ●晩秋～翌初夏(1化) ●ミズナラ、アラカシ(ブナ科)
頭部
成虫◆15～18mm

ミツボシキリガ
平地の雑木林に生息します。エノキの新葉を内側に折ってふくろ状の巣をつくり、大きくなると2まいの葉を合わせて巣にします。
●30mm前後 ●本州～九州 ●春～初夏(1化) ●エノキ(アサ科)
成虫◆18～20mm　巣内の中齢(エノキ)

緑色型
まだらもよう型

ウスミミモンキリガ
平地の湿地に生息します。葉を合わせて巣をつくってひそみ、老熟すると幹にいることがあります。終齢はまだらもようで、体色やもようはさまざまです。
●40mm前後 ●北海道～九州 ●春～初夏(1化) ●ハンノキ(カバノキ科)　成虫◆18～20mm

カバイロミツボシキリガ
山地にすみ、シナノキの生える森に生息します。食草の葉をつづって巣をつくり、中にひそみます。
●35mm前後 ●北海道～九州 ●晩春～初夏(1化) ●シナノキ(アオイ科)
成虫◆15～18mm

ヨスジノコメキリガ
暗い体色で、もようはほとんどありません。頭部も黒っぽく、周辺部は灰色です。さまざまな広葉樹を食べ、葉のうらで見つかります。
●35mm前後 ●本州～九州 ●春～初夏(1化) ●サクラ類(バラ科)
成虫◆14～18mm

終齢(ハンノキ)

キリガ亜科には、成虫が晩秋から初春にのみ活動する種がいます。これら種の幼虫は、春にだけ見られます。

ヤガ科 ⑪ [キリガ亜科、ヨトウガ亜科]

＊白バックの幼虫写真は、ほぼ実際の大きさです。

クロチャマダラキリガ
カシ類が生える林に生息します。中齢まではあわい緑色で白いたて線があり、終齢になるととうすいクリーム色になります。新芽をつづった巣をつくります。[キ]
●35mm前後 ●本州〜屋久島、沖縄島 ●春〜初夏（1化）●アラカシ、アカガシなど（ブナ科）

中齢（アラカシ）

成虫◆14〜18mm

ヤマノモンキリガ

早春にふ化し、ツバキのつぼみにあなをあけ、内部を食べます。ときには花といっしょに地面に落ちますが、そのまま食べていることもあります。飼育ではコナラもよく食べます。
●30〜35mm ●北海道〜九州 ●早春〜春（1化）●ブナ（ブナ科）、ツバキ（ツバキ科）

ツバキの花を食べる終齢

成虫◆15〜17mm

イチゴキリガ
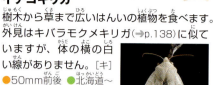
亜終齢

樹木から草まで広いはんいの植物を食べます。外見はキバラモクメキリガ（→p.138）に似ていますが、体の横の白い線がありません。[キ]
●50mm前後 ●北海道〜九州 ●晩春〜初夏（1化）●ヒユ科、キンポウゲ科、バラ科、アカネ科など多数の科

成虫◆20〜24mm

テンスジキリガ
平地の公園から山地まで広く生息します。野外での食草は不明ですが、クヌギやコナラなどで飼育できます。黒かっ色の体色です。[キ]
●35mm前後 ●北海道〜九州 ●春〜初夏（1化）●不明

成虫◆15〜17mm

ナワキリガ
常緑の森にすみます。終齢は茶色と黒のツートンカラーでさかい目が白い線で区切られるのがとくちょうです。[キ]
●40mm前後 ●本州〜九州、奄美大島、沖縄島 ●春〜初夏（1化）●アラカシ、カシワ（ブナ科）、サクラ類（バラ科）

成虫◆16〜19mm

ホシオビキリガ

平地から山地まで広く分布します。昼間は食草にいるよりも、地面などにおりているところをよく見かけます。[キ]
●32mm前後 ●北海道〜九州 ●春〜初夏（1化）●サクラ類、リンゴ（バラ科）、クヌギ（ブナ科）

成虫◆17〜19mm

キトガリキリガ

白く短い線

山地に生息し、さまざまな広葉樹を食べます。体色は黒かっ色で、前胸の両側に白い短い線があります。[キ]
●30〜35mm ●北海道〜九州 ●晩春〜初夏（1化）●ナシ（バラ科）、クヌギ、アベマキ、アラカシ（ブナ科）

成虫◆14〜16mm

ノコメトガリキリガ

こげ茶色の体色で、前胸背面の白い線はよく目立ちます。ウメの花や若い果実を好み、目立った巣はつくらず、葉を糸で重ねた中にひそみます。[キ]
●40mm前後 ●北海道〜九州 ●春〜初夏（1化）●モモ（バラ科）、ツバキ（ツバキ科）

成虫◆18〜21mm

ミスジキリガ
中齢　亜終齢

体色は暗い緑色から茶色まで、個体によってさまざまで、各節に片側3この白い点があります。腹部の下側は白です。食草の葉をつづり合わせて巣をつくり、中にひそみます。[キ]
●30〜35mm ●北海道〜九州 ●春〜初夏（1化）●クヌギ、アラカシ、カシワ（ブナ科）、サクラ類（バラ科）

成虫◆15〜16mm

アオバハガタヨトウ

体の上半分はこい緑色、下半分はうすい緑色で、胸脚の先端または全体が黒いです。亜終齢までは緑色であまり特ちょうがなく、ほかの種との区別はむずかしいです。[キ]
●35〜40mm ●北海道〜九州 ●春〜初夏（1化）●ウラジロガシ（ブナ科）、サクラ類、リンゴ（バラ科）

成虫◆19mm前後

シマキリガ

黒い頭部

春、エノキの葉を折り合わせて巣をつくり、中にひそみます。枝先には多くの巣が見られますが、集団生活はせず、それぞれ単独でくらします。[キ]
●30〜35mm ●北海道〜九州 ●春〜初夏（1化）●エノキ（アサ科）

成虫◆12mm前後

イタヤキリガ

若齢は食草の花や新芽の中にひそみます。終齢の体色はうす緑色で、太く白い線が体の横を走ります。広食性（→p.12）で、リンゴなどの果樹の害虫にもなっています。[キ]
●30〜35mm ●北海道〜九州 ●春〜初夏（1化）●マルバマンサク（マンサク科）、カシワ（ブナ科）、リンゴ（バラ科）など

成虫◆15mm前後

●終齢幼虫の体長　●分布　●幼虫が見られる時期　●幼虫の食べ物　◆成虫の大きさ（前ばねの長さ）　＊[キ]などは亜科名の最初の1文字です。

アーチ状のもようがならびます。

シラオビキリガ
平地から山地にすみ、葉をつづって巣をつくり、中にひそみます。しげきをあたえると上半身を背面に反らせ、口から液体を出します。［キ］●35mm前後 ●北海道、本州 ●春〜初夏（1化）●クヌギ、アベマキ、コナラなど（ブナ科）

成虫◆16mm前後　巣（アラカシ）

ニレキリガ
気門は黒く、その周りは円形に白くふちどられます。葉をつづって巣をつくり、中にいます。［キ］●30〜35mm ●北海道〜九州 ●春〜初夏（1化）●ハルニレ（ニレ科）、エノキ（アサ科）

成虫◆15mm前後　終齢（エノキ）

ヤナギキリガ
体色はあわい緑色で、白い線があります。ヤナギ類の新芽をつづります。体形や巣をつくる習性などはツトガ科（→p.50）の幼虫に似ています。［キ］●30mm前後 ●北海道〜九州 ●春〜初夏（1化）●イヌコリヤナギ（ヤナギ科）
成虫◆13mm前後

ヤマトギンガ
単食性（→p.12）で、カエデ類の中で、カジカエデしか食べません。葉をつづって巣をつくり、巣まで食べて、あなだらけにします。トガリバ類（→p.72）に似ています。［キ］●30mm前後 ●本州、四国 ●春〜初夏（1化）●カジカエデ（ムクロジ科）

成虫◆13〜17mm

クロスジキリガ
広葉樹の森に生息します。クリーム色の小さな点と5本のストライプは若齢からあります。［ヨ］●35mm前後 ●本州〜沖縄島 ●春〜初夏（1化）●シラカシ（ブナ科）
成虫◆17〜18mm

ケンモンキリガ
体色は緑で白い破線もようがあり、食草の枝にいるとまったく目立ちません。針葉樹の植林地では、ときに大発生することがあります。［ヨ］●30〜35mm ●北海道〜屋久島 ●春〜初夏（1化）●ヒノキ、アスナロ、スギ（ヒノキ科）

成虫◆18〜20mm
ヒノキの葉に似ている中齢

マツキリガ
山地性の種で、松林などで多く見られます。針葉樹を食べる幼虫によくある体色で、緑色に白いストライプです。［ヨ］●25〜30mm ●北海道〜屋久島 ●晩春〜初夏（1化）●アカマツ、チョウセンゴヨウ（マツ科）

成虫◆14〜17mm
アカマツの葉によく似た終齢

タカオキリガ
山地性の種です。食草が大木となるため、幼虫も高い所にいて、なかなか見つけられません。すがたは針葉樹に生えるコケや地衣類のようです。名前は高尾山に由来します。［ヨ］●30〜35mm ●本州〜九州 ●晩春〜初夏（1化）●モミ、ウラジロモミ（マツ科）
成虫◆17〜20mm

スギタニキリガ
茶かっ色で大型の幼虫なので目立ちそうですが、野外での発見例は少ないです。やや山地にすむ種ですが、平地でも自然がよく残った環境では、見つかることがあります。［ヨ］●45〜55mm ●北海道〜屋久島 ●春〜初夏（1化）●コナラ、クヌギ（ブナ科）、サクラ類（バラ科）、カラマツ（マツ科）
成虫◆21〜25mm

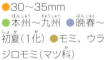
白いもん

スモモキリガ
名前にスモモとつきますが、さまざまな広葉樹を食べます。終齢になると幹のわれ目によくひそんでいます。第1腹節の気門の上に小さな白いもんがあります。［ヨ］●35〜40mm ●北海道〜九州 ●春〜初夏（1化）●バラ科、カキノキ科、モクセイ科、ブナ科、タデ科

成虫◆19〜21mm

カバキリガ
中齢までは特ちょうがなく、ほかの種と区別がつきにくいのですが、終齢になると、黄緑色に黄色い点を散らした体になります。［ヨ］●35〜40mm ●北海道〜九州 ●春〜初夏（1化）●コナラ、クヌギなど（ブナ科）、サクラ類、リンゴ（バラ科）

成虫◆19〜21mm

アオヤマキリガ
カバキリガの幼虫に似ていますが、体の横の線が目立つことで区別できます。山地にすむ種です。［ヨ］●35〜40mm ●北海道〜九州 ●晩春〜初夏（1化）●さまざまな広葉樹

成虫◆19〜22mm

キリガ亜科やヨトウガ亜科、モンヤガ亜科の幼虫の中には、ほかの幼虫をおそって食べてしまう種もあります。飼育するときには、共食いに注意しましょう。

ヤガ科 ⑫ [ヨトウガ亜科、モンヤガ亜科]

＊白バックの幼虫写真は、ほぼ実際の大きさです。

カギモンキリガ
食草の芽生えの時期に合わせてあらわれます。終齢まで群れをつくることや、あざやかな黄色い頭部などが特ちょうです。
[ヨ] ●35mm前後 ●本州～九州 ●晩春～初夏(1化) ●ツルグミ、ナツグミ(グミ科)
成虫◆16～19mm

ブナキリガ
体色は個体によってさまざまです。
低山帯から山地にかけてすみ、ブナ科の落葉樹の葉を食べます。特ちょうの少ない種で、ホソバキリガ(未掲載)というよく似た種がいます。[ヨ] ●35mm前後 ●北海道～九州 ●晩春～初夏(1化) ●リンゴ、スモモなど(バラ科)、クヌギ、カシワなど(ブナ科)、マンサク(マンサク科)
成虫◆15～17mm

ヨモギキリガ
体色は個体によってさまざまです。
里山や河川じきの草原などにすみ、食草の先端の葉をつづって巣をつくります。ヨモギにつくった巣は葉のうらが白く、目立ちます。
[ヨ] ●35～40mm ●北海道～四国 ●春～初夏(1化) ●ヨモギ(キク科)、イタドリ、ギシギシ(タデ科)、ハマエンドウ(マメ科)
成虫◆18～21mm 巣(ヨモギ)

チャイロキリガ
腹脚は4対(8本)
白い粉をふいたような体が特ちょうです。同じ時期にあらわれるニトベエダシャク(→p.81)の幼虫に似ていますが、腹脚の数で区別できます。
[ヨ] ●35mm前後 ●北海道～九州 ●春～初夏(1化) ●リンゴ(バラ科)、カキノキ(カキノキ科)、カシ類(ブナ科)
成虫◆16～20mm

アカバキリガ
体色のこさはさまざまです。
さまざまな広葉樹の葉をつづって巣をつくります。大きな頭部は黒から赤まで、個体によってちがいがあります。平地から山地まで広く生息しています。[ヨ] ●40mm前後 ●北海道～九州 ●春～初夏(1化) ●リンゴ、モモなど(バラ科)、クリ類、コナラなど(ブナ科)
成虫◆19～22mm 巣内の亜終齢(ヤナギの一種)

シロヘリキリガ
オレンジ色と黒のストライプのはでな体色で目立ち、体には細く白い刺毛(→p.10)が生えています。さまざまな広葉樹の葉をつづり、昼間でも巣から出歩き、葉を食べます。[ヨ] ●35～40mm ●北海道～九州 ●春～初夏(1化) ●リンゴ、サクラ類(バラ科)、クヌギ、コナラ、アラカシ(ブナ科)
成虫◆15～17mm 威嚇する終齢

キンイロキリガ
あまり特ちょうのないうす緑色のイモムシで、さまざまな広葉樹の葉のうらで見つかります。山地にすむ種で、夏から冬の間を土の中で蛹ですごし、早春に成虫が羽化します。[ヨ]
●35mm前後 ●北海道～九州 ●晩春～初夏(1化) ●シラカシ、カシワなど(ブナ科)、リンゴ、サクラ類(バラ科)
成虫◆17～21mm

シロシタヨトウ
河川じきや畑などにすみ、野菜類の害虫として知られます。夜行性で夜に葉を食べ、土の中で蛹になり越冬します。
[ヨ] ●35～45mm ●北海道～九州 ●夏、秋(2化) ●タデ科、マメ科、ヒユ科、アブラナ科、ケシ科など
成虫◆16.5～20mm

ヨトウガ (ヨトウムシ)
人里にすみ、野菜類の害虫として有名です。若齢は緑色、中齢から茶かっ色になり、昼は土の中や葉のすき間にかくれ、夜に葉を食べます。土の中で蛹になり越冬します。[ヨ]
●40mm前後 ●北海道～屋久島 ●春～秋(3化) ●ナス科、アブラナ科、ユリ科、キク科など
成虫◆17～23mm

マメチャイロキヨトウ
平地の河原などにすみ、冬から春の昼間、石の下などでよく見つかります。夜行性で、各種のイネ科の雑草で飼育できます。[ヨ]
●33mm前後 ●北海道～西表島 ●秋～翌春 ●ヌマガヤ、ネズミガヤ(イネ科)
成虫◆13～17mm

クサシロキヨトウ (クサシロヨトウ)
平地の海岸の草地、河原、畑などで見つかります。昼は葉のすき間や土の中にいて、夜に葉を食べます。冬は石の下やイネ科の草の根ぎわの土の中で見つかります。[ヨ]
●27～40mm ●本州～屋久島 ●夏、秋～翌春 ●トウモロコシ、イネ、サトウキビ(イネ科)
終齢(トウモロコシ) 成虫◆14～17mm 頭部

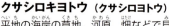

●終齢幼虫の体長 ●分布 ●幼虫が見られる時期 ●幼虫の食べ物 ◆成虫の大きさ(前ばねの長さ) ＊[ヨ]などは亜科名の最初の1文字です。

マダラキヨトウ
山地のササが林床をおおう樹林にすみます。夏、ササが生えたカラマツ林内の登山道で、スズタケの葉にとまる中齢を見つけました。
[ヨ] ●27mm前後 ●北海道～九州 ●晩夏 ●スズタケ(イネ科)

成虫◆12～18mm

ハマオモトヨトウ
海岸や平地の公園のほか、住宅地の玄関先に植えたタマスダレでも発生します。ハマオモトでは、若齢は肉あつの葉にもぐります。成熟すると、葉のすき間や地面で蛹化します。
[ヨ] ●35～45mm ●本州～屋久島 ●夏～秋 ●ヒガンバナ科

頭部

葉にもぐる中齢(ハマオモト)

成虫◆17～21mm

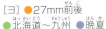

コキマエヤガ
平地の河原などで見られ、冬から春にかけて、葉に食痕のあるギシギシの根ぎわからよく見つかります。ふれると丸まります。初夏、成熟すると土の中で蛹化します。[モ]
●35mm前後 ●北海道～九州 ●秋～翌初夏(1化) ●タデ科、キク科、ユリ科など

成虫◆18mm前後　丸くなる終齢

カブラヤガ
畑、公園、庭先など開けた環境を好み、さまざまな植物を食べます。終齢は特に根ぎわを好んで食べ、「ネキリムシ」とよばれます。[モ]
●33～48mm ●北海道～石垣島 ●ほぼ一年中(2～3化) ●マメ科、イネ科、キク科、タデ科、ヒルガオ科など

成虫◆16.5～18mm

モクメヤガ（モクメヨトウ）
人里や低山地の草地にすみます。広食性(→p.12)で、草地のさまざまな草に分散しているので、めったに見つかりません。[モ] ●26mm前後 ●北海道～九州 ●夏(1化) ●オオバコ科、キク科、マメ科、タデ科

成虫◆14mm前後

クロクモヤガ
平地から山地にすみ、河原の草地、水田、道ばたなどで見られます。夜行性で、冬の昼間、ギシギシなど草のロゼット(→p.131)の下にかくれています。[モ] ●35～40mm ●北海道～屋久島 ●初冬～翌春(1化) ●タデ科、ナデシコ科、キク科など

成虫◆20mm前後

若齢(オランダミミナグサ)

オオバコヤガ
平地から山地にすみ、林縁、畑、河原、湿地周辺などで見つかります。クロクモヤガにまじり、冬に草の根ぎわや葉の下で見つかります。[モ]
●27～39mm ●北海道～屋久島、沖縄諸島 ●晩秋～翌春 ●タデ科、アヤメ科、ナデシコ科など

根ぎわにいた終齢(キショウブ)

成虫◆16～21mm

コウスチャヤガ
平地の河川じきや土手の草地などにすみ、夜行性で、昼は草の根ぎわ近くにひそみ、夜になると葉の上に出てきます。[モ]
●30～40mm ●北海道～九州 ●夏、秋～翌春(2化) ●さまざまな草

成虫◆14～19mm

アカフヤガ
平地から山地にすみ、冬から春にかけて河川じきや田畑周辺などに生えたギシギシなどの草の葉のうらや根もとで見つかります。[モ]
●30mm前後 ●本州～屋久島 ●夏、晩秋～翌春(2化) ●タデ科、キク科、リンドウ科、

成虫◆17～19mm

キシタミドリヤガ
山地にすみます。幼虫の生態は不明ですが、タデ科の植物で飼育できます。終齢は暗い色で、オオバコヤガに似た黒いもんがならびます。[モ] ●35～40mm ●北海道～屋久島 ●晩秋(1化) ●不明。ギシギシ、イタドリ(タデ科)で飼育可能

若齢は、頭部がオレンジ色で、クリーム色の気門の下の線が目立ちます。

成虫◆20～21mm

ウスチャヤガ
自然環境のよい人里に見られます。キンランなどを食べます。体色が個体によってちがい、幼虫では区別がむずかしい種です。[モ]
●40mm前後 ●本州～九州 ●秋～翌初夏(1化) ●ギシギシ(タデ科)、シロツメクサ(マメ科)、キンラン(ラン科)

成虫◆20mm前後

シロモンヤガ
野菜の害虫で、頭部の黒い「八」の字形のもようから「八の字根切り」とよばれます。成長した幼虫は夜にだけ葉を食べ、冬はハクサイなどの株の中で幼虫のまま越冬します。[モ] ●28～42mm ●北海道～九州 ●夏、秋～翌春(2化) ●アブラナ科、マメ科、ナス科、ユリ科など

頭部

成虫◆22～26mm

モンヤガ亜科は草を食べる種が多く、食草の根ぎわにいることが多いため、体色は茶かっ色をしています。

小蛾類のなかま分け

14ページで一部を紹介した小蛾類のなかま分けをくわしく紹介します。

コバネガ上科
コバネガ科（→p.16）●日本の種は、コケを食べます。

スイコバネガ上科
スイコバネガ科（→p.16）●幼虫は、葉にもぐってマインをつくります。

コウモリガ上科
コウモリガ科（→p.16）●幼虫は、草の茎や木の幹の中にトンネルをほります。

モグリチビガ上科
モグリチビガ科（→p.16）●多くの種の幼虫は、葉の中にもぐって葉の内部を食べます。

マガリガ上科
ツヤコガ科（→p.16）●多くの種の幼虫が、葉の中にもぐり、携帯巣をつくって蛹化します。
ヒゲナガガ科（→p.16）●1齢または2齢で携帯巣をつくります。
マガリガ科（→p.17）●1齢は葉にもぐり、2齢以降は携帯巣をつくります。

ムモンハモグリガ上科
ムモンハモグリガ科（→p.17）●幼虫は、葉にもぐります。

ヒロズコガ上科
ヒロズコガ科（→p.17）●鳥のはねやアリなど、肉食の種をふくむグループです。
ミノガ科（→p.18～19）●幼虫は、「みの」とよばれる携帯巣をつくり、「みの虫」とよばれます。

●ホソガ上科
ホソガ科（→p.20～21）●多くは、過変態をします。
チビガ科（→p.21）●1～2齢は葉にもぐり、2齢の終わりに葉の外へ出てきます。

●スガ上科
スガ科（→p.22）●多くの種の幼虫は、葉や花に糸をはって巣をつくります。
クチブサガ科（→p.22～23）●多くの種の幼虫は、葉をつづって巣をつくります。
コナガ科（→p.23）●アブラナ科の植物を食べる種が多いです。
ホソハマキモドキガ科（→p.23～24）●若齢は葉や茎にもぐり、中齢以降に外へ出てきます。幼虫の腹部の後方に、小さなとっきがあります。

マイコガ科（→p.24）●日本ではハリギリマイコガだけが知られています。
ヒルガオハモグリガ科（→p.24）●日本の種は、ヒルガオ科の植物を食べます。
ハモグリガ科（→p.24）●幼虫は葉の中にもぐって内部を食べて育ち、成熟すると外へ出てまゆをつくります。

●キバガ上科
ヒラタマルハキバガ科（→p.25）●多くの種の幼虫が、葉で巣をつくります。
ヒロバキバガ科（→p.26）●日本では2種しか確認されていませんが、海外では500種以上が知られているグループです。
キヌバコガ科（→p.26）●成虫が昼間に活動します。
メスコバネキバガ科（→p.26）●科名のとおり、メスの成虫は、はねが小さく飛べません。
マルハキバガ科（→p.26）●枝に食い入るものや葉で巣をつくるものなどさまざまです。
ヒゲナガキバガ科（→p.26～27）●いろいろな木の葉を食べる種や、枯れ葉やくち木を食べる種がいます。
ホソキバガ科（→p.27）●植物のほか、カイガラムシなどを食べる種が知られています。
ニセマイコガ科（→p.27）●食性が広く、肉食性の種もふくまれます。
ツツミノガ科（→p.27）●科名のとおり、つつ状のみのをつくる種のほか、虫こぶをつくる種などもいます。
ミツボシキバガ科（→p.27）●くち木の樹皮の下などにひそみます。
エグリキバガ科（→p.27）●葉の上に糸をはり、その下にひそむ幼虫が知られていますが、くわしいことは分かっていません。
カザリバガ科（→p.27）●幼虫の多くは、葉にもぐります。
キバガ科（→p.28～29）●葉や茎にもぐる種や葉をまいて巣をつくる種などがいます。
スヒロキバガ科（→p.29）●あざやかな色をしたものがいます。
クサモグリガ科（→p.29）●ほとんどの幼虫が、葉にもぐります。

●ネムスガ上科
ネムスガ科（→p.29）●日本ではネムスガだけが知られています。

●マダラガ上科
セミヤドリガ科（→p.30）●ほかの昆虫に寄生します。
イラガ科（→p.30～31）●毒とげや毒針毛をもつものがいます。
マダラガ科（→p.32～33）●体内に毒をもち、はでな色をしています。

●スカシバガ上科
スカシバガ科（→p.34～35）●木の幹や根に食い入るものや、樹皮の下にひそむものがいます。
ヒロハマキモドキガ科（→p.35）●葉の上に糸でまくをはる種のほか、食草の根にもぐる種も知られています。

●ボクトウガ上科
ボクトウガ科（→p.35）●木の幹にトンネルをほって、材を食べます。

●ハマキガ上科
ハマキガ科（→p.36～43）●葉をまいて巣をつくったり、新芽や果実、茎などにもぐったりします。

●ハマキモドキガ上科
ハマキモドキガ科（→p.44）●葉の上にうすく糸をはり、葉をつづって巣をつくります。葉脈を残して葉を食べます。

●ホソマイコガ上科
ホソマイコガ科（→p.23）●あみ目状のまゆをつくって蛹化します。

●ニジュウシトリバガ上科
ニジュウシトリバガ科（→p.44）●茎やつぼみ、花などの中に食い入ります。

●トリバガ上科
トリバガ科（→p.44～45）●植物の内部にもぐるものや、外から葉をけずるように食べるものなどがいます。

●ニセハマキガ上科
ニセハマキガ科（→p.45）●熱帯地方に多く生息するグループです。

●セセリモドキガ上科
セセリモドキガ科（→p.45）●日本に3種、世界に20種ほどが知られる小さな科です。

●マドガ上科
マドガ科（→p.45）●多くの幼虫は、巣をつくります。

●メイガ上科
メイガ科（→p.46～48）●巣をつくる種が多く、食性はさまざまです。
ツトガ科（→p.50～55）●ほとんどの種が植物を食べ、茎にもぐったり、葉をつづって巣をつくったりします。

*日本に生息していないグループや、日本に生息していても、この図鑑で紹介していないグループは省略しています。

用語集

幼虫の体や生活に関する言葉を50音順にならべて解説してあります。

亜科 生物の分類階級の1つで、1つの科に多くの属がふくまれる場合などに、科と属の間に置かれます。

あし イモムシ・毛虫は、胸部と腹部にあしをもちます。（→p.10）

亜種 同じ種のなかで、地理的または生態的にかくりされていて、特ちょうのことなる集団のこと。

亜終齢 （→p.8）

羽化 成虫になること。

越夏 夏をこすこと。夏眠の意味で用いられることもあります。

越冬 冬をこすこと。

科 生物の分類階級の1つで、近い関係にある属をまとめたグループのこと。

学名 生物のグループのなかま分けを決めるとき、それをしめすためにつけられる世界共通の名前のこと。学名のつけ方は、国際的なきそくで決められています。種名は、ラテン語の2つの単語を組み合わせてつけられています。

花序 （→p.13）

化性 昆虫が1年間に何回か世代をくり返す性質のこと。1年に1回成虫があらわれるものを1化、2回あらわれるものを2化とよびます。3化以上するものは多化ともいいます。

花柄 （→p.13）

過変態 （→p.21）

夏眠 夏に休眠じょうたいになること。

眼状紋 （→p.11）

完全変態 （→変態）

擬死 しげきを受けて、まるで死んだように動かなくなること。

寄生 （→p.13）

季節型 1年に2回以上発生する種で、季節によって、形や色彩などにちがいがあること。発生する季節に準じて「春型」「夏型」「秋型」などとよびます。

擬態 無毒な種が、有毒な種の色や形などに似ることや、有毒な種どうしがたがいに似ること。また、葉や枝、樹皮、ふんなど、敵が食べないものに似ること。擬態には、敵にさけられたり、敵の目をのがれたりする効果があると考えられています。

気門 （→p.10）

休眠 成長や活動が、長い期間とまること。

胸脚 幼虫の胸部にあるあしのこと。前胸の胸脚を前脚、中胸の胸脚を中脚、後胸の胸脚を後脚といいます。（→p.10）

狭食性 （→p.12）

共生 種のことなる生物がたがいに利益をあたえあって生活すること。シジミチョウの幼虫とアリの関係などを共生といいます。

胸部 頭部と腹部の間の部分。前胸・中胸・後胸の3節からなります。（→p.10）

菌こぶ 菌が寄生することによって、枝や幹などの植物組織の一部がいじょうに成長してこぶのようになったもの。

くち木(朽ち木) 微生物によって分解が進んだ枯れ木やたおれた木のこと。

携帯巣 衣服のように、体につけたまま移動できる巣のこと。材料や形は、種によってさまざまです。「ポータブルケース」「みの」ともいいます。（→p.17）

後脚 （→胸脚）

後胸 （→胸部）

広食性 （→p.12）

広葉樹 （→p.13）

蛹 完全変態を行う昆虫の、幼虫と成虫の間にある発育段階。蛹の時期には、えさを食べず、ふつうほとんど動きません。

紫外線 人間の目では見ることができない波長の短い光線のこと。昆虫には、紫外線を感じることのできる目をもつものがいます。

刺毛 （→p.10）

若齢 （→p.8）

種 生物の分類のきじゅんになる単位。繁殖が可能な生物の集団を指し、ふつう、近縁の種どうしは、子孫を残すことができません。

終齢 （→p.9）

主脈 （→p.13）

照葉樹 （→p.13）

常緑樹 （→p.13）

食痕 食べあとのこと。

食草 幼虫のえさとなる植物のこと。

新梢 （→p.13）

針葉樹 （→p.13）

巣 幼虫が、はいた糸で葉をつづったりまいたりしてつくるすみかのこと。葉の間などに、糸だけをはりめぐらせて巣にするものもいます。

セミルーパー型 （→p.11）

成虫 昆虫のおとなのこと。成虫は繁殖のための期間といえます。

前脚 （→胸脚）

前胸 （→胸部）

前蛹 （→p.8）

藻類 （→p.13）

属 生物を分類するときの分類階級の1つで、近い関係にある種をまとめた小さなグループのこと。属の上の分類階級が科です。

退化 器官や組織などの構造が単純になったり、大きさや機能が縮小したりすること。

台座 葉の上などに糸をはいてつくられた幼虫の静止場所や、蛹化時に蛹の腹端を固定するためはいた糸のかたまりのこと。

苔類 コケ植物の中の大きなグループのこと。多くは、茎状の部分がないか短く、平らな形をしています。

脱皮 （→p.8）

単食性 （→p.12）

地衣類 （→p.13）

中脚 （→胸脚）

中胸 （→胸部）

中齢 （→p.8）

頭部 （→p.10）

背腺 （→p.11）

尾脚 第10腹節にある腹脚のこと。（→p.10）

ふ化(孵化) （→p.8）

腹脚 幼虫の第3～6腹節と第10腹節にあるあしのこと。第10腹節のものは、「尾脚」といいます。（→p.10）

腹部 胸部に続く部分で、10節からなります。（→p.10）

腐植土 微生物の作用によって、落ち葉や枝、動物の死体などが分解されてできた土壌。いろいろな昆虫の幼虫の食べ物になります。

変異 同じ種の個体の間に見られる形や色彩などのちがいのこと。

変態 幼虫が成長して成虫になるまでの形態の変化のこと。蛹の時期をもつ完全変態、蛹の時期をもたない不完全変態、幼虫と成虫で、すがたがほとんど変化しない不変態の3つのタイプがあります。チョウ目は、蛹の時期をもつ完全変態のグループです。（→p.8）

ポータブルケース （→携帯巣）

マイン （→p.16）

まゆ(繭) （→p.9）

蜜腺 （→p.11）

眠 （→p.8）

虫こぶ （→p.37）

迷蝶・迷蛾 台風などによって、東南アジアなどから飛来したチョウやガのこと。食草がある場合、一時的に世代をくり返すことがあります。偶産蝶・偶産蛾ともいいます。

目 生物の分類階級の1つで、近い関係にある科をまとめたグループ。近い関係にある目をまとめた大きなグループを綱といいます。

蛹化 蛹になること。

蛹室 （→p.8）

葉鞘 （→p.13）

幼虫 昆虫の子どものこと。成長する期間で、食草などをたくさん食べ、体を大きくしていきます。

葉柄 （→p.13）

葉脈 （→p.13）

落葉樹 （→p.13）

林縁 林道ぞいなど林のふちのこと。林内にくらべて日当たりがよいので、さまざまな種の植物が見られます。たけの低い幼木も多く、イモムシ・毛虫をさがしやすい環境の1つです。

林床 林内の地面のこと。

林道 森林を管理するためにつくられた道路のこと。

ルーパー型 （→p.11）

齢 （→p.8）

老熟幼虫 成熟して、十分育った終齢のこと。

さくいん

この図鑑に出てくる昆虫の名前や、重要な事がらなどを50音順にならべてあります。
太い数字は、くわしい解説が出ているページです。昆虫の種名の後にあるアルファベットは学名(→p.145)です。

アイノトリバ *Platyptilia ainonis*	44
アイノメイガ → アズキノメイガ	51
アオイガ亜科	132
アオイラガ *Parasa consocia*	31
アオケンモン *Belciades niveola*	122,133
アオシャク亜科	75,85-87
アオシャチホコ *Syntypistis japonica*	111
アオスジアオリンガ *Pseudoips prasinanus*	115
アオスジアゲハ *Graphium sarpedon*	57
アオセダカシャチホコ *Eubampsonia splendida*	111
アオバシャチホコ *Zaranga permagna*	104
アオバセセリ *Choaspes benjaminii*	68
アオバハガタヨトウ *Antivaleria viridimacula*	140
アオフシラクモヨトウ *Antapamea conciliata*	138
アオフトメイガ *Orthaga olivacea*	46
アオヤマキリガ *Orthosia aoyamensis*	141
アカイラガ *Phrixolepia sericea*	31
アカウラカギバ *Hypsomadius insignis*	11,71
アカエグリバ *Oraesia excavata*	126
アカオビリンガ *Gelastocera exusta*	116
アカキリバ *Gonitis mesogona*	127
アカザフシガ *Coleophora serinipennella*	27
アカシジミ *Japonica lutea*	63
アカジママドガ *Striglina cancellata*	45
アカスジアオリンガ *Pseudoips sylpha*	115
アカスジシロコケガ *Cyana hamata*	118
アカタテハ *Vanessa indica*	64
アカテンクチバ *Erygia apicalis*	126
アカトビハマキ *Pandemis cinnamomeana*	38
アカネシャチホコ *Peridea lativitta*	110
アカバキリガ *Orthosia carnipennis*	142
アカヒゲドクガ *Calliteara lunulata*	112
アカフヤガ *Diarsia pacifica*	143

アカボシゴマダラ *Hestina assimilis*	66
アカボシヒメアオシャク *Comostola rubripunctata*	86
アカマエアオリンガ *Earias pudicana*	117
アカマダラメイガ *Oncocera semirubella*	48
アカモクメヨトウ *Apamea aquila*	137
アカモンドクガ *Telochurus recens*	112
アキノヒメミノガ *Bacotia sakabei*	18
アゲハ *Papilio xuthus*	7,9,14,56,58,59,61
アゲハチョウ科	56-59
アゲハモドキ *Epicopeia hainesii*	14,73
アゲハモドキガ科	73
アケビコノハ *Eudocima tyrannus*	15,126
アケビヒメハマキ *Rhopobota latipennis*	43
アサギマダラ *Parantica sita*	67
アサケンモン *Acronicta pruinosa*	133
アサマイチモンジ *Limenitis glorifica*	65
アサマキシタバ *Catocala streckeri*	122,128
アシシロマルハネミノガ *Manatha taiwana*	19
アシナガモモブトスカシバ *Macroscelesia longipes*	34
アシブトクチバ *Parallelia stuposa*	129
アシベニカギバ *Oreta pulchripes*	71
亜終齢	8
アズキノメイガ *Ostrinia scapulalis*	51
アズミキシタバ *Catocala koreana*	128
アセビヒラタマルハキバガ(新称) *Agonopterix asebiella*	25
アツバ亜科	122,123,124
アトキハマキ *Archips audax*	36
アトジロエダシャク *Pachyligia dolosa*	81
アトスジグロナミシャク *Epilobophora obscuraria*	88
アトヒゲコガ科	23
アトヘリアオシャク *Aracima muscosa*	85
アトベリクチブサガ *Ypsolopha vittella*	22
アトボシハマキ *Choristoneura longicellana*	37
アトボシホウジャク *Macroglossum corythus*	99
アベリアハグルマエダシャク *Synegia pallens*	77
アマギシャチホコ *Eriodonta amagisana*	110

アマミアオシャチホコ *Syntypistis amamiensis*	111
アミメトビハマキ → スジトビハマキ	38
アミメリンガ *Sinna extrema*	116
アメリカシロヒトリ *Hyphantria cunea*	120
アヤシラフクチバ *Sypnoides hercules*	130
アヤトガリバ *Habrosyne pyritoides*	72
アヤニジュウシトリバ *Alucita flavofascia*	44
アヤミハビル → ヨナグニサン	93
アヤモクメキリガ *Xylena fumosa*	122,138
アワノメイガ *Ostrinia furnacalis*	51

イガ *Tinea translucens*	17
イカリモンガ *Pterodecta felderi*	14,70
イカリモンガ科	70
イシガケチョウ *Cyrestis thyodamas*	66
イシダシャチホコ *Peridea graeseri*	110
イタヤキリガ *Cosmia trapezina*	140
イチゴキリガ *Orbona fragariae*	140
イチゴツツヒメハマキ *Pseudacroclita bapalaspis*	41
イチジクキンウワバ *Chrysodeixis eriosoma*	131
イチモジエダシャク *Apeira syringaria*	83
イチモジキノコヨトウ *Bryophila granitalis*	136
イチモジヒメヨトウ *Xylomoia fusei*	138
イチモンジセセリ *Parnara guttata*	14,68
イチモンジチョウ *Limenitis camilla*	65
イチモンジホウジャク *Macroglossum heliophilum*	99
イッシキスイコバネ *Issikiocrania japonicella*	16
イヌエンジュヒラタマルハキバガ *Agonopterix lacteella*	25
イヌビワハマキモドキ *Choreutis japonica*	44
イネアオムシ → フタオビコヤガ	131
イネキンウワバ *Plusia festucae*	131
イネタテハマキ → イネハカジノメイガ	52
イネツトムシ → イチモンジセセリ	68
イネハカジノメイガ *Cnaphalocrocis exigua*	52

イネヨトウ *Sesamia inferens*		138
イノコズチキバガ *Chrysoesthia beringi*		28
イノモトソウノメイガ *Herpetogramma okamotoi*		55
イハラマルハキバガ *Agonopterix ocellana*		25
イブキスズメ *Hyles gallii*		15,99
イボタガ *Brahmaea japonica*		15,93
イボタガ科		92,93
イモキバガ *Helcystogramma triannulella*		28
イモコガ → イモキバガ		28
イラガ *Monema flavescens*		30
イラガ科		30,31
イラクサギンウワバ *Trichoplusia ni*		60,131
イワカワシジミ *Artipe eryx*		63
イワサキカレハ *Kunugia iwasakii*		91

羽化		9,145
ウコンカギバ *Tridrepana crocea*		71
ウスアオエダシャク *Parabapta clarissa*		76
ウスアオキリガ *Lithophane venusta*		139
ウスアオシャク *Dindica virescens*		85
ウスアカマダラメイガ *Acrobasis encaustella*		47
ウスアミメトビハマキ *Pandemis corylana*		38
ウスイロアツバ *Mesoplectra lilacina*		125
ウスイロオオエダシャク *Amraica superans*		81
ウスイロカギバ *Callidrepana palleola*		70
ウスイロカザリバ *Cosmopterix victor*		27
ウスイロキシタバ *Catocala intacta*		129
ウスイロギンモンシャチホコ *Spatalia doerriesi*		104
ウスイロコクガ *Nemapogon bidentata*		17
ウスイロテングイラガ *Microleon yoshimotoi*		31
ウスエグリバ *Calyptra thalictri*		126
ウスオビヤガ *Pyrrhia bifasciata*		136
ウスキシャチホコ *Mimopydna pallida*		108
ウスキツバメエダシャク *Ourapteryx nivea*		69,84
ウスギヌカギバ *Macrocilix mysticata*		71
ウスキヒメアオシャク *Jodis urosticta*		86
ウスキミスジアツバ *Herminia arenosa*		125
ウスグロカマトリバ → ヨモギトリバ		44

ウスグロキバガ *Dichomeris rasilella*		29
ウスグロコケガ *Siccia obscura*		118
ウスグロシャチホコ *Epinotodonta fumosa*		108
ウスグロツツマダラメイガ *Acrobasis cymindella*		47
ウスズミカレハ *Poecilocampa tamanukii*		91
ウスズミホソガ *Acrocercops unistriata*		20
ウスタビガ *Rhodinia fugax*		92
ウスチャヤガ *Xestia dilatata*		143
ウスヅマクチバ *Dinumma deponens*		127
ウストビイラガ *Ceratonema sericeum*		11,30
ウスバアゲハ → ウスバシロチョウ		57
ウスバシロチョウ *Parnassius citrinarius*		57
ウスバフユシャク *Inurois fletcheri*		75,84
ウスバミスジエダシャク *Hypomecis punctinalis*		79
ウスフタスジシロエダシャク *Lomographa subspersata*		76
ウスベニトガリバ *Monothyatira pryeri*		72
ウスベリケンモン *Anacronicta nitida*		15,132
ウスベリケンモン亜科		132,133
ウスマダラオオヒロズコガ *Morophaga fasciculata*		17
ウスマダラマドガ *Rhodoneura pallida*		45
ウスミミモンキリガ *Eupsilia contracta*		139
ウスムラサキイラガ *Austrapoda hepatica*		31
ウスモンツマオレガ *Erechthias sphenoschista*		17
ウチキシャチホコ *Notodonta dembowskii*		105
ウチスズメ *Smerinthus planus*		97
ウツギヒメハマキ *Olethreutes electana*		40
ウドノメイガ *Anania vicinalis*		51
ウメエダシャク *Cystidia couaggaria*		77
ウメスカシクロバ *Illiberis rotundata*		32
ウラギンシジミ *Curetis acuta*		62
ウラグロシロノメイガ *Sitochroa palealis*		50
ウラゴマダラシジミ *Artopoetes pryeri*		62
ウラナミアカシジミ *Japonica saepestriata*		63
ウラナミシジミ *Lampides boeticus*		63
ウラベニエダシャク *Heterolocha aristonaria*		83
ウラベニヒラタマルハキバガ *Agonopterix intersecta*		25
ウリキンウワバ *Anadevidia peponis*		122,131
ウンモンオオシロヒメシャク *Somatina indicataria*		87
ウンモンクチバ *Mocis annetta*		130

ウンモンスズメ *Callambulyx tatarinovii*		98
ウンモンツマキリアツバ *Pangrapta perturbans*		124

エグリキバガ科		27
エグリヅマエダシャク *Odontopera arida*		83
エグリバ亜科		126,127
エゾエグリシャチホコ *Ptilodon jezoensis*		103
エゾギクキンウワバ *Ctenoplusia albostriata*		11,131
エゾシモフリスズメ *Meganoton analis*		96
エゾシロシタバ *Catocala dissimilis*		128
エゾシロチョウ *Aporia crataegi*		60
エゾスズメ *Phyllosphingia dissimilis*		95,98
エゾベニシタバ *Catocala nupta*		127
エゾマイマイ → マイマイガ		113
エゾモクメキリガ *Brachionycha nubeculosa*		135
エゾヨツメ *Aglia japonica*		93
エダシャク亜科		75,76-84
エノキハマキホソガ *Caloptilia celtidis*		20
エビガラスズメ *Agrius convolvuli*		96
エビヅルムシ → ブドウスカシバ		35
エルモンドクガ *Arctornis l-nigrum*		113
エンジュヒメハマキ *Cydia secretana*		43
エンジュミツボシキバガ *Autosticha truncicola*		27

オ

オオアオシャチホコ *Syntypistis cyanea*		111
オオアカオビマダラメイガ *Acrobasis frankella*		47
オオアカキリバ *Rusicada privata*		127
オオアカマエアツバ *Simplicia niphona*		125
オオアトキハマキ *Archips ingentana*		36
オオアヤシャク *Pachista superans*		85
オオアヤトガリバ *Habrosyne fraterna*		72
オオウグイスシャチホコ → スズキシャチホコ		109
オオウスグロシャチホコ → タカオシャチホコ		109
オオウスヅマカラスヨトウ *Amphipyra erebina*		135
オオエグリシャチホコ *Pterostoma giganteum*		12,109
オオカギバ *Cyclidia substigmaria*		72

147

索引項目	学名	ページ
オオキクチブサガ	*Ypsolopha blandella*	23
オオキノメイガ	*Botyodes principalis*	53
オオキバラノメイガ	*Patania barutai*	53
オオギンスジアカハマキ → オオギンスジハマキ		38
オオギンスジハマキ	*Ptycholoma lecheana*	38
オオクロモンマダラメイガ	*Sciota vinacea*	48
オオクワゴモドキ	*Oberthueria falcigera*	94
オオケンモン	*Acronicta major*	133
オオゴマダラ	*Idea leuconoe*	67
オオゴマダラエダシャク	*Parapercnia giraffata*	76
オオサザナミヒメハマキ	*Hedya inornata*	40
オオシマカラスヨトウ	*Amphipyra monolitha*	9,135
オオシモフリエダシャク	*Biston betularia*	81
オオシモフリスズメ	*Langia zenzeroides*	95,98
オオシラホシアツバ	*Edessena hamada*	124
オオスカシクロバ → ミヤマスカシクロバ		32
オオスカシバ	*Cephonodes hylas*	98
オオセシロヒメハマキ	*Rhopobota ilexi*	43
オオタバコガ	*Helicoverpa armigera*	60,136
オオチャバネセセリ	*Polytremis pellucida*	68
オオチャバネフユエダシャク	*Erannis gigantea*	80
オオチャバネヨトウ	*Nonagria puengeleri*	138
オオツマキクロヒメハマキ	*Hendecaneura impar*	42
オオトビスジエダシャク	*Ectropis excellens*	78
オオトビモンシャチホコ	*Phalerodonta manleyi*	104
オオトモエ	*Erebus ephesperis*	122,126
オオナカグロモクメシャチホコ → ホシナカグロモクメシャチホコ		102
オオナミシャク	*Gandaritis maculata*	89
オオナミスジキヒメハマキ	*Pseudohedya retracta*	40
オオナミモンマダラハマキ	*Charitographa mikadonis*	39
オオネグロウスベニナミシャク	*Photoscotosia lucicolens*	88
オオネグロシャチホコ	*Eufentonia nihonica*	107
オオノメエダシャク	*Acrodontis fumosa*	83
オオハガタナミシャク	*Ecliptopera umbrosaria*	88
オオバコヤガ	*Diarsia canescens*	143
オオバトガリバ	*Tethea ampliata*	72
オオバナミガタエダシャク	*Hypomecis lunifera*	75,79
オオフサキバガ	*Dichomeris atomogypsa*	29
オオフタスジハマキ → リンゴオオハマキ		37
オオフトメイガ	*Salma amica*	46
オオベニヘリコケガ	*Melanaema venata*	119
オオボシオオスガ	*Yponomeuta polystictus*	22
オオマエベニトガリバ	*Tethea consimilis*	72
オオマダラウワバ	*Abrostola proxima*	131
オオミズアオ	*Actias aliena*	15,93
オオミドリシジミ	*Favonius orientalis*	63
オオミノガ	*Eumeta variegata*	18,19
オオムラサキ	*Sasakia charonda*	66
オオモクメシャチホコ	*Cerura erminea*	102
オオヤナギサザナミヒメハマキ	*Salicipbaga caesia*	40
オガサワラカギバ	*Microblepsis acuminata*	70
オカモトトゲエダシャク	*Apochima juglansiaria*	80
オキナワクロホウジャク → アトボシホウジャク		99
オキナワホウジャク → ネグロホウジャク		99
オキナワマツカレハ	*Dendrolimus okinawanus*	91
オキナワモンシロモドキ	*Pitasila okinawensis*	119
オキナワルリチラシ	*Eterusia aedea*	33
オスグロトモエ	*Spirama retorta*	126
オナガアゲハ	*Papilio macilentus*	58,59
オナガシジミ	*Araragi enthea*	63
オナガミズアオ	*Actias gnoma*	93
オニベニシタバ	*Catocala dula*	127
オビガ	*Apha aequalis*	15,94
オビガ科		94
オビカギバ	*Drepana curvatula*	70
オビカレハ	*Malacosoma neustrium*	90
オビヒトリ	*Spilarctia subcarnea*	121

カ

索引項目	学名	ページ
カイコ	*Bombyx mori*	94
カイコガ科		94
カエデシャチホコ	*Semidonta biloba*	109
カギアツバ亜科		124
カギシロスジアオシャク	*Geometra dieckmanni*	75,85
カキノヘタムシガ	*Stathmopoda masinissa*	27
カギバアオシャク	*Tanaorhinus reciprocata*	85
カギバガ科		70-73
カキバトモエ	*Hypopyra vespertilio*	126
カギバモドキ	*Pseudandraca gracilis*	94
カギモンキリガ	*Orthosia nigromaculata*	142
カクバネヒゲナガキバガ	*Lecitholaxa thiodora*	27
カクモンキシタバ	*Chrysorithrum amatum*	129
カクモンハマキ	*Archips xylosteana*	37
カクモンヒトリ	*Lemyra inaequalis*	121
カザリニセハマキ	*Moca monocosma*	45
カザリバガ科		27
カシコスカシバ	*Synanthedon quercus*	34
カシワギンオビヒメハマキ	*Strophedra nitidana*	43
カシワマイマイ	*Lymantria mathura*	113
カタハリキリガ	*Lithophane rosinae*	139
カノコガ	*Amata fortunei*	121
カバイロウスキヨトウ	*Sesamia confusa*	138
カバイロキバガ	*Dichomeris beriguronis*	29
カバイロシャチホコ	*Ramesa tosta*	108
カバイロミツボシキリガ	*Eupsilia boursini*	139
カバイロモクメシャチホコ *Hupodonta corticalis*		69,105
カバエダシャク	*Colotois pennaria*	81
カバキリガ	*Orthosia evanida*	141
カバシタムクゲエダシャク *Sebastosema bubonaria*		11,80
カブラヤガ	*Agrotis segetum*	122,143
過変態(かへんたい)		20,21,30
カマフリンガ	*Macrochthonia fervens*	115
カラスアゲハ	*Papilio dehaanii*	56,59
カラスヨトウ	*Amphipyra livida*	135
カラスヨトウ亜(あ)科		135
カラフトゴマケンモン	*Panthea coenobita*	132
カラマツイトヒキハマキ	*Ptycholomoides aeriferana*	38
カラマツツツミノガ	*Coleophora obducta*	27
カラマツヒメハマキ	*Spilonota eremitana*	41
カラムシカザリバ	*Cosmopterix zieglerella*	27
カレハガ	*Gastropacha orientalis*	69,90
カレハガ(か)科		90,91
眼状紋(がんじょうもん)		11

キアゲハ *Papilio machaon*		56,58,59,69
キアシドクガ *Ivela auripes*		114
キアミメナミシャク *Eustroma japonica*		89
キイロスズメ *Theretra nessus*		100
キイロノメイガ *Anania lancealis*		51
キイロヒトリモドキ *Asota egens*		15,121
キエグリシャチホコ *Himeropteryx miraculosa*		103
キエダシャク *Auaxa sulphurea*		83
キオビアシブトクチバ *Bastilla fulvotaenia*		130
キオビコスカシバ *Synanthedon unocingulata*		34
キオビゴマダラエダシャク *Biston panterinaria*		81
キガシラオオナミシャク *Gandaritis agnes*		89
キクキンウワバ *Thysanoplusia intermixta*		131
キクセダカモクメ *Cucullia kurilullia*		134
キクビゴマケンモン *Moma koltboffi*		133
キササゲノメイガ *Sinomphisa plagialis*		55
キシタエダシャク *Arichanna melanaria*		77
キシタケンモン *Acronicta catocaloida*		134
キシタバ *Catocala patala*		129
キシタホソバ *Eilema vetusta*		118
キシタミドリヤガ *Xestia efflorescens*		143
キシャチホコ *Cutuza straminea*		108
キスジウスキヨトウ *Capsula sparganii*		138
キスジコヤガ *Enispa lutefascialis*		123
キスジシロヒメシャク *Scopula asthena*		13,87
キスジシロフタオ *Dysaethria cretacea*		74
キスジツマキリヨトウ *Callopistria japonibia*		136
キスジホソマダラ *Balataea gracilis*		32
寄生		13
擬態		35
キタエグリバ *Calyptra bokkaida*		126
キタキチョウ *Eurema mandarina*		60
キタクロミノガ *Canephora pungelerii*		19
キタテハ *Polygonia c-aureum*		11,64
キヅタオビヒメホソガ *Eumetriochroa hederae*		21
キテンエグリシャチホコ → コクシエグリシャチホコ		103
キトガリキリガ *Telorta edentata*		140

キドクガ *Kidokuga piperita*		114
キヌバコガ科		26
キノカワガ *Blenina senex*		117
キノコヒモミノガ *Psychidae gen.sp.*		18
キノコヨトウ *Cryphia mitsuhashi*		137
キノコヨトウ亜科		136,137
キバガ科		28,29,39
キバネモンヒトリ *Spilarctia lutea*		120
キバラケンモン *Trichosea champa*		132
キハラゴマダラヒトリ *Spilosoma lubricipedum*		120
キバラヒメアオシャク *Hemithea aestivaria*		86
キバラモクメキリガ *Xylena formosa*		138
ギフチョウ *Luehdorfia japonica*		57
キベリシロナミシャク *Gandaritis placida*		89
キベリトガリメイガ *Endotricha minialis*		46
キボシクロキバガ *Teleiodes yangyangensis*		28
キボシヤエナミシャク *Rheumaptera neocervinalis*		88
キマエアオシャク *Neohipparchus vallata*		69,85
キマダラアツバ *Lophomilia polybapta*		124
キマダラオオナミシャク *Gandaritis fixseni*		89
キマダラセセリ *Potanthus flavus*		68
キマダラツバメエダシャク *Thinopteryx crocoptera*		80
キマダラツマキリアツバ → キマダラアツバ		124
キマダラテングイラガ *Microleon decolatus*		31
キマダラトガリバ *Macrothyatira flavida*		72
キムジノメイガ *Prodasynemis inornata*		51
気門		10
胸脚		10
狭食性		12
キョウチクトウスズメ *Daphnis nerii*		98
胸部		10
キリガ亜科		122,137-141
キリバエダシャク *Ennomos nephotropa*		83
ギンイチモンジセセリ *Leptalina unicolor*		68
キンイロキリガ *Clavipalpula aurariae*		142
キンウワバ亜科		122,131
ギンシャチホコ *Harpyia umbrosa*		101,103
ギンスジアオシャク *Comibaena argentataria*		86
ギンスジアツバ *Colobochyla salicalis*		124
ギンスジオオマドガ *Herdonia margarita*		45

ギンスジカギバ *Mimozethes argentilinearia*		72
ギンスジクチブサガ *Ypsolopha albistriata*		23
ギンツバメ *Acropteris iphiata*		15,74
ギンヅマヒメハマキ *Rhopalovalva exartemana*		41
キンモンガ *Psychostrophia melanargia*		73
ギンモンカギバ *Callidrepana patrana*		70
ギンモンカレハ *Somadasys brevivenis*		15,90
ギンモンシマメイガ *Pyralis cardinalis*		46
ギンモンシャチホコ *Spatalia dives*		104
ギンモンスズメモドキ *Tarsolepis japonica*		106
ギンモンセダカモクメ *Cucullia jankowskii*		69,135
キンモンツヤコガ *Antispila bikosana*		16
ギンモントガリバ *Parapsestis argenteopicta*		73
菌類		13

クサシロキヨトウ *Mythimna loreyi*		122,142
クサシロヨトウ → クサシロキヨトウ		142
クサモグリガ科		29
クシヒゲシャチホコ *Ptilophora nohirae*		104
クジャクチョウ *Inachis io*		64
クスアオシャク *Pelagodes subquadraria*		86
クスサン *Saturnia japonica*		92
クズマダラホソガ *Liocrobyla lobata*		20
クチバスズメ *Marumba sperchius*		97
クチブサガ科		22,23
クヌギカレハ *Kunugia undans*		91
クヌギキハモグリガ → クヌギキムモンハモグリ		17
クヌギキムモンハモグリ *Tischeria quercifolia*		17
クヌギクロボシキバガ（新称） *Cerpatolechia sp.*		29
クヌギシャチホコ → カエデシャチホコ		109
クビグロクチバ *Lygephila maxima*		129
クビワウスグロホソバ *Macrobrochis staudingeri*		118
クビワシャチホコ *Shaka atrovittatus*		109
くま毛虫 → ヒトリガ		120
グミシロテンヒメハマキ *Acroclita gumicola*		42
グミハイジロヒメハマキ *Acroclita elaeagnivora*		42
クリオオシンクイ → クリミガ		43
クリオビキヒメハマキ *Olethreutes obovata*		41

149

クリミガ *Cydia kurokoi*		43
クルマアツバ亜科		122,124,125
クルミオオフサキバガ *Dichomeris christophi*		29
クルミシントメキバガ *Thiotricha trapezoidella*		28
クロアゲハ *Papilio protenor*		56,58,59
クロウスムラサキノメイガ *Agrotera posticalis*		52
クロエグリシャチホコ *Ptilodon okanoi*		101,103
クロオビリンガ *Gelastocera kotschubeji*		116
クロクモエダシャク *Apocleora rimosa*		77
クロクモヤガ *Hermonassa cecilia*		143
クロコノマチョウ *Melanitis phedima*		67
クロシオハマキ *Archips peratrata*		36
クロシタアオイラガ *Parasa hilarula*		31
クロシタシャチホコ *Mesophalera sigmata*		107
クロスキバホウジャク *Hemaris affinis*		99
クロスジカギバ *Oreta turpis*		71
クロスジキノカワガ *Nycteola asiatica*		116
クロスジキリガ *Xylopolia bella*		141
クロスジキンノメイガ *Patania balteata*		53
クロスジコブガ *Meganola fumosa*		115
クロスジシャチホコ *Lophocosma sarantuja*		103
クロスジツマオレガ *Erechthias atririvis*		17
クロスジノメイガ *Tyspanodes striatus*		52
クロスジフユエダシャク *Pachyerannis obliquaria*		80
クロスズメ *Sphinx caliginea*		96
クロチャマダラキリガ *Rhynchaglaea fuscipennis*		140
クロツバメ *Histia flabellicornis*		33
クロツヤミノガ *Bambalina sp.*		19
クロテンウスチャヒメシャク *Perixera obrinaria*		87
クロテンカバナミシャク *Eupithecia emanata*		89
クロテンキノカワガ *Nycteola dufayi*		116
クロテンケンモンスズメ *Kentrochrysalis consimilis*		96
クロテンシャチホコ *Ellida branickii*		104
クロテンハイイロコケガ *Eugoa grisea*		119
クロテンヨトウ *Athetis cinerascens*		137
クロトラフハマキ *Acleris crataegi*		36
クロネハイイロヒメハマキ *Rhopobota naevana*		43
クロハグルマエダシャク *Synegia esther*		77
クロハナヨガ *Aventiola pusilla*		123
クロハネシロヒゲナガ *Nemophora albiantennella*		16

クロバネヒトリ *Lemyra infernalis*		121
クロヒカゲ *Lethe diana*		66
クロフテングイラガ *Microleon longipalpis*		31
クロフトメイガ *Termioptycha nigrescens*		46
クロヘリノメイガ *Syllepte fuscomarginalis*		54
クロホウジャク *Macroglossum saga*		11,99
クロホシフタオ *Dysaethria moza*		74
クロマイコモドキ *Lamprystica igneola*		26
クロマダラシロヒメハマキ *Epinotia exquisitana*		42
クロメンガタスズメ *Acherontia lachesis*		97
クロモンアオシャク *Comibaena delicatior*		86
クロモンキノメイガ *Udea testacea*		55
クロモンキリバエダシャク *Psyra bluethgeni*		82
クロモンドクガ *Kuromondokuga niphonis*		113
クワエダシャク *Phthonandria atrilineata*		82
クワコ *Bombyx mandarina*		15,94
クワゴマダラヒトリ *Lemyra imparilis*		121
クワゴモドキシャチホコ *Gonoclostera timoniorum*		101,102
クワノキンケムシ → モンシロドクガ		114
クワノスムシ → チビスカシノメイガ		54
クワノメイガ *Glyphodes pyloalis*		54
クワヒメハマキ *Olethreutes mori*		41

警戒色 → 警告色		35
警告色		35
携帯巣		16,17,18,26
ケンモンキシタバ *Catocala deuteronympha*		128
ケンモンキリガ *Egira saxea*		141
ケンモンミドリキリガ *Daseochaeta viridis*		136
ケンモンヤガ亜科		122,133,134

ゴイシシジミ *Taraka hamada*		13,62
後脚		10
後胸		10
肛上板		10
広食性		12

コウスチャヤガ *Diarsia deparca*		143
コウスベリケンモン *Anacronicta caliginea*		132
コウゾハマキモドキ *Choreutis hyligenes*		44
コウチスズメ *Smerinthus tokyonis*		97
コウモリガ *Endoclita excrescens*		16
コウモリガ科		16
広葉樹		13
コウンモンクチバ *Blasticorbinus ussuriensis*		129
コエビガラスズメ *Sphinx constricta*		96
コガタイチモジエダシャク *Agaraeus parva*		84
コガタキシタバ *Catocala praegnax*		129
コガタツバメエダシャク *Ourapteryx obtusicauda*		84
コガタボクトウ → ヒメボクトウ		35
コキマエヤガ *Albocosta triangularis*		143
コクサギヒラタキバガ → コクサギヒラタマルハキバガ		25
コクサギヒラタマルハキバガ *Agonopterix issikii*		25
コクシエグリシャチホコ *Odontosia marumoi*		103
コケ植物		13
コジャノメ *Mycalesis francisca*		67
コシロアシヒメハマキ *Hystrichoscelus spathanum*		40
コシロシタバ *Catocala actaea*		129
コシロスジアオシャク *Hemistola veneta*		87
コシロモンドクガ *Orgyia postica*		112
コスカシバ *Synanthedon hector*		34
コスジオビハマキ *Choristoneura diversana*		37
コスズメ *Theretra japonica*		100
コチャバネセセリ *Thoressa varia*		68
コツバメ *Callophrys ferrea*		63
コツマモンベニヒメハマキ *Eudemopsis tokui*		39
コトビモンシャチホコ *Drymonia japonica*		108
コトラガ *Mimeusemia persimilis*		134
コナガ *Plutella xylostella*		23,60
コナガ科		23
コノハチョウ *Kallima inachus*		65
コバネガ科		16
コブガ科		115-117
コブシヒメハマキ *Neostatherotis nipponica*		39
コフタオビシャチホコ *Gluphisia crenata*		103
コフタグロマダラメイガ *Furcata pseudodichromella*		47

コブノメイガ	*Cnaphalocrocis medinalis*	52
ゴボウトガリヨトウ	*Gortyna fortis*	138
ゴボウハマキモドキ	*Tebenna micalis*	44
ゴマケンモン	*Moma alpium*	133
ゴマシオキシタバ	*Catocala nubila*	128
ゴマダラキコケガ	*Stigmatophora leacrita*	119
ゴマダラシャチホコ	*Palaeostauropus obliteratus*	106
ゴマダラチョウ	*Hestina persimilis*	66
ゴマダラノコメキバガ	*Faristenia quercivora*	29
コマバシロコブガ	*Nolathripa lactaria*	115
ゴマフキエダシャク	*Angerona nigrisparsa*	82
ゴマフシロキバガ → ゴマフシロハビロキバガ		26
ゴマフシロハビロキバガ	*Scythropiodes leucostola*	26
ゴマフヒゲナガ	*Nemophora raddei*	16
ゴマフボクトウ	*Zeuzera multistrigata*	35
ゴマフリドクガ	*Somena pulverea*	114
コミスジ	*Neptis sappho*	65
コムラサキ	*Apatura metis*	14,66
コヨツメアオシャク	*Comostola subtiliaria*	86
コヨツメエダシャク	*Ophthalmitis irroraria*	75,79

サカハチチョウ	*Araschnia burejana*	64
サカハチトガリバ	*Kurama mirabilis*	73
サクラキバガ	*Anacampsis anisogramma*	28
サクラケンモン	*Acronicta adaucta*	133
サクラマルモンヒメハマキ	*Eudemis porphyrana*	39
ササナミスズメ	*Dolbina tancrei*	95,96
ささ虫 → スジツトガ		50
サツマニシキ	*Erasmia sangaica*	14,33
サトキマダラヒカゲ	*Neope goschkevitschii*	67
サラサエダシャク	*Epholca arenosa*	82
サラサヒトリ → サラサリンガ		116
サラサリンガ	*Camptoloma interioratum*	116
サルトリイバラシロハモグリ	*Proleucoptera smilactis*	24
サンショウヒラタキバガ → サンショウヒラタマルハキバガ		25
サンショウヒラタマルハキバガ	*Agonopterix chaetosoma*	25

シーベルスシャチホコ	*Odontosia sieversii*	103
シジミチョウ科		57,62,63
シダエダシャク	*Petrophora chlorosata*	84
シダシロコガ(新称)	Schreckensteiniidae gen.sp.	23
シタバガ亜科		122,127-130
シタベニスズメ	*Theretra alecto*	100
シタベニセスジスズメ	*Hippotion celerio*	100
シマカラスヨトウ	*Amphipyra pyramidea*	135
シマキリガ	*Cosmia achatina*	140
シマケンモン	*Craniophora fasciata*	134
刺毛		10,11
シモフリスズメ	*Psilogramma increta*	96
シャクガ科		75-89
若齢		8
ジャコウアゲハ	*Atrophaneura alcinous*	56,57
シャチホコガ	*Stauropus fagi*	106
シャチホコガ科		101-111
ジャノメチョウ	*Minois dryas*	67
終齢		9
主脈		13
小蛾類		14,144
照葉樹		13
常緑樹		13
ジョナスキシタバ	*Catocala jonasii*	129
シラオビキリガ	*Cosmia camptostigma*	141
シラガタロウ → クスサン		92
シラナミアツバ	*Herminia innocens*	125
シラフオオヒメハマキ	*Hedya vicinana*	40
シラフクチバ	*Sypnoides picta*	130
シラホシコヤガ	*Enispa bimaculata*	123
シリグロハマキ	*Archips nigricaudana*	37
シロイチモジマダラメイガ → シロイチモンジマダラメイガ		48
シロイチモンジマダラメイガ	*Etiella zinckenella*	48
シロオビアゲハ	*Papilio polytes*	59
シロオビドクガ	*Numenes albofascia*	113
シロオビノメイガ	*Spoladea recurvalis*	52
シロオビフユシャク	*Alsophila japonensis*	84
シロオビマルバナミシャク	*Solitanea defricata*	89
シロクビキリガ	*Lithophane consocia*	139
シロケンモン	*Acronicta vulpina*	133
シロシタケンモン	*Acronicta hercules*	134
シロシタバ	*Catocala nivea*	128
シロシタホタルガ	*Neochalcosia remota*	14,33
シロシタヨトウ	*Sarcopolia illoba*	142
シロジマシャチホコ	*Pheosia rimosa*	105
シロシャチホコ	*Cnethodonta japonica*	106
シロスジアオヨトウ	*Trachea atriplicis*	137
シロスジアツバ	*Bertula spacoalis*	125
シロスジエグリシャチホコ	*Fusapteryx ladislai*	104
シロスジカラスヨトウ	*Amphipyra tripartita*	135
シロスジシマコヤガ	*Corgatha dictaria*	13,123
シロスジシャチホコ	*Nerice shigerosugii*	105
シロスジヒトリモドキ	*Asota heliconia*	121
シロズツママルキバガ → シロズヒラタマルハキバガ		25
シロズヒラタマルハキバガ	*Eutorna polismatica*	25
シロチョウ科		57,60,61
シロツトガ	*Calamotropha paludella*	50
シロツバメエダシャク	*Ourapteryx maculicaudaria*	84
シロテンクチバ	*Hypersypnoides astrigera*	130
シロテンシャチホコ	*Ellida viridimixta*	104
シロテンシロアシヒメハマキ	*Phaecasiophora obraztsovi*	39
シロトゲエダシャク	*Phigalia verecundaria*	80
シロヒトリ	*Chionarctia nivea*	120
シロヘリキリガ	*Orthosia limbata*	142
シロホソバ	*Eilema degenerella*	118
シロモンアオヒメシャク	*Dithecodes erasa*	87
シロモンクロエダシャク	*Proteostrenia leda*	82
シロモンヒメハマキ	*Hedya dimidiana*	40
シロモンフサヤガ	*Phalga clarirena*	130
シロモンヤガ	*Xestia c-nigrum*	143
シンジュサン	*Samia cynthia*	92
針葉樹		13

ス

スイカズラクチブサガ	*Bhadorcosma lonicerae*	22
スイコバネガ科		16
垂蛹		64
スガ科		22
スカシカギバ	*Macrauzata maxima*	71
スカシサン	*Prismosticta hyalinata*	94
スカシドクガ	*Arctornis kumatai*	113
スカシノメイガ	*Glyphodes pryeri*	54
スカシバガ科		34,35
スギタニキリガ	*Perigrapha hoenei*	141
スギタニゴマケンモン	*Harrisimemna marmorata*	133
スギドクガ	*Calliteara argentata*	112
スキバドクガ	*Perina nuda*	114
スギヒメハマキ	*Epiblema strenuana*	42
ズグロモグリチビガ	*Stigmella fumida*	16
スゲオオドクガ	*Laelia gigantea*	113
スゲドクガ	*Laelia coenosa*	113
スジエグリシャチホコ	*Ptilodon boegei*	103
スジキリヨトウ	*Spodoptera depravata*	137
スジグロシロチョウ	*Pieris melete*	60
スジコヤガ亜科		131
スジツトガ	*Chilo sacchariphagus*	50
スジトビハマキ	*Pandemis dumetana*	38
スジマガリノメイガ	*Anania terrealis*	51
スジモクメシャチホコ	*Hupodonta lignea*	105
スジモンヒトリ	*Spilarctia seriatopunctata*	121
スズキシャチホコ	*Pheosiopsis cinerea*	109
スズメガ科		95-100
スヒロキバガ科		29
スミナガシ	*Dichorragia nesimachus*	66
スムシ → ハチノスツヅリガ		46
スモモキリガ	*Anortboa munda*	141

セ

セグロシャチホコ	*Clostera anastomosis*	101,102
セスジスカシバ	*Pennisetia fixseni*	34,35
セスジスズメ	*Theretra oldenlandiae*	95,100
セスジナミシャク	*Evecliptopera illitata*	88
セスジノメイガ	*Torulisquama evenoralis*	50
セセリチョウ科		39,57,68
セセリモドキガ科		45
セダカシャチホコ	*Eubampsonia cristata*	111
セダカモクメ亜科		134,135
セブトエダシャク	*Cusiala stipitaria*	78
セミヤドリガ	*Epipomponia nawai*	13,30
セミヤドリガ科		30
セミルーパー型		11
前脚		10
前胸		10

ソ

藻類		13
ソトウスグロアツバ	*Hydrillodes lentalis*	122,125
ソトウスモンアツバ → ソトウスグロアツバ		125
ソトキイロアツバ	*Oglasa bifidalis*	123
ソトシロオビナミシャク	*Pasiphila excisa*	89

タ

大蛾類		14
ダイズギンモンハモグリ	*Microthauma glycinella*	24
ダイミョウセセリ	*Daimio tethys*	68
ダイメイチュウ → イネヨトウ		138
帯蛹		57,60
タイワンアヤシャク	*Pingasa ruginaria*	85
タイワンイラガ	*Phlossa conjuncta*	30
タイワンウスキノメイガ	*Botyodes diniasalis*	53
タイワンキシタアツバ	*Hypena trigonalis*	124
タイワンキドクガ	*Orvasca taiwana*	114
タカオキリガ	*Pseudopanolis takao*	141
タカオシャチホコ	*Hiradonta takaonis*	109
タカサゴツマキシャチホコ	*Phalera takasagoensis*	107
タカセモクメキリガ	*Brachionycha sajana*	135
タカムクカレハ	*Cosmotriche lobulina*	90
タカムクシャチホコ	*Takadonta takamukui*	108
タカムクミズメイガ	*Parapoynx crisonalis*	50
タケウチトガリバ	*Betapsestis umbrosa*	73
タケカレハ	*Euthrix albomaculata*	90
タケノホソクロバ	*Fuscartona martini*	32
タッタカモクメシャチホコ	*Kamalia tattakana*	102
タデキボシホソガ	*Calybites phasianipennella*	20
タテシマノメイガ	*Sclerocona acutella*	51
タテスジシャチホコ	*Togepteryx velutina*	15,109
タテスジハマキ	*Archips pulchra*	37
タテハチョウ科		64-67
タテハモドキ	*Junonia almana*	65
タバコガ亜科		136
タマナギンウワバ	*Autographa nigrisigna*	60,131
タマヌキトガリバ	*Neodaruma tamanukii*	72
単食性		12

チ

地衣類		13
チシャノキオオスヒロキバガ	*Ethmia assamensis*	29
チズモンアオシャク	*Agathia carissima*	85
チビガ科		21
チビスカシノメイガ	*Glyphodes duplicalis*	54
チャイロカドモンヨトウ	*Apamea sodalis*	137
チャイロキリガ	*Orthosia odiosa*	142
チャエダシャク	*Megabiston plumosaria*	81
チャオビチビコケガ	*Philenora latifasciata*	119
チャオビヨトウ	*Niphonyx segregata*	136
チャグロマダラヒラタマルハキバガ	*Depressaria spectrocentra*	25
チャドクガ	*Arna pseudoconspersa*	114
チャノウンモンエダシャク	*Jankowskia fuscaria*	79
チャノコカクモンハマキ	*Adoxophyes honmai*	38
チャバネセセリ	*Pelopidas mathias*	68
チャバネツトガ	*Japonichilo bleszynskii*	50
チャバネフユエダシャク	*Erannis golda*	80
チャハマキ	*Homona magnanima*	38
チャマダラエダシャク	*Amblychia insueta*	80
チャマダラノコメキバガ	*Hypatima teramotoi*	28
チャマダラマルハキバガ	*Agonopterix hypericella*	25
チャミノガ	*Eumeta minuscula*	18,19

チャモンサザナミキヒメハマキ *Neoanathamna cerina* 41	ツヤスジハマキ *Homonopsis illotana* 36	トビマダラメイガ *Kaurava ardentella* 48
中脚 10	ツリバナスガ *Yponomeuta eurinellus* 22	トビモンアツバ *Hypena indicatalis* 124
中胸 10	ツルウメモドキシロハモグリ *Proleucoptera celastrella* 24	トビモンオオエダシャク *Biston robustum* 81
中齢 8		トビモンシャチホコ *Drymonia dodonides* 108
チョウセンエグリシャチホコ *Pterostoma griseum* 109		トビモンシロヒメハマキ *Eucosma metzneriana* 43
		トビモントリバ *Tetraschalis cretalis* 45
	デコボコマルハキバガ *Depressaria irregularis* 25	トミナガクロミノガ → トゲクロミノガ 18
	テンオビナミシャク *Acasis appensata* 75,88	トモエガ亜科 126
ツガカレハ *Dendrolimus superans* 91	テングアツバ *Latirostrum bisacutum* 122,123	トラガ *Chelonomorpha japana* 134
ツガヒロバキバガ *Metathrinca tsugensis* 26	テングイラガ → クロフテングイラガ 31	トラガ亜科 134
ツクシアオリンガ *Hylophilodes tsukusensis* 115	テングチョウ *Libythea lepita* 67	トラフシジミ *Rapala arata* 12,63
ツゲノメイガ *Cydalima perspectalis* 54	テンクロアツバ *Rivula sericealis* 123	トリゲキシャチホコ *Torigea plumosa* 108
ツツミノガ科 27	テンクロアツバ亜科 123	トリバガ科 44,45
ツツミミノムシ → マダラマルハヒロズコガ 17	天蚕 → ヤママユ 92	トンボエダシャク *Cystidia stratonice* 15,75,77
ツヅリモンハマキ *Homonopsis foederatana* 36	テンスジキリガ *Conistra fletcheri* 140	
ツトガ科 50-55		
ツバメガ科 74		ナカアオフトメイガ *Salma elegans* 46
ツバメシジミ *Everes argiades* 63	トウカイツマキリアツバ *Tamba roseopurpurea* 124	ナカアカスジマダラメイガ *Stenopterix bicolorella* 48
ツマアカシャチホコ *Clostera anachoreta* 102	トウヒオオハマキ *Lozotaenia coniferana* 38	ナカウスエダシャク *Alcis angulifera* 77
ツマオビアツバ *Mesoplectra griselda* 125	頭部 10	ナガウスヅマヒメハマキ *Hedya simulans* 40
ツマキシャチホコ *Phalera assimilis* 101,107	トガリシロアシクロノメイガ *Omiodes indistinctus* 53	ナカオビアキナミシャク *Nothoporinia mediolineata* 88
ツマキシロナミシャク *Gandaritis whitelyi* 89	トギレフユエダシャク *Protalcis concinnata* 80	ナカオビナミスジキヒメハマキ *Pseudobedya gradana* 40
ツマキチョウ *Anthocharis scolymus* 60	ドクガ *Artaxa subflava* 15,114	ナカキシャチホコ *Peridea gigantea* 110
ツマキナカジロナミシャク *Dysstroma citrata* 88	ドクガ科 35,112-114	ナカキチビマダラメイガ *Pseudocadra cuprotaeniella* 48
ツマキホソバ *Eilema laevis* 118	毒棘(毒とげ) 31	ナカキノメイガ *Sameodes aptalis* 55
ツマキホソハマキモドキ *Lepidotarphius peronatellus* 24	毒針毛 112,114	ナカグロクチバ *Grammodes geometrica* 129
ツマキリアツバ亜科 124	毒とげ(毒棘) 31	ナカグロモクメシャチホコ *Furcula furcula* 102
ツマキリヨトウ亜科 136	トゲクロミノガ *Striglocyrbasia meguae* 18	ナガサキアゲハ *Papilio memnon* 58,59
ツマグロシロノメイガ *Polythlipta liquidalis* 55	トサカフトメイガ *Locastra muscosalis* 47	ナカジロアツバ *Harita belinda* 123
ツマグロヒョウモン *Argyreus hyperbius* 65	トビイロスズメ *Clanis bilineata* 98	ナカジロシタバ *Aedia leucomelas* 132
ツマグロフトメイガ *Noctuides melanophius* 46	トビイロトラガ *Sarbanissa subflava* 134	ナカジロシタバ亜科 132
ツマジロエダシャク *Krananda latimarginaria* 76	トビイロリンガ *Siglophora ferreilutea* 116	ナカスジシャチホコ *Nerice bipartita* 105
ツマジロシャチホコ *Hexafrenum leucodera* 108	トビギンボシシャチホコ *Rosama ornata* 111	ナカモンキナミシャク *Idiotephria evanescens* 87
ツマトビキエダシャク *Bizia aexaria* 82	トビスジシャチホコ *Notodonta stigmatica* 105	ナシイラガ *Narosoideus flavidorsalis* 30
ツマナミツマキリヨトウ *Data clava* 136	トビネオオエダシャク *Phthonosema invenustaria* 79	ナシケンモン *Acronicta rumicis* 134
ツマベニチョウ *Hebomoia glaucippe* 60	トビネシャチホコ *Nephodonta tsushimensis* 110	ナシチビガ *Bucculatrix pyrivorella* 21
ツマムラサキマダラ *Euploea mulciber* 67	トビネマダラメイガ *Furcata bollandella* 47	ナシノホシケムシ → リンゴハマキクロバ 32
ツメクサガ *Heliothis maritima* 136	トビフタスジアツバ *Leiostola mollis* 124	ナシモンクロマダラメイガ *Acrobasis bellulella* 47
ツヤコガ科 16	トビマダラシャチホコ *Notodonta torva* 105	

153

ナニセノメイガ Evergestis forficalis	50
ナマリキシタバ Catocala columbina	128
ナミアゲハ → アゲハ	56,58,59,61
ナミガタウスキアオシャク Jodis lactearia	85
ナミガタエダシャク Heterarmia charon	78
ナミシャク亜科	75,87-89
ナミスジヒメハマキ Olethreutes subretracta	41
ナラウススジハマキホソガ Caloptilia querci	20
ナラクロオビキバガ Pseudotelphusa incognitella	28
ナワキリガ Conistra nawae	140
ナンカイカラスヨトウ Amphipyra boriei	135
ナンカイキイロエダシャク Doratoptera amabilis	82
ナンキンキノカワガ Gadirtha impingens	117

ニカメイガ Chilo suppressalis	50
ニカメイチュウ → ニカメイガ	50
ニジオビベニアツバ Homodes vivida	127
ニシキギスガ Yponomeuta kanaiellus	22
ニシキヒロハマキモドキ Nigilgia limata	35
ニジュウシトリバガ科	44
ニセエンジュヒメハマキ → エンジュヒメハマキ	43
ニセオレクギエダシャク Protoboarmia faustinata	79
ニセクヌギキンモンホソガ Phyllonorycter acutissimae	21
ニセツマアカシャチホコ Clostera albosigma	102
ニセハマキガ科	45
ニセマイコガ科	27
ニッコウエダシャク Lassaba nikkonis	81
ニッコウキエダシャク Pseudepione magnaria	76
ニッコウシャチホコ Shachia circumscripta	106
ニッコウフサヤガ Ataciara grabczewskii	131
ニトベエダシャク Wilemania nitobei	81
ニトベシャチホコ Peridea aliena	110
ニトベミノガ Mahasena aurea	18,19
ニホンセセリモドキ Hyblaea fortissima	45
ニレキリガ Cosmia affinis	141
ニレコヒメハマキ Epinotia ulmicola	42
ニワトコドクガ Topomesoides jonasii	113

ネギコガ Acrolepiopsis sapporensis	23
ネキリムシ → カブラヤガ	143
ネグロケンモン Colocasia jezoensis	133
ネグロトガリバ Mimopsestis basalis	73
ネグロホウジャク Macroglossum passalus	99
ネグロミノガ Acanthopsyche nigraplaga	19
ネジロキノカワガ Negritothripa hampsoni	117
ネスジキノカワガ Garella ruficirra	116
ネスジシャチホコ Fusadonta basilinea	110
ネズミエグリキバガ Acria ceramitis	27
ネズミエグリヒラタマルハキバガ → ネズミエグリキバガ	27
ネムスガ Homadaula anisocentra	29
ネムスガ科	29

ノコギリスズメ Laothoe amurensis	98
ノコバフサヤガ Anuga japonica	130
ノコメキシタバ Catocala bella	128
ノコメセダカヨトウ Orthogonia sera	137
ノコメトガリキリガ Telorta divergens	140
ノシメマダラメイガ Plodia interpunctella	47
ノヒラトビモンシャチホコ Drymonia basalis	108
ノンネマイマイ Lymantria monacha	113

ハイイロオオエダシャク Biston regalis	81
ハイイロシャチホコ Microphalera grisea	110
ハイイロセダカモクメ Cucullia maculosa	135
ハイイロハガタヨトウ Belosticta cinerea	136
ハイイロヒトリ Creatonotos transiens	120
ハイイロボクトウ Phragmataecia castaneae	35
バイバラシロシャチホコ Cnethodonta grisescens	106
ハイモンキシタバ Catocala mabella	128
ハガタウスキヨトウ Archanara resoluta	138
ハガタエグリシャチホコ Hagapteryx admirabilis	105
ハガタキコケガ Miltochrista calamina	119
ハガタキリバ Scoliopteryx libatrix	127
ハガタクチバ Daddala lucilla	130
ハガタベニコケガ Barsine aberrans	119
ハガタムラサキエダシャク Selenia sordidaria	83
ハグルマエダシャク Synegia badassa	77
ハゴロモヤドリガ Epiricania hagoromo	30
ハジマヨトウ Bambusiphila vulgaris	138
ハスオビエダシャク Descoreba simplex	81
ハスモンキバガ(新称) Gelechia sp.	28
ハスモンヨトウ Spodoptera litura	137
八の字根切り → シロモンヤガ	143
ハチノスツヅリガ Galleria mellonella	46
ハチミツガ → ハチノスツヅリガ	46
ハネナガコブノメイガ Cnaphalocrocis pilosa	52
ハネナガブドウスズメ Acosmeryx naga	99
ハネナガモクメキリガ Xylena nihonica	139
ハネブサシャチホコ Platychasma virgo	111
ハマオモトヨトウ Brithys crini	15,143
ハマキガ科	36-43
ハマキモドキガ科	44
ハミスジエダシャク Hypomecis roboraria	79
ハモグリガ科	24
ハラウスキマダラメイガ Indomyrlaea proceripalpa	48
バラシロヒメハマキ Notocelia rosaecolana	42
ハリギリマイコガ Epicroesa chromatorboea	24
ハンノキリガ Lithophane ustulata	139
ハンノケンモン Acronicta alni	134

ヒイロギンスジコガ(新称) Digitivalva sp.	23
ヒオドシチョウ Nymphalis xanthomelas	64
尾角	11
ヒカゲチョウ Lethe sicelis	66
尾脚	10
ヒゲナガガ科	16
ヒゲナガキバガ科	26,27
ヒゲブトクロアツバ Nodaria tristis	125
ヒゲマダラエダシャク Cryptochorina amphidasyaria	82

154

尾叉	28,36,39
ヒサカキハモグリガ *Lyonetia euryella*	24
ヒサカキホソガ *Borboryctis euryae*	21
ヒサゴスズメ *Mimas christophi*	98
ヒトスジマダラエダシャク *Abraxas latifasciata*	76
ヒトツメカギバ *Auzata superba*	71
ヒトリガ *Arctia caja*	15,120
ヒトリガ科	118-121
ヒトリモドキガ科	121
ヒナシャチホコ *Micromelalopha troglodyta*	102
ヒメアカタテハ *Cynthia cardui*	64
ヒメアトスカシバ *Nokona pernix*	35
ヒメウコンノメイガ *Patania brevipennis*	53
ヒメウラナミジャノメ *Ypthima argus*	67
ヒメエグリバ *Oraesia emarginata*	126
ヒメエノキアカオビマダラメイガ *Acrobasis subceltifoliella*	47
ヒメカギバアオシャク *Mixochlora vittata*	85
ヒメギフチョウ *Luehdorfia puziloi*	57
ヒメクチバスズメ *Marumba jankowskii*	97
ヒメクロイラガ *Scopelodes contracta*	30
ヒメクロバ *Fuscartona funeralis*	32
ヒメクロミスジノメイガ *Omiodes miserus*	53
ヒメコスカシバ *Synanthedon tenuis*	34
ヒメシャク亜科	75,87
ヒメシャチホコ *Stauropus basalis*	15,101,106
ヒメジャノメ *Mycalesis gotama*	67
ヒメシロテンコヤガ → ヒメシロテンヤガ	132
ヒメシロテンヤガ *Amyna axis*	132
ヒメシロノメイガ *Palpita inusitata*	54
ヒメシロモンドクガ *Orgyia thyellina*	112
ヒメツマダラメイガ → ウスグロツツマダラメイガ	47
ヒメツバメアオシャク *Maxates protrusa*	86
ヒメトビネマダラメイガ *Acrobasis rufilimbalis*	47
ヒメトラガ *Asteropetes noctuina*	134
ヒメノコメエダシャク *Acrodontis kotshubeji*	83
ヒメハイイロカギバ *Pseudalbara parvula*	70
ヒメハガタヨトウ *Apamea commixta*	137
ヒメハナマガリツバ *Hadennia nakatanii*	124
ヒメボクトウ *Strelzoviella insularis*	35
ヒメホソバネマガリガ → ホソバネマガリガ	17
ヒメマダラマドガ *Rhodoneura hyphaema*	45
ヒメヤママユ *Saturnia jonasii*	92
ヒメヨトウ亜科	136
ヒメリンゴケンモン *Acronicta sugii*	133
ヒョウモンエダシャク *Arichanna gaschkevitchii*	77
ヒラズササノクサモグリガ *Elachista planicara*	29
ヒラタマルハキバガ科	25
ヒルガオトリバ *Emmelina argoteles*	44
ヒルガオハモグリガ *Bedellia somnulentella*	24
ヒルガオハモグリガ科	24
ビロードスズメ *Rhagastis mongoliana*	100
ビロードハマキ *Cerace xanthocosma*	39
ヒロオビオオエダシャク *Xandrames dholaria*	79
ヒロオビトンボエダシャク *Cystidia truncangulata*	77
ヒロオビヒメハマキ *Epinotia bicolor*	42
ヒロズコガ科	17
ヒロバウスアオエダシャク *Paradarisa chloauges*	79
ヒロバウスグロノメイガ *Paranacoleia lophophoralis*	55
ヒロバキバガ科	26
ヒロバコナガ *Leuroperna sera*	23
ヒロバチビトガリアツバ *Hypenomorpha calamina*	123
ヒロバツバメアオシャク *Maxates illiturata*	86
ヒロバトガリエダシャク *Planociampa antipala*	82
ヒロバビロードハマキ *Eurydoxa advena*	39
ヒロバフユエダシャク *Larerannis miracula*	80
ヒロハマキモドキガ科	35
ヒロヘリアオイラガ *Parasa lepida*	31

フ

ふ化	8
フキトリバ *Pselnophorus vilis*	45
フキヒラタキバガ → ウラベニヒラタマルハキバガ	25
腹脚	10
フクズミコスカシバ *Synanthedon fukuzumii*	34
腹節	10
腹部	10
フクラスズメ *Arcte coerula*	132
フサヤガ *Eutelia geyeri*	130
フサヤガ亜科	130,131
フジキオビ *Schistomitra funeralis*	73
フジフサキバガ *Dichomeris oceanis*	29
フジホソガ *Psydrocercops wisteriae*	20
フタオビコヤガ *Naranga aenescens*	131
フタオビシロエダシャク *Lamprocabera candidaria*	76
フタキスジエダシャク *Gigantalcis flavolinearia*	78
フタクロボシキバガ → フタクロボシハビロキバガ	26
フタクロボシハビロキバガ *Scythropiodes issikii*	26
フタジマネグロシャチホコ *Neodrymonia delia*	107
フタシロテンホソマダラメイガ *Assara korbi*	48
フタスジエグリアツバ *Gonepatica opalina*	124
フタスジシマメイガ *Orthopygia glaucinalis*	12,46
フタスジヒトリ *Spilarctia bifasciata*	121
フタテンオエダシャク *Chiasmia defixaria*	76
フタテンシロカギバ *Ditrigona virgo*	70
フタテンハビロキバガ *Scythropiodes malivora*	26
フタテンヒロキバガ → フタテンハビロキバガ	26
フタトガリ → フタトガリアオイガ	132
フタトガリアオイガ *Xanthodes transversa*	132
フタトガリコヤガ → フタトガリアオイガ	132
フタナミトビヒメシャク *Pylargosceles steganioides*	87
フタモンキバガ *Anarsia bimaculata*	28
フタヤマエダシャク *Rikiosatoa grisea*	77
フチグロトゲエダシャク *Nyssiodes lefuarius*	80
ブドウスカシクロバ *Hedina tenuis*	32
ブドウスカシバ *Nokona regalis*	35
ブドウスズメ *Acosmeryx castanea*	99
ブドウトクガ *Ilema eurydice*	112
ブドウトリバ *Nippoptilia vitis*	44
フトジマナミシャク *Xanthorhoe saturata*	88
フトフタオビエダシャク *Ectropis crepuscularia*	78,79
フトベニスジヒメシャク *Timandra apicirosea*	87
ブナアオシャチホコ *Syntypistis punctatella*	111
ブナキリガ *Orthosia paromoea*	142
フユシャク亜科	75,84
ブライヤアオシャチホコ *Syntypistis pryeri*	111
ブライヤエグリシャチホコ *Lophontosia pryeri*	103

プライヤキリバ *Goniocraspidum pryeri*		127
プライヤハマキ *Acleris affinatana*		36
ブランコ毛虫 → マイマイガ		113

ベニコヤガ亜科		122,123
ベニシジミ *Lycaena phlaeas*		14,62
ベニシタバ *Catocala electa*		127
ベニシタヒトリ *Rhyparioides nebulosa*		119
ベニスジアツバ亜科		124
ベニスジヒメシャク *Timandra recompta*		75,87
ベニスズメ *Deilephila elpenor*		95,99
ベニヘリコケガ *Miltochrista miniata*		119
ベニモンアオリンガ *Earias roseifera*		117
ベニモンアゲハ *Pachliopta aristolochiae*		57
ヘリクロテンアオシャク *Hemistola dijuncta*		87
ヘリグロヒメアオシャク *Hemithea tritonaria*		86
ヘリジロキンノメイガ *Paliga auratalis*		51
ヘリスジシャチホコ *Neopheosia fasciata*		107

ポータブルケース → 携帯巣		16,17,18,26
ボクトウガ *Yakudza vicarious*		35
ボクトウガ科		35
ホシオビキリガ *Conistra albipuncta*		140
ホシオビコケガ *Aemene altaica*		118
ホシオビホソノメイガ *Nomis albopedalis*		51
ホシカレハ *Gastropacha populifolia*		90
ホシシャク *Naxa seriaria*		75,84
ホシシャク亜科		75,84
ホシナガグロモクメシャチホコ *Furcula bicuspis*		102
ホシヒメセダカモクメ *Cucullia fraudatrix*		135
ホシヒメホウジャク *Neogurelca himachala*		99
ホシベッコウカギバ *Deroca inconclusa*		71
ホシベニシタヒトリ *Rhyparioides amurensis*		119
ホシホウジャク *Macroglossum pyrrhosticta*		95,99
ホシボシトガリバ *Demopsestis punctigera*		73
ホシミスジ *Neptis pryeri*		65
ホシミスジエダシャク *Racotis boarmiaria*		78
ホソアトキハマキ → リンゴモンハマキ		37
ホソアゲハ → ホソオチョウ		57
ホソオチョウ *Sericinus montela*		57
ホソガ科		20,21
ホソキバガ科		27
ホソスガ *Eubyponomeutoides trachydeltus*		22
ホソナミアツバ *Paracolax fentoni*		125
ホソバキホリマルハキバガ → ヤシャブシキホリマルハキバガ		26
ホソバコスガ *Xyrosaris lichneuta*		22
ホソバシャチホコ *Fentonia ocypete*		107
ホソバセダカモクメ *Cucullia pustulata*		15,135
ホソバチビヒメハマキ *Lobesia aeolopa*		40
ホソバトガリエダシャク *Planociampa modesta*		82
ホソバネマガリガ *Vespina nielseni*		17
ホソバハイイロハマキ *Cnephasia stephensiana*		36
ホソバハガタヨトウ *Belosticta funesta*		136
ホソハマキモドキガ科		24
ホソバミドリヨトウ *Euplexidia angusta*		137
ホソマイコガ科		23
ホソミスジノメイガ *Patania chlorophanta*		53
ホソヤガ亜科		130
ホタルガ *Pidorus atratus*		33

マイコガ科		24
マイマイガ *Lymantria dispar*		113
マイン		16,24
マエアカスカシノメイガ *Palpita nigropunctalis*		54
マエアカヒトリ *Aloa lactinea*		120
マエキオエダシャク *Plesiomorpha flaviceps*		76
マエキカギバ *Agnidra scabiosa*		70
マエキトビエダシャク *Nothomiza formosa*		82
マエキノメイガ *Herpetogramma rude*		55
マエグロシラオビアカガネヨトウ *Phlogophora albovittata*		137
マエジロマダラメイガ *Edulicodes inoueellus*		48
マエチャオハビロキバガ *Rhizosthenes falciformis*		27
マエヘリモンアツバ *Diomea jankowskii*		13,123
マエモンオオナミシャク *Triphosa sericata*		88
マエモンキエダシャク *Heterarmia costipunctaria*		78
マガリガ科		17
マキヒメハマキ *Makivora hagiyai*		43
マタスジノメイガ *Pagyda quinquelineata*		52
マダラエグリバ *Plusiodonta casta*		127
マダラガ科		32,33,35
マダラカギバ *Callicilix abraxata*		71
マダラキヨトウ *Mythimna flavostigma*		143
マダラツマキリヨトウ *Callopistria repleta*		136
マダラニジュウシトリバ *Pterotopteryx spilodesma*		44
マダラハマキホソガ *Caloptilia pulverea*		20
マダラヒゲブトナミシャク *Episteira eupena*		88
マダラマルハヒロズコガ *Ippa conspersa*		17
マダラミズメイガ *Elophila interruptalis*		50
マツアトキハマキ *Archips oporana*		36
マツオエダシャク *Deileptenia ribeata*		78
マツカレハ *Dendrolimus spectabilis*		91
マツキリガ *Panolis japonica*		141
マツクロスズメ *Sphinx morio*		96
マツトビヒメハマキ → マツトビマダラシンムシ		42
マツトビマダラシンムシ *Gravitarmata margarotana*		42
マツムラヒロコバネ *Neomicropteryx matsumurana*		14,16
マドガ *Thyris usitata*		45
マドガ科		45
マドバネサビイロコヤガ → マドバネサビイロヤガ		132
マドバネサビイロヤガ *Amyna natalis*		132
マメキシタバ *Catocala duplicata*		128
マメシタベニスズメ *Hippotion rosetta*		100
マメチャイロキヨトウ *Mythimna stolida*		142
マメドクガ *Cifuna locuples*		11,112
マメノメイガ *Maruca vitrata*		55
まゆ		9
マユミオオスガ *Yponomeuta tokyonellus*		22
マユミトガリバ *Neoploca arctipennis*		73
マユミヒメハマキ → コブシヒメハマキ		39
マルハキバガ科		26
マルバトビスジエダシャク *Anaboarmia aechmeessa*		77

156

マルバネキノカワガ Selepa celtis	116	
マルモンシャチホコ Peridea rotundata	110	
マルモンシロガ Sphragifera sigillata	132	
マルモンシロナミシャク Gandaritis evanescens	89	

ミカドアゲハ Graphium doson	57
ミカドアツバ Lophomilia flaviplaga	124
ミカドトリバ Tetraschalis mikado	45
ミカンコエダシャク Hyposidra talaca	83
ミカンコハモグリ Phyllocnistis citrella	12,21
ミカンハモグリガ → ミカンコハモグリ	12,21
未記載種	23
ミサキクシヒゲシマメイガ Sacada misakiensis	46
ミズイロオナガシジミ Antigius attilia	62
ミスジキリガ Jodia sericea	140
ミスジチョウ Neptis philyra	65
ミスジビロードスズメ Rhagastis trilineata	11,100
ミダレカクモンハマキ Archips fuscocupreana	37
ミツオビキンアツバ Sinarella aegrota	125
ミツボシキバガ科	27
ミツボシキリガ Eupsilia tripunctata	139
ミドリシジミ Neozephyrus japonicus	62
ミドリスズメ Pergesa actea	100
ミドリハガタヨトウ Belosticta extensa	136
ミドリヒョウモン Argynnis paphia	65
ミドリリンガ Clethrophora distincta	115
ミナミノクロシャチホコ Hiradonta obashii	109
みの	17,18,19
ミノウスバ Pryeria sinica	33
ミノガ科	18,19
みの虫	17,18,19
ミヤマカラスアゲハ Papilio maackii	59
ミヤマスカシクロバ Hedina psychina	32
ミヤマセセリ Erynnis montana	68
ミヤマチャバネセセリ Pelopidas jansonis	68

ムクゲコノハ Thyas juno	130
ムクツマキシャチホコ Phalera angustipennis	107
虫こぶ	37
ムジツツミノガ → カラマツツツミノガ	27
ムジホソバ Eilema deplana	13,118
ムモンキイロアツバ Stenhypena nigripuncta	125
ムモンハビロキバガ Scythropiodes lividula	26
ムモンハモグリガ科	17
ムモンヒロバキバガ → ムモンハビロキバガ	26
ムラサキアカガネヨトウ Euplexia koreaeplexia	137
ムラサキアツバ亜科	123
ムラサキイラガ Austrapoda dentata	31
ムラサキエダシャク Selenia tetralunaria	83
ムラサキカクモンハマキ Archips viola	37
ムラサキシキブツツヒメハマキ Pseudacroclita microplaca	41
ムラサキシジミ Arhopala japonica	62
ムラサキシタバ Catocala fraxini	127
ムラサキシャチホコ Uropyia meticulodina	106
ムラサキツバメ Arhopala bazalus	62
ムラサキトガリバ Epipsestis ornata	72

メイガ科	46-48
メスアカミドリシジミ Chrysozephyrus smaragdinus	63
メスグロヒョウモン Damora sagana	65
メスコバネキバガ Diurnea cupreifera	26
メスコバネキバガ科	26
メスコバネマルハキバガ → メスコバネキバガ	26

モクメキリガ亜科	135,136
モクメシャチホコ Cerura felina	101,102
モクメヤガ Axylia putris	143
モクメヨトウ → モクメヤガ	143
モグリチビガ科	16

モッコクハマキ → モッコクヒメハマキ	41
モッコクヒメハマキ Fibuloides ancyrota	41
モミジツマキリエダシャク Endropiodes indictinaria	84
モモアオシャク → ヒロツバメアオシャク	86
モモイロツマキリコヤガ Lophoruza pulcherrima	122,123
モモスズメ Marumba gaschkewitschii	97
モモノゴマダラノメイガ Conogethes punctiferalis	54
モモブトスカシバ Macroscelesia japona	34
もろこし虫 → アワノメイガ	51
モンキアゲハ Papilio helenus	56,58,59
モンキキナミシャク Idiotephria amelia	87
モンキクロノメイガ Herpetogramma luctuosale	14,55
モンキシロシャチホコ Leucodonta bicoloria	103
モンキシロノメイガ Cirrhochrista brizoalis	52
モンキチョウ Colias erate	60
モンクロギンシャチホコ Wilemanus bidentatus	107
モンクロシャチホコ Phalera flavescens	107,108
モンシロチョウ Pieris rapae	7,9,11,14,33,60,61
モンシロツマキリエダシャク Xerodes albonotaria	83
モンシロドクガ Sphrageidus similis	11,114
モンシロムラサキクチバ Ercheia niveostrigata	129
モンシロモドキ Nyctemera adversata	119
モントガリバ Thyatira batis	72
モンハイイロキリガ Lithophane plumbealis	139
モンホソバスズメ Ambulyx schauffelbergeri	97
モンムラサキクチバ Ercheia umbrosa	129
モンヤガ亜科	122,143

ヤガ科	122-143
ヤクシマドクガ Orgyia triangularis	11,112
ヤクシマフトスジエダシャク Cleora minutaria	78
ヤシャブシキホリマルハキバガ Casmara agronoma	26
ヤスジシャチホコ Epodonta lineata	109
ヤナギキリガ Ipimorpha retusa	141
ヤブニッケイホソガ Gibbovalva civica	21
ヤブミョウガスゴモリキバガ Idioglossa polliacola	27

157

ヤホシホソマダラ *Balataea octomaculata*	32
ヤマキマダラヒカゲ *Neope niphonica*	67
ヤマトエダシャク *Peratostega deletaria*	76
ヤマトカギバ *Nordstromia japonica*	14,70
ヤマトギンガ *Chasminodes japonicus*	141
ヤマトシジミ *Zizeeria maha*	63
ヤマトホソヤガ *Lophoptera bayesi*	130
ヤマトマダラメイガ *Sciota intercisella*	48
ヤマノイモコガ *Acrolepiopsis suzukiella*	23
ヤマノモンキリガ *Sugitania clara*	140
ヤママユ *Antheraea yamamai*	8,9,10,49,92
ヤママユガ科	92,93
ヤマモモハマキ → ヤマモモヒメハマキ	39
ヤマモモヒメハマキ *Eudemis gyrotis*	39
ヤマンギ(山のとげ) → イワサキカレハ	91

ユウグモノメイガ *Ostrinia palustralis*	51
ユウマダラエダシャク *Abraxas miranda*	76
ユミモンシャチホコ *Ellida arcuata*	104

蛹化	145
蛹室	8
葉柄	13
葉脈	13
ヨシカレハ *Euthrix potatoria*	90
ヨスジノコメキリガ *Eupsilia quadrilinea*	139
ヨスジノメイガ *Pagyda quadrilineata*	52
ヨツスジヒメシンクイ *Grapholita delineana*	43
ヨツボシノメイガ *Glyphodes quadrimaculalis*	54
ヨツボシホソバ *Lithosia quadra*	118
ヨツメエダシャク *Ophthalmitis albosignaria*	79
ヨツメノメイガ *Nagiella quadrimaculalis*	53
ヨツモンキヌバコガ *Scythris sinensis*	26
ヨツモンマエジロアオシャク *Comibaena procumbaria*	86
ヨトウガ *Mamestra brassicae*	142
ヨトウガ亜科	122,141-143
ヨトウムシ → ヨトウガ	142
ヨナグニサン *Attacus atlas*	93
ヨモギエダシャク *Ascotis selenaria*	78
ヨモギキリガ *Orthosia ella*	142
ヨモギセジロヒラタキバガ → ヨモギセジロマルハキバガ	25
ヨモギセジロマルハキバガ *Depressaria leucocephala*	25
ヨモギトリバ *Hellinsia lienigianus*	44
ヨモギネムシガ *Epiblema foenella*	42
よもぎ虫 → トビモンシロヒメハマキ	43

落葉樹	13

リ

リュウキュウキノカワガ *Risoba prominens*	117
林縁	145
リンゴオオハマキ *Choristoneura adumbratana*	37
リンゴカレハ *Odonestis pruni*	91
リンゴケンモン *Acronicta intermedia*	35,133
リンゴコカクモンハマキ *Adoxophyes orana*	38
リンゴコブガ *Evonima mandschuriana*	15,115
リンゴツノエダシャク *Phthonosema tendinosaria*	79
リンゴツマキリアツバ *Pangrapta obscurata*	124
リンゴドクガ *Calliteara pseudabietis*	112
リンゴノコカクモンハマキ → リンゴコカクモンハマキ	38
リンゴハマキクロバ *Illiberis pruni*	32
リンゴモンハマキ *Archips breviplicana*	37
林床	145

ル

ルーパー型	11
ルリイロスカシクロバ *Hedina consimilis*	32
ルリシジミ *Celastrina argiolus*	63
ルリタテハ *Kaniska canace*	64
ルリモンシャチホコ *Peridea oberthueri*	110

レ

齢	8

ワ

ワタノメイガ *Haritalodes derogatus*	53
ワモンキシタバ *Catocala xarippe*	128
ワモンノメイガ *Nomophila noctuella*	55

●執筆・写真・幼虫飼育
鈴木知之　昆虫写真家
横田光邦　日本鱗翅学会
筒井 学　群馬県立ぐんま昆虫の森

●監修
広渡俊哉　九州大学 大学院農学研究院 教授　農学博士……小蛾類（p.16-55）
矢後勝也　東京大学 総合研究博物館 助教　博士（理学）……チョウ類（p.56-68）

●監修協力
杉本美華　九州大学 総合研究博物館 専門研究員／アヤミハビル館 専門員　博士（理学）……ミノガ科（p.18-19）

●写真提供
有田豊　小林茂樹　斉藤寿久　那須義次　広渡俊哉　屋宜禎央　吉安裕
石井克彦　石綿深志　加藤義臣　小林信之　三枝豊平　新開孝　田尾美野留
東海大学出版部　Shutterstock.com　photolibrary

●イラスト
今井桂三

●標本同定協力
上田達也　佐藤力夫　四方圭一郎　神保宇嗣　那須義次　広渡俊哉　吉安裕

●協力
浅野勲　天谷初夫　飯島和彦　大貫忠宏　大貫佳代　大貫武流　大貫あおい
奥山風太郎　加藤孝夫　加藤義臣　金杉隆雄　岸田泰則
木村正明（GA・SHOW）　倉川秀明　阪上洸多　佐藤浩一　新開孝　神保智子
鈴木貴之　関野良一　小林信之　田尾美野留　茶珍護　中臣謙太郎
那須義次　西尾規孝　福田富美子　船本大智　町田龍一郎　松井悠樹　みのじ
屋宜禎央　山口稔　NPO法人オリザネット（斉藤光明　古谷愛子）
ペンションすずらん（沢井稔　沢井憲子）

●本文デザイン、カバー・扉レイアウト
西山克之　小林友利香（ニシ工芸）

●シリーズロゴデザイン、カバー・扉基本設計
義江邦夫（タイプフェイス）

●カバー・扉 タイトルロゴ作成
三木健太郎

●本文組基本設計
村山純子　鈴木康彦

●校閲
小学館出版クォリティーセンター　小学館クリエイティブ

●プリンティング・ディレクション
富岡隆（凸版印刷）

●印刷組版、進行
高杉麗磨　佐藤隆行　清川優美　森和則（凸版印刷）

●編集
廣野篤（小学館）　仲瀬葉子

●制作
浦城朋子（小学館）

●資材
斉藤陽子（小学館）

●宣伝
島田由紀（小学館）

●販売
藤河秀雄（小学館）

参考文献

有田豊・池田真澄（2000）『擬態する蛾スカシバガ』むし社
池田二三高（2006）『菜園の害虫と被害写真集』自費出版
上田恵介 編著（1999）『擬態』(だましあいの進化論1)築地書館
大川智史・林将之（2016）『琉球の樹木』文一総合出版
大串龍一（1987）『セミヤドリガ』文一総合出版
岸田泰則 編（2011）『日本産蛾類標準図鑑I』学研教育出版
岸田泰則 編（2011）『日本産蛾類標準図鑑II』学研教育出版
岸田泰則（2020）『日本の蛾』学研プラス
小林秀紀（2016）『日本の冬夜蛾』むし社
駒井古実・吉安裕・那須義次・斉藤寿久 編（2011）『日本の鱗翅類 系統と多様性』東海大学出版会
茂木透 写真, 石井英美・崎尾均・吉山寛ほか 解説（2000）『樹に咲く花 離弁花1』山と溪谷社
茂木透 写真, 太田和夫・勝山輝男・高橋秀男ほか 解説（2000）『樹に咲く花 離弁花2』山と溪谷社
茂木透 写真, 城川四郎・高橋秀男・中川重年ほか 解説（2001）『樹に咲く花 合弁花・単子葉・裸子植物』山と溪谷社
鈴木知之（2015）『ずかん さなぎ』技術評論社
鈴木知之（2017）『小さな小さな 虫図鑑』偕成社
白水隆（2006）『日本産蝶類標準図鑑』学研教育出版
神保一義（1984）『高山蛾一高嶺を舞う蛾たち』築地書館
杉繁郎 編、山本光人・中臣謙太郎・佐藤力夫・中島秀雄・大和田守（1987）『日本産蛾類生態図鑑』講談社
高橋真弓（1979）『チョウ―富士川から日本列島へ』築地書館
中島秀雄・小林秀紀（2017）『日本の冬尺蛾』むし社
中臣謙太郎（1993）『樹と生きる虫たち―シャチホコ蛾の生態』誠文堂新光社
中臣謙太郎（1982）『蛾の幼虫の見分け方』ニュー・サイエンス社
日本蛾類学会 編（1977）『蛾の採集と飼育』ニュー・サイエンス社
日本蛾類学会 編（1977）『蛾の研究手引き』ニュー・サイエンス社
平野隆久 写真（1989）『野に咲く花』林弥栄 監修, 山と溪谷社
広渡俊哉・那須義次・坂巻祥孝・岸田泰則 編（2013）『日本産蛾類標準図鑑III』学研教育出版
広渡俊哉 編（2011）『絵かき虫の生物学』北隆館
那須義次・広渡俊哉・岸田泰則（2013）『日本産蛾類標準図鑑IV』学研教育出版
那須義次・広渡俊哉・坂巻祥孝・岸田泰則（2023）『日本の小蛾類』Gakken
福田晴夫・岸田泰則 監修（2005）『日本産幼虫図鑑』学習研究社
福田晴夫・高橋真弓（1988）『蝶の生態と観察』築地書館
福田晴夫・浜栄一・葛谷健・高橋昭・高橋真弓・田中蕃・田中洋・若林守男・渡辺康之（1982）『原色日本蝶類生態図鑑I』保育社
福田晴夫・浜栄一・葛谷健・高橋昭・高橋真弓・田中蕃・田中洋・若林守男・渡辺康之（1983）『原色日本蝶類生態図鑑II』保育社
福田晴夫・浜栄一・葛谷健・高橋昭・高橋真弓・田中蕃・田中洋・若林守男・渡辺康之（1984）『原色日本蝶類生態図鑑III』保育社
福田晴夫・浜栄一・葛谷健・高橋昭・高橋真弓・田中蕃・田中洋・若林守男・渡辺康之（1984）『原色日本蝶類生態図鑑IV』保育社
堀繁久・櫻井正俊（2015）『北海道の蝶と蛾』北海道新聞社
松浦寛子（2000）『わが友いもむし―日本産スズメガ科幼虫図譜』風知社
六浦晃・山本義丸・服部伊楚子（1965）『原色日本蛾類幼虫図鑑（上）』一色周知 監修,保育社
六浦晃・山本義丸・服部伊楚子・黒子浩・児玉行・保田淑郎・森内茂・斉藤寿久（1969）『原色日本蛾類幼虫図鑑（下）』一色周知 監修,保育社
那須義次・広渡俊哉・吉安裕 編著（2016）『鱗翅類学入門―飼育・解剖・DNA研究のテクニック』東海大学出版部
安田守（2010）『イモムシハンドブック』高橋真弓・中島秀雄 監修,文一総合出版
安田守（2012）『イモムシハンドブック 2』高橋真弓・中島秀雄 監修,文一総合出版
安田守（2014）『イモムシハンドブック 3』高橋真弓・中島秀雄・四方圭一郎 監修,文一総合出版
Heo, Un-Hong, (2012) Guidebook of Moth Larvae
Heo, Un-Hong, (2016) Guidebook of Moth Larvae 2

小学館の図鑑●NEO

イモムシとケムシ
チョウ・ガの幼虫図鑑　DVDつき

2018年　6月27日　　初版第1刷発行
2024年　5月15日　　　　　第5刷発行

発行人　青山明子
発行所　株式会社小学館
　　　　〒101-8001 東京都千代田区一ツ橋2-3-1
　　　　電話　編集：03-3230-5452
　　　　　　　販売：03-5281-3555
印刷所　TOPPAN株式会社
製本所　牧製本印刷株式会社
本文用紙　日本製紙株式会社

ISBN978-4-09-217223-4
NDC 486
A4変型判　210mm×277mm

＊造本には十分注意しておりますが、印刷、製本など製造上の不備がございましたら「制作局コールセンター」（フリーダイヤル0120-336-340）にご連絡ください。
（電話受付は土・日・祝休日を除く9:30〜17:30）

＊本書の無断での複写（コピー）、上演、放送等の二次利用、翻案等は、著作権法上の例外を除き禁じられています。

＊本書の電子データ化などの無断複製は著作権法上の例外を除き禁じられています。代行業者等の第三者による本書の電子的複製も認められておりません。

©Shogakukan 2018　Printed in Japan

●本文は植林木を原料とした紙を使用しております。

 本書は環境にやさしい植物油インキを使用しております。

オオムラサキ(→p.66)

マイマイガ(→p.113)

カブラヤガ(→p.143)

クヌギカレハ(→p.91)

ウチスズメ(→p.97)

キアゲハ(→p.58)

イモムシ・毛虫と、にらめっこ!

この図鑑で紹介したイモムシ・毛虫の頭部や胸部を正面から写した写真を集めてならべてみました。幼虫の小さな頭部も、拡大してみると個性ゆたかで、かわいいものや、こわい感じがするものなど、いろいろいます。ここで紹介していない種でも、正面から見ると楽しい発見がある幼虫がいるはずです。イモムシ・毛虫をみつけたら、ぜひ観察してみましょう!

ニッコウエダシャク(→p.81)

コウモリガ(→p.16)

ハイイロオオエダシャク(→p.81)
ウスベリケンモン(→p.132)

アカオビリンガ(→p.116)

コジャノメ(→p.67)

ヒトリガ(→p.120)

タテスジシャチホコ(→p.109)

セスジスズメ(→p.100)